Girl with Curious Hair

头发奇特
的女孩

[美] 大卫·福斯特·华莱士 —— 著

杨海宇 —— 译

David Foster Wallace

北京时代华文书局

献给L——

目 录

001　面无表情的小动物

049　幸亏客户经理知道如何做心肺复苏术

057　头发奇特的女孩

077　林登

129　约翰·比利

161　这儿，那儿

185　我的出镜

217　永远说不

241　所有事情都是绿色的

243　帝国向西拓展

面无表情的小动物

那是 1976 年。天很低，罩满了云。灰色的云，似灯泡，多褶皱、且闪耀着。天空看起来很理智。天空下是一片空地。空地旁，一条苍白的公路伸向远方。许多车辆在公路上驶过。其中一辆轿车停靠在路边。两个小孩被一个松垮着脸的年轻女人从车里带出来。驾驶座上的男人只是双眼盯着前方。孩子们很安静，肤色很白。这女人手里拿着一个鼓鼓的购物袋，看起来很沉，她的脸松散地悬在袋子上方。她把购物袋和两个白皙的孩子带到空地与公路边的木质栅栏处。孩子们小小的手被放到木柱上。女人告诉孩子们，要把手一直放在柱子上，直到车开回来。她钻进车，开走了。在栅栏靠空地的一侧，立着一头牛。孩子们手触摸着木柱。风吹着，很多汽车往来穿梭经过。一整天就这样过去了。

那是 1970 年。一个发型似火的女人坐在影院里一个距银幕只有几排的位子上。一个穿着礼服的孩子坐在她邻座。孩子的眼睛里浮现出银幕中的卡通形象。女人身后是黑暗。一个男人坐在这女人身后。他把身子往前倾，手伸进女人的头发里。卡通片的反光使得影院里观众的脸都随着光线而闪烁起来：这女人的眼睛很亮，透着恐惧。她定定地坐着，一动不动。那男人用手玩弄着她的红色头发。孩子都没工夫瞥一眼这女人。影院的卡通片、新片预告和正片前后持续了将近三个小时。

艾勒克斯·翠贝克在《危险！》节目录影室里来来回回走着，身上戴着一枚写有"帕特·萨迦克看起来就像一只獾"的徽章。他和萨迦克每周四都要一起打壁球。

那是1986年。加利福利亚的夜空静谧高悬，犹如一座空旷的宫殿。在菲温暖的公寓楼远处，白色的小型金属饰片把街道装点出一条缓慢延伸的线。

菲·歌达德和朱莉·史密斯躺在床上。她们轮番趴在对方身上。她们做爱。菲的呻吟声冲击着公寓的玻璃墙，就像金钱的声音。

菲和朱莉用湿毛巾让对方冷静下来。她们一丝不挂地站在玻璃墙前，眺望着洛杉矶。灯光交错辉映，洛杉矶的不同部分在夜幕中忽明忽暗。

朱莉和菲如爱人般躺在床上。她们赞美着对方的身体。她们抱怨夜晚的短暂。她们带着某种不愉快的热情，重复检视着那些生活中细微的疏忽，如朱莉所言，那些妨碍了人与人之间真正联系渠道的疏忽。菲说，她在知道朱莉喜欢自己之前就已经喜欢朱莉了。

她们一起翻看《牛津英语词典》，查看"喜欢"这个词的释义。

她们相拥着。朱莉肤色很白，她的头发短而蓬松。透过玻璃，房间里的黑暗被洛杉矶的光亮点缀得星星点点。暗夜蔓延围绕着她们，像一只园丁手套般贴身。空气里弥漫着极浪漫的氛围。

1988年3月12日，那天有雨。菲·歌达德在她母亲办公室里望向窗外的高速公路，公路先是暗了下去，然后又被雨点亮了。迪·歌达德坐在她的办公桌边，穿着丝袜，望向窗外。《危险！》节目组的编导和公关专员站在一起。负责布景和提词的女士正把一堆笔记拢到一块儿。艾勒克斯·翠贝克独自坐在门边一把布景主任的椅子上，喝着一罐苏打水。整个房间都映照在黯淡的窗玻璃里。

"我们需要知道你告诉了她什么，这样我们才能知道她是否会来。"迪说。

"菲，我们现在要做的是一个最多20分钟的活动，"编导边说边看了看她的手表，"然后我们会额外有至少一个钟头的布置和录播活动。否则，我们就会缺一期节目，这意味着卫星租用和邮寄服务预算要超标。"

"更别说这儿现在还有一个被恐惧僵住的患有普通神经症的男孩，"公关专员马菲·德莫特平淡地说道，"刚才我看见他像胚胎似的躺在化妆间门外的地上。"

菲闭上了眼睛。

"我老公在照看他呢。"编导说。

"非常感谢你，简妮特，"迪·歌达德对编导说。她低头看了看她的文件夹，"参加这四期的其他人都到了么？"

"所有登记的人都到了。这是我们有史以来参与者最多的一次。还加上一个让人害怕的退役女军人，她是四月底才最后登记上的。她说自己等不及要挑战朱莉。"

"但是朱莉不来。"马菲·德莫特说。

迪眯着眼睛看着她的文件夹。"那么一共有多少人呢？"

"九个人。"菲轻轻说道，用手摸了摸头发。

"我们有九位参与者，"编导说，"足够制作至少四期节目，每期可以有两人更替。"雨落在梅芙格里芬公司大厦的铝屋顶上，在房间里发出一种声音，像是在煎烤遥远的肉。

"我确定他们都已经准备好了，"菲说道，她看了看放在自己大腿上的手背，"简妮特为什么会认定这个可怜的男孩会打败她，你的新的神秘数据大师。"

"不要把我和我被命令去做的事情混为一谈。"编导说。

"他不会打败她。"布景师摇着头说。她嘴里嚼着口香糖，太阳穴的肌肉一鼓一鼓动着。

艾勒克斯·翠贝克一边看着他的电子手表，一边开始在节目前清嗓子，这是他的一种例行仪式。房间里每个人都看着他。

迪说："艾勒克斯，也许你可以现在把新参赛者都请到自己的位置上，并告诉他们我们有可能会推迟节目录制时间。感谢他们如此有耐心。"

艾勒克斯站起身，整理了一下领带。他的苏打水罐落到垃圾篮的金属底上，撞击出声响。他清了清嗓子。

"一个好的节目主持人和他的种种。"迪和善地微笑着。

"好咧。"

艾勒克斯离开了，门依旧开着。阳光从外面的云层投射下来。棕榈树上滴落着雨水，水泥地闪闪反光。汽车闪着光开过，雨刷都调在间歇刮动档上。总编导简妮特·歌达德低下头，假装在研究手里拿的东西。菲知道，那突然出现的阳光使她觉得自己魅力尽失。

在窗户的倒影里，菲看见迪的倒影轻微一动，看了看表。"问题都排好了？"迪的倒影问道。

"起码足够四期节目的量，"布景师说，"题目范围已经确定，直播室各个监视器都已经检查好。琼正在确定问题的排序。"

"那是我的任务。"菲说。

"你的任务，"总编导不屑地说，"是告诉妈妈你神出鬼没的小女朋友会在哪里。"

"艾勒克斯需要赶紧在舞台就位并准备好题卡。"迪告诉布景师。

"这就是你今天的工作任务。"简妮特盯着菲的后背。

菲·歌达德在窗户倒影里对她前任继父的妻子——简妮特·歌达德——竖起了中指。"那些题目中有一个全是与动物有关的问题。"她说。

总编导站起身，咒骂菲是一个像在祷告的螳螂般的婊子，然后从未关的门内走了出去，把门也关上了。

"婊子。"菲说。

迪用一个微弱的笑容来抗议自己身处婊子丛中的现实。马菲·德莫特笑了，在艾勒克斯的椅子里坐了下来。迪从桌子上抽身而出，放松了些。一块碎木片把她的连裤袜撕破了。她用半蹲的姿势靠近女儿，女儿坐在窗边的办公椅上，光脚搭在窗台上。

"如果她不来了，"迪轻柔地说，"告诉我就是。这样我也好想办法，对梅芙有个交代，宝贝儿。"

确实，菲在窗玻璃上能看见她母亲闪亮又虚弱的样子。那是她母亲中年的脸庞，整洁上色和打理的红头发，看起来有痛感的皱纹围绕在她的嘴角和鼻侧，随着她一天里面部的移动而捕捉、累积着脂粉和化妆品。迪的眼睛是烟熏红色的，支撑着它的是深深的黑眼圈，还有黑血般的眼袋。除去黑眼圈以外，迪是很美丽的。这一年里，菲能够观察到眼袋开始在自己的眼睛下方显现出来，这特征是来自她爸爸的，深棕色、微微有甲状腺的特征。菲能够闻到迪的呼吸。她不能够判断母亲是否喝了什么东西。

菲·歌达德已经 26 岁；她母亲 50 岁。

朱莉·史密斯 20 岁。

迪用因为办公室的凉意而变得寒冷的纤细的手捏了下菲的胳膊。

菲用手揉搓着自己的鼻子。"她不会来了，她告诉过我。你只有接受这个事实。"

布景师跳起来去接响起的电话。

"我骗你的。"菲说道。

"我的女孩儿。"迪用手拍拍刚刚捏过的胳膊。

"我确定我什么都没有听到。"马菲·德莫特这么说。

"好的，"布景师在电话中说着，"把她带到化妆间。"她转头看向迪："你希望她待在化妆间？"

"你干得不错。"迪对菲说，并用手指着关上的门。

"我觉得格里芬先生的情况不太好。"负责提示卡的女士说。

"他和那男孩同病相怜。我们把退伍女军人换上。我们可以称她为神经症将军。"

迪用她纤细的手把菲的脸拉近自己。她温柔地吻了吻她。她们的嘴唇完美配对，菲突然有这样的想法。在空调房里的她突然身上一激灵。

《危险！》节目的女王在位三年后被赶下了王位。

——头条，《多样性》，1988 年 3 月 13 日

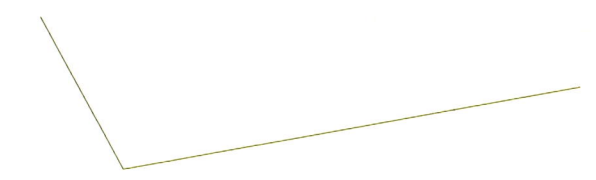

"让我们都去那儿吧。"电视机说道。

"那我该到哪里呢?"迪·歌达德在椅子上问道,那是1987年的一个夜晚。

"我们为生活带来了好东西。"电视机说。

"我也为生活带来了好东西,"迪说,"我也这么做过,尽管只有一次。"

除去周末的每一个晚上,迪坐在梅芙格里芬公司大厦的办公室里,喝下一整扎湿而味淡的马提尼酒。她办公室的墙上贴满了商店里买的名言录。矮胖子是被推下去的。当度日维艰时,强者依旧消费。墙上还贴有各种签名照。迪和鲍勃·巴克①的签名合照,那是她当年为"真相或后果"写作时的照片。还有梅芙·格里芬向她颁发荣誉牌的照片。也有迪和菲站在温克·马丁戴尔和查克·巴利斯中间的一张宴会合照。

迪用她笨重的遥控器把有线电视从国家广播公司节目频道转到音乐电视频道。一个看起来像是遭受着肺结核折磨的化了妆的男孩子正在弹奏吉他,那吉他看起来更像是喷射器或者武器。

"你丈夫是否像过去那样凝视你?"电视机问道。

"肯定不了。"迪很平淡地回答,继续喝酒。

"她喝酒喝得太多了。"朱莉·史密斯对菲说。

"那是为了疼痛的缘故。"菲看着她妈妈,这么回答。

---

① 鲍勃·巴克(1923—)及下文提到的温克·马丁戴尔(1933—)、查克·巴利斯(1929—2017)均为美国电视游戏节目主持人。

朱莉从菲办公室里的遥控监视器里看过去。"是为了去除疼痛,还是要喂养疼痛?"

菲微微一笑。

朱莉摇了摇头。"这样观察她太残忍。"

"你今天应当休息一下,"电视机说,"牛奶喜欢你。你听到的越多,我们会听起来更好。难道你不渴望一个火烤过的弥天大谎?"

"不,我不渴望一个火烤过的弥天大谎,"迪回答,然后她在椅子上坐直,"不,我不渴望这玩意儿。"她的杯子从手里滑了下去。

"可是,她对你的评价真是很棒。"朱莉从侧面看着菲的脸,"关于她把一个好东西带到这个世界上那句。"

菲看着监视器,然后笑了。"你有没有听说艾勒克斯今天做了什么?萨迦克说他和艾勒克斯已经开战了。艾勒克斯进入策划间里,在'轮盘'节目第三期播放过程中拨弄着'鼓掌'提示灯。观众被他带领着,在参与者失败的时候鼓起了掌。萨迦克说要拿他是问。"

"所以,你依然不能忘记,"电视机说,"看看你得到的所有。"

"哇。"迪说,然后,她坐在椅子上睡着了。

菲和朱莉坐在薄浴巾上,那是1987年,天色刚亮,她们全裸坐在洛杉矶南部一个天体海滩的海浪边缘。太阳就在她们身后。清早的太平洋看起来是淡紫色的。两个女人的脚被一阵微弱的浪冲洗,随后浪就离她们而去了。天空的颜色显得有些古怪。

朱莉曾经告诉过菲,她相信爱人如果要真正了解对方,需要经过三个不同的阶段。第一个阶段是他们会交换各自的小故事和行为倾向。然后,爱人会和对方分享自己相信什么。再后来,两个人会观察对方声称自己相信的与其实际作为之间的关系。

朱莉和菲的交往已经进入了第二十个月,她们处在交换分享小故事和行为倾向的阶段。朱莉告诉菲说,她,朱莉,最喜欢的是:现代诗歌、不和善的女人、只有单一解释的字词、那些秒变表情的脸庞、一本不起眼的限量版加拿大大百科全书《拉普雷斯数据大全》、上了年纪的女士化妆盒里散发出的淡淡粉香味,还有《牛津英语词典》。

"大百科全书最后让你有利可赚了,我猜你不得不承认。"

朱莉嗅了嗅空气,闻到了青春的味道。"你那是老师告诉你的说法。大百科全书是我的朋友。"

"你是指,你童年的朋友?"菲碰了碰朱莉的胳膊。

"男人们一个接一个出现。我为我的母亲感到难过。这些空白而沉默的男人们,她会逐一勾搭上,然后他们就会搬到我家来住。他们中没有任何一个人能够爱我弟弟。"

"过来。"

"有时候,事情变得很糟糕。我记得她过着非常丑陋的生活。但是,当事情变得很糟糕的时候,她会把我们锁在房间里,不让我们卷进漩涡中。"朱莉对自己笑了笑,"一开始,我记得她会给我一把直尺和一支铅笔。让我自己找乐儿。那时候我可以用一把直尺给自己找几个小时的乐儿。"

"我也一直都很喜欢直尺。"

"用直尺可以创造出各种世界。那时候,我可以用各种线条制造出我的世界。有点像是锯齿魔术。我会花上一整天做这个。我弟弟就在旁边看着。"

清晨时分,这片海滩上没有鸥鸟。很安静。潮水开始退去。

"可是那时候,我们还有一整套大百科全书《拉普雷斯数据大全》。她的第四任丈夫把这套书卖给了那些挨家挨户叫卖的商人。我当时把这套书的不同分册藏在她把我们锁起来的那些房间里。它们确确实实成为了我的朋友。从这些书里，我能够感受到生活的一致性和不连贯性。我把它们都读得很透。"朱莉看着菲，"如果我说的这些听起来很愚蠢或者很戏剧化，我也不会为此而道歉。"

"一点也不愚蠢。对于一个孩子来说，你要和一个被毁坏了的弟弟，一个过着丑陋生活的妈妈生活，一点乐趣都没有。更不要说你们还会被锁起来。"

"你也得意识到，他们锁起来的是他。我只是在那里照看他。"

"我的意思是，无论你多么爱他，一个患自闭症的弟弟不可能成为任何人的好伙伴。"菲一边说，一边用她的脚趾在湿沙上画出一个角。

"照顾他需要花费你无法想象的时间。而且，他不是一个好伙伴。你是对的。不过，我还是很希望他能和我在一起。他成为了我的工作。我后来把他和我的身份或者存在一类的东西联结在一起了。我有了去享受自己空间的权利。那时候我还没满8岁。"

"我不相信你不恨她。"菲说道。

"和她在一起的男人没有一个能够忍受我弟弟。即使那些尝试和努力过的男人也在过了一阵子后无法忍受他了。他会一直盯着你，来回挥动他的胳膊。那些男人有时候会说，当他们直视我母亲的眼睛时，会看到我弟弟从我妈妈眼里盯着他们。"朱莉抖了抖头发，甩出一些沙子，"可是，他很聪明。他只是完全沉浸在自己的世界里，他很聪明。他可以一连几个小时盯着同一样东西，不会厌烦。后来，我发现他能够阅读。他阅读速度不快，也从来不读出声。我不知道对他来说，文字是什么样的。"朱莉看着菲，"我基本上就用这套大百科全书教会我们俩阅读，很早就会。大百科全书里的图示对我们帮助很大。"

"我不相信你不恨她。"菲说。

朱莉扔出一颗石子。"可是我不恨她,菲。"

"她把你抛弃在公路边,就因为一个男人让她这么做。"朱莉看了一眼落在草丛里的石子。草丛融化开去。"她确实是爱上了那个和她在一起的男人。"她摇了摇头,"他要她抛下他。她把我留下来照顾他。对于这一点我很感激。如果在那个时候我就没有他的陪伴,我都不知道是否还会有完整的我存在。"

"宝贝儿。"

"一直都待在医院里的可能是我,而不是他。"

"什么?你是说如果你当时不在那里照顾他,他会立马变得不再自闭吗?"

朱莉·史密斯最不喜欢的事物有:贺卡、那些在收养孩子之前不能仔细进行自省和对自己去爱孩子的能力进行评估的收养父母、硫黄的味道、约翰·厄普代克①、头上有触角的昆虫以及所有的动物。

"和善的女人呢?"

"可是昆虫也许是最糟糕的。即使昆虫静止不动,它们的触角依然在动。触角从来不会停止摆动。我受不了。"

"我爱你,朱莉。"

"我也爱你,菲。"

"我不能相信我会爱上这样一个女人。"

朱莉面朝太平洋,摇了摇头。"不要让我感到悲伤。"

菲观察着一只没有触角的昆虫用细如发丝般的腿滑行穿过一个潮汐形

---

① 约翰·厄普代克(1932—2009):美国作家,代表作有"兔子四部曲"、《东镇女巫》和《夫妇们》等。

成的小水坑的光滑表面。她清了清嗓子。

"好的,"她说,"这是唯一一个美式足球场地上唯一的一条线。"

朱莉笑了。"是 50 码线。"①

"这个,是一年中唯一一个没有国家法定假日的月份,因一个罗马皇帝而命名……"

"八月份。"②

太阳升得更高了;血色从蓝色海水里渗出。

两个女人往下移了移,就坐在海浪可及的地方。

"对我来说,大海有时候看起来就像一只庞大的蓝狗。"菲看着大海说道。朱莉把一只手臂环绕在菲的裸肩上。

> "我们爱她,就像爱我们的一个女儿。"《危险!》节目的公关专员马菲·德莫特如此说道。"我们不愿意看到她离去。还没有一个人能够像史密斯女士影响《危险!》这样影响一个游戏竞猜类节目!"
> ——《多样性》刊载文章,1988 年 3 月 13 日

细浪短暂停留,破浪,然后滑行退下。海浪如白色手指散落在沙滩上,融化到沙里。当海水随着退潮而被抽走时,菲能看到深色的沙粒在她的手下变得轻柔。

海滩慢慢静下来,发出轻柔的声音,变得更加苍白。菲正看着朱莉·史

---

① 美式足球(即橄榄球)的比赛场地长度为 100 码(1 码约合 0.91 米)。场地正中央有一条中码线,即 50 码线。50 码线左右两端每隔 5 码便有 1 条线,但每隔 10 码才标码数(40 码处、30 码处、20 码处和 10 码处)。所以美式足球比赛场地上,只有 50 码线是唯一的,其他码数各有 2 条线。
② 即英文"August",本词源自罗马帝国皇帝奥古斯都(Augustus),他于公元 14 年 8 月去世,也因此成为英语中"八月(August)"一词的来源。

密斯的侧脸。朱莉的皮肤是菲见过的所有人中最好的。不仅因为这皮肤如此清透而显得有些瑕疵,或是因为这里低矮的阳光照射着水面,使得这皮肤看起来有一种淡粉色葡萄酒的色泽;这皮肤有一种真正富含生命力的纹理,一种有弹性的柔软,就像一个成熟的紧身鞘,一只豆荚。这皮肤很柔弱而富有深度。在朱莉高高的弧形颧骨衬托下,这皮肤被拉伸得闪亮而紧致;这颧骨让她的脸颊显得有些凹,她的眼睛深陷下去。她的脸型就像音乐谱号,就像斯拉夫人一样。关于她的所有都是具有渗透性的:就连她两颗门牙间的细小黑色空隙看起来也像是一期节目,一种内敛的邀请。朱莉已经运用自己的牙齿和齿缝,极温柔娴熟地给予菲一种难以置信的刺激和唤起。

朱莉已经把头抬了起来。"为什么这样呢?"

菲看起来有些呆滞,她摇了摇头。

"诗歌,你刚才在谈论诗歌。"朱莉笑着,抚摸着菲的脸颊。

菲在风中点燃一支香烟。"我从来就没有喜欢过诗歌。它太弯弯绕了。即使我喜欢诗歌,它充其量也不过是通过一种非常拐弯抹角的方式去表达浅显的事实,看起来就是这样。"

朱莉微微一笑。她的门牙间有一个缝。"好嘞,"她说道,"但是,你也要考虑一下,生活中只有很少很少的人能够具备足够的能力和技巧去面对浅显的事实。"

菲也笑了起来。她用海水沾湿一根手指,在空气里画出一个记分牌的标记。两个人都笑了起来。一个不寻常的大浪打了过来。菲的手指头吃起来有烟和盐的味道。

早晨,帕特·萨迦克、艾勒克斯·翠贝克和博特·康威坐在梅芙格里芬公司大厦的行政休息室里,穿着休闲裤伴着解开的领结,他们在看去年美国职棒世界大赛的录影回放。在休息室巨大的显示屏上，一位球员正在挥棒击打一个低球。

"这球真低。"翠贝克说。

博特·康威一边润湿他的隐形眼镜一边眯着眼看回放。

翠贝克坐直了身子。"说说你们心目中的史上最佳低击球手。"

"乔·佩皮通①。"萨迦克毫不犹豫地说。

翠贝克看起来很不认同。"乔·佩皮通？"

"威利·史达格尔曾经是一位伟大的低击球手。"康威说。其他两个人忽略了他的意见。

"瑞吉·杰克森也曾经很棒。"萨迦克思考后说。

"依然很棒。"翠贝克说，心不在焉地看着自己的指甲。

竞赛类节目的主持人通常过着相对轻松的职业生活。一周一共有五期节目，都能在一天之内录完。通常一个月里就努力在演播厅里工作一周左右。其他时间就都是主持人自己的了。博特·康威会主持几场汽车展览和购物中心的开幕式以及《爱船》系列剧，他的身家已经是百万富翁的好几倍了。帕特·萨迦克喜欢打非同寻常的壁球，也做园艺工作，还在通过函授方式学习他的第三门语言。艾勒克斯，在业界被公认为是自比尔·库伦②以来最投入的主持人，几乎每天都被人看到出没于梅芙格里芬公司大厦的某些区域，要么读书，要么清嗓子、整理妆容，或者发愁。

大屏幕上有一记击球绝杀。萨迦克把一罐苏打水扔向大屏幕。翠贝克和康威都大笑起来。

---

① 乔·佩皮通（1940—　）、威利·史达格尔（1940—2001）及瑞吉·杰克森（1946—　）均为美国棒球运动员。

② 比尔·库伦（1920—1990）：美国著名电台主持人，曾获艾美奖最佳日间时段节目成就奖。

萨迦克看着博特·康威。"博特,你那颗牙怎么样了?"

康威的手移到嘴边。"还是变了色。"他不愉快地说。

翠贝克抬起头来,"你有颗牙变色了?"

康威摸了摸自己的犬齿。"只是暂时情况。现在已经开始变得正常。"他对着艾勒克斯·翠贝克眯上了眼。"不要告诉梅芙就是了。"

翠贝克看了看四周,似乎在寻找康威到底是和谁在讲话。"我?你在和我说话?我看起来是那种出卖你的人么?"

"你看起来就像一个竞猜游戏主持人。"

翠贝克咧开嘴笑了。"也许是因为我完美、漂亮而无瑕的牙齿。"

"杂种。"康威嘴里哼着。

萨迦克让他们两人停止斗嘴,都安静下来。

菲·歌达德和朱莉·史密斯之间的关系让他们身边的人感到非常迷惑,难以用清晰的叙述方式来解释。菲已经 26 岁,在《危险!》节目组负责研究工作差不多有 40 个月了。朱莉则刚 20 岁,其寄养家庭的养父母住在拉霍亚,她已经蝉联了连续 700 期收视率极高的《危险!》节目的冠军。

40 个月前,竞赛类节目制作大亨梅芙·格里芬决定要把曾经很火的《危险!》节目从被遗忘的角落里解救出来,他决定让老牌主持人阿尔特·弗莱明退下,任用俊朗帅气、能力超群,前面提到过的极投入的艾勒克斯·翠贝克,模特出身的他通过主持全国广播公司短命的"高空翻滚者"竞赛节目而树立了自己的地位。迪·歌达德,曾经为有悠久历史的节目如"真相或者后果"和"说出这曲子的名字"做过编剧,也曾经在"诙谐者也狂野"节目任节目推广和发行负责人。后来，她监制了商业上不算成功但是被剧评家们高度赞赏的"局"，被梅芙格里芬公司聘用为新《危险！》节目的执行监制。后来，当格里芬决定聘用简妮特·莱纳尔·歌达德——48岁，两度获得克里奥国际广告大奖，同时也是迪前夫的现任太太——作为节目的导演后，情况一度变得无序失控。直到后来，当梅芙·格里芬的个人助理亲自给在纽约的菲·歌达德打了一个电话，邀请1982年毕业于布林莫尔学院图书馆科学专业并获得学位，当时在纽约《谜团》杂志做实习编辑的她加入节目，迪才算被说服留在节目组。梅芙的贴身助理提议把菲聘用为《危险！》节目的范畴/问题研究人员。

菲是她母亲的下属。

1985年夏天，菲已经加入《危险！》节目组约4个月的时候，一位轻声细语，拥有莫名美感的年轻女子从高速路上下来，穿着一件有点脏的牛仔夹克，背着背包，手里拿着一份《时代周刊》上刊登的有关梅芙格里芬公司寻找参赛选手的广告页。这个女孩说她想要参加《危险！》节目；她被别人赞赏过，说她有一颗专门为各种数据准备的大脑。菲和她进行了访谈，觉得有一丝触动。在一项基础知识测验里，这女孩的分数不错，但并不是很突出，这套题主要与动物学知识相关。朱莉·史密斯跌跌撞撞地进入了试镜阶段。

在用录音带进行的试镜阶段，来自恩西诺的兄弟会成员和如嫩枝般纤细、戴着高耸的金色假发的雷丁市图书管理员与朱莉同台竞技，朱莉以大比分胜出，但是她在使用麦克风作答时似乎不能很清晰地发声，同时，她对于《危险！》节目既奇怪又极有特色的本末倒置设计方式——主持人说出答案，然后要参赛者给出正确的问题——也颇为不适应。菲给朱莉打的试镜分数是3分，总分为5分。通常情况下，只有得到5分和 4 分的参赛者才能够被邀请参加正式比赛。不过，艾勒克斯·翠贝克喜欢这个女孩子——通常他会至少在其空闲时间的一部分里游荡于试镜现场——尽管这个女孩子拒绝了与他在餐厅里一起喝可乐的邀请；同时，迪·歌达德和马菲·德莫特在看试镜片段时，从 18 名包括朱莉在内的潜在参赛者里专门把她挑出来，做了特别交代；并且，对于一个仍然在努力奋斗，想要重新打进让人尊重的市场份额的竞赛节目的员工来说，在压力极大的起始阶段，没有人会对一位极富吸引力的年轻女性参赛者有反对意见。种种因素叠加在一起，朱莉·史密斯被召回节目，参加了 1985 年 9 月初的竞赛。

《危险！》第 46 到 49 期的几期节目是在 9 月 17 日录制的。来自洛杉矶的朱莉·史密斯小姐的首秀出现在第 46 期节目中。没有人还记得那期的卫冕冠军是谁。

回文[①]，音乐星相学，十八世纪，著名的爱德华兹，圣经，时尚历史，思想状态，无球运动。

在两轮题目中，朱莉都占了上风。这样的情况是从来没有出现过的，即使是在弗莱明时代也没有过。另外两名参赛者显得迟缓而苍白，不得不寻求台下帮助。在半小时内，朱莉赢得了 22500 美元，也就是台上所有的奖金。在第一场比赛里，她没能赢得更多奖金，原因是头脑糊涂了的艾勒克斯·翠贝克宣布"最后的危险"的赌注环节未定，朱莉·史密斯也就没有动力要用自己赢得的奖金去赌两个竞争对手的 0 美元和负 400 美元。翠贝克惊喜地睁大了双眼，微笑着作势脱下了假想的帽子，向面无表情的朱莉祝贺，与此同时，电子鼓点伴随着参赛者最后得分的变化而敲动着。

---

① 顺读倒读都一样的字句。译者注。

十分钟后,菲·歌达德在参赛者更衣室里的偏僻角落发现了消失的朱莉·史密斯(再次参赛的选手需要在每两期录制之间更换服装,以便让观众产生印象,以为这些选手是"第二天再次回到赛场")。到了《危险!》的第47期节目。要去卫冕,要比赛。朱莉坐在一个冰冷的化妆镜前,镜子四围点缀着闪闪发亮的灯泡,盯着镜中的自己:脸松垮着,面无表情。她对于外界刺激无法做出回应。菲不得不给她拿来一条湿毛巾,劝说她更衣,并且扶着她上楼进入直播间。

现在,菲站在策划间里,试图向母亲传达她对于这位奇怪的新冠军是否能完成下一轮节目的质疑,这时候,简妮特·歌达德很镇静地让她把注意力转向监视器。朱莉正把第47期节目一口吞下,然后嚼成碎片吐出来。伯德·约翰逊夫人的真名是克劳迪娅。佛罗里达州雪茄烟产量超过古巴整国产量的城市是坦帕。朱莉的手指不断按动答题器按钮。在艾勒克斯刚给出答案,还没有来得及给任何提示时,她就已经给出正确的题目。第一轮的题目都做完了。简妮特插入广告。朱莉坐在她小小的桌子后,眼睛直直盯着直播间里安静的观众。

红灯亮起,菲和迪看着朱莉,也看着翠贝克的脸上挂起职业性的笑容。红灯亮起时,似乎在朱莉身上发生了什么事情。某种神秘的事情。这女孩只得了3分,那个面无表情,呆滞盯着前方的女孩,一去不复返了。她身上那些内敛的特点现在看起来都变得外向。摄像头很难从她身上移开。连摄像头都似乎对她投以爱慕的眼神。通常情况下,当翠贝克还在读他的提示时,朱莉就已经在镜头上出现了。屏幕里,她的脸散发出一种奇怪的优雅而超高频的光亮,明亮而宁静,与竞赛的数据有种一致的光泽。

翠贝克整理了一下他的领带。菲知道,他感觉到什么东西了,这个竞赛节目中出现的奇怪却很明确的一个变动。现场观众倒吸了口气,开始窃窃私语，这时候，朱莉给出了普通小萝卜的拉丁文。

"没有人会知道小萝卜的拉丁文，"菲对迪说，"那是我在每一期节目中都会设计的几道绝杀题之一。"

另外两名参赛者的姿势越来越难看。观众席中有人开始大声呼喊朱莉的名字。

翠贝克——他从来没有经历过观众对他的兴趣转移的现象——开始变得越来越困惑。他开始花40秒非常昂贵的时间讲述一场令人生厌的洛杉矶道奇队的棒球比赛，他和汤姆·布罗考[①]一起看的。观众们开始不耐烦地发出嘘声，希望竞赛继续。

"这段感觉很不好。"菲小声说。迪没理她，身子前倾，盯着监视器。

简妮特向艾勒克斯示意休息一下。眼睛湿润着，退到后台的艾勒克斯向美国保证说他将马上回来，说他很期待能够在直播中了解更多有关这位出色的朱莉小姐的信息，也期待了解更多有关她在这么年轻的年纪，就已经掌握了如此多知识和数据所需要做出的巨大个人牺牲。

《危险！》节目这时插播了一条翠斯科特牌的食品广告。菲和迪面带恐惧地盯着监视器。现场观众都惊讶地看着朱莉·史密斯的脸变得褶皱，就像一张舒洁面巾纸。她开始安静地哭泣。眼泪顺着她的脸颊流下来，滴到她的麦克风上，发出微弱的嘶嘶声。简妮特坐在控制室里，很困惑。菲刚好被她叫去取一块冷敷湿布，不能及时赶到直播间。灯亮起了。全美国观众看着朱莉·史密斯把《危险！》节目主控台的每一个问题都赶尽杀绝，她的脸上和夹克上也粘上了泪珠。翠贝克，突然间变得很冷静很酷，假装什么也没有看见，但是，他再也没有问朱莉（后来的几百期节目里都没有

[①] 汤姆·布罗考（1940— ）：美国全国广播公司的王牌新闻主播。

问过）有关之前他承诺过要了解的个人问题。

竞赛继续着。菲观看了一个全新的、第三位的朱莉面对着一个又一个的答案。朱莉的脸变得有点干，也变硬了。她看着翠贝克，眼睛眯缝到只有裁纸刀锋那么细。

在"最后的危险"环节，她的对手们再次身无分文，朱莉很冷静地拒绝了翠贝克提出来的无意义的动议，把她所有的22500美元奖金都压在一个事实上——北京猿人被发现的第一个部位是一个圆括号型的下颚骨。她最后赢得了45000美元奖金。艾勒克斯假装要跪拜。观众们鼓起掌。掌声再次响起。在一个菲·歌达德独自珍藏并挂在她铁桌前的照片里，捕捉了那期节目的一个完结时刻，照片里，电视里的朱莉·史密斯很冷静地故意向艾勒克斯·翠贝克竖起中指。整个国家都疯狂了。梅芙格里芬公司和美国国家广播公司的电话总机一连两天如交响乐般响个不停。帕特·萨迦克把三十多束长把玫瑰送到朱莉的更衣桌上。《危险！》节目第47期的最后一部分内容的市场收视率是50个点——与橄榄球超级碗决赛和各种暗杀事件的收视率齐平。这是1985年9月17日。

"我最喜欢的词，"艾勒克斯·翠贝克说，"是含泪。这是我最喜欢的词，尤其当这个词与我第二喜欢的词一起使用时，那就是催化。"他看着医生，"我只是在联想。我可以只是联想吗？"

艾勒克斯·翠贝克的心理医生什么话也没说。

"一个梦，"翠贝克说，"我一直做这样一个梦，我站在一家餐厅的窗外，看着一个厨师在翻煎饼。不过，最后我看清楚那些不是煎饼，而是人的脸。我就这么看着一个戴着厨师高帽的人用锅铲在翻炒人脸。"

心理医生用他的手指做出一个教堂尖塔的形状，然后对着尖塔开始沉思。

"我想我只是太累了,"翠贝克说,"我想我是累到骨头里了。我一直都担心我的笑容。担心这笑容已经开始变得老套。担心这笑容已经不再有吸引力,这么想让我从职业的角度感到焦虑。"他清了清嗓子,"正是这焦虑,我想,让我从一开始就觉得疲倦。这就像一个笑容的恶性循环。"

"这个和你一起工作的女孩子。"医生说。

"还有康威今天告诉我,他的一颗牙开始掉色了,"翠贝克说,"告诉我这事也影响了我,你为什么不说呢。"

"这个你一直谈起的参赛者。"

"她败下阵了,"翠贝克说,用手摸着自己的鼻梁,"她昨天被打败了。你从来都不读报纸么?她败给了自己的兄弟,简妮特和梅芙的执行总监通过作弊的试镜过程把她那被惯坏了的小杂种弟弟带进节目,并且用上了几乎都是有关动物的问题。"

心理医生的眉毛上扬了一点。这些眉毛浓黑,弯曲,几乎像是粘上去的。

"这背后是一个很诡异的故事,"翠贝克边说边拨弄着一颗袖口的装饰扣,让窗户上反射的光投射到屋顶的瓦片上形成光影。"我知道的已经是第四手信息了,但依然很诡异。她父母在他们很小的时候抛弃了他们。这个女孩子和她的弟弟,伦特。你能够想象一个冠军名叫伦特吗?伦特患了自闭症,病情很重,他更像是一个橱窗里的儿童模特,而不是一个真人。菲告诉马菲说这个女孩子过去无论在哪里,都像带着一个旅行箱那样带着他。最后,他和这女孩子被抛弃于某处的野外,是被父母抛弃的。令人作呕的行为。她被收养,而她弟弟则被送到福利院,一个国家的福利机构。就是这个可怜而无望的孩子,最后,他竟然记下了《拉普雷斯数据大全》整本书的内容。他们俩在小时候似乎都被逼着去记下这本书的内容。我曾经以为自己的童年是腐坏的，孩子。"翠贝克摇了摇头，"但是弟弟被送到福利院照顾，而她被来自拉霍亚的一家人收养，就我的感觉，这家人也不是善类。她从家里逃走了。她来上我们节目。她表现得太棒。她很公平，友好大度而得体，不吃无聊那一套。她用自己竞赛得到的奖金去帮伦特支付昂贵的自闭症治疗费用。她把他转到沙漠里的一所私人医院进行治疗，那所医院专注于……把人的魂从自己身体里拽出来，拉到人的世界。"翠贝克清了清嗓子。

"我觉得他们把他拽得不错，"他说，"至少让他恢复了说话的功能。可是，他在遇到压力的时候，还是会把头埋在胳膊下面。还有，他长相有点奇特。还有，他上了节目，用自己在动物学方面丰富的知识和数据击败了她。"翠贝克依然拨弄着袖口的扣子，"然后她就离开了。"

"上次我们治疗时，你说过你觉得自己爱上了她。"

"她是同志，"翠贝克疲惫地说，"她从头到脚都是女同志。我觉得她是那种政治女同志之一。知道这一类人吗？就是那种带着愤怒的？"她看男人的样子就像把他们看作是空气里不能接受的污点一样。并且，她和我们节目的一个主要研究员傻瓜关系很近，如果你不认为联邦传媒委员会对这个小的私通持有灰暗的看法，那么你就有另一个……"

"自由联想。"医生指令道。

"联想影像？"

"我对此也可以接受。"

"几年前，我邀请那女孩子去公司餐厅喝杯咖啡，或者一杯可乐。那时候她刚来，然后，她给了我一个令人困惑且催泪的眼神。她告诉我，她永远也不会和一个戴着电子表的男人一起喝咖啡因类的饮料。她当时留的是平头。有时候你会觉得她就像一个吸血鬼。有一次,在参赛者休息室里——那是我们让参加各期节目的参赛者集中休息的地方,有一次休息室里的灯光在闪,那种荧光灯——然后她就说必须把她带出这该死的休息室,因为闪闪发光的荧光灯让她感觉像是身处于一场噩梦当中。我也记得,那天的灯光确实有一种噩梦般的气质。就像霓虹灯里有脉搏在跳动。像是血液在流动。休息室里的每一个人都变得紧张起来。"翠贝克捋了捋胡须,"很奇特的女孩子。有一种很奇特的气质。当她笑起来的时候,一切都变得光明,非常专注。不过,这样又把有趣的一面给扼杀了。"

"我想我是爱上她了,"翠贝克说,"她确实对于数据有自己的一套。看见她和答案一起……有没有一种东西叫智力抚摸?我会想到我们在一起:中间隔着几个海洋,星星如射灯照耀……"

"还有那个和她走得很近的研究员?"

"挺好的女孩。一个有点胖的友善女孩。不算非常聪明。有一点情绪化。对她妈妈有一种既爱又恨的复杂感情。"翠贝克想了想,"我的看法是:菲是那种时刻在自己情绪上冲浪的女孩。你懂吗?她对于这些情绪的波浪会把她带到哪里去并无控制,不过,她也不是完全被浪击败的那种。一个心理冲浪者。但是她在这个年纪看起来还是很凶的。那双黑色且鼓出来的眼睛看起来很疯狂。身材圆润,肤色较深。不过,她的胸部很棒。"

"和母亲有冲突?"

"菲的母亲是一个绷得很紧的执行制片人。花太多时间纠结于如何不要纠结于我们节目的编导是她前夫的妻子这一事实。"

"一个女编导?"

"简妮特·莱尔娜·歌达德,我合作过的最差劲的导演。迪不喜欢她。简妮特喜欢挑动迪的思想;这是一种充满了姜水的思想。简妮特喜欢做的事包括在迪的办公室邮箱里放上一些让她忆起前夫的小东西。旧账单，领带夹这类的。她在搅动迪的思想。迪特别纠结这些，已经陷入停滞状态。在工作方面，她几乎都不能够正常运作了。"

"和这个人相关的影像？"

"你知道那些超现代的步枪吗，瞄准机制远远超过发射装置的那种？迪就像那样。上帝啊，我真担心有一天我也变得像她一样。"

心理医生觉得他们今天已经聊得差不多了。他给翠贝克示意了门的方向。

"我也真的很喜欢'艳俗的着装'这个词。"翠贝克说。

1985年秋天的前几周里，伴随着尼尔森收视率成长的公众只能分辨出两个有关洛杉矶的朱莉·史密斯小姐可能存在的竞争弱点。一个弱点是和动物有关。朱莉对于有关动物的线索就是不能有反应。在她的第四期节目，"双危险"的题目范畴里包括了有袋动物和动物学相关的歌曲，在那期节目中，一个来自韦斯特伍德的头脑异常清晰的药剂师步步紧逼，一直把朱莉推到了"最后的危险"环节，她勇敢地冒了险。把宝押在了爱娃·布劳恩[①]鞋子的尺寸上，才最后胜出。

在她参加的第五期节目里（根据节目组公布的规则，那期节目应该是她最后一次参赛，如果她获胜的话，就将以五次冠军的身份退出节目），朱莉遇上一个自称是门萨高智商俱乐部共同创始人的、特别胖的邮递员。第三名参赛者是一个神经衰弱的（但也很让人着迷，艾勒克斯就不断地整理自己的领带）来自富勒顿的速记员，她常用衬衫的袖口去擦自己的嘴唇。

---

① 爱娃·布劳恩（1912—1945）：阿道夫·希特勒的妻子。

速记员很快就得了负分，在第二个广告时段时变得歇斯底里般焦虑，因为她被旁边那个令人看不起、有报复心，而且时常悄声说话的邮递员影响到相信自己会不得不向《危险！》节目组支付她在记分牌上的 900 美元赤字，否则节目组就不会让她离开直播室。菲只有在录播间歇时冲上场去和她交流；可是这女人还是不能确定。在菲讲完从台上冲出去时，她还是很不放心地不时望向演播厅的出口，红灯亮起。

铃声响起，"双危险"环节开始了。朱莉故意避开了观众的目光，稍微停顿了一下，然后开始回应艾勒克斯。

她留下了一些得分的机会。邮递员专注机会得了分。朱莉依然领先。菲观察着速记员，她看起来似乎运用起自己所有的意愿和力量才能够勉强继续参赛。邮递员的比分步步紧逼，快要追上朱莉了。朱莉脸上露出不屑的神情，她在题板上搜索了几分钟，来到最后一个答案，古罗马，1000 分：《论雄辩家》的作者在公元前 43 年被屋大维杀死。朱莉的手指徘徊在答题按钮上方；她看了看速记员。邮递员闭上了眼，在脑子里搜索着数据。速记员的头扬了起来。她狂野地望着朱莉，然后按下按钮，说：这个人是塔里。全场都安静了。翠贝克看了一眼他的数据卡，摇头。速记员的得分变为负 1900 美元，她看起来像是癫痫发作一般，样子很痛苦。

菲这时看到朱莉按了按钮，对着她的麦克风轻声说，虽然艾勒克斯无疑要的问题是"这是西塞罗"，但是，需要注意的事实是，生卒年份为公元前 106 年到公元前 43 年的马库斯·图利乌斯·西塞罗在历史上既被称为西塞罗，也被称为塔里。这就像罗马皇帝奥古斯都的一个不常用的名字是屋大维，她指出这个事实，也示意主持人手中拿着的答题卡。翠贝克看了看卡片。菲飞奔到资源室里。这场裁决只用了几秒钟。速记员得到了她该得的分数还有现金。她脸上带着情绪激动的绯红，在镜头前拥抱了朱莉。邮递员理了理他的翻领。朱莉脸上露出一个灿烂的笑容。艾勒克斯，真真正正被感动了，短暂而大声地说他为今天节目里体现出的良好干净的竞争氛围而自豪。在"最后的危险"环节，朱莉把邮递员杀得片甲不留，他一直认为印度最早的文学作品是由吉卜林创作的。这期节目创下 65 个点的收视率。当时很少有人注意到，朱莉和速记员在鼓点响起时交换了各自的电话号码。菲被马菲·德莫特狠狠责备了，强调了要对任何一个答案可能对应的所有问题都进行仔细研究的重要性。朱莉手按按钮提出更正意见的照片被《新闻周刊》收入了其"新闻人物"一栏。

那天晚上，梅芙·格里芬的执行助理召集所有员工开了紧急政策会议。梅芙格里芬公司的最强大脑都聚集到一起，共商策略。艾勒克斯和菲也被邀请列席。菲打电话从楼下点了咖啡、可口可乐和梅芙自家特制的矿泉水。

格里芬对他的助理轻声说了一会儿话。助理的脸闪着光，带着一顶黑色假发。助理点了点头，站起身说：

"不能让她离开。太不错了。太性感了。她已经变成了整个节目的焦点。看看那些收视率数据。"他挥舞着数据。

"但是，有规则，"导演说，"五期，不败退役，四月份邀请回来参加锦标赛。每年一次的活动。这是传统。阿尔特·弗莱明。确保对参赛者群体的公平性。基本上是一个道德层面的事。"

格里芬在他闪亮的助理耳边轻声低语。助理再次站起来。

"胡说，"闪亮助理对导演说，"这女孩有魔力。数据不会撒谎。翠丝科特公司的人已经提议把他们的 30 秒广告价格翻一番，前提是，她要一直在。"他的嘴咧开了，但是眼睛却没笑，菲看见了，"开始吧，简妮特，我们可以把这个节目改叫《朱莉亚·史密斯秀》，我们依然运作下去。"

"是朱莉。"菲更正道。

"就是。"

格里芬又和他的助理轻声说着。

"大家需要梅芙再次提醒我们,在这里工作的各位都能得到可观的薪水和福利激励吗?"闪亮的男人问,手里翻动着表链,"这是一个成为业界英雄的机会。梅芙格里芬公司将要成为亚瑟王的宫殿。你们,你们所有人,都是骑士。"他扫视了一遍,"把刚才那句划掉。女王。娱乐界的亚马逊。"

"不经过恶斗,你不可能消灭一个60%的市场份额。"迪说,她坐在菲旁边,喝着一种菲看起来很像是水的饮料。导演在马菲·德莫特的耳边说了些什么。

全场静了下来。格里芬也站起身,和他的助理肩并肩。"我已经看了录影,印象深刻,因为我以前从来没有被打动过。她就像某种镜头,能够为那伟大而无序的力量进行过滤,这是有些人在本行业中用尽一生时间寻找和定位的东西。"梅芙·格里芬说。会议桌前的眼睛都垂了下来。"那是一种什么力量?"梅芙轻声地问。他看了看大家。他和助理坐了回去。

艾勒克斯走到门边,去帮助一个喘不过气来的负责茶点的侍应生。

格里芬轻声耳语,然后闪亮的男人站起身。"梅芙确定了这种力量,女士们,先生们,它是事实的一种能力,这能力能够超越事实本身的内部限制,最后变成自身具有的意义和感觉。这个女孩子不仅能够驾驭事实。这女孩子为浅显赋予了重要意义。她让它变得有人性,变成一种能够激发和挑动、引发和释放情绪的能量。同时,她为这个竞赛节目赋予了透明度和神秘性,而这些是业界所有人在过去几十年当中都梦寐以求的。她几乎是某种混合体,包含了一颗竞赛的头脑,一颗高雅的心,一种义胆,还有按按钮的手指。她就是,或者能够成为竞猜秀节目的化身。她是一个谜一样的存在。"

"什么，就像邪教信奉的？"艾勒克斯·翠贝克问道，然后打开一罐苏打水。

梅芙·格里芬甩给翠贝克一个冷眼。

梅芙的助理脸上发出了光。"看见那扇窗了吗？"他说，"那些规则就从那里被扔到窗外。"他摸了摸鼻子，"你们心里有良知的娱乐业者还在么？我要说，想想这良知逗留的后果，就在这里——"他看着简妮特，"——我的意思是，当那些规则的根本目标、目的和初衷从街头走开，走进自由世界每一个翠丝科特消费者的心中时，这个有良知的娱乐业者是否为了遵守规则而盲从？""肯定不会。"迪很平淡地说。

助理说："那这里就是我们的独家新闻。她会一直待在这个节目里，直到她被击败。我们不能也不会在电视上给予她任何帮助。在镜头之外，她应该得到任何梅芙认为是合理的支持。让她与我们合作，在策略允许的情况下放松些，也给其他参赛选手一点机会去展示。我们告诉她，我们要一起合作。德莫特，这就是我们的萝卜之一。"

马菲·德莫特用餐厅的纸巾擦了擦嘴。"我是一根萝卜？"

"如果这女孩与我们合作，那么你，德莫特，你就要帮助这孩子看管她的收入。告诉她，我们梅芙格里芬公司会为她提供庇护。把她从70那个级别调整到20左右的级别。明白？她要和我们合作，这是一个萝卜。""她把所有的钱都寄给她弟弟在治疗的医院。"菲在她母亲身旁轻轻地说。

"医院？"梅芙·格里芬问道，"什么医院？"菲看着格里芬。"她告诉我，她弟弟住在亚利桑那州的一所医院里，因为他生活在这个世界里困难很多。"

"这个世界？"格里芬问。他看着他的助理。

格里芬的助理小心地摸了摸他的假发,看着马菲。"了解一下情况,德莫特,"他说,"这个住院治疗的弟弟的情况。如果是好的公关信息,看着它被公关掉,把女孩带到一边,告诉她相关情况。告诉她有关规则和窗户的事。告诉她,只要她能坚持,她就可以一直待在这个节目里。"然后他停顿了好一会儿,"告诉她,梅芙想和她一起共进午餐,在适当的时间。"

马菲看了看菲。"好的。"

梅芙·格里芬看了看他的表。每个人都站起身。文件被碰得动来动去。

"迪,"梅芙坐在他的椅子里说,用手指头触摸着一颗牙,"你和你女儿请再留一会儿。"

爱达荷州,钱币,弗朗索瓦·特吕弗①,守护圣徒,历史鸡尾酒,动物,冬季运动,1879,法国大革命,园艺歌曲,塔木德②,"给你坚果"。

在1986年12月4日的第87期节目中,一名参赛者是脸上长了粉刺的戴眼镜的男孩,他干瘦的胸脯撑着一件印有莫扎特名字的T恤衫,名字已经掉了色;他在电视上宣称自己已经修改了西方的太阳历,把它与华盛顿的美国时间测量局里的原子钟完全同步了。他瞪着朱莉。他宣布,他在节目上赢得的所有奖金,都将用来支持他父亲实现梦想。他爸爸的梦想竟然是在奥兰治县的自家后院里做个水疗,在两侧各有一头大象,用长鼻子给他喷水。

"上帝啊,我累了。"在第三个广告插播时段,艾勒克斯手里拿着一块

---

① 弗朗索瓦·特吕弗(1932—1984):法国著名导演。
② 塔木德是犹太教文献。译者注。

手帕，一边喝苏打水一边对菲说。越过艾勒克斯，菲能看见朱莉，坐在她的小桌子前，望向现场的观众。观众席里的人们也在争相吸引她的注意。

男孩子想要实现的大象的愿望在"最后的危险"环节被击碎了。他尖声说伊斯兰的星期并没有定出特别的安息日。

"星期五。"朱莉轻声说。

艾勒克斯示意鼓点响起，然后问现场观众，请他们考虑一下加利福利亚人似乎从来不（他强调了"从来不"这个词）面向东方的事实。

"我就想知道那个不能生活在这个世界里的弟弟的情况，"梅芙·格里芬说，手里的一个夹子抵在手指的表皮上。迪发出轻柔的声音，表示赞同。

"这孩子患了自闭症，"菲说，"我不明白你为什么想要一个被疾病毁坏了的人的信息。"

梅芙继续对迪说："他到底是有什么问题。自闭症是不是有不同的严重程度。他能说话吗。他的病情进展是什么样的。他会不会激起人们的同情。他长得是不是特别像他姐姐。等等等等。"

"我们需要史密斯弟弟的完整信息。"梅芙的个人助理脸上闪着光，再次强调。

"为什么？"

迪看着自己手里的空杯子。

"一个可能性是，"梅芙自顾自地说道，"她弟弟是否能够像姐姐一样对数据如此在行。"他把夹子换到了左手，"如菲所说，他在这个世界里生存是有困难的，但可以联想到的是，他也有像他姐姐那样令人惊叹的基因。这些矛盾叠加在一起，能够达到神话的地步么？也就是成为竞猜秀的化身？"他继续在修理他的手指表皮。"他能不能做到她能做到的事情？"

"想象一下各种可能，"闪亮的男人说，"我们放长线来看这件事。一种高潮类型即将出现，对不对？就像另一个安提戈涅①。如果她在将来某个时刻被击败，那么我们希望击败她的人也能像她一样有吸引力。姐姐用自己的无私贡献来负担弟弟昂贵的治疗费用，这已经是一个极佳的公关故事。"

"我想知道他是否是一个神话。"梅芙说。

"他有自闭症，"菲回应道，眼睛鼓出来，盯着他，"这意味着那些医生在努力教会他把话说清楚。教他如何避免一遇到人看他就全身抽搐。而你却考虑想要让他上电视？"

梅芙的个人助理站在办公室暗黑的窗子旁。"梅芙的意思是，想象一下我们能够在这个女孩个人之外，继续保持这个神话的存在。全数据的神话，这个神话会有异常古怪的本体的自我生存和延续能力。我们说的是，事实在维持着感觉，通过那些变化，不可避免地照顾到所有的感受，菲。"

"我们考虑的是长久发展，这才是我们考虑的核心，"梅芙说，"翠丝科特公司的每一个大拇指都为这个发展而竖起来了。"

他们站在那里，迪整个人的姿态不断松垮下去。

"记住，女士们，"梅芙的助理在窗边发话了，"你们要么是解决问题的方法之一，要么，就是坠落的一部分。"他放肆大笑起来。格里芬则拍起了自己的膝盖。

九个月后，菲又来到格里芬助理的办公室。这男人戴着一顶与众不同的假发。他发话说：

"我就对你讲两个词，菲。一个是联邦传媒委员会，另一个是单独的公

---

① 希腊神话中俄狄浦斯的女儿，因为不听国王的命令，为自己的兄弟举行了葬礼，后被捕。

寓房。我们不要，我重复，不需要哪怕一丝谣传的迹象。我们不需要一个'一个问题价值六万四千美元'那样的丑闻，我说得对不对？所以我和你说联邦传媒委员会，还有分开的住所。"

"你的研究工作很棒，菲。我们很珍惜你。我亲耳听到梅芙在讲到你的名字时用了'珍宝'这个词。"

"我没有给她透露任何答案。"菲回答。助理严谨地点了点头。

菲看着助理。"她不需要这些。"

"我想对你说的是，让我们把自己的脏床单留给自己就好，"闪亮的男人说，"无论你是不是珍宝。所以，你就继续住在你可爱的玻璃公寓吧，我听说过太多关于这公寓的事。"

第一年里，收视率下滑了一些，通常在起始阶段都会这样。收视率很快就爬升回来。梅芙格里芬公司的股票在九个月里分割了三次。艾勒克斯买了一辆非常贵的汽车，以至于他都不敢开。他坐公交车上下班。迪和负责提示卡的女士在大峡谷买了房产。菲在马菲·德莫特的帮助下，开始研究个人退休账户。朱莉搬到位于伯邦克的一栋单层小楼里，继续以水果和种子为食。每个月，她把刨除了不多的房产税后的所有收入都汇到图桑的帕罗弗迪心理治疗院。她拒绝了《人物》杂志的封面报道采访邀请。菲对《人物》杂志的人说，朱莉是一个非公众人物。

很快，情况就已经发展到朱莉如果不乔装打扮就不能出门的地步。菲帮她选了一种假胡子，还特意告诉她不要用太多的胶水。

对洛杉矶国际机场航班信息和数据的推论让梅芙·格里芬的闪亮助理、《危险！》节目导演简妮特·歌达德，还有梅尔·歌达德先生——他在宝石银幕公司负责子公司事务——一行人决定乘坐助理的个人专机,于1987年9月17日飞到亚利桑那州的图桑,在那里,他们与飞蚁、黑蜘蛛,还有不可想象的交通状况一起,共享了几个湿热并且充满碳酸味的季风夏日。

昨晚,打败保持了700多场胜利的朱莉小姐的参赛者是来自亚利桑那州的伦特先生,一名年轻男子。尽管他有个习惯,在重要时刻会把头埋在胳膊下面,但这一点也不能掩盖他在按钮和答题板前所表现出的优雅和智慧,而这种场合,在过去几年里都是前冠军的地盘。

——《多样性》刊载文章,1988年3月13日。

下一步,史密斯会怎样?

——头条文章,《多样性》头条文章,1988年3月14日。

1987年,今天中午的洛杉矶非常热。一位邮递员穿着短裤和羊毛及膝袜,坐在一个打开的邮筒前吃午饭。炙热的空气流淌过水泥表面,就像是汽油一般冒着热气。每个人脸上都架着太阳镜。

菲和朱莉在洛杉矶西部闲逛,菲穿着泳衣和丁字裤。她的丁字裤发出声响,拍动着。

"你过去做什么?"菲问,"在看到我们节目的招募广告之前,你以什么为生?"

"一位加利福利亚大学洛杉矶分校的心理学教授当时在主持有关人类应对不同刺激源而出现流口水现象的实验。我作为一名职业测试者参与了这项实验。"

"你是一个职业的流口水者?"

"那让我能够有收入,菲。那时我才17岁。我每次还得从拉霍亚搭顺风车过来。我身无分文,也无处容身。我主要靠吃种子过日子。"

"他是不是要摇铃铛,或者向你挥舞巧克力,然后看你是否垂涎欲滴?"

朱莉大笑起来,露出了牙齿间的空隙,笑容布满她的假胡子和太阳镜,她的刚硬短发隐藏在一顶太阳帽下。"倒也不是这样。"

"那到底是什么样呢?"

菲的丁字裤发出异响,拍打着。

"你的鞋子听起来像是做爱的声音。"朱莉说。

"每一天都会过去的。"长期做参考书销售的销售代表皮·克雷格·伦特在游戏竞猜类节目制作大亨的办公室里说。大亨则很认真地拨弄一个塑料片,试图把一颗滚珠放进一个小丑娃娃的嘴里。

今天中午,迪·歌达德和马菲·德莫特坐在迪的办公室里,吹着空调,望向窗外的公路,喝着罐装的马提尼酒,看着电视上播放的《新婚夫妇游戏》节目。

"这是一档全新的新婚夫妇游戏。"电视里说道。

"很差的节目,"迪说,"他们能做的就是在节目里羞辱那些新婚夫妻。品位极差的让人堵心的节目。"

"我喜欢这个节目,"马菲说,然后把手伸向一罐放在空调前面的冰镇马提尼酒,"如果大家愿意为了一台干洗机或者履带式雪上机动车而让鲍勃·尤邦克在全国性的日间节目里羞辱自己,那是他们自己的问题。"

"廉价的节目。梅尔有一次看了一眼他们的书。实在是一个……一个非常恶心的节目。"迪搅拌着一颗柠檬。

鲍勃·尤邦克的头占满了整个屏幕。

"主啊,你能不能看看那个家伙头的尺寸。"

"长得很年轻。不过,"马菲沉思着,"他好像从来不会变老。我在想他是怎么做到的。"

"他用自己的灵魂交换他的脸。他崇拜明晃晃的刀。他以脸的名义,宰杀牲畜以祭祀黑暗的神。"

马菲看着迪。

"一个为你准备的特别大奖。"电视里说。

迪身子往前倾。"你要不要来看看他的头。他的前额就已经占据整个屏幕了。他们一定用了特殊的镜头。"

"我有点喜欢他了。他有一种幽默感。"

"我很庆幸他是在演播室里,而我在外面,这样我可以随时把他的画面关掉。"

马菲把杯子举起来,对着窗子的光研究杯中的酒。"当然,你从不会在暗夜里清醒地躺着,思考事情有没有可能是反过来的。"

迪把双脚交叉放到椅子下。"亲爱的孩子,我们所处的行业正是要确保你所说的相反的情况不可能发生。"

他们都笑了。

"当然,你也会听到一些故事,"马菲说,"关于某些孤独或者由于某种原因而受到伤害的人,他们的生活中只有电视作伴,他们的父母或者其他照顾他们的人从一开始就把他们放在电视机面前,等他们长大了,电视就成为他们所有的情感世界了。电视里的所有就是他们的所有。一定程度上,电视成为了他们存在的塑造方式,赋予了他们一种独特的身份认同:那就是他们在电视外面,而生活中的其他所有东西都在电视里面。"她喝了一口酒。

"请不要走开。"电视里说道。

"然后,你时不时会听说,这些人中的某个人也上了电视节目,可能是碰巧。"马菲说,"比如,在一场球赛的直播中,有他们在人群中的一个特写镜头,或者他们在街头被随机采访,了解他们对公投或其他事件的看法。然后,他们回家,立刻坐到电视机前,突然间,他们看着电视,看到自己在电视里面。"马菲往上推了推眼镜,"有时候你听说这样的情况让一些人发疯了,只是有时候。"

"应该有一种针对此类情况的特殊保险。"迪回应说,她把冰块放进酒罐里。

"也许这是个好主意。"

迪看了看四周。"你看到我的苦艾酒了吗?"

朱莉和菲路过一家灰泥涂料店,整个店面都涂成了一种治疗消化不良的药物包装的紫色。一辆大众产的公共汽车正在倒车。车厢音响里高唱着伤心之歌,只不过是倒着放的。菲用手擦了擦额头。她感觉很湿热,黏糊糊的,就像是塑料袋里包着的烫热之物。

"可是,我不知道跟他们说什么。"她说。

"和一个女人有关系并不意味着你是一个女同志。"朱莉说。

"可是,这也不会把我变成玛丽·奥斯蒙德[①]吧。"

[①] 美国歌手,她的女儿是同志,玛丽曾在公众场合表示支持女儿的性取向。

朱莉笑了。"那你需要戴上一个十字架。"她拉起了菲的手。

朱莉和菲经常一起散步。菲开车来到朱莉的住处,帮她乔装打扮。朱莉一般会戴假胡子和一顶礼帽,穿着百慕大短裤和夏威夷衬衫,还带着一个尼康相机。

"但是,如果我确实是一个女同志呢?"菲问。她看着向街头小贩购买哈根达斯的一位面相温和的父亲,他的孩子在一旁敲打着他父亲的大腿后侧。"我的意思是,如果我是一个女同志,然后别人问我为什么我是同志?"菲把朱莉的手放下,用手擦去上唇的汗珠。"如果他们问我为什么,我该怎么说呢?"

"你觉得会有很多人问你性取向的问题吗?"朱莉问,"或者你担心某些人会来问你?"

菲什么也没说。

朱莉看着她。"我不敢相信你还会担心这些。"

"也许我会。我关心什么,不关你的事。你就是我可能是一个女同志的原因;我只是问你,让你告诉我,我能怎么回答别人的问题。"

朱莉耸了耸肩。"告诉他们你想说的话就好。"她得时不时捋正自己的胡子,因为天气太热了。"告诉他们,同性恋只是一种对'他者'的反应。告诉他们,爱的意义就是试图用你的手指捅破爱人戴的面具,然后去获得对面具的某种控制,谁会关心你是怎么做到的呢。"

"我不想再听到这些面具理论,朱莉。"菲说,"我想听到的是我该如何真正告诉别人。"

"为什么你就不能告诉我你担心哪些人问你?"

菲还是什么也不说。一个大块头的男人走过,他的脸红得像一块肉排,他的牛仔靴是新的,他的西服领上别着一颗很大的锡制星星。

朱莉开始笑。

"不要笑。"菲说。

他们在沉默中继续走。天空清澈，在头顶伸展开去。太阳的光芒照耀着天空，看上去如镜子般光滑。

朱莉在帽子底下兀自笑着。那是一种冷笑。"你知道什么会更有趣，"她说，"就是那些你自己编造的解释。只要你想，你可以编任何东西。这样做，会让你被自己惊呆。理由越离谱，那些问你的人会越满意。"

"那很有趣？"

"我保证那要比你成天被担心折磨有趣得多。"

"朱莉，"菲突然说，"要是有一天你被打败了怎么办？我们还会在一起吗？或者说，我们在一起是否和这个节目有关？"

一个穿毛织棉布短裤的女子放肆地盯着朱莉。

帽子底下，朱莉的眼光看向远处。

"我这里有一种解释，"她说，"如果有人问，你就这么告诉他们。你和一个男人坠入爱河，他也告诉你，他爱上了你。他比你岁数大。他在商界是很有实力的人。你把自己的全身心都给了他。他去法国出差了。他不让你跟着去。你等了好多天，没有他的消息。你给身在法国的他打电话，电话那头，有一个女人用法语说你好，你还能听到男人用剃须刀的声音。过了几天，你突然收到一张来自法国的明信片，那是他到法国第一天给你寄的。上面写着：'这里很宁静。祝你美丽。'于是，出于痛苦，你决定成为女同志。"

菲看着朱莉的侧颜，还有那如同完美的白色葡萄般的肌肤。

朱莉说："你告诉他们，这个让你心碎的男人很快在你的脑海里形成了一个政治人物的卡通形象：巨大的头和瘦小的身体，所有那些丑陋的特征都被放大了。"

"我还会告诉他们,现在任何地方的任何男人对我来说都是那个样子。"

"也可以给他们这种解释。你在东海岸大学上学时,遇到一个男孩子。一个非常受欢迎、帅气,而且最重要的是——也是最吸引你的——极其严肃的男孩子。他会去图书馆,拿出一本《格雷氏解剖学》,研究女性阴蒂的具体位置和神经构造。简单来说,你被他说服要让他给你带来快乐。他玩弄着你的阴蒂和你的身体,就像在弹奏一种精美的乐器。你彻底沦陷了。你浓烈的爱营造出一种你可以称之为有机状态的境界:一个没有腿就走不了的身体;没有身体就不能行走的腿。他变成了你的身体。"

"但是,很快他就对我的身体厌烦了。"

"没有,他开始迷恋你的身体。他控制了你对自己身体的认识。他驱使你节食或者增重。他驱使你进行锻炼。他告诉你该做什么发型,化什么妆。没有他,你的身体连动都不能动。通过锻炼,你变得越来越有肌肉了。你的衣服变得越来越紧。他用巨大的纸把你外形的变化都画下来,按照某种前后演化的顺序挂在他的房间里。你的朋友觉得你疯了。你失去了所有的朋友。他把你介绍给他所有的朋友。他在介绍的时候,让你慢慢转动身子,以便他的朋友们可以从每一个角度观察你。"

"我和他在一起觉得很痛苦。"

"不,你是那种神志昏迷的高兴。但是,你身上已经没有多少你自己的东西了,而在那个精确的时刻,你感觉自己是最完整的。"

"他让我举重,然后他在旁边观看。他的房间里有杠铃。"

"你的爱,"朱莉说,"从你的不完整中涌流而出,但是,他需求里的美杜莎之凝视① 也把你缩减为另一个假体的附着。"

---

① 美杜莎是希腊神话中的一个女妖,传说那些看过她的脸的人或被她凝视过的人,都会变成石头。

"我告诉过你,我不想听关于这类事情的抽象说明。"菲很不耐烦地说。

朱莉继续走着,沉默着,脸上带着一种遥远的聚精会神般的皱眉神情。菲看见一只大蝴蝶持续撞击着黑色的豪华轿车的车窗。这辆车停在一个红灯路口。现在蝴蝶已经飞离了车窗。它漫无目的地飞到水泥地上,趴在那儿,放出光芒。

"他让你在他的房间里举重,而他就坐在那里观看,"朱莉平静地说,"很快,你开始一丝不挂地举重,而他坐在椅子上看着。你开始觉得不自在。第一次,你感觉到一种就像你嘴里出现的腐烂味道。这种腐烂的味道有点像茶。很多个夜晚这样过去。你的嘴里感觉到茶的味道,而最终,他开始走到屋外,到窗户下面,到窗外的夜晚去看你裸体举重。"

"他隔着窗子看我,我感到非常恐怖。"

"最后,他的朋友们也加入了。你发现,他开始邀请他所有的朋友在晚上到他家屋外的窗子那里看你举重。你能够清晰地看到他的朋友们脸的轮廓。你可以从暗色窗玻璃上你的投影里看到他们。那些脸都很僵硬,但很着迷。这些脸让你想起了用南瓜刻出来的脸。在你看的时候,你可以看到其中一张脸的舌头伸了出来,碰到了窗玻璃。你不能看清那是不是你英俊而严肃的男孩子的脸或舌头。"

"我因为这种痛苦,就成为了女同志。"

"可你还爱着他。"

菲的丁字裤拍动着。她擦了擦前额的汗,思索着。

"我和一个男人相爱,我们订婚了,我开始和他一起去他父母家里吃饭。一天晚上,我正在收拾餐桌,听到他父亲在卧室里笑着跟他说,对重婚的惩罚是拥有两个妻子。他也笑了起来。"

她们走过一家刚开门营业的电器商店。菲看见橱窗上的一个广告,投射在一面由三十台电视机组成的电视墙上。演员艾伦·艾尔达正拿着某个产品微笑着。

"你爱上了一个男人，"朱莉说，"他坚持说，只有当你站在你所处的任何房间里最中央的位置时，他才能爱你。"

帕特·萨迦克在他位于贝沙湾的家里种植了莴苣。博特·康威去印第安纳波利斯参加机车家庭博览会。

"一个梦。"艾勒克斯·翠贝克对有着音乐符号般弯曲眉毛的医生说，"我做了一个梦，梦见我站在一块空地的小山头上的讲台上，微笑着。那块空地一片翠绿，被三叶草覆盖，地上全是兔子。它们坐在那里，看着我。应该有几百万只兔子坐在那里。它们就这么坐着，看着我。有些兔子低下自己小小的头，吃起了三叶草。但是它们的眼睛依然盯着我。它们坐在那里，看着我，一百万只兔子，然后我就盯着它们看。"

"叔叔，"帕特里夏·史密斯·蒂利·伦特说，站在俄亥俄州阿什塔比拉州际公路70号的假日酒店餐厅的收银机后面，脸松垮而无畏。

"叔叔、叔叔、叔叔、叔叔。"

"不，"菲说，"我在公园里遇到一个男人。我们都在走路。这男人牵着一只宠物狗，是我见过的最可爱最漂亮的宠物狗。狗狗被他用一根绳子牵着。当我遇到这男人的时候，那狗使劲摇晃它的尾巴，几乎失去了平衡。那男人让我和他的狗玩了一会儿。我摸摸它的肚子，它舔舔我的手。这男人从自带的篮子里掏出午餐吃起来。我们和狗一起在公园里待了一整天。

晚上我和他一起度过。我让他进入我的身体里。我坠入爱河。每次闭上眼睛，我眼里就看见这男人和他的狗。"

"几天后，我和男人约好在公园见面。这次他带着另一只狗，也是很美的狗，也会摇晃着尾巴，舔我和那男人的手。他说这只狗是第一只狗的兄弟。"

"哦，菲。"

"可是，随着事情继续发展，我继续在公园里和男人约会，他每次都带一只不同的狗，他非常热情，对我和狗都很爱护和照顾，很快我就完全坠入爱河。我狂热地爱上这个男人，于是，有天早上我跟着他去了他上班的地方，想给他一个惊喜。我跟踪他到了工作的地方，发现他实际上是一个专业的化妆品研究员，他的任务就是用狗来做产品试验，然后把它们杀死，肢解。每次试验之前，他都要带着狗去公园遛一遛，同时也用这些漂亮的宠物狗去吸引女人，引诱她们。"

"你崩溃了，你变得很反叛，你变成了一个女同志。"朱莉说。

帕特·萨迦克在三场壁球比赛中大胜艾勒克斯·翠贝克。在更衣室里，翠贝克尝试打一个半温莎领带结，同时他也恭喜萨迦克的工作合同得到续签，还强调他希望对方不要介意鼓掌信号事件；萨迦克说他已经忘记了这件事，还把翠贝克称为大家伙；更衣室里有了某种平常的友谊氛围。

"我需要你帮我清晰地描述一下菲·歌达德和朱莉·史密斯之间的关系。"梅芙·格里芬对他闪亮的个人助理说。他的助理站在办公室窗子前，看着阳光下好莱坞高速公路上的车来车往。这些汽车都闪着反射的阳光。

"你和你的妈妈去看电影，"菲接着讲。她和朱莉站在一家皮具店的雨棚阴凉处，擦去身上的汗。"你还是个孩子。那天放的电影是迪斯尼的《飞天老爷车续集》，差不多整个下午你们都在看电影。"她把头发都拢到脖子后面，然后把头发抬起来，"电影结束后，你和母亲出了影院，站在路灯下的人行道上，你母亲突然就崩溃了。她变得歇斯底里，不得不被售票员控制住。她抓扯着你一直都很崇拜并且也一直梦想自己能够拥有的美丽的头发。她变得完全……歇斯底里。后来你知道了，在整个观影过程中，一个男人坐在你们后面，玩弄着你妈妈的头发。他色情地触碰着她的头发。她非常恐惧，感到很恶心，但在整个过程中没有发出一点声响，我猜想，她是担心如果你——作为一个孩子——发现一个男人坐在黑暗中色情地触摸你妈妈的事实可能给你带来不良影响。她在人行道上彻底崩溃了。她的丈夫赶来了，她吃了一年的抗抑郁药。然后她开始喝酒。

"很多年后，她的丈夫，也就是你的继父，为了另一个女人离开了她。那个女人和你妈妈有一样的专业背景和职业兴趣，以及和你妈妈相似的外貌和打扮风格。你妈妈对于自己与那个女人之间的任何细微差别都特别在意，因为这些差别可能是导致她前夫离开她而投入那女人怀抱的原因。她开始饮酒。那女人有意挑拨和刺激你妈妈的感情，正如她自己不稳定和本质上非常糟糕的个性一般，她会尽量和你妈妈打扮得很接近，在你妈妈的办公室邮箱里放上一些属于你继父的小东西，把自己的头发染成和你妈妈一样的红色。你们都在一个微小却拥有巨大权势的行业。这是一个很小、很肮脏，让人有幽闭恐惧症的小社区。在这里，如果你搅坏了一锅粥，你不可能逃离。你会被卷入困惑中。你会遇见这样一个非常独特、非常有趣、非常悲伤、只此一种的一个人。"

"西班牙的雨，"导演简妮特·歌达德对一个身形巨大，长得圆润、苍白和空虚得看起来像一个雪人般的年轻男孩子说，"我需要你在说'西班牙的雨'时，不要把你的头埋在胳膊里。"

"你就假装这是在玩游戏。"她这么说。

在朱莉·史密斯的弟弟即将击败她的第 741 场《危险！》节目前夜，菲告知朱莉，梅芙的助理和节目导演的安排和设计。两个女人穿着衣服，站在菲公寓的玻璃墙前，看着远山在一个不断扩大的阴影笼罩下变得像好时巧克力的形状。

菲告诉朱莉，正是因为梅芙格里芬公司的人对朱莉异常尊重和敬仰，所以他们对于选择来替代她的人选时非常谨慎认真。她也说了，对于梅芙格里芬公司来说，朱莉是竞猜节目的神话，尽管他们很清楚变化和失去是不可避免的，他们也真诚希望能够尽一切努力去保持这神话的力量。然后，她承认，她刚才所说的话都是那个闪亮助理让她说的鬼话。

朱莉问菲，为什么菲之前不告诉她即将发生的这些事。

菲问朱莉，为什么朱莉把合理避税所得的收入都寄给了她弟弟的主治医生，但是却不和她弟弟讲话。

朱莉不是唯一一个哭泣的人。

朱莉问明天是否会有关于动物的问题。

明天会有许多关于动物的问题。导演已经亲自确定了明天题目的范围和答案。菲被临时调去协助布景组修理演播室里巨大的《危险！》节目标志里坏掉而不再发光的一个字母 E[①]。

[①] 节目英文原名为"JEOPARDY！"。

菲问朱莉为什么喜欢去编造那些解释自己是女同志的理由。她觉得朱莉是一个真正的女同志,因为她似乎憎恨动物。菲说她不能理解这些。她对着玻璃墙哭了。

朱莉把她的手平放在干净的玻璃上。

菲问朱莉的弟弟是否能击败她。

朱莉说她弟弟不可能击败她,在他安静的内心深处,也知道自己不可能击败姐姐。朱莉说她知道所有她弟弟知道的事实,而且还比他多知道一个。

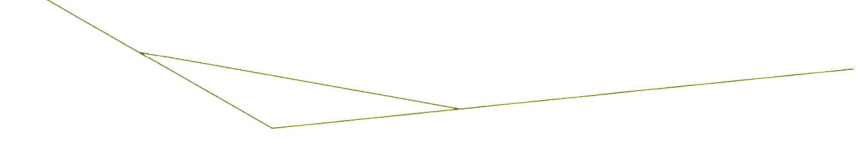

透过化妆间的窗户,菲可以看见一些灰黑的云块从后面把太阳包围起来。在小小的窗户上,可以看见雨点开始洒落。

菲告诉女化妆师她会帮朱莉化妆。朱莉坐在化妆椅上,穿着一条休闲裤和褪色的棉裙,脚蹬一双凉鞋。她的腿交叉叠起,头发用摩丝竖了起来。她的眼睛冷静又明亮,毫不呆滞,盯着光亮的镜中自己脸颊下的一处。她对菲露出了一个非常微小的闪亮的笑。

"你要迟到了,我爱你。"菲轻声说。

她涂了点粉底。

"这里有一盒。"朱莉说。

菲把粉底涂到朱莉下颚柔和的圆角处。

"这里还有一盒,"朱莉说,"倒过来拿。当你真正站在台上时。他们会为此发狂的。"

"你不会被打败的。他甚至都吓得不能站直了。下来的时候,我不得不从他身上跨过来。"

朱莉摇了摇头。"告诉他们,你那时候是八岁。你弟弟那时才五岁,很安静。告诉他们,你妈妈的脸很疲惫地耷拉着,先是那些男人,然后是她自己的作为让她显得很丑陋。她的脸上含着对一个空白而安静的男人的爱意,就这么耷拉着,那个男人让你们手摸着一个木柱子,永远站在路边等。告诉他们,你是怎样被你的母亲抛弃在一片干草地旁。告诉他们,那空地、天空、公路看起来都像是冰冷的待换洗的衣物。告诉他们,你们一整天都用手摸着那柱子,你的手,还有一个被毁坏的男孩子的白净的手,你们在等待从前每次都会回来的母亲。"

菲擦了粉。

"告诉他们,那里有一头牛。"朱莉咽了咽口水,"那牛就站在地里,靠近你们触摸的柱子附近。告诉他们,那牛在那儿站了一整天,咀嚼着它很早前就已经吞咽的东西,就这么看着你们。告诉他们,那牛的面部是没有任何表情的。那牛是如何整天站在那里,用一张毫无表情的脸看着你们俩。"朱莉呼吸着,"告诉他们,那牛几乎让你尖叫起来。吹过的风听起来就像在尖叫。就这么一整天站在那里,手触摸着木柱,旁边是一个寂静的婴儿。你知道,他可以一直站在那里,等待着他认识但从来也不能理解的唯一一辆汽车。"

用一张纸巾擦去了多余的粉。朱莉用菲拿着的吸纸抿了一下自己的口红。

"告诉他们,即使到了现在,你还是不能忍受动物,因为动物的脸没有表情。它们甚至不会有露出表情的可能。告诉他们,等有时间去看看,真实地看看一张动物的脸。"

菲用梳子温柔地梳过朱莉潮湿而挺立的头发。

朱莉看了看在小灯泡点缀的梳妆镜中的菲。"然后告诉他们要仔细观察男人的脸。告诉他们要静静站着，站上一阵子，仔细观察一张男人的脸。一张男人的脸上空空如也。你凑近了看。告诉他们好好看。不是看男人的脸做什么——他们的脸从来不会停止运动——就像昆虫头上的触角。但是他们的脸所做的就是在不同空白模式之间转换。"

菲在镜子里寻找着朱莉的眼睛。

朱莉说："告诉他们在男人的面具上没有你手指可以穿过的洞。告诉他们你甚至会希望能够爱上你不能抓住的东西。"

朱莉把她的化妆椅转了过来，抬头看着菲。"那就是我爱你的时候，如果我爱你的话。"她轻声说，一根手指划过她涂了粉的脸颊，伸出手指，在空中划了一条白色弧线，触摸到菲脸上。"那是当你的脸动起来，产生表情的时候。你试试从自己内心看出去，从不同的角度看出去。告诉人们你知道你的脸在休息的时候是最不美的。"

她的手指继续摸着菲的脸。菲在泪水中闭上了眼。当她再睁开的时候，朱莉依然在看着她。她脸上露出一个美好的笑容。她捧起了菲的双手。

"你有一次问我关于诗歌对我的影响，"她说。声音很轻，几乎就是轻声低语，就是她答题时对麦克风说话的感觉，"还有你问过我们是否依赖这个竞猜节目才能成为爱人。宝贝？"她用一根手指抬起了菲的脸，"还记得吧？记得大海？那属于我们的清晨的大海，那是我们钟爱的大海？我们喜欢大海，因为它就像我们，菲。大海是如此的平淡无奇。我们都能看到明显的东西，一直都是这样。"她掐了一下乳头，很轻，菲几乎没有感觉。"只有当它运动的时候，大海才成为大海，"朱莉轻声说，"波浪让大海不至于成为巨大的水坑。大海就是它们的波浪。最后，每一个波浪都要遇到它向前推动的事物，然后，浪会粉碎。我们所回顾的所有时光，那些你问过的时光，都是明显的。那些时光是明显的，是一首诗，因为那是我们。用这样的眼光来看待事情，菲。你自己的脸动起来，有了表情。海浪打在岩石上，放弃了自己的形状，形成一个动作，这个动作又表达了那个形状。明白了？"

菲不是在海滩而是在洛杉矶问到了未来。那是在洛杉矶。还有，那些不寻常的不知来自何方，最后自己就破碎了的海浪又怎么解释？

朱莉看着菲。"明白了？"

菲的眼睛睁开了，睁得很大。"你不喜欢我平静时候的脸？"

演播室是粉蓝色的。巨大的"危险！"标志被降了下来。标志上的字母E发出一种麻痹般的荧光。朱莉把头转过去，背向这病态的字母。艾勒克斯在他的翻领上别了一朵花。三位参赛选手的姓名以手写体方式被投射到各自桌子前面。艾勒克斯向朱莉遥送上一个传统的飞吻。帕特·萨迦克从舞台对面向菲伸出大拇指。他做了个手势。菲看了看大幕四周，发现在艾勒克斯从主持台走到答题台的路线上，苍白的用胶布张贴示意路线的蓝色地毯上，有一块香蕉皮。迪·歌达德、马菲·德莫特还有梅芙·格里芬的闪亮助理在导演室里弯腰聚在监视器前。简妮特·歌达德给一个男孩子来了一个特写镜头，他苍白而圆润得令面前的桌子都显得渺小。第三名参赛者位于中间，轻轻用手碰了一下他脸上的妆。菲能闻到粉的味道。她看着萨迦克双手摩擦着。红灯亮了。艾勒克斯抬起手，向观众问候。他的手腕上没有戴电子表。

导演戴着耳机，对二号摄像头发出指令。

朱莉和现场的观众相互对望。

幸亏客户经理知道如何做心肺复苏术

一位新近刚离婚的客户经理,刚刚在办公室加完夜班。时间已经过了晚上十点。在办公楼另一侧另一楼层的另一间办公室里,公司负责海外生产业务的副总裁——结婚已经三十年,当了爷爷——也刚完成了工作。两人都离开了办公室。

在这两个最后离开公司的人的路程之间,有着由平行线组成的相似特征。每一个人在离开的时候,都要在自己的体重和纤细却沉重的文件包之间求得平衡。两个人都拿着同样的公司文件包,包了皮的金属把手一侧印着公司名称缩写和公司标志。两个人在各自的楼层走过单色调带斑点的发出轻语的地毯,到达大厦两侧的电梯间。电梯间里的电梯门大开着,寂静无声。两人都要走过各自部门的大厅,他们都感觉到了作为加班的穿着外套和不再崭新的西服的经理在夜里经过那本该在白天来体验的办公空间时会有的一种特殊的亚音速的焦躁不安感。每个人根据各自忍受疼痛的程度,都接收到了一种扭曲的直觉,在经理与大厦远处管理员的吸尘器的低沉咆哮声之间那些整齐而分层排列的被点亮的空间里,大厦的寂静获得了新的表情:他们感觉到像是来自脊柱的、一个巨大呼吸的缓慢释放,一个轻微的巨大盖子诡异地移动着,节奏与这空旷刚好合拍。而这空旷,有理性的经理能够认识到,毕竟构成了这栋大厦一整天中的一半时间。经理也能认识到，这大厦不仅仅占据了这空间，而且还确定了空间的安排；大厦控制了经理们，而不是反过来。毕竟，这大厦不是由经理们构成，也不是经理们建造的，更不是由员工构成或者建造的。

尤其是这刚离婚的客户经理，在电梯向经理停车层下降时，他一个人安静地注意到，在每一个他工作过的公司的加班夜，在一个不为人注意但永远也不会被遗忘的时间点，那就是该离开的时候了；这个在加班夜的时间点是一个支点，从这里开始，那些每天的基本和无形的事物都会轻微地倾斜——在无意识的时间中的一个转折点——在这个时间点和人人衣着光鲜的工作日的清晨来临之间，这大厦的所有权属问题会因为公司职员的缺席而安静地变成一个真正值得思考的问题，这问题就这么挂在空中，悬而未决。

客户经理也挂在空中，随着他乘坐电梯的缆绳降下去。再次单身的初级经理很节俭，很灵活，在他身上有一种极端经济的气质，从经理的级别来看，他也是很年轻的（基本上就是一个初级的经理职位）。他最自在的时候，是在和他赞同的人交流时能够保持在一米的距离外。他还具有一种职业气质，尤其是涉及他负责的财务工作领域，这种职业气质可以在一个从流利能干到冰冷的连续体上得以描述出来。他乘坐的电梯下降时发出了一种过去通常听不到的浓缩的声响。

客户经理的进口全白摩托车斜靠在脚架上，紧挨着一辆宽敞而整洁的豪华轿车。在大厦的地下一层即维护层之下的员工停车层之下的空旷的经理停车层里，这两辆就是仅剩的机动车了。现在，时间已经过了晚上十点，这大厦里最深处的底层感觉和大厦其他所有东西都离得很远。这空旷的经理停车层显得极辽阔，极宽，极长，天花板离地大约 8.25 英尺[①]，可以引发

[①] 约合 2.5 米。

幽闭恐惧症,几乎贴着头顶的灯发出冰冷的黄光,地面的水泥把大量尾气造成的疲乏的颜色定格。客户经理乘坐的电梯在落地中发出的叮当、轰隆以及叹气的声响在经理停车层的灰色石头间发出不绝于耳的回响,同时,客户经理的正装皮鞋发出咔嗒咔嗒的声响,还有他的车钥匙和裤兜里的硬币分离时发出的声响也交织到一起。这个空间里的安静很透彻,也对任何打扰都很敏感,让人不想吹口哨。这个经理停车层闻起来有:汽车尾气味,某种模糊但又很透彻的橡胶味,还有客户经理的味道。一股潮湿的空气流过停车层:这空气来自出口处弯曲的通风管道,刚好位于指定停车位区域的旁边——为各主管和执行官们准备的定制车位——这个区域离停在停车层中央位置的豪华轿车和摩托车大概有半条街的距离。出口的坡道盘旋着在黑暗里上升,直到消失在视线外,爬上员工停车层,一直通到地面城市照明灯照耀下的安静而空旷的街道。

客户经理绕过闪亮的黑色轿车,站到自己的摩托车旁,这时候,经理停车层对面的一台电梯启动了,轰隆隆发出叹息声。

他的头盔锁在车尾的车钳上,于是现在也就变作摩托车自己的安全头盔了,客户经理已经和妻子合法分居,曾经出现过交织和虚构症状——曾经感觉到这戴着安全头盔的摩托车变成了设得兰岛的人首马身怪物,由精灵驾驶着,空无而微小地被掌控着——今晚的经验非常短暂,因为这初级经理几乎立马就把视线从摩托车上移开,看向对面发出声响的电梯。电梯把负责海外生产业务的副总裁吐了出来,他很僵硬,脸胀红着,走入经理停车层黄色的开放空间里。

客户经理和负责海外生产业务的副总裁只有过一面之缘,对对方的了解很浅,客户经理在今晚坐在白炽灯下进行长时间阅读之前,就已经在客户部的男厕所里摘下了他的隐形眼镜。不过,因为负责海外生产业务的副总裁是个身形巨大的男人——高大，魁梧又厚实；在白天，他的背影就像一个缓慢移动的壳，走过产品部的大厅，他也是面色很红润而棱角分明的一位年长而资深的经理——客户经理几乎立刻能够认出从对面电梯里走出来、一路咔哒咔嗒、僵硬地走进自己视线的是负责海外生产业务的副总裁，这高大的老人点动着头，好像在随着一首听不到的曲子起舞。突然，他的注意力被分散了，庞大的身体诡异而倾斜性地慢了下来，停住，整理，竟然不能保持一个清晰的迅捷的姿势，通过身体的重心从一边移到另一边的方式向前移动着，像一个充了太多气的人肉气球，载着他手上看起来纤细的沉重手提包，走向那宽敞的豪华轿车，轿车旁是客户经理的"精灵"和带头盔的摩托车。一路上，他都用手在自己的外套前触摸着满是卫生纸和钥匙的口袋里的某样东西。

客户经理弯腰去解开紧紧锁在摩托车上的头盔。他同时也在准备去迎接那种男性间的特殊气场，尤其是当两个有一些工作联系的男性在一个漫长而辛苦的工作日结束后，在公司高大而隐约脉动着的大厦深处空荡荡而寂静得脆弱的地下空间里相遇的时候：有要说话的义务，但是没有对话所需的亲密或兴趣或共同关注点等前提条件。他们共享着痛苦，可是两个人谁也不知道这一点。

弯腰去取摩托车头盔时，客户经理在脑子里挑选着对话的词语，既不要太拒人千里，又不能显得太近乎，既不能过于简洁，又不能太过分；他也在构建一个认真处理过的随意的脸，还把问候方式的可能性就缩小到某种干燥的"哈啰"，那种已经包含了对双方距离的确认以及一种随意地保持这种距离的愿望的问候方式。弯着腰，他组合了自己脸上的肌肉，塑造出一副冷酷但是带有敬意的表情，这表情配着一个不用想象力就可以有的带痛感的眼神，以便与负责海外生产业务的副总裁有不可避免的眼神接触。

对面的电梯门关起来了；电梯里的东西开始上升，发出声响。

负责海外生产业务的副总裁离得还远，还能够发出回声，不过，慢慢地，他还是像一个气球、一座冰山，向客户经理压过来。客户经理终于从解开锁的头盔那里抬起他组合好的脸，从白色摩托车处转过来面对着高级经理的到来。

客户经理看到负责海外生产业务的副总裁沉重地压了过来，他发出响声的手伸到了外套前面，突然他停了下来；他现在呆滞地站立着，无意识地抬起了粗壮的脖颈和巨大的头颅，就像一个动物闻到了风中飘来的预警信号。

客户经理看着，然后认真看着，负责海外生产业务的副总裁就这么站着——冻住了，膨胀着——脸上露出痛苦的表情；高级经理明显对着客户经理身后稍高一点的某个地方露出了痛苦的表情，就好像在对经理停车层被剐蹭过的天花板上的咒语运行一个自动天线分析。

负责海外生产业务的副总裁站着，脸痛苦地扭动，立在完美的散光聚焦点之上。他笨重地试图去平衡身体，脸部又痛苦地扭动，手中的纤细公文包砸在地上，发出异响，他把两只手都放到一个看起来有点模糊地出现在他外套的双排扣前侧的微微凹处。他紧紧抓住自己的胸前，就像那些被疼痛袭击的人一般；他似乎要把自己的身体折成两半，他的庞大身躯围绕着他外套胸前的支点弯曲起来。他嘴里发出好像含水漱口般的声音，这声音被回声放大了三倍。

客户经理观察着负责海外生产业务的副总裁踮起脚尖，在一根水泥柱上的烟尘里划出了一道干净的痕迹，在他垫脚尖晃动时，他撞上了一个底座为圆形的"禁止通行"的环形水泥交通标志，他的手伸向空中，驼着背，身子完全崩溃，倒在地上。他看起来要摔倒时，客户经理注意到，在他观察的同时，与节奏不符的惊讶地发现，他跌倒的速度只是普通事物跌倒速度的一半左右。

负责海外生产业务的副总裁，喉咙里咕隆响着，手抓着胸部，收缩，带着一种缓慢的优雅，跌倒在经理停车层被尾气熏染的地板上，身体开始极痛苦地扭曲。

幸好客户经理知道如何实施心肺复苏急救。及时、警醒、轻捷、灵活、身形矫健、独立行事、现在是一匹独狼——但是一匹有用的狼——处于生活中的灰色钢筋丛林里，至少现在比那些圆滑的有用的人少了些冷酷，他以一个乐善好施者的速度，冲过他纤细公文包和解除了头盔的摩托车与负责海外生产业务的副总裁之间的距离，把高大厚实却在疼痛中扭动的老男人的双腿分开。这时候，客户经理才发现这老人脸上有很大的毛孔，空虚却善良的眼睛，面颊上有一张精细的红色毛细血管网络，嘴像鱼一般张得很大，前额如蟾蜍般白，带着病态的酸，下颚消失在他咽喉肉的深处，手摸着他衣服胸部毫无节奏地抖动着，喉咙里微弱的咕隆声，淹没在客户经理及时而重复地向上呼救声被扩大了三倍的回音里。面朝天，背贴地的高级经理的衣服、外套、灰色的定制西服似乎都在延展开来，变得松弛——就像水一样延展开来，客户经理这么想，一个扔石头成瘾的人向池塘的水面扔了石头——水面的波纹从被搅动的水中央开始层层荡漾开去。在从柱子被划到，标志被碰到的整个时段里，客户经理已经开始在空旷的经理停车层中大呼救命。他的呼救声、朝上躺着的负责海外生产业务的副总裁喉咙里的咕隆声，还有相伴随的回响交织在一起形成的总噪音维度，在这个半封闭的经理停车层被放到无限大，以至于客户经理都已经被这局面完全搅昏和惊呆到了不可置信的地步——他把大而沉重，棱角分明，脸上毛孔很大的头以他的手掌为支点撑了起来，用一根纤细的手指帮助副总裁清理着他涨成紫色的喉咙和舌根部的异物——对于自己发出的呼救声微弱而不能够沿着经理停车层上行的微小出口，或者通过经理停车层天花板上的那些裂缝到达员工停车层，更不用说在员工层反向上行的出口道路的影响，或者说，这呼救声能够逃过员工停车层极厚的水泥墙而到达安静却被灯光照亮的地面商业街道上的可能的否认，在这街面上，两个情侣行走着，优雅，如木偶般苍白，双手交织着，极安静，一边听着城市里远处的暗夜交通发出的嘶嘶声和叹息声，但不总是能够听得见其中真正的区别。

与此同时，在街道下面的员工停车层下面的发出巨大回响的被遗忘的经理停车层，客户经理从副总裁胸部收缩部位撕下一块布，开始对衰微的心脏实施心肺复苏救护。他开始实施心肺复苏救护，按压着负责海外生产业务的副总裁胸部胸骨的柔软凹处，在按压的同时，开始通过副总裁完整但是衰弱得变蓝的嘴唇和倾斜的脑袋把气吹进他起伏的胸部，胸部收缩的时候，客户经理抓住宝贵的时间和呼吸，在每四次按压后，都要暂停并对着安静的街面方向发出"救命"的呼喊，通过心肺复苏抢救，他让负责海外生产业务的副总裁能够保持微弱的生命，直到救援到来，他严格按照过去自己接受过的红十字会娇小的波西米亚风格的棕色杏眼志愿教练培训和认证时学到的程序和做法来施救——他记得，当时所有的参与者都自愿被教练当作施救对象而打开双腿并实施了人工呼吸，后来，客户经理在一个自然而有石英光照的夜晚，为这位教练买了一杯咖啡，一片吐司面包，他还邀请她参加了销售学员年度聚会，再后来，他和她结了婚——当时她给予所有人认证，没有人知道何时这项技术可以拯救一个生命，他完全被当时未婚妻的话所吸引。她说，如果你怀疑自己没做对，就一直确认你准备好了的施救方法能够确保最低限度的救生功能，直到外部救援到来。他的胳膊和腰随着他对仰面朝天的副总裁不断按压、弯腰而开始变得灼热，他停下来，再次喊出"救命"，用手松了松他已经僵硬的衣领，随着他保持已经失去意识的负责海外生产业务的副总裁继续生存的努力继续着，他的呼吸越来越急促，外面来的救援依然没有出现，时间已经过了晚上十点，四周是一片深深的空荡，他呼救的声音没人听到，这已婚而幸福的、空白而慈祥的祖父的生命现在完全处于一名初级经理的手中，可放可收，一生的时间，就处于这被人遗忘的尾气漩涡中，就在解了锁的摩托车灯组合好的关注的眼神中。

"救命！"客户经理继续呼救着，在他为负责海外生产业务的副总裁双腿分开，进行人工呼吸的每四次按压间歇时，副总裁仰面朝天躺在被痛苦折磨过的逐渐展开的衣服上，下面是印刻了一氧化碳的水泥地面。

"救命！"客户经理边施救边呼喊着，耳边感觉到一个能微弱记得的潮湿的空气搅动了一下，又一下，这空气越过了他，越过了豪华轿车的黑色车篷，越过了无序掉落在白色摩托车旁的头盔，盘旋上升进入到地面街道的出口坡道，地面空旷而明亮，飘过大厦前，一样空旷而明亮，这空气被释放了，变得自立而自然。在地面所有东西之下，为了两条生命，客户经理弯着腰，一次又一次地呼救。

头发奇特的女孩

为威廉姆·F.巴克利及诺曼·O.布朗而作

吉姆利特梦见说,如果她昨晚没有去看一场音乐会,自己就会变成一种液体,于是我的朋友万德福先生、比格、吉姆利特和我在昨晚去了位于欧文的欧文音乐厅,去看基思·贾勒特的钢琴音乐会了。这场音乐会棒极了!基思·贾勒特是一个弹钢琴的黑鬼。我个人很喜欢看黑鬼们在表演艺术的各个领域进行的表演。我感觉他们是有天赋且令人愉悦的表演艺术家群体,他们时常让人感受到愉悦。我特别喜欢在离黑鬼有一定距离的情况下,欣赏他们的表演,因为如果你靠近他们的话,他们经常让你闻到一种不舒服的味道。很不幸的是,万德福先生也很难闻,但他是一个好人,一个很慷慨大度的人,当我取笑说我不喜欢他的体味时,他总是大笑,然后小心翼翼地和我保持距离,或者站在我的下风向位置。我一般都擦英国皮革古龙水,这样我就会随时都散发出迷人的味道。英国皮革古龙水是男用香水,它的电视广告里有一个非常漂亮性感的女人,她的台球比职业选手打得还要好。在广告里,她宣称,她所有的男人要么都用英国皮革古龙水,要么就滴香不擦。我觉得这个女人很有诱惑力,激发了我的性欲。我把英国皮革古龙水的电视广告录在我新买的东芝录像机的录像带里,然后,我喜欢躺在马毛躺椅上,一边回放这个广告一边自慰。吉姆利特曾经观察过我一边看广告一边自慰的场面,她也同意说那个广告里的女人非常有诱惑力，她还说她也愿意用舌头为那个女人舔阴。吉姆利特是一个乐于口交的双性恋。

为了能够看到基思·贾勒特在欧文音乐厅举行的音乐会，我们不得不在很长的入场队伍里排了很久，因为我们到得太晚，没有躲过观众进场的高峰。我们晚到的原因是比格在路上还去帕萨迪纳给两个人卖了致幻剂，然后他又到布里亚给两个女人送去了致幻剂，甚至在入场排队的过程中，他还给两名骑摩托车专程到欧文来买他的致幻剂的男子——格洛普和奇斯——也卖了些致幻剂。比格是一位技艺娴熟的朋克摇滚乐手，他也在我朋友房子里的他自己的房间里制造致幻剂，然后对外销售。我喜欢避开高峰时期的长队，尽量避免晚到，但是吉姆利特、比格和万德福先生在位于阿尔塔迪纳的新家刚一接上我，吉姆利特就立即在他们的二手运奶车里给我口交，我在210号高速上来了高潮，感觉非常棒，所以吉姆利特让我对于晚到乃至为大家埋单看音乐会都毫不介意，音乐会的门票极贵，且只是去看一个黑鬼表演。

格洛普和奇斯也立刻把他们刚买的致幻剂放到舌头上，决定留下来和我们一起去看基思·贾勒特的音乐会，特别是当吉姆利特告诉他们说会让我帮他们买票之后。吉姆利特把我介绍给格洛普和奇斯，两人大概都是高中生的年纪。

吉姆利特把我介绍给格洛普和奇斯。她对格洛普和奇斯说：这是病狗狗。然后她把格洛普和奇斯也介绍给我。我的名字叫病狗狗，不过我的真名却不是这个。我所有的好朋友都是朋克摇滚乐手，他们几乎鲜有正规的名字，大多都取名为奶头、奶酪[①]和手锥[②]。吉姆利特的真名是桑迪·伊姆

[①] 英文名为 Cheese，音译人名为奇斯。
[②] 英文名为 Gimlet，音译人名为吉姆利特。

布鲁姆，她来自新墨西哥州的德明市。奇斯问吉姆利特他是否可以摸摸她的发尖，她则邀请他去坐在尖木桩做成的栅栏上，这引得我发笑。

奇斯看起来非常不成熟，不像一个真正的忧郁的朋克摇滚乐手，并且，很不幸，他是一个没有吸引力的人。他的头已经秃了，但是头上还零星留着几缕头发，他戴着粉红色的眼镜，脖子很细，人看起来倒还不赖，不过格洛普不喜欢我的新西装，那可是我在罗迪欧大街的罗迪欧专卖店买的，他也不喜欢我的斯佩里牌帆船鞋，还有上面印有威斯敏斯特军校名称和一面美国国旗的我高中用的领带。他说我看起来就不像一个优雅的人或好人，他说我的衣着毫无魅力可言。他也不喜欢我英国皮革古龙水的味道。

格洛普的话激怒了吉姆利特，她告诉万德福先生，要他去教训一下格洛普，于是万德福先生用他厚重的黑色皮靴踢中了格洛普的腰部，那皮靴是中美洲搏斗专用靴，在脚趾部位还钉有钉头。格洛普极度疼痛，他被踢得立刻坐到路边马路上，就在排队进场观看基思·贾勒特的队伍中间，手紧紧按压着他被踢中的腰。吉姆利特把她的手指头放到格洛普的鼻孔里，让他向我道歉，否则她就会把他的鼻子从脸上扯下来。对于舌头上含着致幻剂的人来说，疼痛和不适显得尤其不能忍受，格洛普立即表示道歉，他连看都没有看我一眼。

我告诉格洛普我接受了他的道歉，我告诉他，他看起来像是某种还可以交往的人，我握了握格洛普的手，让他知道病狗狗不是好惹的人，然后，比格帮助他站了起来，让他靠着自己，我在欧文音乐厅的售票窗口买了六张基思·贾勒特音乐会的门票，花了我120美元。在我们全都走进欧文音乐厅温润、舒适且装修极有品位的大堂时，格洛普告诉比格他的致幻剂的品质数一数二。吉姆利特在我耳边低语说，为了报答我给大家买了音乐会门票，且让她免于破产，她会试试用嘴含住我勃起的阴茎长达几分钟而不让我达到高潮，她还会让我用几根火柴灼烧她双腿背面，这提议让我觉得很高兴，当所有的朋友围着我俩组成一个圆圈以表示他们口头同意时，吉姆利特和我把各自的舌头放到对方的嘴里。其他来看基思·贾勒特音乐会的人们对于我们这群人的欢乐也持赞同意见，所以他们在音乐厅宽敞的大厅里给我们留出了非常慷慨的私密性空间。

万德福先生、比格和吉姆利特已经服用了大量比格带来的致幻剂，这是他为了音乐会而专门配制的一种药，里面没有会让人烦躁和坐立不安的安非他命，格洛普和奇斯也服用了这种致幻剂，所以他们也受了这致幻剂的影响，开始变得有趣。我没有服用任何致幻剂，因为它和其他管控药物都很不幸地无法影响我或者我正常的意识状态。我不能从服用药物那里获得很嗨的感觉，所有我的这些朋克摇滚乐手们都觉得我这个特质非常令人着迷，也很好玩。我在预科学校、大学、商学院和法学院都是一个非常受欢迎的外向型的人，但是在那些环境里，我也还是无法被管控药物所影响。我的朋克摇滚乐手朋友们很喜欢看我买很多管控药物，服用后一点也不受影响，与此同时，他们都已经进入了用药状态。上个月，为了我的生日，他们让我在嘴里放上了超过两盒量的比格自制致幻剂，然后，我们一起驾驶我妈妈给我买的新型运动跑车出去兜风。那是一辆保时捷，六个前进挡，两个倒挡，全皮内饰，还是涡轮增压！吉姆利特和比格也在自己舌头上放了药，我们用倒车挡行驶在太平洋海岸线高速路上，就像润滑过的闪电一般划过，直到一名警察拦截下我们，我被迫贿赂了他一千美元，让他不要起诉吉姆利特。当时，吉姆利特认为他的手枪事实上是一个有放射性的化学废品，试图把枪从他的枪套里拔出来，扔向路边的一棵棕榈树，以便消灭它。还好，警察是个很优雅且具有绅士风度的人，他很高兴收到这一千美元的礼物。我们用前进挡驶离现场，比格开始笑吉姆利特，笑她竟然相信自己能够通过把手枪抛向一棵棕榈树而把它杀死,他笑得如此开心,竟然尿裤子了,差点就弄脏我的新车内部的真皮内饰,我不得不承认,我被惹恼了,就不理比格了,但是吉姆利特在一个休息站让我用金色的打火机灼烧了比格的一个乳头,我就又变得高兴了,觉得比格再次成为了一个好人。

  昨晚,我们找到欧文音乐厅同一排的六个位子,都坐下了。我的新朋友格洛普紧挨着比格坐,离我挺远,万德福先生也坐在比格旁边。我坐在奇斯和吉姆利特中间,吉姆利特坐在我们六个位子的最边缘。欧文音乐厅舞台上放着一架钢琴,还有一把钢琴椅。坐在我后面的女人拍了拍我的新运动外套的肩垫,抱怨说吉姆利特的头发影响了她的视线,不能很好地看到台上的钢琴和钢琴椅。吉姆利特告诉这女人去死,但是老好人奇斯对此表示很关注,他很有礼貌地和吉姆利特交换了座位,这样就解决了那女人面临的视线问题,当时,那女人还在因为吉姆利特的话而咳嗽不止。奇斯就是一只小虾,他头上几乎没有头发可以升到空中,所以特别适合坐在别人前面。吉姆利特的头发只集中在她圆圆的头中央,这头发被很有技巧地塑造成一个巨大而勃起的男性生殖器,头上其他部位就像奇斯一样几乎秃掉。她如阴茎般的头发蓬松巨大,但是也会在低矮的空间或者让那些坐在她后面、想看到她能看到的景致的人感到麻烦。她的朋友和闺蜜奶头负责吉姆利特的发型,也为她提供特殊的头发养护产品,她自己的职业就是发型师,她确保吉姆利特的发型随时都很死板,也很现实主义。我的发型则是由位于西好莱坞的朱莉奥双性时尚理发中心负责,我的头发右侧有一处很迷人的地方,并且在我的耳朵两侧都运用了一种羽毛技术,以确保我极好看和性感的耳朵能够随时露出来。我在买的《智族》杂志里看到这个很优雅的发型,就把照片剪了下来,拿给朱莉奥中心,说我想要做这个发型。万德福先生的发型是莫西干式,昨晚看起来有一点淡淡的紫色,其他时候,他的头发更偏橙色。比格的头发很长、很密且黝黑,一直覆盖了他的头、他的肩、他的胸、他的背脊,甚至他的脸。比格还有一个为了改善视力而戴的塑料面具,他把这面具编进了眼睛位置的浓发中,用的是奶头提供的技巧。比格嘴附近的头发通常毫无吸引力,因为在他吃东西的时候,食物就会从这个区域流动经过。我不记得格洛普是如何处理他的头发的了。

奇斯把身子从我面前伸过去,告诉吉姆利特说她在交换座位方面是一位老演员,这样的话,那个咳嗽的女人就能够享受音乐表演,因为基思·贾勒特是一位优秀的黑鬼音乐家,每一个人都应该能够亲眼看见,享受到自己的音乐审美愉悦,他还要我也同意他的观点。我很高兴能够同意奇斯的观点,然后让吉姆利特冷静下来,不会成为难以逾越的痛,奇斯也确实是正确的,当黑鬼基思·贾勒特穿着休闲裤和休闲鞋出现在舞台上,他穿的绒面衬衫实在太大,整个垮着,他在钢琴前的椅子上坐下来。就像许多黑鬼一样,基思·贾勒特也有非洲式的发型;从我们的六个位子在欧文音乐厅所处的位置看过去,我所能看见的就是基思·贾勒特的背面,还有他演奏时的非洲式发型。

可是,他演奏得真是太好了!我告诉吉姆利特我觉得这个演奏者确实很时髦,他不像朋克摇滚乐手,比如吉姆利特和比格,还有万德福先生,他们组成了一支优秀和技艺娴熟的名为"巨型括约肌"的朋克摇滚乐队,名声远播。此时,吉姆利特已经被致幻剂的效果笼罩着,她盯着我身后看,仿佛那里有什么极度有趣的东西。她用舌头舔着我的脸,大约有半分钟的样子,很快,她停了下来,把我的注意力引向更低一排座位上一名较小的年轻金发女孩子身上。她宣称这个女孩的头发看起来很迷人,也很奇特。她用极高的注意力盯着那小女孩看。台上,基思·贾勒特依然在演奏。

昨晚,当我的朋友和我一起在欧文音乐厅欣赏基思·贾勒特的钢琴表演时,我在想,我的这些朋友真是一群超级棒的人,我真的非常高兴和这么一群优雅而有趣的人做朋友!他们都很独特,和我过去在弗吉尼亚州的亚历山大港成长时的朋友,还有上学时,比如在威斯敏斯特军校、布朗大学、宾夕法尼亚大学的沃顿商学院还有耶鲁大学法学院时认识的朋友都不一样。我过去的所有朋友都有真名,穿着打扮也和我很相似,都很迷人,很能干,也时常很幽默,但是他们从来也不会像我在洛杉矶认识的这些新朋友这样是一群猴子!我在为了新工作而搬到洛杉矶后不久,在一个晚会上认识了我所有的朋克摇滚乐手朋友们,那份新工作每年给我的薪酬超过十万美元。

  那是一场为洛杉矶青年共和党人举行的晚会,我和佩斯利·坎贝尔-格里特小姐一起去参加,我一直都想说服她给我口交,让我用火灼烧她,我和她还有其他几名青年共和党人在一起聊天和讨论了几个小时,几个穿皮衣和金属服饰的朋克摇滚乐手——他们在很多社会问题上与青年共和党人有政治上的分歧——自然出现在聚会上,他们破门而入,开始吃由青年共和党女士辅助团准备的昂贵小食品,然后开始服用管制药品,砸东西。当晚会的发起人向个头最大的朋克摇滚乐手——也就是比格和他的伙伴死亡与螺栓销——发出抗议并指出他们应该更具运动精神和更有分寸时,比格用一根手指戳了他的眼睛。

  就在戳眼睛事件后不久,在那个晚会上,我和一个从伯克利分校法学院毕业的青年民主党人卷入了一场战斗(我一直想知道的是,他们怎么会让他进入那个晚会里?!),佩斯利·坎贝尔-格里特认识这个年轻人,当时我们几个年轻人相谈甚欢,然后我很天真地、很自豪地谈起了我的父亲和我的兄弟,以及我兄弟最近的晋升、责任和荣誉。

  奇斯把身子凑近了我,说黑鬼基思·贾勒特确实是一个记忆娴熟和让人愉快的音乐家，因为他的爵士乐真真切切是即兴的，基思·贾勒特确实是边表演边创作他的音乐。吉姆利特开始哭起来，因为这即兴演出，也因为那小女孩的奇特头发，我借给她一块丝绸手绢，这块手绢和我衣柜里的其他几样重要衣物的颜色和花式相得益彰。

在青年共和党人的聚会上，我告诉大家，我家族里母亲这一支拥有一家生产高质量药物的制药厂，而我父亲这一支则是真正的忠诚的军事精英家族。我爸爸是美国海军陆战队中军衔最高的人之一，他和我哥哥，还有我，和美国建国以来自尤利西斯·S.格兰特将军之后最善战的将军都是有亲戚关系的。我哥哥现在34岁，军衔为中校，服役于美国海军陆战队，并且被委以重任，出任美国总统手中核武器黑匣子的密码持有者的军官。一开始，我哥哥只是负责夜里坐在美国总统私人卧室外的椅子上，手腕上拴着黑匣子，值守夜班，现在，他已经用行动证明了自己的恪尽职守，变成了负责白天值守的军官，他也因此能够经常出现在电视和各种媒体上，站在总统附近三米之内，聚精会神，手捧对于我们国家权力均衡至关重要的带密码的核武器黑匣子。

那个偷偷潜入聚会的年轻民主党人，对于我所说的我哥哥是持有总统核武器黑匣子军官的事实感到不可理喻，他开始变得极为无礼，当众大声喧哗，并且用他套在灯芯绒运动外套里的手臂以民主党的方式指向空中，用指头戳了我的胸脯。佩斯利·坎贝尔-格里特宣称说他喝醉了，说他对于我们国家的国防政策非常热衷，但是胸脯被手指头戳的感觉让我极为愤怒，我拿出金色打火机，点着了来自伯克利法学院的民主党人的胡子。他变得超级难过，开始到处乱撞，用自己的手击打胡子，佩斯利也变得很愤怒，不过我很高兴能够用金色打火机点燃了他的胡子。

至于我是怎么遇见我的新朋克摇滚乐朋友并且变成病狗狗的：吉姆利

特和她的朋友奶头，一直在年轻共和党人产自蒂凡尼的大酒碗里上下寻找柠檬片，而那个胡子被我点燃的律师脸上的火已经烧到了头上，他把她们从酒碗那里推开，想要用碗里的液体把头上的火熄灭。吉姆利特被他这个行为激怒了，于是把他的头按在酒里，让他呼吸不到氧气。佩斯利·坎贝尔－格里特试图把吉姆利特从民主党律师那里拉开，这激怒了奶头，于是她把佩斯利昂贵的塔夫绸礼服从前面扯了下来，佩斯利·坎贝尔－格里特的胸部就全都暴露在参加晚会的众人面前。我觉得很高兴，因为吉姆利特试图要伤害那个着火的律师，而我开始预测佩斯利·坎贝尔－格里特会因为我惹恼了她来自伯克利的朋友而拒绝为我口交，加上她的乳房看起来特别小而尖，我就对着佩斯利裸露的鸡尾酒裙开心地笑了起来。我也问候了吉姆利特，赞扬了她的阴茎发型，告诉她我很高兴她试着要把这律师淹死，而这家伙竟然因为我提到我兄弟为美国总统捧那个带核密码的黑匣子而用手指戳了我。当吉姆利特和她的同党奶头、死亡和螺栓销，比格和万德福先生得知，我兄弟为美国总统负责捧有核密码的黑匣子，并且我是因为这个事情而很高兴能够去挑战那个让我愤怒的律师时，他们召开了临时会议，决定说我是整个地球历史上最杰出和优雅的青年共和党人。于是，他们很娴熟地用油漆印上督伊德教标志的二手运奶卡车把我秘密带离了共和党人的鸡尾酒会，而这发生在佩斯利和被点着的律师叫的警察到来并且找我麻烦之前，如果我被抓住了，那我会失去那份高薪工作的。

那个晚上，吉姆利特和奶头为我口交了，螺栓销也做了。吉姆利特和奶头让我觉得很快乐，而螺栓销没有让我觉得舒服，所以，我不是一个双性恋。吉姆利特还让我用火轻微地灼烧了她，我觉得她是一个杰出的人。比格在他东洛杉矶的房子后面的一条小街上发现了一条狗狗，他用汽油浇在狗狗身上，他们允许我在他们租住的房子的地下室里点燃了狗狗，那狗狗浑身是火,在房间里东奔西跑了几趟,我们所有人都往后站,以给狗狗让出足够空间。

昨晚,格洛普护理了自己被踢到的腰部,然后开始表示说基思·贾勒特正在从他黑鬼的非洲发型边际向他放送电力,他正在变成一个紧张的男同志。吉姆利特停止了哭泣,但是对那个坐在我们六个座位前两排,一个穿着非常有型的运动外套的年纪稍大的男人旁边的一个金发女孩变得更加感兴趣,更加入迷。吉姆利特说这女孩奇特的头发代表了具有放射性的化学废料产品反牺牲的魔法,如果吉姆利特能够把这些头发剪下来,放到位于她继父在新墨西哥州的家里走廊下的自己的阴道里,那么她就能够被不断灼烧而不会感觉到疼痛和不适。她开始对着幻想的火焰哭泣,随后尝试着站起身,凌乱地想要跨过几排座位去抓扯那女孩的头发,但是万德福先生把吉姆利特拉了回来,并且安慰她说他会在音乐会中间休息的时候,帮她弄来一些女孩的奇特头发,同时,他也把比格贡献的东西放到了吉姆利特的嘴里。

坐在我们座位尽头紧邻我的奇斯开始对我这个人好奇起来,他开始和我说话,此时基思·贾勒特正坐在他的钢琴椅上即兴演奏着。奇斯说,虽然很明显的事实是我是一个很好的人,但他还是在想,我怎么会和洛杉矶的朋克摇滚乐手们,比格、吉姆利特、万德福先生结识,因为我看起来跟他们并不像,着装也不像,又没有一个独树一帜的朋克摇滚发型,我也不穷困潦倒或是情绪低落或是无政府主义者。奇斯和我开始进行一段很深入而极有趣的对话,我告诉他有关我自己的几个事实,他觉得很有趣,也很让他觉得受到冲击。我们很深入地交流着,与此同时,万德福先生试图控制住吉姆利特而比格试图控制住变得紧张的格洛普,一切都在静悄悄中进行,以便我们所有人都能够欣赏到令人愉悦的黑鬼演奏家一直在放送的极美好的旋律。

我告诉奇斯，我和我的朋克摇滚乐朋友们交情非常好，虽然因为工作原因和家庭传统的因素我不能像他们那么打扮着装，但是我对朋友的时尚直觉都是顶礼膜拜的。自从吉姆利特知道了我有一份很棒的工作而且我的家庭富裕，这些条件能够为我时时提供很多资金的情况后，她从来没有因为我不能穿着皮衣或金属服饰，或者把头发剃掉，又或者把我的发型弄成一个真正意义上的朋克摇滚乐手的模样而感到不高兴。我的工作非常迷人，也很有乐趣，我刚做了一年不到。我在供职的律师事务所里是一名助理，主要负责解决公司责任的各种难题。有时候某些厂家生产的产品有虫和缺陷，而这些可能会伤害到消费者，当一名消费者因为产品而受伤，大发雷霆准备去法院起诉我的公司客户之一时，我就会被推到前线去解决问题。这类情况通常发生在儿童玩具或者是电动工具这类产品身上。我是一个极其有效率的公司责任难题处理人，因为我很享受挑战也享受随时带着古老的公司精神跳入困境然后与竞争作战！在我的职业生涯中，当一个厂商的产品确实出现了一条虫然后伤害了消费者，我会非常高兴也觉得很具挑战性，因为这样的话，对我更有挑战的是我需要去努力说服一个陪审团或者一位法学家确实发生了的事情并没有发生，厂商的产品并没有伤到消费者。更具挑战性的是，当消费者在庭审过程中也在场，也确实是受伤了，因为一个陪审团总是倾向于对一个受到伤害的人表示可怜和同情，尤其当受伤者是少数族群并且有若干年幼孩子的时候，通常少数族裔在上法庭的时候都是这样的。但是，我也已经处理过很多的公司责任案件，基本上只失败过一次或者两次，因为我很享受一个自己参与其中的竞争，也因为人们会出于直觉而自然喜欢我，由于我的外貌。普通的非专业人士可能会很惊讶于陪审团在多大程度上被外貌所影响这个事实。很幸运，我是一个很俊朗的恶魔，看起来甚至比实际年龄的 29 岁还要年轻。我看起来像一个非常整洁有礼的青年，邻家大男孩，一个好人，我妈妈曾经说过我有一张天堂里天使的脸。我有一双动物般的眼睛，我有如婴儿般柔软的白色肌肤，脾气也很好。我甚至都不用刮胡子，而且我有优雅有型的头发，没有看不见的头皮屑或者不好看的挠痒痒动作。我总是把头发梳得很完美、整洁干净，永远都是短发。我还有非同寻常的迷人的耳朵。

我对奇斯解释说穿着得体和看起来像一个天使对我的职业生涯帮助很大，而吉姆利特是能够理解这个事实的。我的工作给我带来每年超过十万美元的收入，我妈妈也会从自己的腰包里给我寄来支票，所以我手头很宽裕，而这让吉姆利特、比格和万德福先生成为了一群快乐的朋克摇滚乐手。

在我对奇斯开始发火之前我还是很喜欢他的。不像吉姆利特和格洛普，服用了致幻剂的奇斯在昨晚基思·贾勒特音乐会上还是一个非常开心的家伙。他没有看见幻象或者变得暴躁焦虑，但是他坚持说舌头上的纸使得他可以用自己的五感来欣赏黑鬼基思·贾勒特的音乐。他能够听到音乐，同时他还可以看见、闻到和尝到这音乐。奇斯宣称有些音乐闻起来就像阁楼箱子里的旧天鹅绒，或者维生素，或者药物，或者是清晨的味道。他坚称他也能够看见基思·贾勒特的即兴作品。他很勇敢地试图用自己的词语来描绘不同情况下的日落，比如透过火看到的日落，杏色和蓝色，比如透过烟雾看到的日落，李子色和黑色。他说有时候那音乐很像冰后面微弱的光。光是听着奇斯非常具有感官愉悦的描述，我就变得很快乐，当吉姆利特把她的手放到我休闲裤里的阴茎上，并宣称说在那个小女孩奇特的金发里有隐秘的虫子和蛇在不断蠕动，并且拼写出吉姆利特来自新墨西哥州的家族名字的时候，我给了她一个大大的吻。

奇斯除了朋克摇滚乐之外还知道其他很多音乐类型。他觉得基思·贾勒特是一位非常有天赋的黑鬼演奏家。他说只有一个天才才能这么坐在他的椅子上,在成千上万有距离的观众面前,开始弹奏那些与他的非洲发型一起飘荡在他脑袋瓜儿里的各种老曲子。奇斯认为基思·贾勒特脑子里有几十亿支这样的曲子在弹奏,然后他很激动地告诉我说,基思·贾勒特不仅仅演奏这些小曲子,他还以独特和有趣的即兴方式直接加入到这些曲子当中去,所以他每一场钢琴音乐会都是不一样的。这些小旋律是由基思·贾勒特下意识来组织链接在一起,奇斯说,于是他的音乐会是线性的,基思·贾勒特的钢琴演奏是一条线,而非创作的圆圈。这条线就像是这黑鬼特有的经历和感受的一个小的生活故事。我告诉奇斯我不知道黑鬼有下意识,但是我很享受这音乐,奇斯的眉头皱了起来。吉姆利特开始发出呻吟,这使得我有了性冲动,当奇斯身后的那个女人要求我们所有人都小声点以便整个欧文音乐厅的观众可以享受这场音乐会的时候,吉姆利特甚至都没有对那个咳嗽的女人说"去死吧",但奇斯还是皱起了眉头,他对那个女人说,如果她还不停止骚扰我们的话,他就会踢她的丈夫,于是她闭上了嘴,我拿起了吉姆利特的手,把她的一根涂有白色指甲油的吃起来像香草(我很享受)的手指放进了我的嘴里。

那个吉姆利特觉得头发有化学吸引力和魔力的黄发女孩看起来似乎开始打瞌睡,她的身体斜靠在那个年纪稍长的男人穿着缝制精致的运动外套的肩头。我很喜欢这件运动外套并且希望这外套属于我而不是那个男人。我希望这个男人能够在他的座椅上转过身子,这样我可以看见这外套的主人是谁,我开始想是否要向这个男人的后脑勺扔一枚硬币以使他转过身来。

虽然是一个不错的全秃的戴紫色眼镜的朋克摇滚乐手,奇斯也可以是很有智慧的聪明人。他对你作为一个人是极度感兴趣的,在我都没有察觉的情况下,他就已经把我们从谈论音乐类型和基思·贾勒特的黑鬼经历和情感转移到与音乐无关的我的白人经历和情感方面了。奇斯坦白地说，他很希望能够了解我为什么会和朋克摇滚乐手们保持如此之好的关系。他说希望能够更好地了解一个像我这样的病狗狗。他开始看起来非常严肃，进入了他的致幻剂之旅，不过他变得有点好玩儿，让我觉得很富有娱乐性而且很投入。他透露说朋克摇滚乐手是生下来就在一个狭小空间的孩子，那里没有窗子，四周的墙壁都由水泥和金属建造，时常都会涂抹墙上的涂鸦，成人后他们就试图要从这墙壁中突围而出。他们尝试沿着某些东西非常锐利的边缘快速移动，要做到这样的效果他们就必须不在乎自己是否会从边缘跌落。奇斯说我的朋克摇滚乐手朋友们全都觉得自己似乎一无所有，总是一无所有，于是他们就把一无所有变成了什么都有。可是奇斯也说我是一条已经拥有一切的病狗狗，他就非常想知道我为什么要用自己拥有的大的一切去交换大的一无所有。奇斯在他最边缘的座位上显得非常好奇和愉悦，但是他坚持要看着我白皙的侧脸，他把手放到我的新运动外套袖子上，这个举动我不喜欢，因为他的手指甲不干净。他问我为什么我是一只病狗狗。

我告诉奇斯他是一个很好的人，我刚才很享受和他进行的深入交谈，也很喜欢他的耳环。他的耳环是骨头做的。听到这些话时，奇斯再次变得焦躁不安，我告诉他把自己皱起的眉给倒过来。

在我盯着那个年长男人的脊背时，吉姆利特注意到我手里的硬币，她能够像读懂一本书一样读懂我。她在我耳边低语说，我把硬币扔向长有奇特头发的女孩，然后女孩会被伤到，她就会在座位上转过身来，然后吉姆利特就会利用这个机会观察这个长有奇特头发的女孩子的脸。她说她认为这女孩的脸应该是一张绝对巨人的脸，有行星会围着她的眼眶绕行，她的气息闻起来会像苹果。她说如果把那些奇特的头发从孩子身上剪下来放到吉姆利特被致幻剂影响的阴道内,那么吉姆利特将从一个桑迪·伊姆布鲁姆变成一片燃烧着火焰的拥有正确温度的手臂和腿还有阴道的区域。奇斯很礼貌地问吉姆利特她是否愿意吃几颗维生素 B12 以便能够降低她服用的管制药物的药力,但是吉姆利特这时候已经不能注意到奇斯的存在了。她把她的手放在我裤子阴茎的位置,然后宣称她自己浑身都是令人好奇的竖起的毛发与火焰,她想要去我父亲在美国海军陆战队的办公室找他,然后把自己投入我父亲勇士的臂弯里与他发生性行为,当他高潮时,他会从吉姆利特那儿被点燃而后被牺牲,她会把他的喉咙割开让我能够在他的血液里洗澡。吉姆利特是一流的女子,但是我必须承认她的这些说法让我很生气,吉姆利特在欧文音乐厅里公开谈论我的父亲和性行为。奇斯推论说,吉姆利特当时正经历着一个很不愉快的致幻剂经历,所以他建议万德福先生用他发育健壮的手臂搂住她以换来对几个人的保护,比格告诉奇斯把他的老嘴闭上,自己管好自己的事就是。

我真的被吉姆利特给惹恼了,当基思·贾勒特的非洲式脑袋开始摇摆起来,他的音乐开始变得大声,越来越像朋克摇滚乐时,我把手交叉抱在胸前开始通过我的鼻孔愤怒地对着吉姆利特呼吸。接下来我从上往下盯着她,带着愤怒盯着她。吉姆利特的黑眼球变得巨大以至于她眼睛的颜色都被模糊了,她开始惧怕我并哭泣,这让我感觉到有一点点高兴。奇斯又一次把他不干净的手放到我新运动外套的袖子上,我转身对着他,用刚才还交叉着的双臂,我一定看起来对他把手放到我的袖子上表示出极度的愤怒,因为他不成熟的双眼在紫色眼镜框后面变得又大又紫,他摸了摸胡子,安静地说我们要不走到音乐厅的大堂里好好谈一谈,然后在那里等其他人在音乐会间歇时再加入我们。我很愤怒,就在我进退两难不知道是向那个有奇特头发的女孩子扔硬币,还是在大堂里用金色打火机灼烧一下奇斯的时候,我决定要灼烧奇斯,然后我就追着他上了走廊的楼梯,追进了令人愉悦而凉快的欧文音乐厅的大堂里。吉姆利特问我病狗狗你要去哪里?但是我没有理她。

不过,当我们进入大堂时,我就不再想灼烧奇斯了,因为那样不会好玩,因为当我们进入大堂后,穿着皮裤、黑色靴子和皮衬衫,秃头上长着些鬓毛,蓄了胡须,发育不良的胸前和后背挂着各种链子和弹药的奇斯很自然地坐到一把非常舒服的属于音乐厅的沙发椅上开始哭泣,这样奇斯的眼泪开始从他玫瑰色的眼镜片后面奔涌而出。奇斯开始看起来就像他真实的年纪那么年轻,就像一面镜子里看到的。我知道现在比格的致幻剂在老好人奇斯的舌头上正发挥着作用,不像我,他的意识已经被管控药物所影响了。

一边哭泣,奇斯一边说他不能理解我,而且我吓到了他。我说这是一场娱乐的暴乱:一个像奇斯一样带着弹药的朋克摇滚乐手被一个像病狗狗这样干净整洁的俊朗平民吓到了。我告诉他没有伤害就没有犯规,然后提议吉姆利特为他实施娴熟的口交,但是奇斯对我的提议置之不理,他拉着我为友谊而伸出的手,用他只能勉强运作的手,把我拉倒躺在那个迷人的躺椅上,他的身边。在大堂里几乎听不到基思·贾勒特的音乐。

奇斯再次重申他不能够弄懂像我这样的一个病狗狗,他还说他也不能够理解我几乎随时都表现出的快乐。他花了好一阵子才说出了快乐这个词。你知不知道我的意思,他问我。有某种和你有关的东西全都是快乐,病狗狗。我很耐心地再次对奇斯解释了我优厚的薪酬、优雅的服饰和精良的家庭娱乐产品,但是奇斯摇了摇他完全秃掉的头,说他在说快乐一词的时候,实际上是在想着另外一个词。我想知道你为什么如此快乐,他说。在他不断地问我为什么快乐之后,他问我是否爱上了吉姆利特。我把穿在新运动外套里的手臂环绕在奇斯的皮衣肩膀上,告诉他吉姆利特是我人生之书里的王牌,在很多场合我都被吉姆利特弄得很快乐,因为她给我口交,而且让我感受到了令人愉悦的高潮,并且她还允许我用火灼烧她的身体。眼泪不再从奇斯的紫色镜片后面流下来,但是他还是继续用一种让我想伤害他的方式继续看着盯着我,直到我假设他已经进入了一种药物导致的催眠状态,在这样的状态中,一个人通常会死死盯住一些他们认为太大而不能理解的事物,通常会持续很长时间。我不知道是否应该让处于催眠状态的奇斯一个人待在大堂,但是我很想去欣赏基思·贾勒特的音乐演奏,所以我就把他抛在脑后,离开他,然后走到公共饮水区,又走到演奏厅的入口。可是就在我即将进入演奏厅入口的时候,我听到奇斯在叫喊,于是我再次记起了奇斯,当我再次回到他的躺椅旁,他已经不再像我的头灯下一只被灯光照射得呆滞的兔子,他已经不用再看着或者盯着我,然后才能说如果我能够告诉他我时时散发出的快乐的本质,他会让我用火稍微灼烧一下他,还有他那有部分黑鬼血统的未婚妻。

我对奇斯说他给了我一个我不能拒绝的提议,但是,他的问题又让我为难,因为我已经和他解释过在生活中有诸多时刻和场景中的各种事物让我变得快乐。事实上,一直以来也就只有那么几件事情让我觉得不高兴并且跌落谷底。比如,其中一件事是我在布朗大学上学的时候,我很自豪地去美国海军陆战队预备役报名,招募的军官让我们参加了很愚蠢的人格考试,我就没通过这考试,又回去找他们很礼貌地投诉,这时,他们让我又一次参加了一场愚蠢的考试,并且说我又没有通过,然后他们让我和一位在预备役办公室的医生交谈,然后布朗大学的招募军官给我在华盛顿特区忙着很重要事情的父亲打了电话,我父亲被整个事件激怒了。那名军官反复称呼我父亲为"先生",并且对打断他的工作表示了歉意,但是最终我也没有机会进入在布朗大学或者是其他地方的任何预备役。又比如，另外一件事发生在弗吉尼亚州的亚历山大港，当我八岁，我姐姐十岁时，我那个后来为总统负责捧核密码盒子的哥哥还在威斯敏斯特军事学校里上学，我姐姐和我在哥哥的房间里玩耍，在他的桌子下层抽屉里发现了几本色情杂志，上面都是男人和女人进行性行为的照片，我们翻看这些杂志，看到有男人把他们的阴茎放到女人双腿之间的照片，那些杂志里的男人和女人看起来都很快乐，于是我就把自己和我姐姐的内裤脱了，并且把我因为翻看杂志而勃起的阴茎放进了我姐姐和我一起发现的她双腿间的一个洞里，那是她的阴道，但是把我的阴茎放进她的阴道里，并没有让我姐姐感到快乐，这时她就叫我爸爸，我爸爸走进房间看见我们在进行性行为，于是他把我带到我们家里地下一层游戏室旁他的工作间里，用他的美国陆军金色打火机灼烧了我的阴茎，并且告诉我如果我敢再碰他的小女孩的话，他就会用金色打火机把我的阴茎烧掉，后来我只能去看医生，开了药膏，擦拭在被灼烧的阴茎上，我觉得很不高兴，情绪跌至谷底。

  如果不是父母教导我在公众场合讨论家庭的隐私是一种家教不良表现的话，我也许会告诉奇斯很多个过去我曾经不开心的场合，并且会告诉他在我眼中吉姆利特就是最棒的，而且她经常通过为我口交并且让我用火灼烧她而取悦我，因为这两件事是唯一能够让我快乐得欲仙欲死的事情。不幸的是，尽管我是一个俊朗的男子汉，在学校和生活中很多女孩子都喜欢我，但我的阴茎在她们想要性交的时候就会疲软下来，只有当她们给我口交的时候，我的阴茎才会勃起，可是当她们给我口交的时候，我会十分希望用火柴或者是打火机去灼烧她们，大多数女人都不喜欢这样被灼烧的行为，而且在被灼烧时都变得不高兴，于是都不愿意为我口交而只愿意性交。

  可是吉姆利特一点也不犹豫地为我口交。还有，吉姆利特知道要让我成为地球历史上最快乐的公司责任问题处理人的诀窍就是把我父亲杀了，我会把我父亲杀了，并且用他的血液泡个澡，前提是我能够这么做又不会被抓住或者被判有罪，也许只有等他退休了，而我母亲也很虚弱的时候，吉姆利特还承诺说要给我提供帮助，把她继父也杀了，到时候她会给我口交并且让我用火灼烧她。

我和奇斯继续交谈着，随后在我耳朵里，我的声音听起来慢慢变得浓厚起来，因为对过去历史事件的回忆经常会影响我的正常意识状态，就像管控药物影响他人那样会影响我。我对奇斯说我很遗憾不能够回答他的问题，但是我会给他一千美元现金礼以换取他的黑鬼未婚妻先干干净净地洗个澡然后给我口交，并且让我用火柴灼烧她腿的背面。

奇斯用一种半催眠的状态盯着我看了好一阵子，我觉得很自信，认为他将同意收下我的现金礼，我们之间将达成一个协议，可是就在这个时刻，基思·贾勒特的爵士钢琴音乐会中场休息时间到了，人们开始走进欧文音乐厅的大堂里。这些人都走得很缓慢，我胸腔里的心跳得异常缓慢。观众开始通过演奏厅大门进入大堂里并交谈着，脸上的表情甚至比美国橄榄球联赛的集锦节目中的慢动作回放还要缓慢，橄榄球联赛集锦节目里经常播放一个漂亮性感的女人边打台球边声称，她所有男人都用英国皮革古龙水或者什么香水都不擦的广告。我的平常意识状态随着奇斯坚持一直盯着我，并且大堂里的人们都用极其缓慢的动作去购买小食品，去公共饮水池喝水，或者进入洗手间而变得被历史所影响的程度更深了，欧文音乐厅里的空气变得很像点燃了的冰，奇斯在开始拒绝我提的交易后，他的声音感觉来自很远的地方，他的紫色镜片开始浮现出冰面穿透出两个愚笨的日出景象。

从缓慢的大堂里迷人的躺椅上，我开始尝试看是否吉姆利特、比格、万德福先生和格洛普已经出来帮助我说服老奇斯接受我的礼物和建议的交易，但是我发现自己极有兴味地注意到了那个缓慢跑动着的穿运动外套的男人。从他背面可以看出那运动外套是一件正品，不过现在在大堂里，这外套看起来有着非常不吸引人的窄领还有非欧式的缝制工艺，这些都是我不喜欢的时装特点。这男人用让人觉得好笑的慢动作奔跑着，抱着有奇特头发的女孩子，他被抛下了，格洛普和比格被万德福先生和吉姆利特一路追赶着，跑过缓慢而拥挤的大堂。我朋友万德福先生和吉姆利特的嘴大张着，处于一种大笑和激动的状态，万德福先生的手里拿着某种闪亮的金属物件，而吉姆利特的阴茎发型雕塑在顶部已经变得不成体统，她的眼睛依然全都是深黑色而非白色和彩色的瞳孔，她在皮装与塑料挂件中跑得很慢，手伸向睡在那个特色鲜明的上了年纪，穿着窄竖领缓慢跑过我身边的男人臂弯里的，有着奇特头发的女孩的奇特头发，当我透过那奔跑的男人肩头看到那个熟睡女孩美丽而苍白的面庞时，这张脸让我感到十分快乐和激动，当吉姆利特和万德福先生缓慢地在欧文音乐厅大堂前部抓住了那个男人非常不迷人的运动外套时，当吉姆利特的两只涂成香草色的手和万德福先生手中闪亮的物件几乎进入到女孩令人好奇的头发里时，这女孩似乎在上了年纪男人的臂弯里醒了过来，她不停地直视并且真诚地注视着奇斯的躺椅，并且把奇斯的手还有视线里看不见的指甲从我运动外套的手袖里的手腕上给拿开了，然后我对那年轻的金发女孩缓慢地做出了一个快乐、舒适和安定的表情，并且从躺椅上站了起来，这时吉姆利特的手变得更加缓慢地在女孩发光的头发里游走，万德福先生则用他手中那个闪亮的物件对那个也是女孩父亲的男人做着什么动作。然后，这就是我所做的。

林登

"下面的各位,你们好,这是你们的候选人——林登·约翰逊。"
——乘直升机竞选美国参议院席位中,1954 年

"我的名字叫林登·贝恩斯·约翰逊。你现在所站的这一整层楼都是我的,孩子。"

在办公室的一个角落里,还有一名助理也在,一个很精瘦的长了大耳朵的男人,他正在一张很长的松木桌前工作,似乎在一台电子打字机和一堆剪贴的报纸之间焦躁地做着什么事,但林登是在和我说话。那是 20 世纪 50 年代,我还年轻,显出很疲惫的酷与空洞。我在所站的地方空洞地歪斜着身子,就在他桌子前,我的手放在短外套的口袋里,轻轻地翻动着外套。我歪着身子站着,眼睛看着脚下猩红的地板砖。每一块红色的方形地板砖上都点缀有一颗孤独的金色星星。

他从桌子后面把身子往前倾,靠近我。他看起来就像一只巨大的猎鸟。

"我的名字叫林登·贝恩斯·约翰逊,孩子。我是来自得克萨斯州的美国参议员。我是这个国家排名第 27 位的富翁。我有华盛顿最大的屁股和拥有最漂亮名字的妻子。我不关心你妻子的老爹认识谁,你不要对参议员这么没精打采的,孩子。"

无论何时，我看着他，他看起来总是一个样子。

他看起来就像一双眼睛，属于个子很小的人的眼睛，从成排勾在一起的巨大猎鸟中的一只突出的脸部后面望过来。他的眼睛在照片里也是一样。

我紧张地向他道歉。"对不起，先生。我想我可能有点紧张。我刚才只是坐在那里，填写着申请表，突然之间我就在这里和您直接说话了，先生。"

他拿出一个鼻腔吸入器和一张索引卡。他把吸入器放到一个鼻孔里一挤，开始吸。他眯眼看着索引卡。

"'美国得克萨斯州参议员办公室的每一个人事招聘的候选人都应该被面试'——我正在阅读这个，孩子，就在这张卡上写着——'由那个他可能将要为之工作的办公室来进行面试。'这是我写的。我不在乎你妻子父亲的老婆的内科医生认识谁，你很有可能为我工作，孩子，所以我现在在面试你。你觉得如何？"

那个大耳朵助理用眼睛丈量着手中的大剪刀，开始裁剪报纸，确保裁纸的线是整洁而成方形的。

"一位参议员直接面试底层的办公室助理？"我说。我听着橡木消音的来自远方的电话和手动以及电子打字机的声音。我开始觉得自己可能填写了一份并不合适的工作申请表。我没有任何经验。我还年轻，极为疲惫。我的成绩表是被截肢了的。

"这一定是个非常有良知的办公室。"我说。

"天杀的，这确实是一个有良知的办公室，孩子。德克森大楼这部分建筑的总统是我，林登·约翰逊。一位总统，如果治理有道的话，要对他所统领的所有东西都看到、面试到和回顾到。"他停顿了一下，"比如，帮我把刚才说的话写下来，孩子。"

我看了一眼那个傻瓜助理，可是他正在低头沿着一把直尺铺放着一条很长的纸胶带。"还有'预览，'"林登说，"在一开始的时候，要贴上'预览'，孩子。"

毛孔张开了，我短暂地摸了摸夹克和外套，尽量让自己看起来好像今天是我的幸运日一般，刚好没有带任何可以记录灵感迸发的参议员的箴言的东西。

但是林登根本没有注意到这些；他转动了一下皮椅，继续面对着办公室的窗户，面对着签名照，民间颁发的奖状，还有无头的牛角，如钳子般弯曲，那些奇怪的互不相连的牛角从他巨大的座位后面的墙上伸出来。林登用他刚刚读过的卡片的一角剔了剔牙齿，他椅子的方形椅背对着我。他说："如果有一个很微小的机会让这个可怜的无精打采的甚至不能够把自己的外套纽扣扣上的男孩子的屁股进入这个特别的美国参议员的办公室空间里的话，我就要面试这个男孩的屁股。"

他的头皮发出光芒，即使是在1950年代时。他的头后侧长着一圈像台地般排列的头发。他的头长得像一颗药丸，很长，感觉有一个巨大的脑部空间。他如树一般布满了血管的手很大。他用一根四肢般大的指头缓慢地指着瘦弱的助理：

"皮斯克，你又让我等不到新闻综述，老子要踢你屁股，把你踢到下面的大厅里去。"

消瘦的助理正在用令人难以相信的速度剪切着一篇形状异常复杂的报纸文章。

我清了清嗓子。"我可否问问我申请的那个什么工作到底是要做些什么，先生。"

林登依然面对着装饰过的墙和巨大的窗户。窗子的一侧挂有美国国旗和得克萨斯州州旗。窗外有一条人行道、一名警察、一条街道、一些树和一个黑色的带有尖利的像倒着的心形装饰的铁栅栏。在铁栅栏后面是亮绿色和被磨白的国会山大厦。

林登又一次用他的鼻孔吸入器吸了一次。那瓶子发出了响声。我站在有星星的地板砖上，等着他审阅我填写的洋葱皮般的申请表格。

"这个男孩子的名字是大卫·博伊德。这里写着你是从康涅狄格州来的。康涅狄格州？"

"是的，先生。"

"但是你妻子的父亲是杰克·蔡尔兹？"

我点了点头。

"大声说，博伊德，该死的。布莱克·杰克·蔡尔兹，来自休斯顿的蔡尔兹家族吗？那么蔡尔兹太太和我自己可爱的妻子在得克萨斯老家是去看的同一位内科医生？"

"我是这么听说的，先生。"

他把椅子转过来对着我，安静下来，手上依然拨弄着他写了政策的卡片，边看申请表边用卡片沿着嘴唇比划出嘴的形状。

"这里写着你考上了耶鲁的商学院，然后又退学了，是吗？"

"我考上了耶鲁，先生，是的，我后来离开了耶鲁。"

"耶鲁也是在康涅狄格州，"他边说边思考着。

我翻了翻衣服口袋。"是的。"我停了一下，"实话实说，先生，我是被要求离开的。"我说。

"是那时候在耶鲁认识了杰克·蔡尔兹的小女儿吧？被爱俘虏了？把书本都扔了，然后捡起了一个你爱的人？令人尊敬的。类似的。"他把穿着的一双带有尖利而闪亮脚趾的巨大靴子抬到桌子上。那双大脸后面的眼睛望向很远的远方。

"不得不结婚,对吧?然后不得不离开?"

"先生,老实说,我是被要求离开的。"

"就是在康涅狄格州的那个耶鲁要求你离开?"

"是的,先生。"

他已经把那卡片卷成了一个很紧的圆筒,然后放到他耳朵里,掏着,眼睛越过我,看向远方。

"明天将和今天有巨大的不同。"

——在国家媒体俱乐部的演讲,华盛顿特区,1959年4月17日

"总统是一个不知疲倦的人。"

——总统府员工,1964年

"总统是一个谨慎的人。"

——总统府员工,1964年

"我怀疑林登·约翰逊是否在他一生中做过任何冲动而为的事情,他是如此小心和谨慎的一个人。"

——尊敬的萨姆·雷伯恩,1968年

"我做了鲁莽的事,"我告诉林登,"我做了鲁莽的事,然后我被要求离校。"

林登尖锐地看了看皮斯克和他的手表。皮斯克,助理,一边在那幅画有磨白和深棕色大山和蓝天下一个干枯河床的油画下面那种非常长的有树

结的松木桌子旁整理文件，一边抽泣着。

"我被耶鲁要求离开学校。"我说，"所以我的研究生学分就是现在这样。"

他在那里总是对的，但是你也有这么一种感觉：他那一侧的对话是沿着自己的轨迹迂回而动，现在朝着你的轨迹来了，现在又离开了。

"就我个人而言，"他说，"我在大学期间都认真踏实地学习。我也在一家理发店里为别人擦鞋子。我还上门推销过紧致毛孔的精华油。我还曾经在报社做过学徒。我甚至还在夏天为一个朋友放过羊。"我第一次看到他脸上出现这样的表情。"主啊我憎恨羊的味道，"他说，"真见鬼。你有没有闻过山羊的味道，孩子？"

我尽了自己最大的努力使劲遗憾地摇摇头。我只希望我也能够像他那样在自己脸上做出那种表情。尽管我努力克制，还是忍不住笑了。这脸似乎深深嵌入自身，就像一顶被踢了一脚的帐篷，他的眼睛往回转了。我感觉自己的笑声参差不齐而且有点歇斯底里：我不知道这笑声会有什么效果。但是林登也笑了。我到这时候都还没有被邀请坐下来。我站在他宏大的红色的带回音的地板上，与他还有他的靴子之间隔着几码被靴刺摩擦过的红木桌面。

"不过你可能听说过有关山羊味道的传闻吧。"他认真地评价说。

"有些葡萄园或者其他地方，也有和动物有关的味道，我确定我……"

但是他突然站直了身体，似乎记起了什么非常重要的未竟之事。这突然让皮斯克把手里的剪刀都弄掉了。剪刀发出了响声。林登仔细地对我上下打量着。

"糟糕，孩子，你看起来就是20岁的样子。"

"记住要了解林登·约翰逊的几个核心事实之一是：他是一个完美主义者——一个生活在世界上最不完美的行当里的完美主义者：政治。务必记住这点。"

——一位老同事，1960 年

我终于能够坐下了。我的脊背已经开始有那种在博物馆里才会出现的僵硬感。在那个凉爽的夏日，我在林登宽大的办公室的一个角落里坐了四个小时。我看着他狼吞虎咽般吸收了皮斯克搜集、剪贴和整理的来自这个国家最有影响力的报纸上重要文章的内容。我看着那些助理和顾问们，或一起，或单独，来了又走。林登似乎忘记了我的存在，我就坐在角落里一把巨大的椅子上，我的外套就摊在大腿上，观察着一切。我观察着他阅读、朗诵、正式签字和签名缩写。我观察到他对一通来电不予理睬。我也注意到这样一个繁忙的人的电话却很少响起。我观察到他和罗伊·科恩用二十分钟谈话却没有一次去回答科恩关于是否可以让埃弗里特·德克森对于那些容忍共产主义的人宽和一些的问题。林登只有一次转过来看了一眼角落里的我，那时候我点燃了一支烟，他露出了牙齿，直到我把长长的烟捏熄在一个我祈祷应该是烟灰缸的低矮瓷器里。我观察了参议员接待一位带有优雅口音的、希望把得克萨斯的棉花卖到共同市场里的意大利名流，两个人坐在打过蜡的红地板中央的两个相对纤细的椅子里，喝着来自一套精致的杯盘和小勺配饰的器具里的咖啡，这咖啡是由林登的私人秘书——多拉·蒂恩——一个化着浓妆，没有眉毛，却有一张慈祥的脸并穿着束腰带的女人送进来的。我观察着林登一边和那位社会名流谈论着纺织品、民主还有意大利货币里拉的地位，一边把那精致的小勺留在咖啡杯里然后把手很随意地放到腹股沟里去松了松他的裤子。

办公室里的灯变得更红了。

我想那时候自己很困。我听到一个突然的声音:"坐在角落的你!"

"孩子,不要只坐在那里,思想处于中立,"林登边说,边把他衬衣的袖子放下来。办公室里就我们俩。"去找外面的蒂恩夫人谈谈。你自己准备一下。我曾经有一次见到林登·贝恩斯·约翰逊团队里一个没做好准备的男孩子,后来那个男孩子的屁股被引荐到某处的人行道上去了。"

"那么我已经被雇用了?面试结束了?"我问道,僵硬地站着。

林登似乎没听见我的问题。"那个发明了美国参议院特别召集会议的男人,应该被叫去赶山羊,"他认真地扯了扯自己的夹克,让衣服变得很优雅。他系上了袖口的扣子,穿过屋子,他的步伐有些轻微的芭蕾舞感,他的靴子发出咔嗒咔嗒的响声。我跟着他。

他在办公室门前停住,看了看他挂在衣帽钩上的外套。他看向了我。

那个衣帽钩也是由和办公室大门一样的样式华丽的雕刻过的木头制成。我展开了林登的外套,他伸开双手后滑进外套里,然后啪地把外套的翻领竖了起来。

"我是否可以问问我到底是被雇用做什么的?"我问道,同时往后走了一步,给他腾出空间以便他在镜子面前转身,并且检查他的外套。

林登看了看他的手表。"你是一个邮件男孩。"

我都没有分析。"这工作难道不是有点太重复了?"

"你就负责收发邮件,孩子,"他说,用手使劲把门把手压了下去。"你觉得你可以在这个办公室里收发些邮件,对不?"我尾随着他走过员工办公室的各种噪声和日光灯光。这里到处是分割开的工作间和桌子,还有国会档案和灰色的办公机器。粗糙的双顶灯把他走路的影子投射到他经过的每一张桌子上。

"参议员对与公民还有其辖区选民之间的随时沟通给予了重要价值,"多拉·蒂恩告诉我。她交给我一张数字卡。这卡片的抬头,用大写字母写着"同一天政策","这是一项为办公室员工设计的政策,要求每一封参议员收到的邮件必须在收到的当天内得到回复。"她把手放到我的胳膊上。我闻到一股微弱的午餐肉香味。这卡片上面填满了以数字开头的指示,字迹尖尖的,几乎有点孩子的味道。我很确定这字迹不是一个秘书的风格。

"这个,"——蒂恩夫人指着这卡片说——"是参议院办公室里前所未有的一个规定。"

她带我去看了德克森大厦地下室里的邮件室,各种邮箱、邮包,还有邮车。林登·约翰逊每天收到海量的邮件。

"我是一个妥协者和一个操控者。我试着去得到一些东西。这就是我们美国体系运作的方式。"

——引自《纽约时报》,1963年12月8日

玛格丽特和我在T街西北角找到了一幢令人愉快的可步行上下的公寓。我可以步行到达德克森大厦。玛格丽特,富有勇气和动力,在乔治敦大学找到了一份兼职工作,教授补习写作课。我很快就和一大群每年从东部大学涌向国会山的大多数年轻员工打成一片。我和另一位年纪较大的南部参议员的助理,一个腼腆而优雅的年轻新闻助理建立了长期联系。皮特和我交好差不多有四个月时间,他有一种极佳的加利福利亚气质,并且和我一样对于谨慎有很强烈的兴趣。

然后我开始发送邮件。每天三次，我会把印有金星的盒子、栓了线的篮子和暗白色麻袋里的邮件都倒进四周围有油毡布的推车里，推着推车越过灰色的地下室基石，进到电梯间，然后把它们送到林登迷宫般的木质办公室和玻璃隔断间。我在有种甜美味道的油印机房里分拣这些邮件。我很快知道那些邮件里都有哪些级别的邮件分别该由谁做出回复。我也知道了林登圈子里的助手、研究员、助理、秘书和公关人员，整个上层的下属员工：哈尔·博尔、丹·约翰逊、沃尔特·佩尔特森、吉姆·约翰逊、科比·多纳根、卢·N.约翰逊、多拉·蒂恩和她的整个打字员班子都是很令人愉悦的、来自南方、很紧张、勤劳肯干、致力于得克萨斯选民利益、致力于民主党事业、统一在一个复杂的、没有恐惧、没有怨恨、没有轻视和敬畏，对林登·贝恩斯·约翰逊拥有狂热的忠诚的氛围之下。

每晚睡前，我问自己："我们今天做了什么能够让未来一代代人都具有指向的事情，他们会说我们为一个更好、更和平、更加繁荣且更少痛苦的世界奠定了基础吗？"

——新闻发布会，玫瑰花园
白宫
1964年4月21日

"哦，他也可以是一个杂种。他内心深处有一种野兽的特质，这点是很多人都知道的。他会把文件夹藏在桌子下面的地板上，来测试值夜的人。他会大吼大叫。某一天他和善得如你所愿一般，第二天他就会不停地大吼大叫并且咒骂你和你的家庭，用最恶毒的语言，就当着你同事的面。我们都对此习以为常了，然后我们都不再、不再为此而感到难堪，因为这样的行为在所有人身上都发生过，只不过在不同的时候。博伊德先生是唯一的例外。我们有过一个对策，那就是我们都尽力躲到副总统的边缘视野之外。他有时会连续几天都很愤怒。但是这些愤怒都是安静的愤怒。可是这特点却总是让这样的愤怒更加让人恐惧。他会在办公室里巡游徘徊，就像一场巡游徘徊的暴风雨那样四处游荡。你根本不可能知道这风暴何时会袭击你，或者何处，或者会袭击谁。愤怒。先生，那不是一个我可以享受的工作环境。我们在大多数时间里都很恐惧。除了博伊德先生。博伊德先生，先生，他第一天来上班那会儿，副总统还是参议员，他从来没有收到过任何不友善的话语。我们那时候相信说博伊德先生是他的近亲。但是我愿意说博伊德先生从来没有滥用他免于被愤怒影响的特权。从一个信使一步步做到执行助手，他和我们一样努力工作，先生，他对于副总统的忠诚和投入是一个男人可以给予另一个男人最多的一种。当然，这些仅仅是一名打字员的看法。"

——在林登·贝恩斯·约翰逊办公室工作过的一名打字员

1963 年 11 月

事实很快就如事实通常传播的速度电流般传遍了各个办公室、大厦、国会山。我是一个同志。我在耶鲁大学的时候已经是一个同志了。在我准备进入商学院学习的最后一年里，我遇到一个耶鲁大学的本科生并且和他走得很近，杰弗里，一个来自得克萨斯州的富裕男孩子，很漂亮、做事很周到、具有忧郁气质，也很有激情、很有控制欲，定期会受到抑郁症的折磨而不得不接受药物治疗。我发现是这药物治疗使他变得充满抑郁气质。

我的爱人杰弗里和一群合成型的快乐的得克萨斯社会名流混在一起，

其中之一是玛格丽特·蔡尔兹，一个高个子、体形方正的女孩，她后来不知因何动机，宣称爱上了我。玛格丽特追求了我。我用所有我知道的有分寸的方式拒绝了她的追求。我对她没有兴趣。但是杰弗里变得妒火中烧。他告诉我他的朋友都不知道，也不应该知道他是一个同志。他逼着我避开玛格丽特，这是非常困难的事：玛格丽特，勇敢、聪明得足以变得长期无聊的她，已经开始变得困惑，开始怀疑杰弗里（相当不隐秘地）在尝试不让我接触她。她闻到了可能的戏剧味道，然后继续她的追求攻势。杰弗里变得像疯子般嫉妒。在商学院的第一年，我正在为我父亲的年度圣诞节高尔夫晚会采购时，杰弗里和玛格丽特在一个名为比特新天地的咖啡馆发生了冲突，戏剧化般的冲突。杰弗里把他的一只脚蹬进了咖啡馆的油炸圈饼柜台里。有一些信息变得公开了。这些公开的信息一部分传到了我父母那里，因为我室友的父母和我父母关系不错。我父母专程到耶鲁和我见面。那天下着雪。在我父母和我俩一起吃饭的莫迪餐馆里，杰弗里非常难过，最后他不得不被带到男洗手间里冷静下来。我父亲用湿纸巾帮杰弗里擦了擦他的前额。杰弗里不断地告诉我父亲他是一个非常和善的男人。

在我父母离开前——他们的手正好放在火车车厢门把手上时——我父亲，在纷飞的雪中，问我的性取向是否在我的控制之内。他问我，如果遇到对的女人，我是否能够也像异性恋一样，能够结婚，能够组建一个家庭，也能够在我选择的社区里担负起中流砥柱般的角色。我父亲解释说，这些是他和我母亲最大也是唯一的对我——他们唯一且无条件爱着的孩子——的期望。我母亲什么也没说。我记得在我解释为什么我不能这么做所以也不会如我父亲所愿的时候，我的呼吸中有一种带着距离的兴趣，我引用了五十年代关于"偏离"的智慧，也引用了一个类似于腺神在做祭司的时候会把歉收归罪于蔬菜精捣乱的说法。我父亲在整个非常严肃和文明的对话过程中一直在点头，而我母亲则在衣帽间里查看着地图。当我没能回家参加接下来一周的假日活动时，我父亲给我寄来了贺卡，我母亲则寄来了一张支票和包在铝箔纸里的剩饭菜。

在我父亲意外去世之前，我只又见过他们一次。那时我已经离开了杰弗里的公司，已经在自己的沮丧中被依然意志坚定的玛格丽特·蔡尔兹扶助着。杰弗里在这个过程中非常不幸地看到了让他结束自己生命的诱因，他用非常残忍的方式结束了自己的生命；然后他在悬梁自尽的暖气管道下的桌子上留下了一张字条———一份文件——整齐的打印件，里面满是由虚构事实串起来的绝对事实，于是，我因此被商学院要求离开耶鲁大学。在我父亲意外去世之后几周，我就和玛格丽特·蔡尔兹结婚了，婚礼在一株樱花树下举行，我母亲充满忧郁的眼神和休斯顿的天空，还有一整套有体系的誓言，对力量、拒绝、考验以及同情的承诺，远远超过了蔡尔兹家族浸礼会牧师通常的仪式要求。

事实是，就是这些事实，这些一路在参议员员工中、在德克森和欧文大厦里、在国会山小国会的三件套装武装下的高度聚精会神且好不夸张的步兵营里传递的事实，加上玛格丽特的父亲蔡尔兹先生比1958年得克萨斯的权贵标准要少一些财富的事实，大家认为蔡尔兹先生有能够一路影响到美国参议院的政治影响力，而且他用一个既有胡萝卜又有大棒的手势把他的女婿顺着他政治影响力的力量推上了位，把我亲手送到一个已经崛起并且继续在上升、有点古怪却是天才般的高级参议员、一位下届总统竞选的民主党候选人林登身边。

我对邮件进行分类，然后投递。商业邮件、官方邮件、重要或者有抬头的邮件要直接送到林登的八名最贴身的顾问和助理之一的手中。参议院内部的邮件则送到三名行政助手之一手中。

所有手写的信封——自动被列为来自选民的信件——都由蒂恩夫人、我、秘书们、实习生、打字员和底层员工一起分拣。邮件里通常是来自选民的信，这些来自人民的心声，满是控诉或溢美赞扬或是要求补偿或获得权益的内容，量大到远超底层工作人员每天能够处理的水平。我开发出一套包括有一系列标准化回复的标准回信格式并且得到采纳。这些标准回复格式可以让回信看起来像是个人化的回复，在回信里对一个或者另一个主要及可以预见的主题进行描述，尽管这样，我们依然勉强才能做到"当天处理"指令的要求。大量的未处理邮件开始堆积。我开始在下班后继续在办公室加班，打电话给玛格丽特或者皮特，告诉他们我不能参加晚上的活动，然后在办公室里继续组装着参议员给他的每一位选民声音的回复。我很享受员工室夜晚的宁静，一盏灯亮着，窗外地上的蝉儿在有节奏地奏鸣着。那些负责处理邮件的员工们开始欣赏我的作为。一位打字员总是给我带来一些香蕉蛋糕。最好的是，我现在能够喝上蒂恩夫人泡的深黑且极其味苦的东得克萨斯咖啡了；她会在即将完成最后的咖啡冲泡时，给咯咯笑着的我留下一杯渗滤壶的咖啡，满满一杯，发出咯咯的声音，然后她会把灯和办公室设备都关掉。我很享受办公室的夜晚。

大多数的夜晚，林登办公室的灯光都会从他厚重的办公室大门门缝里透过来。我有时候可以听见他独自一人时常听的晶体管收音机被遮住的微弱声响。他很少在晚上十点以前离开大厦，有时候待得更久，离开时他会把外衣跨在肩头，有时候假装和不在的人说着话，有时候一阵小跑，接着就停下来，让惯性带他滑过员工楼层的地板，通常他都不会往我这个方向望过来，而我通常在阅读那些粗糙的手写体字母，把一些转给蒂恩夫人来处理，同时决定用哪些预先准备好的标准回复格式更适合，然后盖上参议员的签章，涂上胶水，封上封口，贴上邮票，堆到一起，抽一根烟。

有一天晚上，我抬头看到一个斜斜的影子，他在空旷的员工室内我桌子前停下来了，很疑惑的样子，好像我和他不相识。自从四个月前那次面试以来，我们就很少有机会讲话。他站在那儿，肩上斜挎着纯棉运动外套，不可思议的高，他身子微微向我前倾。

"孩子，你到底在这个上帝的绿色星球上做什么？"

"我正在完成一些邮件的回复工作，先生。"

他看了看手表。"孩子，已经是零点了。"

"你自己也辛勤工作到很晚，约翰逊参议员。"

"叫我约翰逊先生，孩子。"林登说，一边用手快速转动着没装表的从马甲里悬挂着的表带，"你以后就可以直接叫我先生。"

他撞到了另一盏灯，然后疲惫地停在纳恩——一个来自图夫兹大学的夏季实习生的桌子后面。

"这不是你的工作，孩子。"他用手指着我整理完的堆成城堡的白色文件。"你做这个工作我们付你报酬吗？"

"总得有人做这些事，先生。而且我很敬佩'当天回复'的要求。"

他点点头，很高兴。"那要求是我写的。"

"我认为你对于邮件的关注是令人敬佩的，先生。"

他的嘴里发出思索的咔嗒声。"也许我的关注不是令人敬佩的，如果这要求让某些可怜的红眼男孩整晚都在舔信封而没有报酬的话，那一定不是。"

"总得有人做这些事。"我说。这是实话。

"那些是我赖以生存的文字，孩子。"他说，然后把一只靴子扔到纳恩的吸墨纸上，他随手打开了一两个信封，快速扫视着，"可是如果大多数妻子都愿意让她们的丈夫在外面待这么晚，让她们独自在家直到晚上十二点，这就很糟糕了。"

我看了看我的手表，然后又看了看通向林登办公室厚重的大门。

林登明白了我的意思，他微微笑着。"我把我的克劳迪娅'小鸟女士'约翰逊小姐带到办公室来了，孩子。"他说着，然后用手拍着胸口，就在他最近一次做心脏搭桥手术的伤口上方（他已经向全办公室展示过他的伤疤）。"就像我的鸟也把我带在她的心中一样。你把你的生活献给了其他人，你把你的身体健康和脑袋里的思想还有智力理念都用到了为公民服务上，你和你的妻子就必须把对方珍藏带在心上，'那些无论多远、无论多遥远，或者单独的事情'。"他再次笑了起来，用手在胳膊下面抓了抓的同时，脸部肌肉痛苦地抽搐了一下。

我透过一台政府的贴邮票机器看着他。

"你和约翰逊夫人听起来像是很幸运的一对，先生。"

他看着我，把眼镜重新戴上。他的眼镜有异常清晰的镜架，水色的，就好像是用液体灌注的一样。

"我的小鸟女士和我是幸运的，不是吗。我们很幸运。"

"我觉得你们是的，先生。"

"真是太对了。"他继续看手里的邮件，"真是太对了。"

那个晚上我们就留在办公室里，用了数小时来回复邮件，大多数时候都悄无声息。可是，就在远方的纪念碑四周的空气变成淡紫色，一个有雾的清晨点亮国会山时，我发现林登看着我，身子弓在我宽松的三件套里，盯着我，从上往下看着我，他似乎在点头，嘴里说着些什么，声音太小我听不清。

"您说什么，先生？"

"我是说继续努力,孩子,这就是我所说的。继续努力。我一直都在努力,你也坚持努力。"

"您能不能阐述一下?"

"林登·贝恩斯·约翰逊从来都不阐述。那是一个我发现对自己有利的个人规矩。我从不阐述。人们对于阐述的人都不信任。把这个写下来,孩子:'从不阐述。'"

他慢慢地站起身,用纳恩的小铁桌做支撑。我伸手去拿小笔记本和笔,而他则把外套上的褶皱用手弹平。

"我从来没有见过一个比林登·贝恩斯·约翰逊更需要被爱的男人。"
——前助理,1973 年

"他憎恨一个人独处。我的意思是他真是憎恨一个人。我会走进他的办公室,他一个人坐在桌子旁,尽管我能感觉到我不是他想要见到的人,可他的眼睛里还是会散发出一种如释重负的光芒……他随身会带着一台袖珍收音机,一台小小的晶体管收音机,有时候我们会听见收音机在他的办公室里响着,他独自一人在那里工作着。他需要一点吵闹声。某种声音,就在那里,和他说话,或者唱歌。但他不是一个忧伤的人。我不是要给你这样的有关他的印象。肯尼迪是一个忧伤的人。约翰逊只是一个需要很多的人。他给予出去的很多,他也需要有回报。这点他很清楚。"
——前研究助理,齐普·皮斯克,1978 年 4 月

我开始在林登更核心的办公室里从事着相对安静的繁忙工作,就在红

色地板上，星星之间。我在办公室角落的地板上分拣和回复着邮件，后来我又搬到过去皮斯克工作过的狭长的松木桌上继续分拣回复，而皮斯克则被分配到我外面的桌子上去整理总结林登的每日新闻综述。我回复了越来越多的个人来信。卢·N.约翰逊说我给这些回复带来了一种特别的、个人化的风格。蒂恩夫人开始把一些需要关注的东西转给了我，而不再是像过去那样由我转给她了。

林登时常要我为他写下一些东西——想法、句子的顺序和提示。他甚至在那时就已经显现出对于辞藻的一种热情。他会要求看看我带着的小笔记本，并且认真阅读。

1960年，他还是一名参议员的时候，确实跑步或者骑马，参加了初选。他对于不愿意减少自己作为参议员应尽职责的决定意味着他跑不过半程。但这个过程里，他在德克森大厦的办公室员工人手却翻了三番，变得像一个军事指挥中心。我从林登那里直接得到指令，或者从多拉那里得到指令。邮件越来越成为工作的重点。我也参与了为1960年选战进行的大众邮件递送工作，与公关部门还有人口统计部门有奇怪而闪亮眼睛的同僚一起共事。

助理、顾问、朋友和敌人还有同事们来了又走了，来了又走了。林登憎恨电话。多拉·蒂恩只会把最紧急的电话转给他。那些了解林登的人一般都会亲自过来找他"聊聊"，有时候这就能够为他们带来职业机会。他们都来过。汉弗莱看起来就像是蝗虫褪壳后剩下的架子。肯尼迪看起来就像一个你不应该想要却想要的商品的广告。萨姆·雷伯恩让我想起一种没人照看的灌木植物。尼克松看起来像是一个戴着尼克松面具的人。约翰·康纳利和约翰·福斯特·杜勒斯则看起来什么都不像。切特·亨特利的头发看起来像是画上去的。戴高乐则很奇怪。杰西·赫尔姆斯则是让人不可置信地有礼貌。我经常给那些不得不等待几分钟的来访者送来一点蒂恩夫人泡的深色的特别混合咖啡。有时候，我也和来访者聊上一阵子。我发现我新学会的法语在和将军交流的时候挺有用的。

玛格丽特·蔡尔兹·博伊德，结婚差不多两年的妻子说从我们一开始住在 T 街时就发现洗衣堆里我的短裤上会有预兆般地出现斑痕。她威胁说要去告诉当时是奥斯汀市人的杰克·蔡尔兹先生，说某种详细和具有哲学意味的婚前协议安排似乎已经被破坏了。她已经和一名卡通画家进入了一段掩藏得非常糟糕的婚外情当中，他的漫画里把林登画成一个弯成问号的长着猎犬面孔的人。除了机械传教士会议外，她也很享受喝进口啤酒。她一直都很喜欢喝啤酒——她的名字给我带来的第一个形象涉及她在纽黑文灯光下手里拿着一扎某种荷兰啤酒的样子——可是现在她开始变得对啤酒越来越有热情。她和卡通画家一起喝，和来拯救她的同事一起喝，也和其他的竞选遗孀一起喝。喝醉的时候，她会控诉我说我和林登·约翰逊坠入爱河。她问我某些有斑痕的短裤是否应该被收藏起来留给下一代人。我给她泡了一些很浓郁的东得克萨斯咖啡，然后就回到自己的房间里，在这里，我经常通宵工作，处理各种日程、邮件、寄送条目，针对林登比较适合出版印刷的观察和讲话进行整理组织和编辑，以便纳入他的发言稿里。这样，我成为了他的雇员之一，同时承担着林登的秘书处、研究处以及发言稿撰人等数个角色。我能够赚取非常丰厚的报酬，用这钱把我的新伴侣，M.迪韦尔热，一个海地驻美国大使馆的年轻人，包养在一个令人愉悦、感觉只属于我们俩的棕色石头公寓里。迪韦尔热也对我征得林登本人同意，而悬挂在我们一间房墙上的有他们签名的副总统和约翰逊夫人的肖像照表示了敬仰。

"那么就让我们不要只是口头说说,也让我们不要自夸。让我们和亲戚、叔叔舅舅、表兄表弟、还有阿姨们谈谈,在11月3号去履行我们的义务,为民主党人投票。"

——为高年级学生的讲话

切萨皮克高中,巴尔的摩,马里兰州

1960年10月24日

"所以你们要告诉他们,他们需要做的只是到那儿去,找到那个杠杆然后就说,'我们一路支持林登·贝恩斯·约翰逊。'你们的妈妈和爸爸还有爷爷外公们,他们中有人会忘记这一点。但是我仰赖你们年轻人,你们将要为这个国家而战斗,你们将要保卫这个国家,如果有一场核武器的大屠杀,你们将要被炸得粉碎。我要仰赖你们对未来拥有足够的兴趣,这未来就在前方,那么需要你们行动起来,推动妈妈爸爸让他们早早起来去投票。"

——对四年级学生的讲话

曼斯菲尔德小学,曼斯菲尔德,俄亥俄州

1964年10月31日

"博伊德和约翰逊?我们中没有一个人能够真正明白戴夫和林登·贝恩斯·约翰逊的关系。没有人知道这个男孩子对约翰逊有什么样的影响。但是我们知道他是有影响力的。"

"那是一定的。"

"不过这样的影响力反过来也是一样的,对不对?博伊德对林登·贝恩斯·约翰逊崇拜得五体投地。"

"我会说'崇拜'不是最合适的词语。"

"爱过?"

"现在让我们不要再讨论这个问题了,孩子们。那些谣传,我们知道那些都只是没有根据的谎言,即使在那个时代。林登·约翰逊的身子里没有一根同志的骨头。而且他像爱一头动物那样爱着小鸟女士。"

"林登·贝恩斯·约翰逊身上有一种兽性的东西,不是吗?他对我的举止也从某种角度证实了他性格里有些兽性的东西。他在聚光灯下的时光似乎就向全国都证明了一个男人最多不过是一头真正忧伤和谨慎的动物。他也只能希望自己仅此而已。那是一个黑暗的时代。"

"那就是为什么那些激进主义者如此憎恨他的原因。他们很害怕自己最后都只是些动物,而林登·贝恩斯·约翰逊是那只更谨慎更有力量的动物而已。说到底就这么简单直白。"

"上帝才知道这事实对于这个国家的政治未来意味着什么。"

"林登·贝恩斯·约翰逊既是一个天才,又是一只大猩猩。"

"而博伊德很喜欢这一点。"

"我想戴夫肯定是被这个吸引了,你们不觉得吗?戴夫一点都不像动物。一点不像。"

"太精致,不可能有兽性,也许。"

"你可以说他很精致,我想。但是我从来都没有信任过他。他人格或者性格里从来没有足够的内容展示出来,让我能够亲自看到而真心愿意称他为精致。一个精致的什么?"

"很多时候戴夫可以和你同处一室但你可能都不会注意到他在这房间里。"

"几乎就是因为存在而造就的精致,某种意义上来说。"

"如果约翰逊在一个巨大的舞厅或者会议厅里,所有人都会知道约翰逊在那里。而他则会让整个房间里的氛围变得完全不同。"

"约翰逊需要让人们知道他与他们在一个房间里。"

"是不是就是这样呢?约翰逊需要一群观众,而博伊德就是这样一位观众,约翰逊知道他就是那种几乎可以忽略的观众。"约翰逊对于这样的观众不用去注意到或者觉得需要对其负责?

"我还是不相信他们两个之间没有任何关系。"

"我很确定他们之间没有任何瓜葛。"

"我也很确定他们没有关系。具有同性倾向对于林登·贝恩斯·约翰逊来说太精细或者说太人性化了,他不可能做到。我甚至怀疑林登·贝恩斯·约翰逊都没有能力去想象一下同性倾向会是什么样的。具有同性倾向对于我的思考方式来说是很抽象的,而林登·贝恩斯·约翰逊憎恨各种抽象事物。这些抽象的东西根本就不在他的知识范畴内。"

"他憎恨任何处于他知识范畴之外的东西。他会完全忽略它,或者憎恨它。"

"博伊德和那个穿着高跟鞋的第三世界法国黑鬼生活在一起。他和那黑鬼一起生活了许多年。"

"约翰逊肯定对他施有某种控制和影响,"

"可是,林登·贝恩斯·约翰逊是否知道?知道有关博伊德和那个黑鬼的事情?他们之间甚至达到了他和林登·贝恩斯·约翰逊那样的亲密关系?"

"我从来不知道有任何人曾经暗示过这件事。"

"没有人知道他是否知道这事。"

"他怎么会不知道呢?"

——来自 C.T. 皮特博士编辑之:
《解剖一位总统: 与林登·贝恩斯·约翰逊圈内人物的对话》
1970 年

作为副总统的林登依然保留了他位于德克森大厦的办公室,镶嵌有星星的红色地砖,巨大的分割过的员工间区域,巨大的窗子和有树结的松树桌子。桌子边,新助理们在我的指导下忙碌着整理分类各种邮件。

"这世上只有一份天杀的工作我会愿意拾起来并且能够推动整个精细配合的各种办公室、科技和人事的大系统的转动。就一份这样天杀的工作,孩子,"他坐在一辆开往竞选伙伴就职典礼路上的敞篷豪华轿车里对我说,"可是似乎有些有智慧的好人不愿意给林登·贝恩斯·约翰逊那个工作。所以我就对他们所有人说滚蛋,那就是我所说的。我是不是对的,小鸟?"他用手指轻轻敲了克劳迪娅·约翰逊的毛皮塔夫绸衣服包裹下的肋骨。

"现在你就安静下来,现在,林登。"女士用一种模拟的严厉口气说道,而林登明显对此怀有敬意,这也是他们之间的一种特殊沟通方式。小鸟女士用手轻轻拍了拍林登覆盖在整齐短大衣下的粗壮手臂,她身子前倾越过了他红色的勾状侧影,把她另一只戴着手套的手放到我的膝盖上。

"现在,博伊德先生,我把确保这个粗鲁和邪恶的男人规矩行事的任务交给你了,出什么事就唯你是问。"

"我会努力的,夫人。"

"那就对了,孩子,让我规矩点,"副总统边喊叫着,边向他正望着的人群挥舞着手,"我现在就要告诉你,我不得不擤鼻子,或者就在那边的平台上放个屁，我正在放屁。我也正在擤鼻子。我才不管现在在上面有多少电子眼盯着台上那个小杂种。只希望这臭气能够和他和头发混合混合。"他停了一下，四下看了看，表情惊奇地说，"糟糕，我还真的要放屁。"

他深深地放了一个屁，一直浸入到他的外套和豪华座驾冰冷的硬皮座椅里。

"噗嗤。"

"林登，到底要怎么样你才会规矩点？"小鸟夫人笑着说，很快乐地被吓到了，对着围观群众挥舞的手摇了摇头。我再一次记起了从每个人嘴里冒出来的股股热气。天冷极了。

我第一次遇见克劳迪娅·阿尔塔·"小鸟夫人"·泰勒·约翰逊是在佩尔的纳尔河边上紧靠着林登得克萨斯州农场的一个夏日烧烤晚会上。林登的好友和员工都被安排飞到这里帮助林登冷却下来，然后准备一个即将到来，从数字上说已经属于另外一个人的大会。

林登让我和他的狗握了手。

"我是在告诉布兰科要握手，不是说你，孩子，"他再次告诉我。他转过头对卢·N.约翰逊说，"我知道这孩子会握手。你都不用告诉他。"卢用手推了推他的眼镜架，大笑起来。

"还有，这是我的非自然的妻子，林登·贝恩斯·约翰逊夫人。"他一边说，一边把一位可爱、优雅的圆脸尖鼻而且有一个又高又坚挺发型的女士介绍给我。

"很高兴认识你，夫人。"

"我也是，博伊德先生。"她轻声说，柔软的得克萨斯口音。

我用嘴唇轻吻了她伸出来的手背。我们周围的每一个人都能看到林登是如何依靠在他妻子的声音之上，看到那微小的屈膝礼，她的社会举止，仿佛小鸟女士的每一次移动能够温柔地击破她和他之间的一层障碍物。

"林登已经和我说过你，带着感情和感谢之情。"她说，这时候，林登从身后抱住了她，在她裸露的长斑点的肩膀上的礼服肩带内吻了一下，发出了声响。

"约翰逊先生确实是太好了。"我说，这时，布兰科跨过了我的胫骨，擦着我百慕大牌衣服的边缝跑向了冒着烟的烧烤坑。

"那就对了，孩子，我就是太好了！"林登大声说，一边用手敲打着自己的脑袋。"给我把这个记录下来，孩子：约翰逊太好了。"他转过身去，把手卷成一个牛角号。"说啊！"他大声喊道，"那边的乐队是否要演奏几首歌了，还是你们这些孩子的屁股都被钉在椅子上了？"一群带着乐器，穿着格子衬衫和牛仔帽的人开始奔向小小的乐池。

我们聆听——也从纸盘上吃着东西。林登伴着乐队的节奏用穿了靴子的脚打着节奏。

我感觉到一只纤细的手放到我的手腕上。"也许你能帮忙在某个时刻给我来些茶点。"约翰逊夫人笑着说，与我的眼神接触短暂得刚好可以把要交流的内容表达完。我身子微微发抖，点了点头。约翰逊夫人就此告别然后走到其他地方，与不同人问候然后离开，身上散发出一种权威，一种与权力、关系或者伤害别人的能力毫无关系的权威。

我把这时候通常会下垂的短裤向上拉了拉。

"别傻站着，去拿点烧烤吧！"林登逗弄着我耳朵大声说，然后用手掰着一颗玉米，脚踏着节奏。

林登在 1962 年经历了第二次严重也是第一次秘而不宣的心肌梗塞。我在一个深夜里驾车送他回家。我们向东行进，穿过华盛顿，驶向他在海边的私人住宅。后座上的他开始大口喘气。他变得不能正常呼吸。

鼻腔吸入器完全不起作用。他的嘴唇变紫了。特勤服务队的库特纳先生和我很艰难地才能把他弄进家里。

小鸟夫人约翰逊和我把林登的衣服脱掉，用异丙醇酒精按摩着他做过搭桥手术的胸口伤疤处。林登喘息着说这样做通常可以帮助他改善呼吸。我们给他按摩。他有那种老人的疲惫而像灯泡般的胸部。

他的嘴唇继续变紫。他正经历着人生第二次严重的心肌梗塞，他喘着粗气。小鸟夫人为他做着全面按摩。他不让我请库特纳打电话叫救护车。他不希望任何人知道这事。他说他是副总统。最后，是小鸟夫人的反对才让我们用一辆窗户是深黑色的服务轿车把他送到了沃尔特·里德陆军医疗中心。库特纳一路无视红绿灯的存在。当他挣扎着呼吸，并且用力抓住自己肩膀的时候，小鸟夫人用她的双手才能紧紧抓住林登的手。他陷于巨大的痛苦之中。

"糟糕，"他嘴里不断重复着，对着我露出一口牙齿，"糟糕，孩子，不。"

"是的，不。"约翰逊夫人在他巨大的耳朵里抚慰地说。

美国副总统在沃尔特·里德陆军医疗中心住了八天。我们让塞林杰向媒体宣布说他只是做一些例行体检。不知怎么，快要出院的时候，林登说服了一位外科医生把他的一个健康的阑尾给切除了。皮埃尔向媒体详细描述了阑尾切除术的情况。林登利用每一个公众机会向人们展示了自己的阑尾手术疤痕。

"天杀的阑尾。"他总是这么说。

他开始服用洋地黄制剂。小鸟夫人强迫他停止再吃右上角抽屉里那些与他的银手柄手枪放在一起的猪肉干。我则尽量不再在林登办公室里抽烟。

我收到了一封写在粉红信签纸上的短信。"我丈夫和我希望对你在他最近这次生病过程中所给予我们需要的友善和谨慎的关注表示感谢。"这短信闻起来味道好极了；M.迪韦尔热说他想要像闻到鸟儿的短信那样来闻这封信。

我从得克萨斯州约翰逊市高中一个只有六个人的班里毕业。有一阵子我总觉得父亲不像我过去认为他应有的那么聪明，然后我也想帮助妈妈改善生活。所以当我拿到高中文凭时，我决定听从老哲学家霍勒斯·格里利的意见："年轻人，一路向西。"去那里寻求我的财富。口袋里装着26美元，我和校友驾驶着一辆福特汽车在一个很早的清晨出发前往黄金西部，伟大的加利福利亚州。我们按时到达了，口袋里的26美元几乎用尽，我找到了一份薪酬优厚的开电梯的工作，每个月能拿到90美元。但是在第一个月结束时，扣掉每日三餐的花费还有房租和洗衣费后，我发现我自己待在加利福利亚还不如回到得克萨斯天天吃着妈妈做的饭菜更好。于是我就回到了得克萨斯，在高速公路部门找了个工作。我们要到天亮了才去工作，太阳下山了就下班。我们按照自己的时间节奏来决定上班时间。我们在太阳升起时开始工作，一般是在离家20到30英里的地方，在每天日落后，我们驾车回家。我拿到每天1美元的优厚待遇。在高速公路部门待了约一年之后，我开始考虑父亲给我的建议，他建议我去参加一些培训和学习，不能一直是个辍学的人——也许他比我一年前所认为的要更有智慧。换句话说，他在我去加利福利亚和在高速公路上工作期间变得聪明了许多。老天保佑，加上一位一直推动我要回到学校去学习和获得更多培训的母亲的不懈努力，我搭车 50 英里回到了教室，在学校里度过了四年的漫长时光。但是从那之后，我就一直都有不错的工作。我现在的工作合同到 1965 年 1 月 20 日结束。

马萨诸塞州安默斯特

安默斯特大学研究生班学生的讲话稿

1963 年 5 月 25 日

我母亲在那十年间仅仅来华盛顿看过我一次；她和玛格丽特保持了很不错的联系和交流。

就在母亲来看我的那天，迪韦尔热一早上都在做饭，一块皇冠烤肉、奶油腌肉、还有一种海地甜点，非常有特色的食品，轻薄而异常甜腻。他紧张地在厨房里忙碌了一整个早上，就穿着件围裙和高跟鞋，而我则用吸尘器在家具下方除尘清扫，然后用油皂擦洗着各种台面。

坐在弥漫着香料味的猪肉香的一尘不染的房间里，喝着饮料，妈妈谈到了玛格丽特·蔡尔兹，还有妈妈和杰克以及苏比·蔡尔兹都希望玛格丽特因为酒精依赖而住院的事实，会让这个可亲的从来没做过伤害他人事情的女孩子的生活能够拥有新的篇章。迪韦尔热不断焦躁不安地拨弄着我借他穿的运动外套。

那是唯一一个我经历过的完全安静无声的晚餐会。我们都静静听着我们的餐刀与餐盘摩擦发出的声响。我能够从我们各自咀嚼的方式里听出差异。

她带给我们的暖房礼物是一束假葡萄，那种在一根绿色的玻璃茎上挂有紫色大理石葡萄的东西。

我的母亲一点都不显老。

"她错了。①"后来,迪韦尔热一边涂抹着凝胶,一边不断重复着这句话。他的英语很差,但是他为此很自豪;我们两人独处的时候,讲的是一种多语言混杂的话。

"她错了,这个婊子②。她有错。她有错。"

我问他这话是什么意思,他把凝胶涂抹到自己身上,然后也抹到我身上。他把我粗暴地打开,很粗暴。我的身子缩成了床头板的纹路。

"妈妈哪里错了?"

"她憎恨我,因为她相信你爱的是我。"

他和我狂暴地做爱,丝毫不考虑我的感受,终于,他抽搐起来,靠着我痛哭。这过程里我已经好几次因为疼痛大声叫了起来。

"最好的天气③。"

"我当然是爱你的。我们共享着生活,勒内。"

他的呼吸都变得困难。"你爱的④不是我。"

"那我爱的是谁呢?"我问,并且把他推开,"如果我说我不爱你,那么我爱的是谁?"

"嗯,你需要我⑤,"他哭着说,用指甲把卧室空气都染黑了。"你需要我。你觉得你对我应该负责。但是你的爱不是为我而生。"

"我的爱就是为你而生,迪韦尔热。需要、责任,在这个国家,这些就是爱的一部分。"

"她错了⑥。"他把身子转了过去,在床上他的那一侧像胚胎般卷曲起来。"她认为我们并不孤独。"我什么也没说。

"为什么我们一定要孤独呢?"他说。他说话的方式让你感觉像是在做

---

①②③④⑤⑥ 原文为法语。

一个声明。他不断重复着这句话。我很晚的时候醒过来一次，看着他宽阔的棕色背脊在动着，他的手打开对着他的脸，仍然在重复这句话。

"他把生活视作一个丛林。无论你认为拴住你的缰绳有多长，他总是把缰绳握在自己手中。"

前助理，1963年

"他的绝大多数担心都是自找的。他可以在没有麻烦的地方看见麻烦。他总是在清晨醒来，觉得经过一夜后所有东西都松动了。"

好朋友，1963年

林登在开放式豪华轿车后座的地板上躺了14分钟，他的鼻子直接挤在参议员亚伯勒的鞋跟上，直到汽车到达了帕克兰德医院。在他们俩上面压住掩护住他们，让他们不要挣扎的是一名安保人员，他身上的科隆香水味就足以引发我在街头看到的波及整个达拉斯街道人群的令人困惑的恐慌，我就躺在他们几个人的上方，能感觉到下面他们的挣扎，前方可以看到在一辆敞篷车里，三名安保人员尽力按住正在挣扎和叫喊、要求他们让她回到刺杀现场并且要拿什么东西（我听得不是很清楚）的第一夫人。

我们一起被挤在后座上，一堆肢体，耶鲁的学生挤在一个电话亭里。一路上，林登的裤扣和白色无毛的脚踝还有低腰的西装鞋就在我面前晃来晃去。我能够听到他的声音，从那个香水味道极重的安保人员身下传来，他在诅咒着亚伯勒。

医院里到处都是混乱。林登，手帕放在淤青的鼻子上，完全被照相机、麦克风、医生、安保人员、纸媒所包围。还有，最糟糕的，所有那些由总统指派的官员和工作人员，眼睛都因为自我利益而眯缝着，他们深知如何在将这些政客撕碎得尸骨未寒之前谋朝篡位。

我给小鸟夫人约翰逊打电话——林登露出了他的牙齿，表示现在还不会打电话——要告诉她一切还好并且建议她尽快安排旅行到达拉斯。我也给哈尔·博尔打了电话，请他尽快为约翰逊夫人安排交通事宜。我看到林登被人群围堵在大堂的角落里，他松弛的脸颊涨得通红，鼻子红得发紫，小眼睛里有震惊和逐步清晰的新认识。他的小眼睛越过媒体升腾起来的各种线圈与随从，在远方搜寻着我，但是他很难走出人群包围，即使我一直在电话间这边向他挥手致意。

"你把那个麦克风从我面前拿开，不然我就要让你的屁股滚回家去。"这是特别的新闻报道里剪辑的内容。丹·拉瑟已经脸色苍白，摸着自己的平头，退了出去。

随着楼上医生和安保服务消息和新闻的中断，人群慢慢散去了。我们这才能够和林登在大堂里一个很小的候诊室里聚在一起开会。会议极其高效。就地成立了一支紧急交接队伍。安保服务已经为我们和回到办公室的博尔连好了电话线。邦克、卡利法诺和塞林杰都在奋力书写着笔记卡。内阁成员提名的确立过程中能够感受到那种专为高尔夫球赛而预留的讨论所特有的有距离的热度。林登说得很少。

我带着林登上楼来到第一夫人的房间。林登把围在她床前的人们分开。他用一只手摸了摸她平静下来的前额，那手几乎完全盖住了她整个脸。她的脸色挺好。一只灯泡突然破了。我从林登的手指间看到了第一夫人用了药的眼睛。

没有人知道医院里到底谁有最新的消息。我们都聚集在一起，聊天、抽烟、把吐出的烟从林登面前吹开，等待着。林登对那些年轻的上楼来既致哀又祝贺的波士顿人很野蛮粗鲁，所以很快，楼上只剩下我们几个人。康纳利的手用绷带吊着，在我们这群人的半径里来回踱步，同时喝着一瓶似乎永远喝不完的苏打水。

我给迪韦尔热打了电话，他因为支气管炎待在家里，看着电视里的新闻，满脑子都是焦虑。我也给待在阿灵顿家里的蒂恩夫人打了电话。我试着给在马里兰治疗中心的玛格丽特也打了电话，却被告知她在几周前就已经出院了。我母亲的电话号码一连几个小时都是占线音。

我们的聚会也早就结束了，在官方说法宣布之前。每个人都有一百件事要去做。那个小的候诊室里人越来越少，越来越空旷。在皮埃尔和我的护卫下，林登终于能够有几分钟时间瘫倒在候诊室的椅子上思考着。他对着自己已经肿大的气管使用了吸入器。他把很长的双腿伸出去时，马刺在地板上划出了线。他把自己的前臂抬着，张开后又握紧自己的拳头。他眼睛下的皮肤显出淡淡的淤青。我取出一些洋地黄片，只有逼着他把它们吞下去了。

我们坐下了。我们一起盯着那个小房间的白墙看了一阵子。康纳利仔细研究了那个让步的机制。

"每一件事。"林登嘟囔着。

"你说什么，先生？"

他从自己的双腿上漫无目的地望出去。"孩子，"他说，"我会不惜放弃一切而站到那上面，接受那个并不是我的权利或者公民意愿推举的工作。你的思想者，他避免走后门。慈善。羞辱。不信任。还有你从来也不可能准备好去接受的责任。"

"你这么想也是很自然的。"康纳利这么说，然后吃了一颗糖做的机器币。

林登使劲盯着一个我看不到的地方,随后摇着他像大药丸般的脑袋。
"我会不惜放弃一切,孩子。"
塞林杰给我使了个眼色,但是我已经准备好了自己的笔。

有一个移交的过程。两轮紧急的公众邮递。一箱箱被打包然后封死。还需要指挥那些结实的搬运工操作。

迪韦尔热的健康状况越来越糟糕。他似乎怎么也摆脱不了支气管炎和伴随而来的感染。他连爬楼梯的力气都没有了,还放弃了在时装店的工作。他躺在床上,听着贝拉方特的黑胶唱片,在床单前面堆积着每天积累的用过的彩色纸巾。他体重降了,总是发烧。我得知那时候在海地流行疟疾,就从医疗中心弄了些奎宁给她。不知是否因为同情或者是暴露,我觉得自己的健康状况也随着我和迪韦尔热待在一起的时间延长变得越来越差。我被在白宫流行的嗓子痛的症状而困扰。慢慢地,我也习惯了一直疼痛的嗓子。

白宫接收、分发和回复邮件的系统极为庞大,雇员众多,经历过时间的考验,敏锐而高效。林登的当天回复指令对于这些迅捷的职业邮递员们只能算很小的挑战。我变成一个名义上的邮政负责人,负责草拟和更新十封左右的标准回复信函,这些信函每天被打印出来,盖上签章,然后被邮递寄到每个州日益增加的来函来电(报)人手中。到1965年的时候,收到的信件整体来说都是很负面的,如此则使得那些预先准备好的标准回复信函听起来要么是很机械的或者是具有防卫性的,让人有情绪。

迪韦尔热和我之前是在弗农山郊区的一个民事仪式上正式结的婚。参加婚礼的是几位非常好的朋友。皮特从夏洛特专程赶来了。迪韦尔热在整场婚礼过程中都是坐着的,身穿的柔色丝绸礼服要么弱化了,要么补充了他肤色的病态虚弱的灰色。

"我尤其感谢你们的来访,因为我感觉我和你们之间有很好的联系,并且他们不让我出门,所以我很高兴他们能够让你们进来。"

——对白宫参观团的讲话

1966 年 5 月 14 日

"这不是一个故意的变化。这是一个我们认为达到目的所需的变化。"

——对年轻民主党人团体的讲话

纽约哥伦比亚大学

1966 年 5 月 21 日

"他的思想似乎完全被他的健康状况占据了。他开始变得像那些敏感的人一样粗暴。"

"博伊德也变得敏感而被困扰着。他随时都穿着他的外套。他出汗了,感觉似乎他在所有事情上都是跟随林登·贝恩斯·约翰逊的指引呢。"

"博伊德甚至一直都没有过一个正式的职能。我们还没有完成交接前,那帮肯尼迪的职业邮递部队的男孩子们就已经全部就位了。"

"他就只是坐在那里,手捧着收音机,而林登则工作着。谁知道他在那里干些什么。"

"他们俩会经常一起到处走动。就在院子里走来走去。然后从栏杆处看出去。"

"有时候只有总统一个人,在他身后的一定距离里总是可以看见博伊德,还有那些安保人员。"

"可是谁知道他们在那个办公室里一天做些什么,一小时又一小时。"

"当他们待在那房间的时候,收音机停掉了。"

"谁知道他参与了多少决策。东京湾。柬埔寨。整个伟大的社会。"

"我们永远也不会知道有关小鸟夫人的事了。她是那些垂帘听政的第一夫人中的一员,其影响难以估量。"

"我们知道博伊德帮助他写了一些后期的讲话稿。"

"但是没有人知道哪些是他写的。"

"在那里他们是非常亲密的朋友。"

"知道点儿内幕的人没有活到今天的。"

"那个做总结的男孩让整个办公室都参与了押注,猜测戴夫是否会比林登活得长。"

——来自《剖析》

"现在你们这帮人振作起来,要快乐,该死的。"
——美国总统办公室的电视讲话
白宫
1967 年 11 月

那些有关林登在位的最后几个月的故事,关于林登有一阵子拒绝离开总统办公室的故事,都是真的。我坐在他位于角落里超大的椅子上,腿上摆满了卫生纸和润喉糖,眼看着他直接把小便撒到办公室的铁垃圾桶里,每天早上,蒂恩夫人都会安静地把小便倒掉。办公室的声音都被杜鲁门的地毯还有豪华的装饰材料给吸收了。除去那些街对面公园里路过行人的头灯和抗议者的篝火以外，办公室里很黑。

办公室朝宾夕法尼亚一侧的窗户被林登鼻子上的油弄得油渍一点一片点缀着。他站着，脸贴在窗玻璃上，他随着抗议者粗糙的抗议声的旋律轻声对着玻璃说着什么，他嘴里呼出的气时而蒙住了玻璃，变弱，然后又出现。直升机像海鸥般盘旋在上空；探照灯灯柱在公园和白宫院子的地上划过，库特纳的安保人员密密麻麻地排满在铁栅栏边。偶尔有人把东西扔向栅栏，发出咣当的响声。

林登拿出他的鼻部吸入器，用力吸着。

"今天我又杀了多少年轻人，孩子？"他问我，脸从窗子上转了过来。

我也用力闻了闻，吞咽着。"我想，那不是一个公平或者健康的思考这样一个问题的方式，先生。"

"天杀的你这个苍白的灵魂男孩我问你多少人！"他指着一个被火腿色的篝火染红的窗子。"他们他妈的一定在问。我想林登·约翰逊也应该被允许询问这个问题。"

"今天可能有300到400个年轻人，先生，"我回答道。我痛苦地打了个喷嚏，卫生纸都湿了，"你现在高兴了？"

林登又把脸转回去面对窗玻璃。他又忘记扣上裤子的纽扣了。

"高兴，"他狠狠吸了一口。要知道，他确实听到你所说的话的最好方法是重复。"你觉得他们高兴么？"他问道。

"谁？"

他的大头朝着篝火抽搐了一下，听着远处牛角微弱的声响还有来自人群的悲伤回应。他无精打采地耷拉着身子，手放在窗台上支撑着自己的身体。"那些美国的年轻人聚集在那里。"他说。

"他们看起来相当生气，先生。"

他若有所思地把垮下去的裤子提了提。"孩子,可是我却从他们的生气里闻到了快乐的味道。我想他们很享受变得愤怒和无助,并且被不公正地忽略掉。这就是这个自由世界的你的领导的想法,孩子。"

"你是否可以对此稍加阐述,先生?"

林登大张开口,在窗玻璃上哈出一个很大的圆圈,我们一起看着总统办公室墙壁上很大的手写体字,就在牛角旁边,总统桌的后面。那是我做的。上面写着"从不阐述"。

他摇了摇头。"我相信……我相信我和美国的年轻人已经失去了联系。我相信他们不可能被我打动,或者说被正确的事情打动,或者说被那些学术理念认为是对这个国家正确的东西打动了。"

我打了个喷嚏。

他用巨大而长了棕色斑点的指头触碰着窗玻璃,留下了更多的痕迹。"你会说这对于我来说是说得容易,但是我要说,他们的一切来得太容易了,孩子。这些年轻人有的是雅皮士、有的是抗议者、有的是使用暴力者,有的是运用公众展示方法的人。我们让他们太容易做到这些了,孩子。我的意思是说他们的父辈。那些和我一起度过青年时期的男人。今天这些年轻人都很愤怒。他们从来不曾担心被伤害或者被折磨,无论以什么方式。他们不知道大萧条和荒凉。"他看着我,"你觉得那是好的?"

我回看着他。

"我想我越来越相信人们也许是需要被一些苦痛折磨的。你能够看到我这个信念的一些意义吗?这意味着我们整个国内项目的计划可能都是糟糕的,孩子。我越来越倾向于相信整个设计的核心部分已经闻起来很臭了。"他用鼻腔吸入器吸了一口,看着外面起舞的抗议者们,"通过这些考虑周到的国内项目活动,我们正在国内把这些人的苦痛除去,孩子,"他说,"却没有替换任何东西。看看他们在那边舞动着，孩子，呼喊着'去你的'，好像是他们发明的'去'和'我'，他们的总统，看看那边，那你就明白我的意思了。我看见一些需要苦痛折磨的动物，有些人需要经受苦痛才能从内心成为真正的美国人，孩子；如果我们不给予他们一些苦痛经历，为什么他们会给自己找来苦痛。他们将从一些被斗争双方所困扰的东方青年人那里得到苦痛的折磨，他们将从其他人的苦痛里获得折磨，内化成他们内心的感受。他们将要从这个过程中获得刺激。我相信美国的年轻人需要一些真正的刺激。那些在海外的年轻人正在制造这样的刺激；他们从那些不会蹲下来帮助你妈妈撒尿的东方年轻人那里获得这样的刺激。作为领导人，我们不曾关心过他们。他们认为繁荣和领导都是无聊的。愿上帝保佑他们可怜的灵魂。"他把鼻子抵在玻璃上。就在他站在那儿时，我脑海里突然有一个景象闪过，是关于儿童和糖果店的。

　　当一架经过的直升机的头灯把总统办公室瞬时照亮得如同一个蔚蓝的月球时，我把眼睛眯了起来。"所以你认为他们在外面的所作所为也是有其正确性的？"

　　"是有某些正确性，"林登哼了口气，在蓝色窗边一动不动，"不，因为他们没有对错的概念。听着。他们对于什么是对，什么是错毫无概念，孩子。听着。"

　　我们就这样听着他们。我静静地吸了吸鼻子。

　　"对他们而言，对与错只是词汇而已，孩子。"他离开了窗子，让自己放松地坐在了他的巨大椅子上，坐得很直，手摊开放在毫无疤痕的樱桃木总统桌上，"对与错可不是词汇，"他说，"它们是感受。就在你的肠胃里和类似的感觉器官中。不是词汇。不是伴着吉他的歌曲。它们是那些让你感觉到的东西。它们在你身体里。你的心和消化系统里。就像那些你在个人层面热爱着的人一样。"他用手摸了摸前臂，握紧了拳头，"让对面那些悲伤可怜的男孩们为某些事负起责任来，哪怕是一秒钟，孩子。让他们为某些人负起责任来然后回来告诉他们的总统，我，林登·贝恩斯·约翰逊，什么是对，什么是错，等等。"

我们一起量了量他的脉搏。我们测量了他的血压。他肩膀或者腰部没有疼痛感，嘴里也没有淤青的情况。我们让他躺下，把靴子放到窗台上。我的胸部和后背都被汗浸透了。我走回到在角落的椅子上，感到不舒服，有一种虚弱感。

"你还好吗，孩子？"

"是的，先生。谢谢你。"

他轻轻地笑了。"我必须说，我们俩是这联邦机构里一对特别的职员。"

我咳嗽着。

我们安静而不安地倾听着外面的抗议歌声、呼喊和口号，还有安保服务直升机的轰鸣和啤酒罐碰撞的声响。在微弱的篝火光亮中，几分钟过去了。我问林登他是否睡着了。

"我没有在睡觉。"他回应道。

"那么能不能请你告诉我你感觉如何，先生。"

远处的呼喊声停止了。林登用手指深挖着鼻孔，眼睛闭着，头往后靠着。

"关于什么的感觉？"

我清了清嗓子。"负责任，正如你所说的那样，我的意思是，为别人负起责任。那是一种什么感觉，如果你是负责任的人？"

他微微笑了或是喘了口粗气，从他后仰的总统椅里发出一种深深的声响，几乎是亚音速的那种。我盯着他的侧影，一个漫画家的梦想目标。

"你和小鸟夫人,"他说,"好像你和我的小鸟如果不总是问林登·约翰逊同样的问题的话,你们就被诅咒了,孩子。对我来说太诡异了。"他让自己坐直了来面对我这一侧办公室里的黑暗,"我上周刚告诉小鸟,责任,为什么,甚至都不是一种感觉。"他静静地说。

"你不能够感觉到责任是什么感觉?它让你麻木了吗?"

他用鼻腔吸入器开始吸着,手里摆弄着表链让反射的光映照在窗玻璃暗淡的光亮中。

"我告诉小鸟,责任就像是天空,孩子。那就是我告诉她的。试想下如果我来问你,天空对你来说是什么感觉?天空不是一种感觉,孩子。"

我们俩都开始咳嗽。

他用手向上指着,大概指向牛角的方向,同时对似乎是什么熟悉的东西点了点头。"但是它就在那里,朋友。天空就在那里。它就在那里,在你的屁股上方,每天都是。无论你去哪里,抬头一看,在世间一切该死的事物的上方,天空都在那里。没有哪一天是没有天空的……"

他挤了挤鼻腔吸入器,把最后的一点喷雾剂挤了出来。发出一种很难听的声音,很快,我就不得不帮助林登回到那个办公室里已经装满了尿的垃圾桶上。我们站在那里,一起,就在铺着白色大理石的总统办公室地板上。

"林登·约翰逊先生,就像所有男性政府工作人员一样,其工作的原动力包括一个伟大和富有激情的个人梦想,和一个伟大而富有激情的为其同胞的福祉而努力的情怀。他,像所有伟大的人一样,老天,像是所有男人一样,是一个谜。他可能永远都不会被完全理解。但是对于我们这些今天聚集在点缀着孤星的天空下希望要去试图理解一个男人的人来说,我们必须试图去搞明白是否我们能够赋予他应得的荣誉。我说要往西部去,我说你往西走得越远,你就能够离林登·贝恩斯·约翰逊越近。"

——得克萨斯州参议员杰克·蔡尔兹
为林登·贝恩斯·约翰逊逝世而写的悼词
1968年,得克萨斯州奥斯汀市

当我收到来自克劳迪娅·"小鸟夫人"·约翰逊的粉红色刻字的邀请函邀请我和她共进茶点的时候,我正虚弱地躺在我们的大床上,被猛烈的感冒打倒了。

迪韦尔热已经离开几乎一周了。我在新罕布什尔州处理了一个大众邮递的工作后回到家里,发现他已经不告而别了。他没有留下任何信息,也没有带走任何行李。他的钱和我的几本黑色办公室小笔记本却不见了。

我个人对于林登职业生涯的感受最好的证据应该是当我知道勒内要么是已经叛逃了或者是被某敌对势力所收买了时感受到的恐慌。我笔记本里的大多数记录都是实时速记。

其中一条记录了一次联合指挥长的交流会议,这会议是在厕所蹲坑和带盖的篮子以及一个有爪痕踩脚处的浴缸边缘进行的,当时林登刚刚在一个马桶上拉过屎。那些细微的记录中有足够的事实让林登遭受无法修补的难堪;他已经下指令说要把所有需要被记录的东西都记录下来。我必须痛苦地承认,我第一天有关林登的想法是和出卖以及我们越长大越恐惧的如戴着面具般的共和党人相关的。

三天里我疯狂地到处寻找迪韦尔热,我最远到达了北边新罕布什尔的汉弗莱、麦卡锡、林赛和珀西的校园里——还有那个男人——最南边到达了切维·切斯的《周末夜现场》。搜寻过程让我变得虚弱,我回来后,就被猛烈的感冒给打倒了。林登也病了一阵子，在办公室和新闻里都消失了一周。他没有和我联系过。在我躺在家里生病的三天里，办公室或者白宫没有人给我打过电话。我也没有勇气去给任何人打电话。

"我们的丈夫们和我希望知道你今晚是否能够光临我们在海边的寓所，一起共进茶点。"彩色信函上的邀请信这么写着，没有抬头。我已经被训练得总是首先看看信函的抬头，以至于第一夫人文字里的空白看起来显得很居高临下。

当然这也是一个众人皆知的谣言——这个谣言我怀疑是源自玛格丽特的老卡通艺术家，他曾经把我画成一个长着 W.C. 菲尔兹般大鼻子的卖花女孩，作为新娘手拉着 1968 年约翰逊的火车——约翰逊夫人想要林登退出，并且把他的办公室和我视作她从来不会在生活中再有的情敌。"我们的丈夫们"这说法看来是与我听到的谣言相符合的。

还有，我们也永远无法说出来自约翰逊夫人邀请信里并且诱惑了迪韦尔热的极重香水味是什么牌子。在他身体虚弱到不能离开我们家之前，他到处去买，闻了几天，最后确定了那香水的精华味道应该是矢车菊。

要迪韦尔热命的不是疟疾。我所有的四份薪水都花到贝斯达医院为没有保险覆盖的迪韦尔热治疗上了，这里的医生就像上帝面前的阿奎那[①]，他们做不出诊断，只能通过确定迪韦尔热的病症不是已知病症来判断。我推着坐在轮椅上咳嗽的丈夫来往于医生之间，他们对于在华盛顿的细菌培养皿中发现的无以计数的各种病菌无法分离，只发现他对于这些病菌都显得十分脆弱这个规律。

---

① 托马斯·阿奎那（1225—1274）：欧洲中世纪著名的哲学家、神学家。

在这些最后的岁月里,我在夜里躺着,手里抱着一个因为一个规律而要死去的男人,用我的白色手臂环抱着他越来越明显的灰色肋骨,从他日益消瘦的细得不能再支持长着长指甲的手的手腕那里偶尔感受到他的脉搏,眼睁睁看着他的胃开始凹陷下去,他的嘴唇开始像女人那样发亮,他的膝盖因为腿上肌肉的萎缩而肿得像球一样。

"很疲倦。你爱我吗?"①

"闭嘴。不要这样说。"

"你爱我吗?"

日益虚弱的我眯着眼看到自己的所有联系被推到角落的透明之中,我看见林登自己也在一家嗜血如命的媒体面前一步步褪色。一个既龌龊又真实且被绿色传播出去的战争同时对于我们这些阅读并且要对真实报告采取行动的人来说,也是充满数据和模糊搭界的;一个对他认为要减少总体伤害需要把政府的原因放在最前端的总统决定的颠覆;一个有关他自己道德弱点的直觉随着另外两个隐藏得很好的心肌梗塞使得他憔悴、焦黄和疤痕累累而日益增长,他的眼睛感觉逐渐长得更切合那张围绕着他眼睛而落座的脸。

迪韦尔热,一个已经没有力气离开的人,不见了。他把我的笔记都带走了,也没有留下任何自己的笔记。在壁炉罩上签名的照片和蚀刻版画下方的花瓶里什么都没有留下。在一大堆卫生纸和挤破了的抗呕吐药片的铝壳中间,我读了来自约翰逊夫人字迹优美的字条,这字条是由一个我在邮件部的不甚熟悉的下属亲手送达的。我呼吸着那邀请函发出的味道。

---

① 以下三行对话原文为法语。

"沃尔迪恩准备了一些胡桃糖和果仁糖,我发现它们和甘菊茶很配,博伊德先生。"

"谢谢你,夫人。"

"谢谢你,这都是沃尔迪恩的功劳。"

穿着黑色长筒丝袜和纹饰围裙的黑人女佣把敷在第一夫人脸上的最后一点冷膏擦去。她也把约翰逊夫人脚下的垫枕调整了一下,随后就退下了,一直背对着我。

我微微地咳嗽着。我擦了擦额头。

"我的丈夫已经濒临死亡了,孩子。"

我坐出租车到达约翰逊的私宅时已经迟到了,这房子是他从当选参议员以来就一直保有的,那种坐落在如翘起的嘴唇般伸入大西洋的波托马克三角洲上东海岸边上的后种植园时代带塔楼的建筑。我能够听得到海洋的声音,并且看得到东边大海里远处一处闪现云端的雷电。在海峡里一个号角低沉地轰鸣着。我摸了摸喉咙处的扁桃体。

"你看起来一点也不好啊,博伊德先生。"

我看了看四周。"夫人,总统先生会来吗?"

她透过茶杯里上升的雾气看着我。"林登要死了,孩子。他一直都被那个折磨了他这么些年的疾病……痛苦地折磨着。"

"他又栓塞了吗?"

"他已经要求今晚不要一个人待着。"

"你是说他今晚要死吗?"

她重新整理了一下袍子的下摆。"这将是对所有与总统很亲近的人的巨大考验。"她抬起头,"你不觉得吗?"

我很警觉。这里没有医生。进大门的时候,我只看到了库特纳通常安排的几名安保人员。我使劲地闻了闻。"那么,你为什么不和他在一起?如果他不想单独待着的话?"

小鸟夫人咬了一小块果仁糖。她的笑是那种优雅女士在咀嚼时候特有的笑。"我每一天的每一刻都和林登在一起,亲爱的孩子。就像他告诉你的那样。约翰逊总统和我距离太近以至于我们——我相信——很难给予对方真正的陪伴或舒适感。"她又咬了一口,"也许那些陪伴和舒适感来自别人?"

我轻轻喝了一口威化饼般薄的瓷杯里的甜茶。茶杯太脆弱,我几乎无法抬住。我全身感觉到一阵恶心袭过。我把身子蜷了起来,闭上了眼。因为服用药物的原因,我的耳朵开始鸣叫。我想告诉约翰逊夫人说我不相信她——刚刚乘坐一架战斗机飞抵达拉斯的她——现在坐在那里冷静地吃着饼干告诉我的情况。我真的想告诉她我自己也有麻烦。我不想告诉她我的麻烦是什么。我想要和林登说说话。

"那么我可以陪他坐坐吗,夫人?"

"你没有问题吧,博伊德先生?"

"确切说也不是没有问题。但是我会觉得能够和约翰逊总统一起坐坐很荣幸。"我试着吞咽了一下,"但是我很怀疑,根据各种情况,你说到总统要死了的可能,夫人。没有过连续两位总统都死于任职期间的情况,约翰逊夫人。"我曾经在1963年的时候为此做过研究,以便为那些写信来要求总统府能够给他们提供保证的公民制定一个标准回信格式。

约翰逊夫人整理了一下被她压在身下的粉红沙发上的袍子。这个房间里的一切摆设都是那种作为第一夫人的私宅应该具备的。从带鼓形水车雕塑图案的镜框包裹着的镜子到精致的东方雕塑,从在白色架子上展开用于展示的水晶宫设计到那种几乎可以把自己漩进去的带有阿拉伯风格漩涡花纹的地毯。我闭上了眼睛。

"你，博伊德先生，"她一边说，一边抓了一块饼干，"也是因……一种你对别人的明显的爱和责任而变得脆弱的特点而变得特别。"

我听到昂贵的时钟在滴滴答答地响。我认定了今天这件事的情况，然后就把有关迪韦尔热和笔记本的事都放到别处了。我又吞咽了一下，压住了一股热流。"我没有爱上总统。"我说。

我话音未落，她笑得很灿烂。"你说什么，博伊德先生？"

"我敢肯定这看起来不好，在他病了的时候，我也病了。"我说，用手扶着沙发扶手。"我肯定你听到过若干有关我的故事以及我如何爱上了约翰逊先生，然后像一个缺爱的动物那样跟随他到处走，并且想要和他亲近，享受如此亲近的工作关系，因为我爱他的故事。"我尴尬地把刚咽下去的甘菊和果仁糖都吐了出来。它们挂在我外套上方，形成了呕吐的深色线条，然后慢慢聚集到我的大腿上。"事实上，我没有爱上他，"我一边说，一边擦了擦嘴，"还有也请原谅我刚才吐了。"

"博伊德先生，"她说，"亲爱的博伊德先生，你对林登的感情，我没有意见。我想通过一种超越我可怜的力量的方式对你所给予我丈夫的忠诚和你对于上帝给予他的责任和任务的投入和支持表示感谢。我无法用言语完整表达我对你给予我丈夫感情的感谢之情。我也相信自己能够理解那些感情的实质。"她很巧妙地把视线从我大腿上移开。"我刚才说的是你的丈夫。"

我用手轻拍着呕吐出的混着果仁糖的液状物。"还有这个所谓的我的丈夫、你的丈夫的说法，夫人。我会尽量忽略所谓的谣传。谣言很少是全部真实的。"我说道，站起身，以便更好地拍打身上的污渍。

约翰逊夫人的额头皱了起来，然后舒展开来。"你的丈夫，博伊德先生。"就在我站在那里的时候，她出示了一张粉红色卡片。"M.迪韦尔热，"

她读道,"一个拥有外交豁免权的加勒比黑鬼,于 1965 年与你通过民事法结婚。"她把视线从卡片上移开,"他已经足够善意地为林登提供了在他生病期间所需要的陪伴和关怀。"

我努力把注意力集中在地毯上。"迪韦尔热在这里?"

"当你在北方为我们在新罕布什尔的机构做着多纳根先生称之为融合性邮递工作的时候,"她边说,边清空了饼干盘,"他让安保服务的库特纳先生把你的丈夫带到我们家里献给了总统。总统要死了。"

我打了个喷嚏。她喝了口茶。我在她的脸上寻找着。我有一个不合理的需求,想看在她拿出来的数据卡片上的字迹到底是谁的。这些失去平衡的冲动一方面让我想冲到迪韦尔热身边——不过这海边的房子很大,而我从来都没有进入到后厅以外的地方——另一方面让我想知道为什么科比·多纳根竟然跟我说我要去北方进行的工作很重要。我同时想要做如此多不同的事,但我竟然不能动弹。第一夫人又喝了口茶。"那么,约翰逊先生知道我有一个丈夫?"我问。

"孩子,他怎么可能不知道呢?"小鸟夫人和善地笑着说。"他怎么会不知道这个把他的生活和心都掏空了然后进入林登·贝恩斯·约翰逊的生活和工作中的年轻人的心呢?"

我开始对约翰逊夫人产生一种比过去我对玛格丽特曾经产生过的厌恶感还要强烈的厌恶感。她坐在那里,戴着头饰,穿着袍子,吃着果仁糖。我感觉难过极了。"迪韦尔热还好吗?"我沙哑地问道。"他在哪里?他死了吗?他一直都要死了,确实是这样。要死的不是约翰逊先生。那也是为什么我会生病的原因。不是约翰逊先生。"

"他们一直在一起谈话呢,博伊德先生。"

"勒内几乎不会说英语。"

她耸了耸肩,似乎这根本不是问题。"林登告诉我,他们有过几次很深入的谈话。而且就像你们俩所做的那样,这些谈话内容都被记录下来了。"

"怎么,迪韦尔热没有说过他要到这里来?他死了吗?"

"作为一个真正的杰出的黑鬼,M.迪韦尔热让林登印象很深刻,博伊德先生。他们一起讨论了林登关心的核心问题诸如痛苦、不同阵营间的斗争还有黑人问题。他告诉我,这些讨论是我丈夫在被你和蒂恩夫人从办公室里赶走之后感觉最好的一次。"

"我问,他是不是死了?"我说。

她吃了点东西。"你是不是和我一样明白我丈夫的感受,大卫?"她看着我,希望有回应。如果她不说的话,我也不会说的。"我的丈夫,"她接着说,"对待责任的感觉就像你我对自己体重的感觉一样。那责任已经开始吞噬他。你曾经照顾过他。你曾经在几乎十年的时间里是他唯一的藉慰,孩子。"

"所以你确实是害怕他爱上我了。"

无论是否因为相互影响还是出于真正的悲伤,我注意到她回答问题的方式和林登一模一样;她回答问题时是沿着不断变换主题的一条曲线进行的,一会儿她很贴近主题,一会儿她又滑到了自己的主题上去了。现在她紧张地像南方人那样笑,一只白色的手伸到她沾满茶点的嘴边。她的头发用一种网状饰物包裹着。

"林登不能,他坚持认为,从自己的生活经历来理解为什么像你这样新一代的人在看待任何重要事情的时候都用爱来衡量,大卫。好像那个词能够解释持续很多年的感受一般。"

我能够看见库特纳的影子和另一个人从前厅来到厨房。我站起身。

她接着说:"爱只是一个词而已。它必须和不同的事物一起作用。林登和我——虽然你可能会不同意——认为我们已经不再正确地爱着对方。因为我们很久之前就已经停止了保留一段足够的距离以便让'爱'能够有生长的空间。林登说他应该珍惜那一天,当爱、对、错还有责任,当这些词汇——他说——被你们美国年轻人理解为仅仅是距离的安排的那一天。"

"走进厨房的是不是库特纳和科比·多纳根?"

"请坐下。"

我坐下了。

她身子向前倾。"林登被自己对于距离的看法所困扰着,大卫。他对独处的憎恨,那种物理性质的孤独,无论你身居何种高位——也就是你自己投入的服务对于我们来说非常无价地他憎恨的领域——他对于独处的憎恨源于回忆录里会称之为他的伟大的智慧理念:我们看到对方,安排对方的距离,爱。那个爱——他会说——是一条联邦高速路,把各个社区用线串联起来,移动和存在于漫长的距离中,却总是相互连接着。我的丈夫曾经公开说过,美国,他自己的美国,他如此深爱以至于可以为它而隐藏死亡的国家,也应该用距离视角来理解。"

"那么,我们甚至都不爱对方,是吗?"我盯着她房间的水晶宫摆设,安排得很好,从来没有被使用过,酷热中带着让人恶心的感觉。"两个亲近的人不能爱对方,即使是以柏拉图的方式?"

"我丈夫说,你们处于关系中。你们相互约束。他说他拥有你脚下的地板。他说你是天空一样的存在和意义,这存在和意义已经变作了每一天。"

我咳嗽起来。

"那是不是爱意味着更少?"

我再一次意识到,翰逊夫人所说的是什么。我几乎再次呕吐了。

"约翰逊夫人,"我说,"我刚才在说迪韦尔热和我。"我也试图把身子向前倾,就像她那样,"约翰逊先生是否知道迪韦尔热和我爱着对方?在我发现我的笔记本和他都不见了的时候,我的第一个念头是关于他的?他是否知道我爱着他呢?"

除了库特纳之外的另一个影子是沃尔迪恩,第一夫人的黑鬼女仆,她施用冷面霜的技术很娴熟。

"那张卡片,关于我的那张你照着读的卡片,是谁写的?"我问道。

"我们楼上房间里的某个人,"约翰逊夫人说,并没有用手指方向,"那是我们心里的两个丈夫退缩的所在,"她根本不看我,"他们已经把自己从现实搬离到了有距离的位置,必须知道我们都爱着,孩子。他必须知道。你不同意吗?"她身子前倾,靠近瓷茶壶,揭起薄薄的壶盖让沃尔迪恩检查里面的东西。楼上。我站起身。她可以随她的意告诉我,让我坐下。

"总统不会死,夫人。"

"你不同意吗?"

沃尔迪恩给她的夫人沏上茶,然后,也来为我沏茶。

"夫人?"

她的身子前倾,加了些糖,对着自己映照在晃荡的茶水水面中的瘦削的鸟脸倒影,就像水中的月亮一般。"我问你,孩子,你到底同意不同意?"

从那道门下传出来的淡淡味道闻起来是我沾了泥土的外套的味道。小鸟夫人约翰逊手中柳木把手的小勺发出的轻柔的女性声响,就是我厚重老旧的大学时代的戒指与那道厚重的门板上刻有雕饰的卧室大门之间坚实敲打碰撞的男性声音。我轻轻地敲打着。全身一阵痉挛,包括我的内脏,我忍着,直到它停止。在海港里,有种东西也发出了呻吟,很正式的那种。

那道大门很安静，今晚，1968年11月的某一天。

忘记那个弯曲的圆圈，对它来说，距离意味着它所包围着的尺寸大小。修一条道路，画一条线。向西行进到这个国家的最西边界——波迪加湾，不是加利福利亚的惠蒂尔——然后画一条线；让这条线的运动范围就是它开始和目的地之间的距离；继续画这条线，往西，越行越远；地球的圆圈将会抓住这条线，让它靠近圆圈的内部，就像有些贪婪的人占有果仁糖一样；那个巨大的决定了这根线走向的曲线会带着你到处走，并且及时到达你身后遥远国家的最东端，到达那个位于暗淡大西洋远东海岸上的灯光暗淡的主卧室；你刚刚画好的圆圈是很安静而巨大的，世界上所有的每一样东西都在它范围之内：卧室——一个打翻了的奖杯在镜框玻璃上砸出一个玻璃星，一张令人眩晕的交通灯光摇曳下的地毯，和结实的闻起来有油皂和病人味的木结构附件。我看见总统的单人大床上的很大的白色百服宁，只剩下包装纸，楼下外面华盛顿和肯尼迪街交叉口的交通灯变换着颜色并投射到床上，留下不同的影色。在光溜溜的床上——整齐地散落着纸张和卡片，我的笔记本卡片，十年的林登语录速记——躺着我的爱人，僵硬地卷曲在他一侧的床上，像一个冻住了的X光透视骨架，瘦弱，胡子拉碴，长着厚重指甲的手伸展出去要部分盖住他身侧的白色面庞，这个巨大的白色面庞连接的是一个盖在紧致干净的床单下的很长的身子，一动不动，床边分别由两名安保人员守卫着，他们歪斜着身子、很疲惫、红色的、绿色的。迪韦尔热展开的冰冷的手遮住了总统的一部分脸，好像是一个被打断的爱抚的结果；他的手就像一只蜘蛛般停在总统如巨大药丸般的头上，无趣、线条明晰、食肉动物的嘴，他的眼镜有非常清晰的镜架，他的鼻腔吸入器放在床头柜上，白色的热线电话灯闪烁着，无声运作着，黄色的灯接通的是肯尼迪。迪韦尔热的手被摊开来盖住了总统的脸。我看见宽大的白色棉床单，迪韦尔热在上，约翰逊在下，约翰逊的老人胸部的乳头挤压着床单，乳头几乎没有动静，胸部几乎没有起伏，床单倒是有脉搏般跳动着，虽然是非常微弱的搏动，就像水离开源头已经有了很远的距离那样。

我把嘴唇上的痰擦去，然后凑近了看总统的双眼，不是个子小的人的眼睛，眼睛里透着一种胶片般的入心的痛苦，睁开并盯着透过迪韦尔热细长手指射下来的卧室里的天光。我听到亲吻过一个黑人手掌的嘴唇在努力形成词语，他的眼睛半睁着关注到我的意外出现，我把身子靠近了床边。

迪韦尔热的手，我知道，只有在总统微笑的时候才会这样移动。

"你好，上面的人。"他轻声说。

我把身子凑得更近了。

"林登？"

约翰·比利

1. 我是不是该告诉桑普勒·兰杰

我是不是应该告诉桑普勒·兰杰，小查克·纳恩是如何对那个冤枉了他的人做出了错误的事然后逃到了你想都想不到的地方。我给兰杰介绍了查克和莫娜·梅·纳恩的儿子小查克的最新情况，这孩子是我们俄克拉何马州米诺格最英俊和半神半人般的存在，好运霉运男人，撞到他的任何事都粘在他身上且变得很有价值，但是这个迟到的时代人类关系的盛衰已经对他造成了深深的苦难和视网膜的恶化，以至于小查克·纳恩因为一个无名的绝望而失去控制并被报复了。

告诉了桑普勒·兰杰关于纳恩的故事，这个被损坏了的灰尘观察员，现在已经是一位老人，眼睁睁看着他的农场在那些艰难、令人抑郁的狂风大作的季后赛时期被吹走，变得无地可种，不过后来他还是在 F. 德拉诺的公共事业振兴署①那里谋得了一些工作机会，然后在这里和埃尔雷诺之间的大平原上建起了一间胶合板棚屋住下了，他作为一名观察和守望

---

① 美国在 1935 到 1943 年间设立的一个政府机构，主要目的在于为缓解全国性的失业状况而设计实施大量公共工程和项目。译者注。

重大及灾害性的沙尘暴的观察员，从政府那里获得了一些薪酬。他就在那里待了差不多四十年，直到天天观望沙尘使得他身心都受损了。现在他已经年纪太大，老得不得不回来了，他就游荡在街头，似曾相识的感觉，俄克拉何马州米诺格自己的无牙 R. 温克尔①，四十年孤独地在旷野中勾勒自己农场形状的岁月结束后，他想要重新了解和融入他家乡的人以及他孩子的生活。他帮我的啤酒买了单，用的是某些华盛顿特区的电脑给他送来的支票，然后我就告诉桑普勒·兰杰有关米诺格那些他不知道的人和事。

我告诉他有关小查克·纳恩的情况，对于纳恩的事情，连大风都没有异议。他在 1948 年有如预言般的出生如何把他妈妈莫娜·梅的内脏严重撕裂以致到今天这可怜的女人只能在用热毛巾热敷和喧闹的歌剧声里才能入睡，而且需要得到园舍照顾才能生活下去。小查克在十岁的时候就已经长得黝黑并且为人所知，到十二岁的时候就蓄起胡须，长了双 O 型腿，开始好色了；他死去的爸爸曾经有一次试着要鞭打他，后来他打在小查克坚实的后背上的皮带都断成了碎片。小查克如何对着我们的七年级音乐老师扔樱桃，一个苍白而牙齿不齐但是身上香水味极重的女人，到了现在，她在每一个闰年里都会乘坐着拖挂公共汽车经过俄克拉何马州米诺格，手里用毛线针编织，嘴里哼着无词的没有报答的情歌。还有小查克·纳恩的肤色如何像大地的颜色，他的汗水如何闻起来就像是铜还有那些米诺格的美丽女士们是如何很确定而且理应在他经过的时候都坐下来，他的步伐如何与未知的力量交融在一起，双腿有力地摆动着，靴子上带有他因在俄克拉何马州城 1965 年的州狂欢节上当众击败的一头只有一个非常尖利的角的公牛

---

① 美国小说家华盛顿·欧文短篇小说中的一个人物，温克尔在山中遇到神秘的荷兰人，喝了他们的酒，醒来后发现自己已经睡过了 20 年。译者注。

的而赢得的阿玛利罗马刺一路高歌着。

  我告诉桑普勒·兰杰，考虑到他嘴里没有牙齿可以阻挡他的最大吞吐量，他喝啤酒的速度是极可怕的，告诉兰杰，当他生活在大尘土平原上守望着天空吃着豌豆罐头的时候，俄克拉何马州米诺格高中连续两年获得了州际美式橄榄球比赛的冠军，当时小查克·纳恩在队里是四分卫负责防守，而我则是设备经理。在1966年发生在俄克拉何马州米诺格高中和俄克拉何马州艾尼德高中——我们的不共戴天的致命死敌——之间的州决赛中，在这决赛最后的关键几秒中，艾尼德高中的队员已经减少到了五人，他们把球交给了他们高大的伪造身份的无名的黑鬼助攻边卫，然后他从艾尼德十一人的队伍开始带球冲击，带着要去伤害俄克拉何马州米诺格高中的心脏和自我意识的邪恶眼神和用意，这个黑鬼像大风中的沙砾一般冲过米诺格中学的队员，加上两个身形巨大的牛仔的乱冲乱跑，还有一个穿着带垫肩的浴袍和金属锞子的加拿大武术专家在比赛中使出损招攻击下盘以配合他。后来（我在脑海里可以重现这个场景）在一个高潮般的永恒的全场围追和从后面扑倒的场景中，蓄着红胡子眼睛闪闪发亮的小查克·纳恩迅捷而残酷地把整个体育场都扑倒了，在我们十人队伍的艾尼德边线处解决了那个短跑手和干扰队员的问题，他阻截并摔倒了巨大的牛仔男孩们、重心低的加拿大踢人手、那个非人般迅捷的黑鬼、三个艾尼德队的拉拉队员、一名裁判还有一个十加仑的装有艾尼德队的运动饮料的冷冻器，全都在一个灾难性的时刻做到了。他在一名阻截者的脊柱上摔断了一条似火的腿，几周就痊愈了，比以前还要更加外八字。他的勇敢举动为他换来了俄克拉何马州米诺格高中的一个厅堂被命名为小查克·纳恩大厅的荣誉。

2．小查克·纳恩比我们知道的要更具神性

我告诉桑普勒·兰杰有关小查克·纳恩，这个比同时代生活在他的喷气轨迹里的我们知道的要更具神性的人，是如何完全消费了他的学校和家乡小镇，如何在他十八岁时离开了我们，让我们的情感都崩溃了，搬到了位于诺尔曼的俄克拉何马州大学，在那个地方他被看到在电视直播里扔出了极高的旋转球并且让他的农业和农场管理学教授们知道了他们过去不知道的事实。然后还有纳恩如何放弃了这一切然后把时间投入到了美国在越南的战争，然后从那里流传来的关于纳恩的荣耀和全副武装的无所不能的传言：他如何背负着他们作战单位的五十支小口径步枪爬过了悬崖般陡峭的阻碍到达了战场；他如何拒绝伏下身子躲避炮火，从没有一次爬行或者是吃到泥巴，而且没有一次在他的头盖骨区域闻到铅的味道；他如何在1971年的时候落了单然后被越共正规军包围了，他完全凭借自己人格和雄辩的力量说服了一整营的狡猾的斜眼越共士兵把枪口转向了自己人。他如何如何，等等。他如何寄给我一张明信片正面印着的是一张被凝固汽油弹染红的丛林照，他写了他如何希望我的视力要是更好些的话就可以离开饲料店然后去那边观看和闻嗅他战机的轨迹。

桑普勒·兰杰的眼睛是天蓝色的。这里有一种推测认为，如果你看着某一样东西足够长时间的话，你的眼睛就会染上这东西的颜色。

我坦白地告诉灰眼的兰杰，还有一群很喜欢纳恩的米诺格平民，小查克·纳恩是如何从俄克拉何马州大学诺曼和东部的冲突中以神而不是人的形象回到了家乡。当时有一个欢迎他荣归的游行，喧闹而自豪，伴随着低音大喇叭的声响。我告诉他们在1974年那个毫不含糊的杀手龙卷风（在龙卷风袭来时，老桑普勒·兰杰已经被损毁得不是一点两点，他驾驶着自

己的德索托摩托车被龙卷风狼狈地追逐了十二英里,他说自己闻到了每一次革命里都闻到的自己被吹到空中的土地的味道,最后,他整个人被吹得头上脚下,缠绕在电话线里,而车子已经没了踪影。车子后来就再没有从天下落下来),在春天袭来时,1974年的春天,就在纳恩回来和欢迎游行的第二天,龙卷风把纳恩逝去的爸爸的机器棚的顶也掀去了,吸走了两个N.洛克威尔的印刷海报,也把纳恩逝去的爸爸从一个被吹坏的农场屋子的窗子里席卷而去,随着桑普勒·兰杰的德索托摩托车直升空中,龙卷风还把纳恩家的电视天线从屋顶拔了起来,然后把电标枪也扔到了大概四分之一英里之外,把天线杆拔出倒插到纳恩家的地里,就像一把倒立的刀,然后,从这个电视天线杆插入的土地上,也是刚刚被小查克·纳恩事实继承的土地上,冒出了冒泡的原油。黑金。得克萨斯的茶叶。纳恩用石油的收益还清了他依然失踪的父亲的羊场的抵押贷款,把他的爬行的富于歌剧天赋的妈妈莫娜·梅送进了养老院,以恶毒的智慧和能量接手了纳恩家的羊生意,不久小查克·纳恩的羊的数量就急速增长到原有的纳恩家农场的隔离栏都快容纳不下了,羊群疯狂地交配生育,加上不断产出羊毛,还相互争斗以决定在纳恩看起来可能[1]

("可能,我是这么告诉桑普勒兰杰的")

饥饿的时候哪一只羊要自杀。

我也告诉这位沙尘守望者,小查克·纳恩如何放弃了许多唾手可得的拉拉队美女和东方公主,而回到米诺格并且与他的童年甜心女友进入正式关系,那个非法般丰满和高挑的格洛里·乔伊·杜博伊斯,那个到今天为止都是俄克拉何马州米诺格最接近女性气质和美丽化身的女人,几何般的

---

[1] 原文如此。

眼睛，全身极富诱惑力，带着接近宗教性的暗示，正当我开始把格洛里·乔伊的臀部形状比作遥远的土地的地平线曲线时，通向外面米诺格酒馆的门就被向内撞开了。站在门口的带灰的阳光下的就是那高挑、不稳定而被折磨过的格洛里·乔伊·杜博伊斯的身影，她的手放在她清澈而具有欧几里得几何学特点的眼睛上，臀部（和地平线很像）摩擦着那个被向内撞开的门的被创伤撞击后的形状。她就那么站着有一阵子，看着我，然后走到我们坐的桌子边。她就站着，蹒跚着，朝着地板跌倒摔落下去，她被损坏的抽搐着的半迷糊的身体像俄克拉何马州米诺格高中的半场乐队般四处晃动着，拼出了这些句子：被爱情踢中了屁股，或者，因为那有害的他的事故后脾气的不稳定导致小查克·纳恩的消失而带来的凄凉和打击。

3. 纳恩的个人祸根是那个下羊的日子

纳恩的个人祸根是那个下羊的日子，我告诉桑普勒·兰杰，同时我和几个平民搀扶着凄凉晕倒并且摔倒的格洛里·乔伊·杜博伊斯的身体到我们的桌子上，给她的脉搏点敷上了冰啤酒，然后把她扶起，坐在一个不会垮掉的椅子上，以便她苏醒过来看到我们共同的米诺格悲伤和麻烦的轮廓。

我告诉桑普勒·兰杰有关纳恩家养羊的农场，加上近乎完美的格洛里·乔伊的奉献，引起了 T. 雷克斯·米诺格的愤怒和妒忌，这个古董般的世外隐士一样的邪恶而有恶意的俄克拉何马州米诺格的养羊业大亨，同时也是那些非法生产的化学上极不稳定的甜薯威士忌酒的制造商，这些威士忌使得我们邻近的保护地区里的原住民们被灌迷糊，而后变得政治上极为不主动；还有因为拥有农业学位的小查克的巨大能量和农业技术的支撑而有了令人瞩目发展的纳恩家族的羊产业，还因为 T. 雷克斯从小查克夫人十二岁开始就想要和她发生性关系的事实。

因此在这些大背景之下可以理解 T. 雷克斯·米诺格如何不断地带着超过平常心的精力试图要从财务角度收购，从法律角度操纵，然后用暴力从小纳恩那里篡夺纳恩家族的羊生意和产业；而纳恩也是因为石油带来的富有，因为他得到的良好高素质教育，因为他在武力方面的强大和让人尊敬，所以上述任何的邪恶尝试都没有能够实现；我告诉他纳恩如何用极佳的幽默感接下了所有来自米诺格的恶毒攻击，甚至还收下了 T. 雷克斯不断送给格洛里·乔伊的免费的扎了丝带的一罐罐甜薯烈酒，每一罐上面都贴着一个写有"正式追求的告示"字样的条子，所有这些接招之举都带着极佳的幽默感，直到最后，T. 雷克斯，一个对任何他自己和他的道路之间的任何距离都会过敏的男人（至少在这里，这个他爸爸在被一些政治上主动的美国原住民造成致命伤害之前建立的小镇上是这样的），直到 T. 雷克斯最后安排他更年轻的古董兄弟 V.V. 米诺格———一个良善但是应该去治疗的酗酒的农场老手和诗人（他的东西押韵呢，我听说），一个对 T. 雷克斯的甜薯秘密配方有依赖性的人，我告诉兰杰———他安排 V.V. 和两个身形巨大的来自艾尼德的外乡牛仔（对的，就是来自 1966 年那场州际橄榄球决赛的高潮部分的老的干扰者）用极具威力的炸药去炸掉小查克·纳恩的整片挤满了羊群的牧场土地；后来这大块土地确实是被 V.V. 和身形巨大的艾尼德男孩们给炸掉了；我还告诉他说俄克拉何马州米诺格的天空如何在一整个令人呕吐的下午下起了不同百分比的羊雨，那是在下一个耶稣升天日的两年前。

桑普勒·兰杰在桌子边坐直了告诉我，还有那些平民说他自己也在耶稣升天日的两年前在大尘土平原的空旷里听到远处传来的雷电般轰隆声，还从他住的棚屋里看见了一场巨大的单注的粉白的雨，那时候他把这样的经历和所见归结于神的显现，还有来自自己被损坏的幻觉，这时候格洛里·乔伊·杜博伊斯摆动着，恢复了意识并且激动起来，她理顺了黄铜色高耸的头发，她的手部动作含有一种特别的美感，以至于两个平民在他们的椅子上就往后一挺，基本上在后面的过程里失去了意识，她进入了一个治疗的过程，喝下了几杯酒馆的啤酒，给兰杰详解了在那个黑暗的，毛绒绒的而且是漫天灰尘的白天，她如何与小查克·纳恩一起跑过了被炸坏的前牧场烧焦的土地，如何把她一辈子最好的丝绸雨伞给损坏了。她如何看着她男人穿越过草皮、羊肉，还有那如同疯狂强风一样的淤血，如何挣扎着用外八字的腿穿过恐怖的充满更恐怖的爆炸后的羊毛的牧场地面，如何用剪羊毛的篮子抓住了从空中落下的大块大块的自己最喜欢的羊，格洛里·乔伊看着他的情绪和态度变得越来越能够用以下词汇描述：痛苦、悲伤、迷失、不知所措、怀疑、愤怒、还有最后的毫不含糊的确定的狂怒。然后，那些丛林狼和秃鹰从大尘土的空中集聚而来，开始了一场拾荒者的盛宴，这盛宴的规模在其纯净和胆汁性的下流方面是现代俄克拉何马州州没有被超越过的，小查克·纳恩又是如何开着他在俄克拉何马州大学诺尔曼校区做四分卫的职业生涯获得的1968年制的完全被浸湿的意大利运动跑车，飞速驶离了牧场，向西驶上了那摇晃的双车道的40号公路，奔向那巨大的私人拥有的T.雷克斯·米诺格庄园，来不及向格洛里·乔伊道别，她看着她男人驾驶着光一般的汽车冲入了破败而笔直通向T.雷克斯米诺格的道路，他的脑子里想的都是作为名词的T.雷克斯·米诺格，几乎是动名词的对质、赔偿，甚至还可能有报复行动（那就是爆炸）。

4. 于是事情就来来回回了

于是事情就来来回回了，我自己还有格洛里·乔伊，桑普勒·兰杰嘴就粘在酒瓶上，他的表情在空白与着迷之间转换着，无论何时，只要格洛里·乔伊把她的六英尺身躯抬起来讲述大概如此的故事，那些孤单的自己试图要赶走那些食腐者，然后擦掉羊肉残渣并且独自运作着整个牧场的日子——可以肯定的是，现在的牧场比以前的规模要小了很多——完全靠她一个人时，那个奇怪地不断昏迷的平民就被拖到了桌子边，手里拿着啤酒；她穿着裙装的身子会站起来向在这灰色的牛皮藓般的世界的土地表面上，那些在纳恩的祸根和车祸后的日子与地狱之间的相似性报以公共的致敬。

于是事情就来来回回了，我负责历史和观察方面的事，而格洛里·乔伊则负责个人和情感方面的事。是我向桑普勒·兰杰揭示出，在天上下了羊雨后，纳恩是如何在自己的小型意大利运动跑车里向东在40号公路上急速飞驰要去向T.雷克斯·米诺格呈上T.雷克斯自己的屁股作为礼物，与此同时，在纳恩的牧场，俄克拉何马州米诺格的一大部分人都陆续到达，然后开始呆呆地观看、照相，用容器抓抢羊肉的碎块（"亲爱的，"这个穿着黄色雨鞋、雨衣和夹鼻眼镜的老皮特夫人一边用手整理了一下发网，一边告诉我，"亲爱的，当天上下面包和鱼的时候，你就准备一个桶，这就是你应该做的。"）还告诉我就在那个时候，T.雷克斯·米诺格的良性但是亚数码的兄弟V.V.，深陷于后爆炸的罪恶感和自我憎恨中，再加上一些水性甜薯的药力，正在驾车急速离开T.雷克斯巨大的庄园，驶向俄克拉何马州的大尘土平原深处去与自己对话，带着罪恶、痛苦和满载着蒸馏过的甜薯的一辆卡车，据说也正在这摇摇晃晃的40号公路上驾驶着这个巨大的旧卡车向西飞驰，然后在一个不祥的极巧合的时间点上，V.V.下意识决定说，在他海洋般的脑袋里某个黑暗和烂醉如泥的后部，要看看他驾驶的巨大僵尸般的载重三吨的自家改装过的甜薯酒运输卡车行驶在山峰、山谷和40号公路双车道的原动力弯拐的左侧是什么感觉，V.V.的左侧正好是小查克·纳恩的右侧；这边是小查克·纳恩风驰电掣般地撕裂了修了公路的山峰行驶在两个牧场间公路的等距中心偏右的路上，而那边是 V.V.，烂醉如泥地行驶在山峰另一侧不正确的公路一侧，然后，两辆车之间如何迎头高速碰撞产生了巨大冲撞力。

"撞击力，"我对桑普勒·兰杰说，"加上破坏力，不是一般的程度。"

格洛里·乔伊·杜博伊斯证实了她乘坐我的皮卡到达事故现场时的感受，事故现场大概沿 40 号公路下行几英里，她看到她的小查克·纳恩几乎是穿戴着他那小小的被撞击过的汽车；车胎里冒出了白色的蒸汽，像手风琴般的引擎里冒出白色蒸汽，还有纳恩脑袋里冒出的白色蒸汽，他的脑袋第一眼看上去感觉少了下颚，没了意识，少了两只健康的眼睛，顺序如此。后来闪烁的红灯和警笛从大尘土中飞驰而至；紧急救援的人员如何不得不用电锯把小查克从他的座驾里切割出来；他们如何小心翼翼怕在移动他的时候伤到他的脊柱；米诺格警长奥南·L.阿克斯福德如何对一些媒体宣布说纳恩的安全带保证了他没有被甩出挡风玻璃的事实。

她描述了纳恩是如何在他的小型的包裹着他的汽车里，找到他被火光点亮的鼓出来的沾满鲜血的就像深深的机油里的轴承般的眼球。

"还记得纳恩的眼睛。"我插了嘴，这时候桑普勒·兰杰向我抛过来一个关注的眼神①

。正当格洛里·乔伊完成了她对自己感觉到的愤怒和不公正的描述时，尤其是当她看到 T.雷克斯的兄弟 V.V. 米诺格站在远处，靠在几乎没有受到损伤的他的卡车上，抽泣着，拉长了脸，毫发无损的样子；V.V. 的事故屁股没有受到伤害的原因是因为有一些国际丰收机的卡车里自带了

---

① 原文如此。

安全气囊，这些没有人知道，那是来自于 1960 年代的一个国际丰收机卡车实验的产物，不过那个实验证明这气囊是没有多少经济前景的。但是这整场车祸都是 V.V. 醉酒驾车的责任，这起剧烈碰撞冲击了纳恩多毛的下颚并且把他的双眼爆了出来，还伤害了盆骨，加上把这个杂种脑震荡进入了一个道德昏迷状态和祸根里——这害人不浅的灾难对于 V.V. 米诺格就主要是由亿万秒之一时间里的一个柔软和巨大的棉花糖的感官感受构成（到这个时候时，那个白色鼓胀的气囊依然在胀大充满着卡车的驾驶室，我记得，气囊已经开始伸出并且鼓出了被撞碎的窗玻璃，看起来很危险也很超现实），也是由一个棉花糖的瞬间构成，再加上接下来一整年的各种法律事务。当格洛里·乔伊对整起事件的描述到达高潮的时候，她停下来进行了早该有的休息，这时候一名有唇腭裂的依然站着的平民转身对着我说：

"那个杂种把他的眼睛撞爆了？"他对于身体的损伤、出生缺陷、蓄意伤害这一类的事情显现出真正的兴趣。

"那个杂种把他的眼睛撞爆了？"桑普勒·兰杰用丰富而沙哑的发自他的高级尘肺的声音重复着这个问题，尘肺病是我们这些生活在大尘土平原上的人最恐惧的一种疾病。

出于对这个把痛苦穿成外衣一样的格洛里·乔伊·杜博伊斯的良善考虑，我压低了声音，邀请平民和兰杰想象一下，两个哈密瓜从很高的地方掉下来之后的样子，如果他们想要更形象地知道纳恩的眼睛是如何被撞击而爆出了他眼眶的情形，它们就悬挂在他脑袋外面，摇摇欲坠。

随后，我告诉一桌子的人，他的身体除去眼睛、下颚还有盆骨以外，在几周里就如社区群众之愿而痊愈了，起码表面看起来是这样，这使得好运霉运的小查克变得更加敏锐，变成了更加邪恶的舞者，比从前更靠近俊朗了，我告诉他们，对于他来说，这场车祸的主要影响和损伤都作用于他的脑袋、思想和感受上了。我告诉他们纳恩如何坐在那辆车祸后的汽车里突然清醒过来而且带着邪恶的意识，①

"邪恶了，"我强调着，平民和格洛里·乔伊的身体都战栗了，②

我告诉他们一个邪恶的小查克·纳恩是如何与自己的脊柱限制作斗争、战斗并且进行了诅咒，如何谩骂生产国际丰收机卡车的普莱姆卡车公司和俄克拉何马州大学诺曼校区的美式橄榄球总教练柏瑞·B.施韦泽先生；甚至纳恩如何在血泊中，就在他的眼珠子挂在眼眶之外的时候，我们试图让他平静下来进入救护车里时，他打晕了两个半专业的医务人员和一个警官，在那个不稳定的双车道的40号公路上，纳恩公开撤回了他对摩玛·莫娜·梅、我，以及整个俄克拉何马州米诺格社区的爱，尤其是他对格洛里·乔伊的爱，他大声地控诉说她精神萎靡以及他认为的她在横向想象力方面的缺乏。

"小查克当时就是处于车祸后的一个道德昏迷状态里，当时就是这个状况。"一个从这里到下一家人都知道是对纳恩怀有深深的忠诚的格洛里·乔伊宣布着。她告诉桑普勒·兰杰，小查克·纳恩如何在接下来邪恶的道德上昏迷的六天里经受了折磨，他关于对错关于爱恨的感觉都变得混乱不堪，而后来纳恩如何令人感恩地不记得那在米诺格医院度过的充满了尖叫和破坏性的黑暗和恶魔般的日子，他那几天就待在医院里，考虑到纳恩的性格和强大的说服力与有序之间的张力，他在医院可以说是受尽了限制。后来纳恩如何在第七天的时候醒了过来，让人感觉依然熟悉，依然正常，这总是一个良好的医疗信号。我告诉他们所有人又是如何松了口气。

---

① 原文如此。
② 原文如此。

5. 纳恩的外壳治愈了，但是他的内心有些东西歪了

外面天色变暗了，那种沙哑的午后的黑暗意味着大风裹挟着高飞的尘土，漫天尘土，一个每周出现的像是龙卷风的气旋让镇上的外来游客少得可怜，在某些酒馆的窗子上间会有一个特别的黑人疯子出现，而桑普勒·兰杰则是被惹得兴起，极不安宁。我和格洛里·乔伊当时正在告诉兰杰关于小查克·纳恩的外壳如何就像整个小镇所期待的那样迅速恢复了，他如何在事故后第六周的时候回到了他的后爆炸时代的牧场，回到了格洛里·乔伊的感情和四肢里；还有他的破眼球如何被医生用技术和激光安放回自己的眼眶里，医疗费用全部由 V.V. 米诺格后来的法律责任而负担（这时候 V.V. 被安置到埃尔里诺的一家照护机构和戒酒中心里了），他的眼睛都自愈得很好，视力也改善很多，纳恩自称可以看见远处天际线下尘土的移动。这不是微小的自称。

但是我们也说了，纳恩内心的某些东西如何被撞击而弄歪了，他内心的自己也被搅坏了，伤痛着，被限制着，完全都是因为那之前被破坏的纳恩的脾气和道德感所带来的残留的不安全感所引起。

"我们开始对他的脾气和道德感而感到害怕，"格洛里·乔伊从她所站的窗户那里告诉大家，她站着，好奇而注意力不集中，眼睛望向窗外延伸在大尘土平原地平线和空气的黑暗边缘的某种东西，"小查克也开始害怕自己了。"

你有没有害怕过自己？很痛苦。出于担心和类似的考虑，格洛里·乔伊一直没有告诉纳恩，而小查克后来还是从他的朋友和平民朋友那里知悉了他那六天的道德昏迷，还有那期间他自己所做的事情，所说的话，以及在一个特别装饰过的医院大楼的角落里所暗示的私人化的东西，而这些都

是他毫无记忆的事情；他还知悉了那种针对整个宇宙的不可名状的邪恶和愤怒，是那种在一个过去几乎是半造物主般具有传奇色彩的人身上能够见到的拉肚子般地让人惧怕的表现。在整个俄克拉何马州的米诺格，人们都知道虽然他的高质量安全带拯救了他的外壳，V.V. 在天上下了羊雨之后造成的撞击力把纳恩心中的某些东西撞坏了。小查克在得知这个事实后，开始仔细思索。

"他的脾气变得让人害怕，"格洛里·乔伊说，"这脾气变得对我们来说很珍贵，很有价值，就像你有某种如果失去会怕得要死的东西后来具有的价值。"她这时候带着一种默哀和冥想抚摸着窗格翘起的外壳，这抚摸通常会在那些围坐在我们的小桌子四周的平民中战栗般地传递开去。"他的脾气变得不稳定。我们都生活在时刻的恐惧中，小查克随时都可能会大发脾气。"

"注意那个动词'大发'，桑普勒·兰杰，"我告诉他，"女士具有特别的意味。无论何时当小查克·纳恩大发其后车祸的脾气时，他确实是真切地失去了控制。那脾气彻底失控了。不见了。到别处去了。脾气被吹到了不能找到的地方。每次他撞到脚趾头或者其他这类麻烦时就会出现一种难以名状和可能是永恒的愤怒和邪恶状态。"我把一只热情的手放到兰杰的深灰色衣袖上，试图把他的眼睛带离窗外的空气。"小查克·纳恩是生活在对自己脾气的恐惧中，也因为这脾气而被疏离了。"

格洛里·乔伊·杜博伊斯用带有感情的词汇告诉我们那撞击和脑震荡还有昏迷如何对纳恩的内心造成扭曲。还有这个八字腿的俄克拉何马州的骄傲如何不得不在生活中每时每刻都要反思和控制自己的情感，因为他害怕任何悲伤或者愤怒都可能把他送回到一种空白的邪恶与恶毒的昏迷状态中。还有他对待格洛里·乔伊·杜博伊斯的细微的绅士感达到了如此极端状态而让人可怜，因为他是如此恐慌，如果他有一秒钟停下对她的爱，那么他就不可能再得到她的爱了。还有他如何在那些过去很少会激怒他的时刻比如有关人际关系、剪羊毛，还有草场状态的起起伏伏中被激怒，随后他会变得积极地不可理喻地像地下世界般那样愤怒，一个带胡子的纯粹和足量的极大愤怒单元，这愤怒会传遍他的整个牧场，就像某种创世史诗般、雷霆般，不太像人类或者事物而更像是一个突然的危险力量，一种意愿，病态的。还有那种明亮的空白的邪恶会如何在他身上待上一两天，或者一周；格洛里·乔伊会把自己锁在小查克·纳恩用不可撼动的防护钢板护卫的防风暴的地下室里，她就待在那里，喝着瓶装水，透过一个小查克为了这些不定期发生的事件而专门在防风暴地下室的屋顶安装的潜望镜装置观察纳恩的举动；隔一阵子之后，纳恩如何会从他盲目的不可名状的憎恨和要报复整个星球的没有对象的渴望中走出来；随后他会如何在一些被炸过的牧场的外围部分发现他已经被宣泄和倾斜的脾气，而后，面色苍白，什么也不记得，回到一个高大、颤抖着、极其宽恕的格洛里·乔伊身边。

"小查克刻意避开了甚至想要去T.雷克斯·米诺格的家的想法，因为他害怕自己会把这个老人杀了，"我对兰杰说，"他甚至对于T.雷克斯可能及能够对他的情感和感受造成影响这个念头都很恐惧。"

"小查克·纳恩在我面前展现出的温柔和照顾是非人的，"格洛里·乔伊半抽泣着，她的眼睛让人想起缠绕红线的圣徒维特，"超人类的；不属于这个地球的。"

桑普勒·兰杰在这里被感动了，被某些东西。

6. 那些留下来的是美洲秃鹰

现在，那在米诺格酒吧外面的奇怪的黑暗和更奇怪的翅膀扇动，实际上是美洲秃鹰，两个坐在被向内撞开的酒吧门旁的平民告诉我们。格洛里·乔伊和兰杰漫不经心地对着他们点了点头。我们都望向外面。外面尽是美国秃鹰，它们的活动让人的思想动摇了。空气是黑暗的，被翅膀、鹰嘴还有柔软的鹰肚而搅动起来。这些蠢货在空中盘旋着，升腾着。米诺格酒吧四周的空气里到处涌动着被不同鹰群的活动而搅动的漩涡流，这些秃鹰是在之前耶稣升天节那次天上下的纳恩羊雨时被吸引到了大尘土平原，然后就留下了。

那情形就像某种巨大的东西正从大尘土那里出来然后要死掉，兰杰用一种灰暗的低语说。他的眼神越过了平民们，出了门，投向一个泛着尘土的漩涡般的灰色，他在寻找着迹象，寻找着他的土地，他的汽车。

"这个蠢货完全被损坏了。"一个平民低声说。

可是我开始对桑普勒·兰杰揭示有关小查克·纳恩特别的秘密的后车祸焦虑。

"当我还不知道的时候，你就知道了有关秘密的后车祸焦虑，直到一切都已经太晚，小查克变得没有脾气，随后彻底消失了？"脸上透着不相信神情的格洛里·乔伊问道，嘴唇紧绷着，臀部收紧。她转了回来，带着威胁的口吻。

我很同情格洛里·乔伊，我告诉她，过去有一次，我因为开玩笑在他的背上拍了一巴掌，小查克就被视觉的错乱而困扰到了饲料库里，我告诉她，他是怎么视觉错乱导致了位置的错乱，随后我是怎么看见的，还有他如何要我发誓永远保守秘密，我一直保守这个秘密直到他伤害了 T. 雷克斯·米诺格并且急匆匆地跑掉的那一刻。我告诉桑普勒·兰杰还有那些平民百姓的隐蔽的焦虑，那个一直折磨着已经被弄歪内心的小查克·纳恩的焦虑，那个因为他与 V.V. 米诺格相撞后自动脱离眼眶的眼睛而引起的焦虑。

我告诉他们一些历史事实：医生们是如何用激光和医疗科技把纳恩被爆出来的轴承球一般的眼球缝回去，最后让他离眼睛又近了一步，也比以前更模糊了，不过也有一个问题：那双眼睛，用激光缝起来的眼睛，也显得更小了。不难看出，那些医院的医生不得不把被爆了的双眼放松一些，才能够用激光把它们缝起来，后来这个收紧的过程又是如何造成了双眼很紧，很小，在眼眶里晃动着，不安稳。

"它们会从他的脑袋里滚出来的，"我告诉坐在桌子旁已经喝下了三瓶深不见底的滚石牌啤酒的男人们，酒瓶像金字塔一样叠放着，伸向了屋顶。"如果再次遇到像那车祸一样的撞击力的话，比如说，用巴掌在小查克的背上拍了一掌，或者当他的鞋带松了，他需要弯腰去系鞋带的时候，或者①

（最糟糕的）

如果他打个喷嚏——你们有谁曾经亲眼见过他打喷嚏吗？车祸后的喷嚏，格洛里·乔伊你见过吗？"

格洛里·乔伊涂了粉的、长着几何眼的脸变得单一，松弛，看起来有一秒钟很像像沃尔特·马修，这是因为我的话激起了一个古老而突然的意识（不清楚但是很真实）。她在坐的椅子里缩小了一倍，原因是她对自己喝的第九瓶滚石酒的标牌太感兴趣了。

我还告诉桑普勒·兰杰，他一直在咳嗽和呼气，因为他对于那些感兴趣的秃鹰的特别味道而感到紧张，我告诉他小查克·纳恩是如何开始生活在情感上的焦虑中，担心只要有那么微小的一点地球引力的作用，他的两个微小的后车祸的眼珠子就会从它们所处的眼眶里退出来，然后被线悬挂在他那长胡子的俊朗面庞前。还有那成双的恐惧带来的压力，一方面是潜

---

① 原文如此。

在的不安稳和不告而别的眼珠子可能会让格洛里·乔伊·杜博伊斯对他的爱都被驱走,加上他因为昏迷诱发的不确定的脾气可能在任何时候发作,然后把纳恩脑震荡过的脑袋里的任何责任感、正义感、爱,还有对男人、女人,还有格洛里·乔伊的关心和考虑都抛到脑后,我还告诉他所有这些烦恼是如何折磨着小查克·纳恩。他是如何被折磨得人消瘦了,腿更加弯曲,皮肤松弛,比土地还要苍白,被铜汗侵蚀出铜锈,晃动的双眼变得浑浊而且偏离了方向。

"内部正在发展中的损害。"我总结道。

7. 还有,写作的高潮般

格洛里·乔伊告诉我们,在几周前,臭名昭著的授过粉的来自俄克拉何马州米诺格的耶稣升天日前的春日尘土让小查克染上了干草热,使他变得天真而被秘密的焦虑缠绕着,于是,他很神秘地每隔几分钟就要离开她,到屋子外面去打喷嚏。

"他要出去把他反抗的挽歌般的眼球塞回眼眶,"她抱怨道,"我现在能够明白整件事情的原委了,愿上帝一起保佑他和我的灵魂吧。"

(有眼泪,在这个时刻)

;① 还有,在那三个无精打采过去的纳恩的脾气爆发随后导致他的复仇和逃跑的清晨,格洛里·乔伊告诉我们,一个不可控制的授过粉的喷嚏如何从尘土满地的世界里席卷上来,包围了这个疲惫与混乱地在桌子旁吃早餐的查克·纳恩,格洛里是如何带着恐怖和悲情看着他把热切而

---

① 原文如此。

微小的眼球一个喷嚏就打出了眼眶,掉到了他面前盛着切碎的麦片盘子里,然后牛奶和纤维遮住了他的视线,而后格洛里·乔伊冲到他的身边,可是他已经站起身,很惊恐地站起来,眼球在外面吊挂着,那两根连接眼球的线状东西的颜色就像内脏一般,纳恩笨手笨脚地以一种狂乱的姿态想要把套索般的眼球塞回去,与此同时,他健康的耳朵听到了格洛里·乔伊恐惧的声音和呼吸的悲情,脾气就从他有限但稳重的会死的思想的平坦的灰色世界里告别了。

"然后他就飞驰着进入了他的第二个最近的历史性时刻,"我讲述的内容达到了高潮,"这次是驾驶着用 V.V. 的赔偿金购买的抗冲击的加速过的二手混凝土搅拌车,再次奔驰向东行驶在两车道的 40 号公路上,带着仇恨和视觉上的屈辱感,要去以牙还牙地报复老 T.雷克斯还有 V.V. 米诺格。"

"他们曾经通过故意的爆炸性的机械装置还有车辆主义恶意引发了纳恩的双重的眼球和道德脾气的不稳定。"桑普勒·兰杰接着我的话头说完了故事,用的是一种不是他自己的奇怪的魂魄般的声音[①]

(我越是反思那个时刻就越发现那些多音节的话不是来自他凄惨的尘肺,不知为何),不知道为何这样。

我继续告诉桑普勒·兰杰,小查克·纳恩是如何眼睛里满是血还有麦片,驾驶着那辆军用级别的搅拌车轰鸣着上路,带着一个造物主、一个爱尔兰神话中预示死亡的女妖精还有一个愤怒的创世神话人物的兴趣和姿态,轰隆着往东开在 40 号公路上,要去剥夺 T.雷克斯·米诺格还有破坏 V.V.他们俩生机勃勃的状态,我接着说他如何离开了个子高大、孤独而颤抖着的格洛里·乔伊·杜博伊斯,如何让她看着他那越来越远、越来越小的闪电

[①] 原文如此。

般的排气管，还有他满是尘土的最后的喷气轨迹，三天过去了，再也没有人看到过纳恩。在镇上传开的各种谣传说他强力把米诺格兄弟的邪恶/善良的、同时也是隐士/酗酒的屁股给卸了下来，然后又用力把他们的屁股重新安到了极不合适的容易引起伤害的位置上，就这样把两个人的躯体都扭曲了，折弯了，委屈了，满是咬牙切齿和悔恨，几乎奄奄一息了，然后他就驾驶着那不可冲击的搅拌车逃离了这个州以及这个国家，沿着一条最后的大路驶向了圆满、救赎和脾气。

任何一个年纪大点儿的平民毕竟都能够想象出在这个极具揭示性和扼要叙述性时刻的格洛里·乔伊·杜博伊斯被逼得崩溃了的样子，不过现在她如何重新恢复了力量，平顺而带有活力，以一种否定的感觉望向已经占据了米诺格酒吧大门被打开的一半空间的外面的视觉效果又是完全不一样的，在那外面的旋涡状和猛扑过来的灯光与尘土之间出现的景象。那景象，那个穿着灰黑褶皱的正装的人，正是全身被破坏了的T.雷克斯·米诺格古老的身体，这是在1967年的羊毛价格危机发生后，他第一次在公共场合出现。他坐在一个盖满了尘土的柳条制的电动轮椅上，这轮椅在T.雷克斯刚进来和到达合成板制成的酒吧里，并且出现在我们一大群人占据的三张堆砌成金字塔样的桌子旁众人聚集到一起的毫无慈悲感的有倾向的视线中时发出了嘶嘶的声响。我对桑普勒·兰杰轻声说："T.雷克斯·米诺格，1967年以来第一次在公共场合现身，危机，羊毛。"兰杰点了点头，他的眼睛里有那么一秒钟充满了比天空知道得还多的东西。

格洛里·乔伊·杜博伊斯，就在这里，一边盯着酒吧旁轮椅里苍老的T.雷克斯，一边显露出更具敌意的眼神，他身上盖着一块黑色的毯子，毯子下面露出了一双快要破碎的古老的廉价棕色靴子，他头骨般的头上戴着一顶国家癌症协会的棒球帽，一只曲线分明身形巨大的大家希望是被驯化的美洲秃鹰站在他一侧的肩膀上,除去这些以外,还有一个他正尝试放到喉咙正确位置上的电子发声装置,这装置专为那些喉咙功能不正常的人士而设计。其中一个被格洛里·乔伊迷倒在地板上的平民后来发誓说他看见了T.雷克斯破烂靴子鞋跟上堆积的镇外带来的泥土,看见了T.雷克斯一只眼睛里一点微小而策划好的**即将**燃烧的闪亮火焰,还有在另一只眼里看到了同样是微小的注定要**消亡**的**癌症**般燃烧着的光标;这名仰卧的平民是第一个看到T.雷克斯开始从那张不再完整的毯子底下的一个软羊皮包里取出果冻般深橙色的非法的不稳定的甜薯威士忌酒罐的人。他把这些罐装的酒拿了出来,递给兰杰,兰杰给大家传递开来。

我们都传递着酒罐,然后拧开了米诺格的自制酒塞。

我们坐在桌子边上,原本期待的是一个已经死亡的T.雷克斯,或者至少是一个扭曲了、被纳恩重创的T.雷克斯。

"嗨。"他发话了。

8. 正是这个邪恶的而且是被邪恶化了的T.雷克斯·米诺格

告诉我们还有桑普勒·兰杰,小查克·纳恩逃跑到了未知的国外地带。他调节着藤椅还有疾病缠身的自己,以便我们都不再能够躲避他,只有正面看着他和他的鸟。他手里拿着他那微小的震动发声管,放到他的砂囊(到处都是老人斑)喉咙处。他举起一罐甜薯威士忌要敬被烟尘点缀的光亮一口。告诉我们一些小查克·纳恩如何把他厚重的水泥搅拌车停在葱郁而与世隔绝的米诺格农场边上,带着重新塞进眼眶的眼球、道德上的无意识,还有一种极佳的状态,这些都同时存在;纳恩如何立马打昏了两个壮实的艾尼德农场打手,他们正带着自己的女人离开T.雷克斯·米诺格农场去进行双向飞碟射击运动，纳恩如何把他们打昏，如何在他们躺倒后踢了他们的身体并且和他们的女人发生了性关系；纳恩如何接下来（不是很快）在 T. 雷克斯农场庄园的大屋子的港湾大窗子上制造出一个非建筑学的自然的通道；随后纳恩是如何在现场为 T. 雷克斯·米诺格，坐在前厅轮椅上的 T. 雷克斯表演了一个失控并且是从光学角度来看非常危险的带着全白的毫无思想的愤怒舞蹈，这舞蹈最后变成了一个复杂的完整的用动作猜字谜的游戏，涉及的字词从语义学的角度来看，与"愤怒""损害""报复"等词关系很深。等等等等。

现在在奥特赛德·米诺格·俄克拉何马州酒吧外面的那些美洲秃鹰都落到了地上，一排排，直直地坐着，一直延伸到原野中。从窗子里望出去，它们看起来就像是一群肥胖的不良神职人员，柔软而肥胖，摇摇晃晃，眼睛红着，全身紧紧包裹着黑色的柔软反基督教主义和观察的外衣。它们都长着橙色的嘴和爪子。外面大概有上千只橙色鸟嘴。鸟爪子要翻倍计算。都一排排列队站着。

T. 雷克斯·米诺格正邀请我们为他的死亡干杯；"为死亡，先生们，女士们，平民们，兰杰。"

他的话来自一个机械发声盒子的丰富电流。他举起一罐甜薯酒，然后格洛里·乔伊很不痛快地挤出一种我认为是讥讽的反基督教主义的笑容，并举起了她手里的酒。这时候平民们也开始举杯，最后是我，在我们桌子上堆起成金字塔的酒瓶下面有一个为 T. 雷克斯·米诺格的公开露面和暂时性的安静的社区祝酒，T. 雷克斯一边为大家倒酒一边解释说——他的即**将要消亡**的被破坏的脸是干燥的棕色，皱得就像一颗马戏团的花生，他的头发稀疏得从他戴的帽子下方悬挂着，白得就像重病的人的亚麻床品——他解释说当小查克·纳恩在过去三天里到那里去损伤和残害 T. 雷克斯和V.V.的时候，在客厅里T.雷克斯告诉纳恩说那个无恶意的易受影响的V.V.在这之前几个月就已经因为肝部和脑部的平顺问题而逝世了，死在了埃尔里诺的一家照顾园舍里。处于愤怒的动作猜字谜游戏中的纳恩拒绝对已经逝去的V.V.表示任何同情，也没有对即将要消亡的T.雷克斯表示出任何同情或者基督性；相反，纳恩通过诠释性的非道德的舞蹈表达了他自己对T.雷克斯·米诺格的个人态度，还有他的一些非常强烈的涉及要让T.雷克斯的快乐、性别和生活都归零的个人意愿。

无论是否拿着胶状的酒罐，我们都很客观也很深刻地搞不清楚小查克和T.雷克斯是如何分别逃脱了唯一的罪责和免于受到残酷折磨伤害的；我问了T.雷克斯·米诺格，这时候他正在用领带夹的一个角为他的美洲秃鹰挠痒痒，当时纳恩是怎么放过了T.雷克斯之后又去了哪里，还有那个道德的昏迷和眼球还有以T.雷克斯为中心的愤怒和报仇的渴望是否在现在困扰着逃跑得无影无踪的小查克·纳恩。

"一个泰坦尼克般加上奇迹般的景象出现了。"T.雷克斯的震动发声器震颤着说。他详细描述了在米诺格的前厅那个报仇的舞蹈的日子发生的思想和愿望间的泰坦尼克加上奇迹般的斗争：纳恩细数了T.雷克斯诸如妒忌、觊觎邻居家妻子、贪婪、操控、无法无天、对草皮和羊肉的爆炸、眼球和意识的松离，去爱和报仇的能力的松动等罪过；T.雷克斯，坐在他的藤椅里，盖着毯子，回敬般地列出一个纳恩被人所公认的高尚品格特点清单，这包括了通过强力实施的慈善之举、利他精神、基督教的尊敬和义务，包容、打不还手、幸福、道德的必然、本分、*（手写字）*[①]。他还说他自己，也就是T.雷克斯，已经到了要为自己的邪恶买单的时候，无论如

[①] 原文如此。

何他也是拒绝屈从于或者被纳恩红了眼的空白状态所吓到。他还说了T.雷克斯那被毁坏的状态、他的意愿还有他被风吹雨打过的状态如何让他的生命在一个完全不道德并且一心要致他于死命的纳恩面前得到拯救。

现在,"为生命干杯。"兰杰提议,鼻子里满是灰尘和美洲秃鹰的味道,眼睛因为用蔬菜私制的非法酒而闪亮着石英般的光泽,脸上发出一种奇怪和无知自己存在的光亮。他的声音依然是不一样的,更加柔和。很年轻,听起来有些熟悉。

T.雷克斯·米诺格和他的私人猛禽一起看着桑普勒·兰杰。问了他一些柔软和亲密的有关大尘土平原多样化的不同空气形状的问题。他坚持说他能够听到兰杰位于高处的土地在某些黑暗和灰色风暴来临时发出的特别的呼号声。兰杰点了点头。他的脸忽隐忽现。

"不过这不是一个糟糕的职业,兰杰。"T.雷克斯继续说着,他指向的是那个政府付费的桑普勒·兰杰已经从事了四十年的尘土观察员的工作。不过T.雷克斯也说兰杰不是那个真正得到了不劳而获的公共事业振兴署工作的人;真正得到了不劳而获的工作安排的是一名在华盛顿特区的上了年纪的顽固的政府职员,F.德拉诺·R.克拉克是那个获得了这份不劳而获工作的人:他那个有薪酬的职业就是为桑普勒·兰杰还有住在华盛顿皮尤盖特的某个眼睛瞎了的八旬日本老人每月发放支票。克拉克住在大城市华盛顿,还拥有自己的电视,T.雷克斯告诉大家。桑普勒·兰杰开始感觉自己的下颚在运动,因为他的身体已经被那胶状酒罐里的酒力抛入了内向和暂时的疯客状态中。就这样在心里盘算着T.雷克斯·米诺格是如何掌握了这些遥远的历史事实的举动就让一些平民陷入了打冷战的状态,也让T.雷克斯的秃鹰显得焦躁不安并发出了嘶嘶的声音,不断地开合着它那神职人员的翅膀,这使得T.雷克斯·米诺格的有光谱的让人不能安静(却是平静的)的脸时隐时现，他的眼睛里显出了红色的火焰。那一排排如画般的尘土上的拾荒者依然坐在外面，现在距离酒吧的窗子又近了一点，一排排立着，观望着。

情势的发展逐步威胁要变得超现实了，直到格洛里·乔伊·杜博伊斯站起身，身材高挑而显得有些摇晃，因为喝了滚石酒和甜薯山药威士忌的混合作用而看起来脸色更差，这两种酒一般会思考的人都不会想要混起来喝，她用带着不相信和愤怒的假嗓宣告：第一，她不相信T.雷克斯坐在这里，很酷而且毫发无损，假如她自己的查克·纳恩像T.雷克斯所暗示的那样在前厅里极其热切地要伤害T.雷克斯的话；第二，在因为她丈夫在伤害性的车祸后脾气的不稳定，加上眼睛的受伤，而让她失去了小查克·纳恩之后，她愤怒得像一头野兽，而且因为遭受打击而变得孤独无望，她对于整个宇宙像一头野兽般感到愤怒，尤其对T.雷克斯感到特别的愤怒，特别是对于他在造成上述的不稳定，孤独和毁灭性打击过程中所扮演的根源性角色的愤怒；而且她认为那邪恶的T.雷克斯·米诺格最好能够证明自己对于纳恩到底在哪里这个问题上没有任何牵涉，如果他不想要他发皱的衰老的屁股成为格洛里·乔伊高跟鞋的熟客的话。之后，T.雷克斯的历史上著名的对于格洛里·乔伊·杜博伊斯整个人和肉体的渴望是俄克拉何马州米诺格的一个谜思的主要内容——这是另一个故事了，我告诉已经变得疯客和神不守舍的兰杰。

T.雷克斯，这个对我们镇上孤单的美人的感情已经成为一个传奇的人，注视着、凝视着并且盯着格洛里·乔伊，直到我们所有人都变得很嘈杂。T.雷克斯和乔伊就在这房间里相隔10英尺面对面站立着，就像是两个能量场一般，一方面，两人都处于充满了欲望与悔恨交织的能量中，另一方面，愤怒和憎恨与一个要了解纳恩下落的危险需要混合在一起。桑普勒·兰杰的脸已经完全死去了：这个苍老而具有历史感的无牙老人正透过窗户做着延伸到天际紧凑的粗麻布线缝处的鸟和土壤几何学的梦。

"我把这男孩子带到了楼上，"T.雷克斯在他的发声盒子里嘎嘎作响，"我把他带到楼上的窗子边，然后我向男孩展示了窗外的景致，就这样，我就从那泰坦尼克般并且是奇迹般的斗争中脱身而出了。"他自说自话，也是对着格洛里·乔伊说的，也是对着桑普勒·兰杰说的，兰杰除了神不守舍以外还看起来很奇怪，更高大，眼睛一会儿有神，一会儿没神，他脑袋的外形过于聚焦，脸上显出一些深深的皱纹，因为长期的尘土侵蚀而长了斑，就像一号铅笔的锯末般。T.雷克斯带着投机的表情摸了摸他猛禽的爪子，懊悔地说：

"我把这男孩带到窗边，然后把窗子打开了。那是清晨时分。正好是我们把我弟弟安葬后的第三个月，我弟弟是被我的酒害了，也是被诗意的燃烧和渴望给害了，更是被涉及酒驾还有查克和莫娜·梅·纳恩的男孩子的眼球和思想而带来的悲伤和法律纠纷给害了。"

"我看到的是，"那个身形高大，犀利清爽的新兰杰用一种顺滑清新的年轻声音轻声说，他那如同纸箱般的双手稳稳地握着酒罐。在他的眼睛里，有些非光谱系的色彩。

"兰杰？"

"外面是什么？"格洛里·乔伊问。

"过去是，现在也是，"T.雷克斯·米诺格的声音颤动着，"我给这男孩展示了这些东西最后都被吹到的地方。给他展示了安全带给他留下的影响。"他抬眼四望，"我让这个杂种闻并且看。"他把酒干了。

"我让他闻到了你自己在风中的死亡气息？那个与他擦肩而过的死亡，如果那是一个奖励的话？让他读出**即将发生**、**注定灭亡**，还有**癌症**这些词？给他引荐了美洲秃鹰和这样的猛禽？"

所有的鸟现在都聚集在窗边。到处都是。秩序被打破了。整个酒吧变得黑压压。每一扇窗子上都密密麻麻地布满了冰冷的红色的富于观察力的秃鹰眼睛。干燥的橙色鹰爪在灰尘覆盖的窗框和玻璃上刮出刺耳的声响。我们现在成为了动物面前的展品。

"格洛里·乔伊小姐,"T.雷克斯说,"我把那个男孩给头上脚下倒了个个儿。他的眼球就这么掉了出来,悬在空中。那双医生、我还有 V.V. 出钱在它们被爆出眼眶后又安了回去的眼睛。"

"让他想想他其实欠你这双眼睛?"我不敢相信地问道。

"兰杰,告诉约翰·比利,他没有搞明白一样东西。"T.雷克斯说。

"我自己的眼睛谁也不欠,只欠清新的大风。"桑普勒·兰杰轻声地说。

格洛里·乔伊盯着他。"你的眼睛?"

"我把那男孩的眼球打得从眼眶里脱离出来,挂在外面,"米诺格回忆道,"我把他的小狗屁股斜放到窗子外,这样他那悬挂着的眼球就挂在大地的上方。风把他的眼球吹得四处摇摆。这杂种能够俯视看到下方的所有事物。"

我们全都看着这个全新的兰杰,高大而直接,并且感觉来自另外一个世界。每一扇窗子都成为了有一个涂抹过的装着冰冷红色的观察着的大理石般眼睛的盘子。格洛里·乔伊把她的椅子夺了回来,因为喝了混合的酒而眩晕着。T.雷克斯·米诺格把他手中的一罐深橘色的酒举向被苍蝇缠扰的头顶灯,然后在空中挥舞着这酒。

"你把小查克·纳恩的眼球打出他的脑袋然后让他看尘土、刷子还有土地和猛禽?"我说道,我非常生气,"你给他展示那齐腰深的我们都生长于斯的屎,好像那是你给他的礼物一样?那些我们不能够从自己脑海里剔除的灰色的景致还有更灰色的味道,然后因为这个原因他就放弃了要伤害你的想法?"

"大概就是这样的。"

"不要轻信他所说的话，"格洛里嚎叫起来，（女人能够嚎叫。）"T. 雷克斯对小查克实施了罪恶的行径，这就是当时所发生的事。"

我大声地表示同意。两个平民也对这个罪恶的问题表示了支持。

天花板开始吱嘎作响，下起了灰尘，因为在上面站立着大量的轮换着的神职人员般秃鹰的重量。我们都处于某种黑色和橙色的数量庞大的东西的肚子里。

现在，"到底事物都吹到哪里了？"顺滑而如钢铁般的兰杰轻声说。我注意到他的胶状酒罐里的酒上面挂着葱绿色还有不同种类的花卉。我问桑普勒·兰杰那些花卉怎么会进入他的酒里。

"先生们，女士们，"T. 雷克斯笑着说，"考虑到所有的社区百姓，我今天公开出现是要告诉大家，在我和查克还有莫娜·梅的男孩子之间的恩怨在所有泰坦尼克般的事件结束的地方终结了。以草原物理学的术语来说。我们在那天一起做了些草原物理学的事。一些宏观宇宙的推测。"

这个之前提到的患有唇腭裂的平民，一头铁红色的头发，站了起来，然后飘浮到空中。我们抬头望着他的帆布运动鞋。他问面前的空气："到底俄克拉何马州米诺格被吹到哪里去了？"

上面开始落下了天花板的灰尘雨。

"孩子们，把你们自己都包裹在某种可以确认的事物上，"T. 雷克斯说，他的养家猛禽现在用一只非常有经验的鹰爪拿着他的发声盒，"记得下一个世界是什么样的，什么不是下一个世界。米诺格被吹到了米诺格，邻居们。看见你们自己了。你们，我，拥有现象级身躯的格洛里·乔伊，特别的兰杰，自从我们的父辈眼睛里开始出现闪光开始，我们就开始被席卷着的漩涡和风吹进吹出了米诺格的土地。"

"米诺格是你，米诺格？"格洛里·乔伊嘟囔道。我不能说粗俗下流的人。我们那时候因为这蔬菜混合物的效用,都已经昏昏欲睡了。

"米诺格被吹到了米诺格,"米诺格说,"在大尘土平原的天际线下,她被漩涡挟裹着,把自己嫁给了一个无价的穷人。葱郁,死去的,在别处的。"

"所以到底是在哪里,米诺格,"患有唇腭裂的男人问道,此刻他飘浮在一个层层叠织的网和灰尘还有吱嘎声里。"那些我们用来爬行、维持生活、以及死去然后悄无声息地解体于地下的骨肉在哪里?"

"没有什么区别。"兰杰叹了口气。就在这么短的时间里,他已经长出了一半的胡须。他闻了闻他的酒。

"那时候你在哪里,在那里的时候,兰杰?"一个不确定的遥远的 T. 雷克斯微笑着问。

"我在窗边,"兰杰轻声说,立在窗边。他的眼睛盯着一个有虫的沸腾着的洒了黑胡椒的眼睛,红色的,"我和米诺格先生是站在窗边往下望着那片从科曼奇到纳恩的每一个灵魂的生死所滋养和充实的土地。"

"我给他展示了我们所拥有的,"T. 雷克斯说,他闻了闻自己苍老的双手,"给他展示了我们通过行星运动如风和顶层土壤艺术为由我父亲首先开始耕作的这片土地所带来的变化。还有那些我先用被箭穿孔的他和我因为悲伤而变得干瘪的妈妈的汁液施肥所滋养的黑色腐殖土。"

"没有来自俄克拉何马州米诺格的查克·纳恩能够永恒并且一直悬在空中。"窗边的兰杰叹了口气。那个腭裂的操纵者身边又加入了更多一些飘浮在空中的平民。

一切都变得黑暗而单调。

"悬在空中,"这个被损坏的男人吟诵着,"我的眼睛离开了我的脑袋,离开了平淡的灰色脾气而我能够看到我悬挂的自身下方带羽毛的巨浪翻滚着的肉树顶端的大块物事,它们都被甜蜜的白色线织的米诺格本地的花朵点缀着，被风吹来的无调的大平原天际线的果实而滋养着，而我，我的女人，还有我的人们就在这天际线上移动。"

"本土的？"我嘟囔道。

"那边的声音，约翰·比利，那边的声音是小查克的声音。"格洛里·乔伊说道，语调平淡、无调、有曲线，如三K党般苍白。

"当大风吹过原野，"兰杰说道，"我能够听到无以计数的诸多种由数百万的纤弱花瓣相互撞击和摩擦而发出的柔软声音。他们一起在风中聚拢来又劈开去。我的眼睛随风到处吹动。那随着花瓣云的搅动而升起的一股芳香几乎把我吹出了那扇窗子。很快乐。悬在空中。半道德的。全新的。"

格洛里·乔伊·杜博伊斯也飘了起来悬在空中。还有我。很快，我们全都脱离了世俗，只是仍然与空气和视线相连着。T.雷克斯就待在他之前所在的地方，在我们下方，就在那插满了酒罐的我们的酒瓶金字塔旁。

"糟糕。"他说道。

美洲秃鹰不见了。带着暴力，它们飞回家去了，这暴力使得米诺格边际的土壤升腾起来撕扯着，扭曲，变灰，然后被一阵突然而且从未听到过的从纯真的奶白色天空中落下的干净的雨打落到地上。尘土就像亚麻衣服那样落了下来，一根根犹如技术光纤那般。还有其他这样的事物。窗子都被尘土抹脏了，然后又被洗干净了，再然后，这雨就像刚下的时候那样戛然而止。

大地开始看起来像受了伤的感觉。泛着涟漪的水坑向远处伸展进入了无限，在外面——一片片的雨水明亮而干净，看起来就像映照在低垂的受伤的红色血阳的红光下的开放的癌症。

"在我死去之前，"邪恶的T.雷克斯轻声说，"我需要知道你们都认为自己住在哪里。"他抬头望着大家。他扫视了四周。"这是为什么我今天公开现身的原因。想想这样做给我带来的代价。我需要知道你们都以为你们生活在哪里。"他嚎叫起来（杂种也能够嚎叫，无论他是否带着沉重的发声震动器）。他的猛禽脾气变得坏了。

"也许我们应该先给自己来点精致的新酿的酒。"我身旁飘浮着的兰杰轻声对我说，他很苍老，胡子没有了，眼睛如天空般。我第一次看见他眼睛的白内障是如此厉害。

T.雷克斯开始用手递上酒罐，"告诉我，兰杰。"他说。

"主啊，它是不是看起来很干净。"我不断地重复着。

"给我展示那个我爱着的小查克·纳恩，还有我需要的那个小查克·纳恩。"格洛里·乔伊向一个正在努力调整自己的位置以便能够从下往上看进她衣服里的T.雷克斯请求着。

我与一些不可说出口的令人恐惧的诱惑斗争了一阵子，才没有说出小查克·纳恩的忠诚和在这个有土地的世界上我爱过的可爱女人。

"刚才你说什么？"兰杰用一种平淡的灰色咯咯声说道。

"喝点酒。"

"告诉我，你们都以为你们生活在哪里。"

我的挣扎应该是被看到了。

9. 我的名字是约翰·比利

我应该告诉你[①]，在那很好的黑暗的一个圣灵降临的升天的日子里，我们所有人都上升浮到了半空中，围绕着俄克拉

---

① 原文位置如此。

何马州米诺格的过期了的 T. 雷克斯·米诺格坐在椅子里的形骸。我们是如何用手把一罐罐他的不稳定的甜薯药酒传递下去，每一罐比前一罐颜色都更深，更黑暗，到后来，酒的颜色变得像是外面彩色世界里被冲洗过的在流血的土地一般。我们所有人，尤其是格洛里·乔伊，如何变得目光呆滞而且非政治化，同时也是迟钝的、顺从的，我们的思想都处在一个深深的松散的中立挡上；我又是如何再次开始讲述小查克·纳恩对那个伤害过他的人进行伤害的故事；还有如何在时间连续体上的某一个点，

在那个点上就是我们所生活的时段，如果那个杂种要是问我的话。

我们所有人，我、平民还有女人还有苍老的孤独的倾听着的有天空般眼眸的兰杰，我们所有人都越过了一根细线，然后睡着了。浮在半空中。我们如何在一个群体的梦里梦见了查克和莫娜·梅·纳恩的好运气的男孩小查克，驾驶着自己的搅拌车，他的强大力量还有高涨的缺失的目的感，追逐着一个脾气，一位父亲，桑普勒·兰杰的德索托和农场，包含了花卉、绵羊、土壤、光和元素的各种事物，穿过了俄克拉何马州升腾着观望着的星辰点燃的带风的火焰。现在继续吧，然后问我，我们是否对于自己后来再也没有醒过来这一点感到遗憾。继续。

这儿，那儿

致 K. 哥德尔

"她的照片让我尝到痛苦的味道。那些愿意相信我亲吻她照片的人请举手？她不相信，或者这事实让她很悲伤，或者这事实让她感到愤怒而后她会说你从来没有以你亲吻我的化学苦味的老照片的方式来亲吻我，你亲吻我照片的理由全都和你有关，和我无关。"

"他并不喜欢亲吻我。"

"在照片的背面，就在原来我贴了双面胶以便把照片仔细贴到我在学校宿舍墙的旧痕下面，是我写的字：1983 年 2 月 3 日收到；同日珍藏。"

"他不喜欢亲吻我。我能感觉到。"

"对于那种说亲吻一个活生生的女孩不是我最喜欢的男孩女孩之间的事情的指控，基本上没有可以争议的。这和所谓的过度敏感没有关系，也和在别处被提到的所谓的事实——即亲吻一个人实际上是在吮吸一根很长的吸管而吸管的另一头满是粪便——无关。对于我来说，这更多是一种愚蠢的表现。我感觉自己很愚蠢。那女孩和我走得很近；亲吻会把我们的嘴都扭曲了；鼻子也要参与，被压弯了；就好像我们在相互做鬼脸一样。当我和她在一起的时候，是的，我会感觉模糊中自己身在别处，作为我对自己的一个辩护吧。我承认这和我有关，不是她的问题。但是我知道当我没有和她在一起的时候，我会梦见下一次我能够亲吻她的场面。我经常会想到她。她充满了我的思想。"

"那我的思想又如何？"

"那么让我们对等地坦白，我完全缺乏在别处缓慢地、用一种我发现她会喜欢的方式去亲吻她的自我意识，然后她会承认说她很喜欢这亲吻，她不会撒谎，她会对着盖在她头上的枕头承认以保持安静，不搅扰到其他房间的住客。我了解她。我了解她的每一处曲线、凹陷、港湾还有身体的反应，她的身体很酷、坚挺、紧致，腰身极细，有略微的肌肉感但是依然让人兴奋，爱笑、爱弯拱起来，爱卷起身子也喜欢爱抚和拥抱。我能够像解锁一个齿轮那样解锁她，像运作一台发动机那样运作她。只有当我被迫离开而去学校的时候，情况就会很神秘地'变了'。"

"我感觉总是缺了什么东西。"

"我亲吻她的苦味照片。因为亲吻，照片都变得模糊了。从她的照片影像上我可以看出自己嘴唇的形状。她继续在不知情的情况下指导着我。"

"我的感情变了。这是需要时间的，但是我感觉缺了点什么。他总是把所有时间花到那些与工作相关的完美方程式、诗歌还有他们的规则上。那些是他生命中的重要事物。他会告诉我说他想念我，然后又离开了我。我不是愤怒，但是我很自私，我需要很多关心。所有那些我们分开的时间给了我机会好好思考。"

"我们分开的时间里，我都时常想到她——但是她说：'我的感情已经变了，我能做什么呢，我不能再和布鲁斯在一起了。'好像她的感情控制了她，而不是她控制着感情。好像她的感情是独立于她而存在的，不在她的控制之内，就像一辆她必须等待的公共汽车。"

"我遇到了一个我喜欢和他待在一起的人。他就在这里的家里和学校里。我在统计课上遇到了他。我们成为了真正的好朋友。这是一个需要时间的过程,但是我的感情已经变了。现在我不能再和布鲁斯在一起了。这也不全都和他有关系。我也有份。事情总是在变化。"

"那张照片是在西尔斯拍的迷你头像照,我的钱包放不下,所以我还专门买了一个特别的相框,那种用甘草纸板做成的相框。那个相框现在已经和一张高速过路付费卡一起焊接到了我妈妈汽车副驾一侧的遮光板上。我总是把车窗摇上以避免照片被风吹走,造成损害。在六月份,在一辆没有空调的汽车里,我依然保持把车窗玻璃摇上以保护她照片的习惯。还有什么需要说的吗?"

"布鲁斯这里我感觉必须要提醒你虚构疗法要起作用的话,必须把治疗定位并运作于一个很费力,是的,有人甚至说是一个很严厉很限制的明确构建好的空间里。虚构疗法必须要作为文字被质疑,要说明哪些是虚构,哪些是项目。当你建立一个意在打岔而现在似乎是没头没尾的的句子时,你能够觉察到一个人的不自在。"

"这一类的虚构并不让我觉得有趣。"

"是的,但是记住,我们已经决定要去构建一个场景,在那场景里起码有一次你的兴趣要从属于另一个人的兴趣。"

"所以她将作为一个读者,同时也是一个客体?"

"从以上内容你可以看到她是被建构了,也要做一次主体。"

"设计上的解放,对吗?治疗的谎言就是要假装认事实为谎言?"

"给你提供一个镜像的维度视角,会让你失去成为情感上很慷慨的人的机会。"

"我认为他应该投入地做那些让他感觉很好的事情。我依然非常关心他的事情。只不过不是以过去那样的方式罢了。"

"到了 1983 年 5 月下旬,她的情感公共汽车已经彻底退出了。我发现自己需要离得远远的。我要去做一次地理探索之旅。我驾驶着我妈妈封闭的汽车行驶在缅因州南部炎热的州际 95 号公路上,一路向北驶向布罗索波佩亚,那是我舅舅和他妻子的家,几乎就坐落在加拿大边境上。我走的是州际 95 号公路,从麻省的沃尔赛斯特出发,走个曲线绕过波士顿西边,离剑桥很远,那是我不愿意再见到的地方。我是布鲁斯,一个笨重、走路内八字、金发碧眼、苍白、红唇的中西部男孩,22 岁,刚从麻省理工学院的电子工程系毕业,最近与我的家庭一起荣归印第安纳州的布鲁明顿故里,然后在那里被一名很酷、紧致、纤腰的印第安纳大学研究生踢中了我的心理腹股沟,她也是我的学术热情、时远时近的感情和三年接近完全忠诚的对象,还是到上一个感恩节为止的我可能的未婚妻。"

"那时候我对他说的所有就是你是否认为我们能够在一起。他已经问了我,是否他能够在某一天向我求婚。"

"我有一次在圣诞节回到家里:在 12 月 27 日傍晚,我们躺在她家里的豹皮垫上喝着香槟。"

"我告诉过他一百次那不是豹皮垫:上一个租客养了一条狗。"

"我们正讨论着未来可能生的孩子的可能取的名字。她说如果是女孩的话,她可能会喜欢凯特这个名字。"

"突然之间,他就变得心不在焉了。"

"在这个时候,她会说我如何突然看起来心不在焉。我会解释说我在喝香槟的时候突然产生了一个关于如何把变量科技运用到小信号线性控制系统的核心思路。这个思路很可能帮助我完成高年级阶段论文的核心部分,这篇论文的写作在那几个月里成为了界定我生活的中心项目。"

"他就离开去了他父亲所在大学的办公室,之后我两天都没有见到他。"

"她说那次之后,她就对事情有了不同的感受。在那两个无眠、靠可乐和披萨熬过的两天里,我对那个思路的尝试最后无疾而终,这个新认识的统计学家伙给了她慰藉和快乐。然后当我去找她寻求宽慰时,发现她几乎变得敌对了。她的眼圈黑了,什么也不说,尽了一切努力看起来非常不高兴。她用前臂挡住了前额。那就是不高兴的少女加上受委屈的女人的情景。"

"他只是到我的公寓来睡觉。他花了整个圣诞假期,要么工作,要么睡觉,他比预计提前一周回剑桥去完成他的论文。他的光荣论文是关于信息和能量转换的变量系统的一部史诗。"

"她把那些对我来说很重要的事情都看作是她的敌人,她没有意识到这些事情,事实上,就是她似乎很嫉妒地想要获得的'我'的一部分。"

"他想要成为第一个真正意义上的伟大科技诗人。"

"我把这看成就像天气到来一样。"

"他认为像文学之类的艺术会进步,而后随着时光流逝变得越来越数学化,越来越技术化。他说像'关联记号'这类的词汇已经开始枯萎了。"

"在艺术交流中具有指向功能的词,比如 Fulnllers,将会如同他们之前存在的形式规则一样枯萎。意思将变得干净利落。不,她说的?设想她对此有足够的关注以至于她竟然试图去了解?说艺术必须存在于一个富于张力的场景,有自己的标准。说那些笨重和繁复的昨天的标志会让位给清爽、合适和适合任何年纪的标志。说诗歌,就像所有在生活的规则里被组织和理解的所有事物一样,是充满活力的。繁复的东西存在的目的就是被抛弃。今天的诺伯特·维纳将在明天达尔文主义的领域里获得胜利。"

"他说那就是他生命中最重要的东西。这么说你让我怎么想?"

"这是关于当下,关于现代的事。下一代的美将会也必须是新的。我邀请她去见证一场透明的文艺复兴;很酷,如芯片般平展;闪亮的纤维在一个铺展开的钠一般的黎明下闪现于审美的矩阵里。触动我们并且引导我们的是能够应用的东西。我觉察到一种伟大清洗的剧变一触即发，一种即将到来的整洁已经在意义的每一个角落里泛起了泡沫。我能闻到变革，还有有代价的放松的味道，就像一场夏雨必然的承诺。一个新的时代和一个把美视作范畴，而不是中枢的新认识。不再有单一物体的概念，深思、温热的苜蓿气息、挺起的乳房，作为标志的历史、巨大的雕塑、不再有男性，从拳头到眉毛或者手掌到低胸礼服，都要以一个重击、重击和加热了的自然来理解，它本身的构成是彩色的，有形状的，也有香味，通过良好的质量而赋予事物意义。不再有质量。不再有比喻。哥德尔数，无语境的语法，有限的智能机器，相关联功能和光谱。不是感官上在这里，而是随意地，有效地在这里。以最亲密的关系在这里。等离子电子技术，大规模系统，运作扩大。我承认把自己视作一个欣赏冰冷的、新颖的、正确的，以及真实而无暇地存在于这里的审美者。如泊松分布一样的变量，形态学上极为厚实：

这是些碎片，从形式上、维度上、性格上和意义上都能够如马尾藻一样，从一种单一结构的关系和一个功能的标准而伸展开来。给格林、贝塞尔、勒让德、艾根的赞美诗。是的，在过去的这一年中有些时刻我几乎不得不在处理的反射中遮住我的眼睛：我自身成为自明之理，成为语言，成为形成规则，而且似乎放射出灯丝白般的正义火光。"

"他说会愿意带上我一起。可是当我问他要去哪里的时候，他生气了。"

"我被自己说服，我可以像开尔文温度计上的一根电线那样歌唱，高调而苍白，能够不用启动也不用摩擦而生电，很酷地发出柠檬色的月光，嫁给一个纯粹意义的点阵。毫无阻碍的传送。但是一个小的、安静的、有礼貌的、有香味的，秩序井然的新信号系统已然击中我的脑袋。她用词语和眼泪从我身上锯掉了一些东西。我给了她我的亲密重要性,然后她的公共汽车开走了,她身上还带着我非常重要的东西,就像一只蜜蜂的武器。我现在想要做的是开车走得很远,去流血。"

"具体的哪里既不是这儿也不是那儿。"

"不,要看见的事情确确实实就是在那里。缅因州和波士顿还有布鲁明顿本质上是不同的。不熟悉的景致就是一种香脂。从封闭的车里我能够看到浑身布满玻璃色纹路的石头,无节制的块状花岗岩石块与锯齿状的山的表面相连接;那些从高速公路边延展开去的山坡与公路形成正弦曲线。天空是关于薄荷的研究。马路在林木覆盖下的大地边上描绘着棕色的抛物线。"

"我感到布鲁斯并没有觉得我对他的逃避是一个问题。也许我们应该一同承认如果一个人把另一个人只看成是一个人的器官、体液和情感的容器,如果一个人从没有把她视作他自己决定有距离地投入到她身上的感情和质素以外的独立事物,那么他就不可能回过头来并且在他自己的幸福感方面变得特别依赖她的感情。布鲁斯为什么就不能承认如此困扰你的事实是她已经给了你不可抗拒的通告,说她和你根本不了解的生物已经有了情感生活,说她就是和你已经决定要把她打造成的那个自己不一样。简而言之,一个人,布鲁斯。"

"你看:在靠近缅因州斯米尔纳的地方,一只巨大的黑鸟刚刚从我视线的角落里斜飞过去,释放出奇怪的可爱的海鸟粪和浆果彩虹,横亘在我的汽车挡风玻璃的中央位置;就在这光谱虹桥下,从一个遥远的高度降下来一个单位的记忆,这些记忆被系统化成了犹如在灰色、被咀嚼过的我面前的两车道公路上的彩色喷印。两年前的夏天,我和家人一起到普罗索波佩亚旅行,她如何勇敢地抵御了自己冷漠的父母反对她来的事,她如何和我妹妹发现她们可以成为朋友，她和我如何在飞机上因为我母亲坐在她旁边，她感觉很尴尬而不敢拉手改用膝盖相互依靠着。我刻骨铭心地记着那次漫长、暴风雨肆虐的飞机航班上随着飞机上升到一个令人眩晕的新高度时，我们之间心照不宣达成的一整个全新的距离感的不可违背的可能性，那时候我们升到了天空开始变得冰冷的地方，然后暗下去变成灰蓝色，我们能够嗅到头顶上太空的味道。还有那大团大团的云彩的形状，从天空的内部开始，逐一以世间实物的形态出现：毛发蓬松的水牛头；破败的桥梁；各州的布局；政治人物；难懂的风化的粪。我们飞越过印第安纳州和俄亥俄州平整的夏日棋盘之地。宾夕法尼亚州上空的雷天和暴雨天气就像巨大的铁砧一样黑压压地聚集到一起，为各个县降下大雨。我们的飞机有一个钢铁肚皮。我记得在航班上走道另一侧的一名印第安女人手指上的突出的红玉宝石戒指，她前额上有一个污点，她的袍子鼓胀到看起来像是要分泌出泡沫。她黑皮肤的丈夫穿着一件西服，眼睛和牙齿都是白色的，还有梳理得不可思议的整齐发型。"

"这就是有一天你会'带着'你的女孩去的地方？为什么现在她永远都处于不在的状态以至于她就变成了那个地方，而失去那个地方的事实让你想起被斩首和受到伤害的影像。"

"狭小的州际95号公路继续向北到达缅因州的霍尔顿，随后向东转弯，进入了新布伦瑞克省。我在霍尔顿驶离了高速公路，缴清了高速通行费，通过一条在黑根卡比奈特公司和阿瑞姆晚餐俱乐部之间的边街，驶上了县道1号路，继续向北行进，穿过大片的农庄，驶向马尔斯山和普罗索波佩亚。太阳在我左侧的淡紫色土山头上渐渐地落了下去，两年前我了解到这些土地的颜色来自种植在这里的土豆作物。一台灌溉用的发电机在离马尔斯山几英里之外的路旁咣当咣当地轰鸣着，夜晚的光亮中，这片紫色土地上如织的小河网变作了红色，流淌着。从县道1号再往上行不远处，有一个手写的标牌，宣告着榖盖清仓甩卖的消息，战利品陈列在破旧的公路上，令人难以置信的物品摆成很长一排，就在我的右手边延伸出去，在一个栅栏上还有一个谷仓边发出浓紫色的光亮，看起来就像是一个侏儒军队的盾牌。那里的所有东西都有一种旧时代的味道，时钟在笨重的当下缓慢地运行。"

"在我左边的落日意味着那是西边，意味着即使在这里你记得西边的事情，布鲁斯，意味着一个人会对这个我们有证据表明你记得的西边的一个东西的新的宁静变得不自在。如果光亮可以如我们所宣称的那样照耀，即使身处一个谎言的构成里，一个人的声音不可能就把其他声音都关闭掉……"

"也许我还应该提到在我从霍尔顿收费站下高速的时候，因为我要把遮阳板拉下来取出单据，而这时她照片的相框就松开掉了下来，从我不得不摇下来的车窗带来的气流中落到我身上，最后掉在刹车板和车地面之间。在弯腰去捡相框的时候，我把钱也弄掉了，而且脚不知怎的就碰到了油门上。汽车继续向前行进并且轻轻地推动了那个放下来，并且只有在你欠州上的债结清的时候才会抬起来的控制横杆。收费亭里的女子飞速奔了出来；一名坐在路边巡逻车里的警察望过来并且把他正在吃的东西放下了。我把钱都捡了起来，用手交到收费亭。相框已经被压弯，上面都是灰尘和饼干屑。收费员很有礼貌但是也很坚决。后面的车开始按喇叭催促。"

"前年那次，布鲁斯和他的父母还有他妹妹邀请我到缅因州游玩，这是我最后一次觉得我们之间的关系一切都很良好。在旅途中，他用手指着飞机舷窗外的景色，让他妈妈和我不断发笑。我们一直保持着腿部的碰触，他还会摸我的手，非常轻柔地摸，这样他妈妈就不会看见。在他姨妈和姨父家时，我们一起去了湖边游泳，如果我们愿意还可以去滑水。有时候我们整天一起走路，沿着小路一直走，全身都变得灰扑扑，有时候还迷了路，但我们总是能够安全返回，因为布鲁斯能够依据太阳的位置来辨别时间和方向。我们从非常冷的山溪里用手捧出溪水来喝。有一次布鲁斯为我们的午餐专门采来了蓝莓，为此他还被一只蜜蜂蜇了手，而我把他手上的刺给拔了出来，因为我有长指甲，我把一颗蓝莓放到被蜇的地方，他笑了起来，说他其实真的不在乎任何事。我那次玩得很尽兴。真的很好玩。那是布鲁斯和我感觉特别好的时候。我感觉和他在一起很开心。那也许是最后一次我觉得我们在一起的时候有一个真实的我和一个真实的他。就在他姨父的家待着时，一个晚上，在铺着外套和衣服的小树林林地里，我给了布鲁斯一些我永远也不会拿回来的东西。我很高兴我这么做了。但是我想，也许就是从那时候开始，布鲁斯的感情开始有了变化。也许我是错的，但是我想那行为一定程度上使他驱离了我，因为我最终把自己给了他。我最终愿意这么做，他也能够看见我的意愿。就像说他知道他真正地拥有了我，这使得他回到自己内心，去拥有，而不仅仅是需要。我想他真正喜欢去需要的人。那也没问题。我想，也许我们一直都应该做朋友就好。我们从高中开始就认识对方。我们在他们拍过电影的那个采石场里游过泳。我们一起学驾照，在同一辆车里通过驾照考试，同时也是在这个过程中真正了解对方。只是我们在那之后的很长一段时间里都走得不是很近，那时我们各自在不同的大学里学习，只在放假期间才见面。"

"我到达普罗索波佩亚的时候，太阳已经落山了。所有的缅因生物在暮光中开始在一个森林的古老而多刺的地带里沙沙作响，而我很高兴能够在公司的边界处就把它们都抛在身后。我简短地绕了个路，然后在超市停了一下，买了一些冰冻的米切罗啤酒作为暖房的礼物，这也是我妈妈建议我并且出资让我买的东西。米切罗是一种我姨父喜欢的啤酒，事实上，他喝的还没闻的多。啤酒也是他能够闻的唯一一种东西。他现在55岁，得了严重的肺气肿。即使是从一把椅子走到厨房门边的几步路的距离、一次热情的握手和拿着我轻便的手提袋这样的动作都足以让他气喘吁吁。他重重地坐回到椅子上开始重重呼吸，有节奏的、注意力集中的，在胀大的双唇间呼吸着，这时姨妈给了我一个拥抱，嘴里发出快乐的点缀着"上帝"和"很好"字眼的话语，然后她把我的所有行李一股脑儿就都搬到楼上去了。我的行李不多。我把那个弯曲了的相框随身带着。姨父吸了一个肾上腺素喷剂，继续大口喘着粗气，很紧张地笑着，用手挥去我的担心和他的不自在。他吹气的时候感觉是要吹灭一团火焰——这可能也接近他自己的切身感受吧。他已经又减重许多，特别是在腿部；他坐着，喘着气，他的腿部透过裤子看起来就像两根棍子一样。即使很瘦弱且皱纹满面，他依然是一个古怪的无胸的我妈妈的拷贝，披着白发，椭圆形的高颧骨，还有蓝色的美洲山核桃般的眼睛。就像我妈妈的眼睛一样，这双眼睛能够如鸟儿的眼睛一般锋利而明亮，或者像鲸鱼眼一样悲伤而呈乳白色；在姨父喘气时，他的眼睛是空洞的、散乱的、游离的。我的姨妈是一名令人难以置信的漂亮的60岁女子，真诚而不腻人的善良，唯一可以找到针对她的不满可能是她把头发染成了一种自然界没有的甜琥珀色。她已经把我的移动生活物品都放到我下榻的卧室里，问我是否要吃点晚餐。我吃什么都可以。一台电视机在播放着，没有声音，旁边是一台古老的镶有搪瓷片的电炉和一台新的棕色洗碗机。姨父说我看起来像是自己扛着车走到这里，而不是车载着我来到这里。我知道自己看起来状态很不好。我已经开了差不多30个小时的车，一路上只在加油和腾空各种箱子罐子的时候才停下来休息。我的衬衫都是汗水淋漓的，变得很脆易碎，我的两颗前门牙间有一块已经变黑的顽强的苹果皮，而我的一只眼睛里的某根血管因为盯着前方距离和混凝土地面太久而出现了些变化——在眼角出现了一个小的红星,我眨眼的时候能够感觉到沙沙作痛。我的头发已经变成黄色,急切需要洗洗。我说我很累,然后坐了下来。姨妈拿出了面包,又从冰箱里取出一碟金枪鱼沙拉,用一根木勺开始搅拌着。姨父的眼睛停在了厨房橱柜里的啤酒上,两件六瓶装的啤酒已经在油毡地毯上泼洒出一小堆亮色的残渍。他看了看姨妈,姨妈叹了口气,点了点头。姨父立马站了起来,一扫病态;他取出两瓶啤酒,把一瓶放到我面前,然后打开了另一瓶,用一种我不得不说是非常难看的充满泡沫的一系列吞咽动作扫完了半瓶。姨妈问我是否还想要一两个三明治。姨父则说我最好吃完那个金枪鱼沙拉,因为他们已经吃了两次,如果这金枪鱼沙拉还吃不完,那么他们就只有给这沙拉命名了。他的眼睛是缩进去的,就在他身体里面,他在大笑、开玩笑和表达的时候都用到自己的眼睛。就像他的姐姐那样。他看了看我身边桌子上的那个西尔斯相框然后问那是什么东西。姨妈看了看他。我说是纪念品。他说这相框看起来经历了很艰难的旅程。那厨房闻起来美极了:有古老木头的味道,现烤面包的味道,还有非常甜腻的某种东西的味道,金枪鱼淡淡的味道。我能听到我妈妈的汽车在外面车道上停下的声音。姨妈把两个巨大的三明治放在我面前,打开了我的啤酒,用一种她无法掩饰的快乐再次热情地拥抱了我,而我很难理解这热情拥抱,因为我才刚刚出现在这里,没有明确的理由也没有任何预兆,只是在两天前的深夜给他们打了个电话,而后在我上路后,他们和我父母通话交谈了一会儿。她说我的来访对他们来说是一个非常棒的惊喜,她希望我想待多久就待多久,并且让我告诉她想吃什么,她可以去囤积食物,她还说难道我不觉得能够从这样一个好学校的如此艰深的让她无法理解的专业毕业,是很棒很自豪的事吗。她坐了下来。我们开始谈论家里的事。三明治味道很好,啤酒有点太暖了。姨父再次把眼光放到那六瓶装啤酒上，伸出手到他的衬衫口袋里，把自从戒烟后就一直用的闻嗅的碟片拿了出来。在厨房窗户上出现一种凉快、甜美和带有草味的空气。我实在太累而感觉很好。"

"当他说要离开这里，也许是整个夏天的时候，我感觉到很抱歉。但是当他说现在我们扯平了的时候，我非常气愤，一个夏天对一个夏天。因为这个夏天离开是他的选择，就像上一个夏天也都是他的选择一样。他上个夏天就待在波士顿的剑桥去开始启动他的项目工作，他在他们的工程实验室里谋得一个研究工作，他根本连解释一下为何他不想在夏天到布鲁明顿来都懒得做，尽管我刚刚在这里得到了学士学位。但是他给我邮寄了一大堆玫瑰，并且说让我在那个夏天到波士顿去，和他一起生活，做他的爱人，说他很想念我甚至都熬不下去，于是我思考良久，但最终，还是用我的毕业礼金买了机票，飞到麻省理工学院，在哈佛广场的一个名叫香肠屋的德国餐厅里谋得一份侍应生的工作，我们在贝克湾租了一间带火炉的昂贵公寓。但是过了一段时间后，布鲁斯的行为表现让我觉得他确实不想要我待在那里。如果他公开把这想法说出来，那是一回事，可是他就开始在行为上变得冷漠。一有机会他就离开家到实验室里待着，他没有再来香肠屋看过我，当我们两人在家的时候，他一周也不碰我一次，有时候就打个盹，或者显得很冷淡。感觉就像他和我待了一阵子之后，被我排斥了。到那时我已经开始服用避孕药。七月时，有一次他整天整夜都没有回家或者打过电话，当他回到家的时候，他对我因他不回家不联系的事情很生气的事实变得很愤怒。他说为何他竟然不能每隔一段时间有一个属于自己的生活空间。我说他可以有，但是整个关系对我来说，不像他和我有同样的感觉了。他说你怎么敢告诉我我是怎么想的。几天后我就飞回父母家里去了。我们决定说我这么做更好，因为如果我留下来，他会觉得他必须在所有时间里都努力装作对我很好，这么做不会让我们俩当中的任何一个感觉自在。当他把我带上公共汽车的时候，我们在罗根机场都微微哭了。在布鲁明顿，我的家人在我到家时抛洒着五彩纸屑来欢迎我，他们对我回家都感到很高兴，我也觉得回家的感觉很好。一天后，布鲁斯又寄来了玫瑰花，他打来电话说他犯下了一个极糟糕的错误，然后他也飞回到家里，说他很抱歉自己过去对所有那些身外事物变得沉迷，他试图让我明白他感觉自己是站在两个时代的交接点上，无论他如何表现，我应该把这些表现视作是他作为一个个体的个人缺点的表象，而不是看作他作为我的爱人对我忠诚的表现。我猜想我在那个时候已经在这段关系中投入了太多，于是我就说好的好的。他在布鲁明顿待了一周左右，我们又一起做了各种事情，夜里他让我感受到了美好，和他走得很近真是一件很令人愉悦的事，然后他说他能够让我感觉很棒是因为他想要这样，而不是因为他认为他不得不这样。接着他回到波士顿，并且说会等我到感恩节，不要坐在苹果树下，我会回到你身边的，于是我这么做了，我甚至拒绝了来自我们班男同学的友善的午餐邀请和橄榄球赛的球票。之后感恩节和圣诞节的时光对我来说，就像我们在贝克湾生活的那个夏日一样糟糕。我的情感从那时候开始有了变化。也不都是因为他。这变化随着时间而积累，但是在一段时间之后，我感觉生活中缺了些什么，而我是自私的，我只能够感觉到我在这么长时间里都是付出多于收获，于是整个事情开始改变。"

"布鲁斯，也许现在是个机会去面对你上个深秋时节在四个不同场合与一个来自纽约格里特内克的西蒙斯学院大二学生睡觉的问题了。也许你会愿意也讨论一下某个万圣节晚会的事。"

"去年夏天一点不好玩，当我和他提及圣诞节时，他变得很生气，他告诉我不要提这件事，除非我是认真要告诉他什么事。我已经开始和统计系的那个男孩子交往，但是如果布鲁斯和我之间的关系保持不错的话，我也不会感兴趣和他在一起。"

"我成天就睡、吃，然后坐着，眼睛里的红点慢慢消退了。我用水冲洗我妈汽车挡风玻璃上的昆虫残骸。有一阵子，我把全部精力都放在融入两个我有着真切而日益增长的感情的大人的生活和关注当中。我的姨父是一名保险核算师，不过他在那年年底即将要提前退休，因为他的安全状态：家里人担心他的车会在他每天都要通过的一条不可靠的去核算保险的阿鲁斯图克县级公路上抛锚。这里的冬天具有杀手的力量。我感觉当姨父退休的时候，他可能除了看电视和逗我姨妈以及讲述那些他核算过的保险的故事以外，什么都不做了。他讲的故事不能全信。这些故事都这么开头："我曾经有过一次损失……"他和我说着，就在起居室里，面前是他每日被允许喝的啤酒。他告诉我，他一直都是家里的小男孩，后来是一位居家男人，他很喜欢花时间和家人待在一起——孩子们现在都长大了，离开家，去了南方，分别落脚于波特兰、奥古斯塔和巴斯——他也说他们公司里有许多傻瓜，把时间全部用到职业生活上或狩猎、高尔夫或是他们的性器官上，然后等到冬天来临，世界被白雪覆盖时，他们实际上拥有什么呢？我的姨妈就在小镇对面的小学里教三年级的学生，到了夏天，能够有暑假，但是她还在缅因州大学的普罗索波佩亚分部里上着两门课，法语和社会学。休息了几天后，我和她一起驾车到了那个很小的大学分部，她去上课，我就到大学图书馆里坐着。图书馆很小、很可爱，就像一个公共设施里的儿童活动区域，铺着地毯，家具和墙壁都涂成了秋日腐去的暗淡的泥土色。暑假里的图书馆几乎没有人，除了两名非常健壮的女人在尖叫着整理登记书籍。这里一方面非常吵闹，一方面又非常安静，以至于我不可能做任何工作，我不知道那对我来说并不显得浅薄或者过度兴奋。坐在那里，我真的有一种感觉,就在我坐着试图去推算在过去两年中影响了自己的生活的等式时,我的头部似乎中弹了。我最后写下了些无序的文字,更多时候写成了信,没有方向或投递地址的信。要去证实什么呢?事实是我已经证伪了每一件事。我很快就没有再去缅因州大学普罗索波佩亚分校图书馆。日子一天天过去,我的姨妈和姨父对我非常好,但是缅因已经成为了另一个这里,而不是一个那里了。"

"解释一下。"

"事情开始变得糟糕。现在发型的影子让我感到恐惧。我意识到姨妈和姨父一次都没有问过我,上次我们一起来他们家里访问时那个漂亮的小东西发生了什么事,我开始琢磨我妈对姨妈说了些什么。我开始对某种既不能确定也不能明晰的事变得焦虑。我的睡眠开始出现问题:我每天都很早醒来,在寒冷中等待着太阳从我表兄卧室薄纱般的白色窗帘后升起。睡觉时,我会做不愉快的重复的梦,梦里会有猎豹,剥了皮的膝盖,一把有着疯狂叉型的旧餐叉。我做过一个很慢的梦,梦中她在我们家位于印第安纳州的院子里用包把落叶都装起来,而我在向她请求施展魔法动用失忆术,让她变得又一次爱我,之后,她告诉我去问我妈妈的意见,我就走进了房子,当我再次出来,到了院子里,带着妈妈的许可时,她已经不见了,院子里铺满了及膝的叶子。在这个梦里,我对天空很恐惧:她用耙子把手指向了天空,那天空浓云密布,从地上看过去,这些云形成了形形色色的微积分算法的符号,并且开始进行既不是我发起也不是我能够理解的运算处理。在我所有的梦中,世界都是刮着风,无序,灰暗的。"

"现在,你停止亲吻照片和撕毁证据,开始用你的直觉来认定事情,而且一直都要更加普遍,而且在某个层面上一直都是更加罪恶的。"

"我开始认识到她可能从来就没有存在过。我这么想可能是有另一个——或者根本没有——原因。对我来说，失去感情的一个具体参照物是极其令人不安的。自从我到达这里后，时间已经过去了两周多。那相框就躺在我房间里的写字台上，依然如在收费站时那样弯曲着。我的感情已经变成了照片上一种微弱的外壳，而在早晨我打开相框的时候，闻到的是带有化学苦味的味道。我整天待在屋子里，不开窗，也没有饥饿感。我的睾丸时时都是提起的。它们开始痛起来。那段时期，我感觉就像是什么东西在开始掉落，到最后落到地面之间那亲密和让人痛苦的时间空白。姨妈说我看起来很苍白。我在耳朵里放了点棉球，然后告诉她我耳朵痛，大多数时间我都把自己包在一个让人刺痒的毛毯里，和姨父一起看加拿大的电视节目。"

"这类事也可以是好事。"

"我开始觉得我这里的思想和声音在一定程度上是我之外的某种东西的创造性产物，不在我控制之内，但是这个塑造和决定性的超越我的影响力依然来自我。我感觉到一个来自外部的声音设置的分野，就像一种新生的情感良知生产时的痛苦。我心里有一种冲动要'把所有东西都抹去'，要去直面作为一个社群或者符号的过去和现在，但是这么做需要的一个特殊的距离，我好像又留在身后了。我连续锻炼了好几天——穿着牛仔服和运动鞋——我笨拙地长途奔跑，把一些非常重的机械物件搬出了姨父的后院。这劳动让我既紧张又满脸通红，而姨妈感觉很开心；她说我看起来很健康。我就把耳朵里塞的棉球取了出来。"

"这些时间里，你就没有和任何人交流。"

"我让姨妈和我父母交谈。当然，我也和最年长的哥哥通过奇怪而不令人满意的电话，他在代顿市做眼科医师。他用烟筒吸烟，被人称作莱昂纳多。莱昂纳多是我最不喜欢的既远又疏离的亲戚，所以我自己也不明白为何有个晚上我给他打了电话,对方付费,时间非常晚了,电话里我向他一股脑说了一个深入而经过谨慎编辑的完整版故事。我们在通话的最后开始争论。莱昂纳多坚持说我就像我们的母亲一样,一直被一种不快乐的甚至本质上是愚蠢的要去做到完美的欲望所折磨;我说这事和我刚刚告诉他的事情没有一点建设性的关联,而且强调说我不理解希望做到完美的欲望有何不妥,因为做到完美会……好吧,让人完美。莱昂纳多要我想一想做一个完美的人是多么无聊。我没有立马回应莱昂纳多关于无聊的详细的用经验换来的知识,而是指出既然变得无聊是一种不完美的表现,那么据此则不可能让一个完美的人变得无聊。莱昂纳多说我总是乐于玩弄文字游戏以回避事情的真实意义;这对话自然就把怀疑的症结转换到我对于词汇即将到来的死亡的建构上,我恐怕按着自己的思路说了好一会儿,直到我意识到我们中的一个人把电话挂断了。我诅咒了莱昂纳多的烟筒,还有他那长了像火腿肉侧脸的老婆。"

"当然,你的哥哥至多只是指出说完美,当我们进入事情最黑暗的由奶酪包裹的核心部分时会发现,是不可能的。"

"生活中也不缺乏在功能方面完美的东西。皮亚诺公理。一套变色龙的外衣。一台图灵机。"

"那些都不是人。"

"没有人曾经令人信服地证明这与它有任何关联。我的教授们都放弃了尝试。"

"我们有没有可能同意说你现在还能问谁?"

"他说真正的诗歌过一段时间之后就不再以字词的形式存在。他说,对于条块化的非口语符号的完美符号化和以同意的规则来规范它们之间关系带来的冰一样的美好,将首先慢慢取代诗的形式,然后取代诗的内容。他说，一个时代正在消逝，而他可以听到时代发出的声响。我手头有他寄给我的信件，上面都有这些内容。我把自己所有的信件都储存在一个盒子里。他说那些暗指、唤起和召唤并且为个体诗人和读者特别的人生经验和敏感触觉所决定的诗意单元，将要让位于那些本身就是并且代表着其所表达的符号，那些真实经验所蕴含的限制和无限可能会被公理、符号和功能更好地表达。我喜爱艾米莉·迪金森。我说，我不会假装说我理解他说的或者说我不同意，但是至少他所认为将要发生在诗歌身上的事情会让诗歌变得冷漠和悲伤。我说，对我而言，诗歌的真实性很大一部分是和我有关的，当我阅读诗歌时的感情。我不会假装我很确定，但是我不认为数字、系统和功能会让人有任何感觉。有时候，当我这么说，他为我感到不值，说我对于整个事情的发展有错误的判断，这时候他会玩弄我的耳垂。但是有时候在夜里他会变得很暴躁，说我是那种惧怕任何新事物和不可避免的事物，并且认为这些事物会对人不利的人之一。曾经他已经到达了直接说我很愚蠢的边界，这让我也真正发怒了。我不愚蠢。我大学本科只用了三年就毕业。而且我也不认为所有的新事物和变化的事物都是对人不好的。"

"你怎么能认为这是女孩子会害怕的东西？"

"今天，我在普罗索波佩亚已经待了三周，我现在坐在亲戚家的起居室里，耳朵里塞着棉球，眼睛正看着一个加拿大电视台的午间节目。我怀疑户外会感觉很舒服。魁北克正经历着麻烦。我能听到姨妈在厨房里说着什么。过了一会儿，她走了进来，用一条小毛巾擦拭着双手，然后说灶在捣乱。很明显，她不能让灶的顶部加热，有时候这机器就是不工作。她想要为我姨父和我加热一些辣椒，以便等他回家时可以吃。他会在下午早些时候回家。家里也没有太多其他可以吃的午餐食物，因为她还要准备参加一个法语小测试,她也不想去超市买东西,而我呢,则因为耳朵也不听使唤,不想在风中出门,她又不能修好灶。她问我是否能够帮她看一眼这灶。"

"我不惧怕新事物。我只是害怕一个人的孤独感,即使现场还有其他人在。我害怕感觉不好。也许那有点自私,但是这就是我的感受。"

"这台灶确实是坏掉了。灶顶部的加热器没有动静。姨妈说在灶的背面有一个电子装置可能松了,我姨父总是可以修复这玩意儿,但是他要在她上课后才会回到家,这样的话,辣椒就不能小火烹、搅拌并成为美味了。她说如果这不影响到我的耳朵的话,我能不能试着修复这台灶?毕竟,就是那个电子装置的问题。我说没问题。她去姨父在地窖门旁橱柜里的工具箱中去取工具。我把手伸到这个巨大而丑陋的老旧白色灶具的后面,拔掉了电源,把它拖离墙壁和新洗碗机。我从姨父的工具箱里拿出一套飞利普工具,然后把灶具的后盖板给打开了。这台灶如此老旧,我竟然都认不出生产商的名字。它可能是世上曾经生产过最粗糙的一个产品。它的电源线是用某种印有红色的理发厅小螺旋图案的古旧布料包裹着。电线直接把普通的220伏家用交流电通到这个灶底部的内胆里的一个五向的配电回路里。一捆捆厚实而低效的电线捆扎在一起,连接着四个燃烧器的控制阀还有灶的温度控制钮,还有电路上的外流插座。燃烧器的控制阀通过交流电与相关加热器的加热单元直接接触和传导决定了不同选项下的温度高低,每一个加热单元实际上就是一个粗糙的接地的高阻抗变压器回路,通过与燃烧器的黑色铁线圈直接接触而传导电量。能量/做工的比例可能最多不过三分之二。燃烧器下面甚至没有任何的反射锅。我告诉姨妈这是一个很老式很差劲的低效率灶具。她说她知道,并且很不好意思说他们从肯尼迪时代就已经在使用这灶具,所以它具有非常重要的情感价值,今年到了一个决定性时刻,是买一个新灶或者是一个新洗碗机。她正坐在阳光照亮的厨房桌子旁,复习着法语动词形态,为她的灶而表示抱歉。她说这辣椒需要尽快小火烹煮和搅拌,否则就吃不了了;我到底觉得自己可以修好这电子装置还是冲去商场里买点冷食?"

"自从他离开后,我就从他那里收到一封信,信上说他是如何悉心照顾我的一张照片,还问我是否相信他会亲吻那照片?他真的不喜欢亲吻我。我能够感觉得到。"

"这些捆扎在一起的绝缘电线看起来都和燃烧器的变压器连接得很好,所以我必须把每一捆电线都从电路上的外流插座上断开,来检查整个电路才行。这电路太老旧、太脏、太粗糙、质量太差以至于无法确定其功能,但是它的交流电输入和热流输出看起来没有什么障碍,没有剪切弯曲,更没有明显的错接。姨妈用一种不完美的方式训练着法语的 ir 动词。她的声音很轻柔。听起来很美。她念道:"Je venais, tu venais, il venait, elle venait, nous venions, vous veniez, Us venaient, elles venaient."① 当她说起姨父有一次提到这个修理基本上就是紧一紧松掉的螺丝或者是给这灶一顿好敲的时候,我正在灶的肠胃里探究着。她这么说并不是特别有帮助。我把配电器电路上的一个生锈螺丝紧了紧,把电线重新连接上了输入插座,然后我正准备重新连接和燃烧器相连的一捆电线时,看见电线捆、束线还有在电路上的外流插座是如此老旧、破败和沾有黏状物,我是否能分辨出哪一捆电线是对应电路上的哪一个外流插座。我担心如果电流被我弄得错穿过电路,可能会有发生火灾的风险,而且任何人如果能够正确猜中每一捆线路对应的正确插座的几率是$(½)^4$!'Je tenais'②,我姨妈对自己说,'Tu tenais, il

---

① 此处指姨妈在练习法语动词变位。法文原意为"我来了,你来了,他来了,她来了,我们来了,你来了,我们来了,她们来了。"
② 此处亦指姨妈在练习法语动词变位。原意为"我拿着。"

tenait.'① 她问我是否一切进展得很顺利。我告诉她我有可能搞定了它。她说如果确实有什么很严重的问题，等待姨父回家处理就好，她说他对这个邪恶的灶很有一套，可以让他来看看；如果他和我都不能修好这个灶的话，我们俩可以出去吃。我用手摸了摸自己令人生畏的发型，然后告诉她我可能已经快要搞定了。我决定把某几捆电线的包皮撕掉几英寸，以便看看电线是否用颜色标记了。我把一捆电线从扎好的线里解开，把头两条的皮给剥了，但是露出来的电线全都是一样无趣的银灰色，它们的传导元件都如此老旧与磨损，以至于电线开始散开并且指向各种方向，变得无序而杂乱，现在即使我能够分辨出哪根线接到哪里去，也没法再把它们接回到配电器电路中去了，更不用说现在存在的操作裸露电线时出现触电的风险已经大增。我开始出汗。我注意到这个灶的电源线的绝缘皮严重破损，一两根220伏铜线已经裸露地伸出来了。这电源线可能就是一直都存在的问题根源。我意识到一开始应该首先打开主要的灶台功能，看看是否电源问题比燃烧器的电线圈或者电路更重要。姨妈在椅子上转过身来。我呼吸都开始有困难了。在配电器上散开的磨损的燃烧器电线看起来就像白发一样。这些电线必须要重新扎成捆状，以便能够被塞回燃烧器去，这样才可能让燃烧器可以恢复工作状态，但是我姨父没有可以捆扎的工具。我也从来没有过个人捆扎一个系统的电线的经历。能让我觉得有意思的工作只需要用一支铅笔和一张纸来完成。在电路工程学的前沿领域，几乎所有有趣的事都要通过对变量的调控来实现。我还从来没有在一次考试中被腰斩过。从来没有过。可是这次我看起来已经把这个折磨人的一坨屎样的灶弄坏了。我不确定自己还能做什么。我可以把主要的烤箱的传导电线连接到配电器电

---

① 此处亦指姨妈在练习法语动词变位。原意为"你拿着，他拿着。"

路上的一个燃烧器的外流插座上，但是我没有把握这样做带来的的电力冲击会把燃烧器烧到什么温度。没有关于燃烧器的金属构成中阻抗率数据的话，我就无法知道答案。加热一个大型到温热状态所需的电流就可以把一个燃烧器烧坏。那不是不可能的。我几乎要开始哭了。姨妈已经开始向 ir/iss 动词进发了。'Je par-tissais, tu partissais, il partissait, elk partissait①。'"

"你竟然不能修理一个电子灶具？"

"姨妈再次问我是否确定能够修理这灶具，而我没有回答，因为我担心自己的声音会听起来很怪。我仔细把每一个电线圈的另一端从燃烧器的变压器那里都取了下来，把所有电线都整齐地一股脑儿捆到一起，放在灶的底部。我清理着。突然，我觉得这个灶具的内部是我在地球上最不想待的地方。我开始有点怕灶具。在灶具的边上我能够看到站着的姨妈的脚。我听到冰箱门打开的声音。我面前的柜台上摆放了一个盘子，有什么东西被哗啦啦拿走了；通过灶黏液的香味和古老的关联，我能够闻到一种精致的辣椒飘荡的美味。我用螺丝刀轻轻敲打着灶的内部，以便让我姨妈以为我还在继续修理着。我变得越来越恐慌。"

"他告诉我说他爱过我很多遍。"

"恐慌什么？"

"我已经弄坏了他们的灶。我需要一个捆扎的工具。可是我从来都没有捆扎过电线。"

"当他说那话的时候他是相信的。我知道他依然相信。"

"这和任何事有任何关联吗？"

"这感觉和所有事情都有关。我在这个肮脏而老旧的灶具后面是如此恐

---

① 原意为"我走了，你离开了，他离开了，麋鹿离开了。"

惧，都不能呼吸了。我只有把工具弄响。"

"是不是你爱上了这个美丽的老女人，然后你担心你伤害了一个她从肯尼迪时代就开始使用的灶？"

"可是我觉得是他爱上了某人的感觉让他感到恐惧。"

"这是一个非常粗糙的设备。"

"你还伤害过谁？"

"我姨妈回到灶的后面，站在我的身后，看着清理干净的灶肚子里黑色的空洞，然后说看起来我已经做了很多的工作！我用手里的螺丝刀指着那肮脏的配电器电路，没有说一句话。我用工具戳了戳电路。"

"你到底害怕什么？"

"但是我不认为他需要被如此伤害。无论如何。"

"在灶后面，当我姨妈跪下来把她的手放到我肩膀上时，我相信，我害怕世上所有的事情。"

"那么，欢迎你。"

我的出镜

我是在1989年3月22日的《大卫·莱特曼晚间秀》节目中出镜的一个女人。

用我丈夫鲁迪的话来说,我是一个自己的面容和态度已经被美国可计数的人口一半以上都知道了的女人,我的名字出现在大众口中,杂志封面和银幕上。这个女人的心是不可见的、深藏不露,难以琢磨。这也就是为什么鲁迪认为他能够挽救我于上述出镜的原因。

1989年3月22日左右的那周,也是大卫·莱特曼的《多样化和谈话》节目播放了一系列记录国家广播公司经理们私人活动和休闲时光的短片的一周。我丈夫,他的名字在娱乐行业内比在行业外要更知名,显得很焦虑:他知道并且害怕莱特曼;他宣称自己知道莱特曼喜欢猛烈攻击女性嘉宾,还知道他是一个讨厌女人的人。周日时,他告诉我他认为自己和罗恩还有其妻子夏米安应该帮我准备准备,以便更好去对付莱特曼或者更好地被他对付。3月22日是周三。

在周一的片子里,电视观众陪同大卫·莱特曼一起,在电视上和国家广播公司的新闻部主任一起去深海垂钓。我丈夫曾见过这个从双耳后部长出冠毛一样头发的主任,他拥有一艘极高端的游艇,还有鱼竿和绞轮,而且很明显,他曾经不用鱼钩就在深海垂钓。他和莱特曼用橡皮筋把鱼饵栓到鱼线上。

"他是在等着那个可怜的老杂种能够想起要说神圣的马鲛鱼。"鲁迪扮了个鬼脸,继续抽着烟。

在周二,莱特曼研读了国家广播公司创意发展部主任丰富的冰箱磁铁贴的各种内容。他说:

"女士们,先生们这是娱乐吗?还是什么?"

我突然感受到舌头上有阿普唑仑的苦味。

我们让雷蒙翻出一些过去的"晚间"节目的录像带,一起观看。

"你感觉如何?"丈夫问我。

在慢放模式下,莱特曼从一个20层楼的屋顶把几瓶香槟,一些果肉多的水果,一块平板窗玻璃,还有猛然看起来像是一头活的小猪似的东西都扔下,让它们自由落体掉到一块水泥地上。

"整个事情造假的部分是关键,"鲁迪看着莱特曼把一头惨叫的小猪仔从一个很明显是演播间搭建的假屋顶上扔下去时说,我们看到电视里的某样东西从真实的屋顶掉落了很长一段距离,摔落到水泥地上,最后看出来是一个填充了肚子的猪仔玩偶。"不过这点并不能说明他是善良的。"丈夫看了一眼自己在试播室里黑色窗玻璃上的影子,而后恢复了常态,"我不想让你以为那些假象是真实的。"

"我觉得假象通常都是被理解为不真实的。"我说。

他把我的注意力转向了屏幕,上面显示着保罗·谢弗,他是大卫·莱特曼的音乐助手和好友,正在用肩膀和双手做出一个开始的姿势。

在雷蒙设置录像机和录像带之前,我们都服用了阿普唑仑。我还喝了一杯夏布利葡萄酒。到了那些冰箱贴被研读和讨论的时候,我已经非常疲惫了。我丈夫也很疲惫,但是他变得越来越担心这次我的出镜会出问题。

他觉得问题是很严重的。

邀请我出镜的电话是上周五从纽约打来的。电话那头的人恭喜我参演的刑侦剧已经进行到了第五季，然后问我是否愿意作为嘉宾在下周的《大卫·莱特曼晚间秀》节目里出镜，并且说莱特曼先生非常乐意在节目里见到我。我暂时同意了。我几乎没有太多幻想，但是我对于我们节目的成功是非常自豪的。我的角色很不错，我很努力，演得也不错，我很喜欢其他演员和剧组工作人员。我致电给我的经纪人、我的部门主管，还有我丈夫。我在3月22日周三同意接受出镜的邀请。那是鲁迪和我一周时间安排里唯一有空档的时候：我自己的系列节目是在周五播出，而在这之前一天需要过一遍台词并且整装演练一遍。即使是22号那天，我丈夫在喝了几杯之后指出，也意味着我们必须在周三早上很早就从洛杉矶国际机场出发，因为我已经有个合约要求我在周二之前参加维纳公司的广告录制——在整个宣传期间，来自奥斯卡·梅耶公司的人已经非常能够理解和配合我们的时间安排——但是我丈夫有一条准则，那就是要履行合约的责任，作为他的伴侣，我也决定去遵守这条准则。这意味着我们在周二晚上很晚都不睡，就为了观看大卫·莱特曼和小猪、冰箱贴，还有一个似乎永不结束的不可思议地有才能的各种宠物的表演，然后在黎明到来之前，去赶周三的早班飞机：虽然节目的录影要到东部时间下午五点半才开始，鲁迪还是费大力赶去和罗恩提前准备一个详尽的战略规划。

在我周二晚上睡着之前，大卫·莱特曼让特瑞·加尔穿上了一件尼龙搭扣材质的衣服随后将她甩向一面由尼龙搭扣材料建起的墙。在那个晚上，大卫在国家广播公司的节目里介绍了一本1989年的《纽约市官员购买手册》；莱特曼把这本书举起来给观众看，这时候特瑞就被挂在他后面的墙上，脚离地面有几英尺高。

"那有可能是你。"我丈夫说,打电话给餐厅要了一杯牛奶。

这个节目似乎有一种把事情都组合成十个排列的狂热迷恋。我们看到《大卫·莱特曼晚间秀》节目的研究员专门考虑了史上最糟糕的十个电视广告。我还能记得其中的第五或者第四个:一个德国汽车制造商试图通过展示一名无精打采的北欧女子被该品牌的手动挡征服的情况,而把对其箱式汽车的购买与性满足联系到一起。

"嗯,我肯定是被这个广告动摇了,"莱特曼在广告片段结束的时候这么说,"你们没有吗?女士们,先生们?"

他还展示了一段据说公共电视台禁止列入秋季节目单的假文化节目推广片。这个推广片是一个关于四个包头巾的库尔德叛乱分子的低调展示,他们几个人放下了小型武器,从革命中抽出时间,在一个开满了紫色花儿的草地上演奏起了一首亨德尔的四重奏。文化的花朵在岩石上的土壤里也绽放了,这就是这片子的卖点。莱特曼清了清嗓子,宣布说公共电视台最后已经向保守的家长—教师协会施加了反对这片子的压力。保罗·谢弗在鼓点伴随下,问观众为什么会这样。莱特曼这时候笑得有点尴尬,而鲁迪和我都觉得这笑容很迷人。再一次,答案是有十个。我记得其中两个分别是免费的锡克人和紫罗兰色,免费的邪教和小提琴。每个人都发出了快乐的声音。即使是鲁迪,都笑了起来,尽管他知道公共电视台从来没有支持过这样的文化节目。我带着睡意笑了起来,然后把身子靠在他伸出放在沙发背上的臂弯里。

大卫·莱特曼也在不同的时候说:"孩子们,现在来点好玩的。"所有人都笑了。我还能记得脑子里没有任何觉得莱特曼有威胁性的想法,虽然那个自己可能会被人从墙上剥离下来的可能性让我有些不舒服。

我一点也不关心那飞机现成的斜影在我们落地的时候冲上跑道与我们相聚在一起的事实。到了这个时候，我已经变得比较难过了。在飞机的头部落地与它的影子融为一体的时候，我甚至都跳了起来大喊"啊"。我哭了起来，虽然哭得不是很厉害。我是一个在难过的时候就哭泣的女人；这并不会让我觉得难堪。我确实很疲惫也很有压力。丈夫抚摸着我的头发。不过他觉得我应该吃一颗阿普唑仑，我也同意了。

"你需要思维犀利"是我压力大的原因。他挽住了我的手臂。

国家广播公司的司机已经把我们的行李都放到车后备箱里；我听到车后备箱盖关上的厚重声音。

"你需要思维犀利，做好准备。"我丈夫说。他判断出我压力已经大到只想同意任何事情的地步；鲁迪确实了解了人性的根本。

但是我现在已经变得易怒了。我知道自己出镜紧张原因的部分根源。"到底我需要做好多少准备才算足够？"我自言自语。夏米安和我已经远程讨论了我的出镜。她建议我要表现出扎实和简单的特点。她建议我只穿一件简单的蓝色外衣，不戴首饰。我的头发应该放下来。

鲁迪的担心则是非常不同的。他宣称他为我感到恐惧。

"我没有看见你所看见的在大卫·莱特曼身上的黑暗恐怖的东西，"我告诉他，"这男人有皱纹。他过去是一个地方台的气象预报员。他很聪明。但是我也聪明，鲁迪。"我确实需要来一颗阿普唑仑。"我们都了解我。我是一名已经四十岁的演员，有四个孩子，你是我的第二任丈夫，你已经成功在事业上进行了转型，我已经参演过三部系列电视剧，后两部都很成功，我得过一次艾美奖的提名，我可能永远不会有一个电影行业的职业或者成为一个被外界严肃认可的女演员了。"我在车后座里转过身看着他，"所以有什么区别吗？所有这些是大家都知道的。这些都是在公众领域里为人所知的。老实说，我看不见自己或者我们身上有任何可以被攻击的东西。"

我丈夫把他结实的手臂伸出来，放在我们身后的椅子上头。这轿车闻起来像是一个很精致的钱包；车的内饰是红色皮革和柔软的坐垫。整个感觉几乎是湿的。"他会就维纳香肠广告的事让你感到很痛苦的。"

"随他去。"我说道。

就在我们驶入曼哈顿东南角一个街区的时候，我丈夫开始很担心那个年轻而黝黑肤色的西班牙裔国家广播公司司机有可能听得到我们之间的谈话，尽管在我们和他之间隔着一道很厚的玻璃板，而且在我们之间，也就是前座和后座之间还有一个安装在隔断玻璃上的必须要启动才能交流的对讲系统。我丈夫用手摸了摸玻璃隔断和对讲器的格栅表面。除了在后视镜里观察交通状况，司机的头基本上是固定不动的。收音机是为了我们的娱乐目的而播放的；古典音乐从对讲器里传了出来。

"他听不到我们讲话的。"我说。

"……如果这些内容被录了音然后在现场播放，而你则眼睛里充满了恐惧呢？"我丈夫在满足了自己关于对讲器的意见之后低语着，"莱特曼会把你吃掉。我们会看起来就像十足的傻瓜。"

"为什么你要坚持说他是很刻薄的人呢？他看起来不刻薄。"

鲁迪试着坐好，靠到椅背上，严肃的曼哈顿开始在车外掠过。"这就是那个人，艾迪林，那个公开问克里斯蒂·布林克利，肯塔基赛马大会是在哪个州举行的男人。"

我记得夏米安在电话上和我说的内容，就笑了起来。

"可是最后她到底是否能够正确回答呢？"

我丈夫也笑了起来。"她被烦扰太深。"他说。他摸了摸我的脸颊，我摸着他的手。我的紧张感缓解了一些。

他让我面对他的脸。"艾迪林,"他说,"刻薄不是问题。真正的问题是过分。这个杂种以过分为乐,就像某些巨大的霍迪·杜迪式[①]寄生虫。整个节目都依赖过分而生;这种过分在事情变得奇怪的时候会胀大发展。莱特曼就开始看起来吃饱了,黑暗,闪着光。问问特瑞有关尼龙搭扣的感觉,问问林赛有关他和教宗的被造假的视频片段。问问尼尔或者夏米安或者罗恩。你都听说过有关他们的事。罗恩能够告诉你一些让你的脚趾头都卷曲起来的故事。"

我的钱包里有一个小化妆盒。因为连续两天的出镜化妆,我的皮肤很痛很灼热。"不过,他还是让人喜欢的,"我说,"莱特曼。当我们观看他的节目时,他喜欢让自己看起来很可笑,就像他让嘉宾也都看起来很可笑一样。这么看,他不是一个虚伪的人。"

我们被小小的交通堵塞阻住了。一个头发蓬乱的人正试图用他的衣袖来清洁轿车的挡风玻璃。鲁迪用手轻拍着玻璃隔板,直到司机把对讲器打开了。他说我们希望能够直接到洛克菲勒中心,也就是节目录制的地方,而不是先去宾馆。司机没点头,连头都没回。

"那就是为什么他如此危险的部分原因,"我丈夫说,然后把眼镜抬了起来,用手揉搓着鼻梁。"这整个节目都是依赖于每一个人的可笑之处。这个方法让观众以为他是主动选择了去取笑自己,这就避免了这个聪明杂种被真正取笑的可能。"年轻的司机按了按喇叭;流浪汉离开了。

我们的车继续向西行驶,驶入了郊区;在这里我可以看见莱特曼录影的那幢建筑,同时也是罗恩所在的六楼办公室所处的建筑。罗恩在鲁迪决定换到公共电视台工作之前和鲁迪在专业方面有过联系。我们一直都

[①] 《霍迪·杜迪》是一档美国木偶儿童电视节目,于 1947 年至 1960 年播出。其中的木偶主角霍迪·杜迪有着巨大的牙缝和遍布脸颊的雀斑。

是朋友。

"你是继续站着或者倒下要取决于你的可笑之处是如何被看到的。"鲁迪边说,边把身子倾斜到我化妆盒的镜子里,调整了一下他的领带。

我们快要到达的时候,洛克菲勒的摩天大楼越来越不可见。我要了半颗阿普唑仑。我是一个不喜欢感觉自己有困惑的女人;这感觉会让我很难过。我毕竟还是希望做到思维犀利而放松。

"那就在出镜时,"我丈夫更正我的说法,"表现得既犀利又放松。"

"你将会被弄得看起来很可笑。"罗恩说道。他和我丈夫一起坐在他办公室里的一个沙发上,他的办公室如此之高,我的耳朵感觉像飞机起飞一样。我面对罗恩,坐在一个低调而昂贵的布套钢椅上。"那不在你的掌控中,"罗恩说道,"但是如何去应对则是你可以掌控的。"

"什么意思?"

"这是你可以掌控的。"罗恩边说,边把他的杯子凑到嘴边。

"如果他要让我看起来很傻,我想可以欢迎他试试,"我说,"我猜想。"

鲁迪搅了搅杯子里的饮料。他杯子里的冰块哐当作响。"那正是我一直想要帮助她培养的态度,"他对罗恩说,"她认为他就是像她所看见的那样。"

他们两个人笑了起来,摇着头。

"事实是,他确实不是他看起来的那样。"罗恩告诉我。罗恩有一张我曾经见过的人类脸上或许是最小的一张嘴,丈夫和我已经认识他和夏米安很多年了,他们俩一直是很亲密的朋友。他的嘴几乎就没有嘴唇,而且嘴角轮廓很明晰;这嘴似乎不像是一张嘴,而更像是他头上一个撕裂的开口而已。"因为没有人是这样的,"他说,"那就是他自认为自己拥有的伟大见解。那就是为什么节目上的每一件事都是要被取笑的原因。"他笑了,"但是那是我们的边界，我们知道这点，艾迪林。如果你提前知道你要被取笑，那就可以在游戏中抢先一步，因为这样你就可以让自己看起来可笑，而不是让他来取笑你。"

我原来以为我至少可以明白罗恩的意思："你的意思是我要自己让自己看起来可笑？"

我丈夫点燃了一支香烟。他把双腿交叉起来，看着罗恩的白猫。"这里的大事是：是否我们让莱特曼在国家级电视节目上捉弄你或者是你击败他，一起参与制造快乐，你自己来做。"他看着站立着的罗恩。"你的选择，"鲁迪说，"这事关我们是屹立还是倒下的问题。"他喷出了一口烟。沙发被阳光照耀着。那阳光，在这高楼的高度，显得明亮而冰冷。他的香烟继续燃烧，把白烟吐到照亮的空气里。

罗恩那时候为人所知的特点就是他倾向于坐立不安。他会站着、坐下，然后又站起来。"那建议很好，鲁道夫。一定是有一些要做的和不要做的事。不要看起来好像你在努力表现出很机智、有智慧的样子。那样做对卡尔森可以。对莱特曼则不行。"

我疲惫地对着鲁迪笑了。那根长长的香烟看起来几乎是在流血般流出白烟，沙发上的阳光变得如此明亮。

"卡尔森会和你一起玩，"鲁迪点了点头，"卡尔森很真诚。"

"真诚不再流行了，"罗恩说，"玩笑现在总是开到那些真诚的人头上。"

"或者说那些看起来真诚的人，他们以为自己很真诚，莱特曼会说。"我丈夫说。

"说得很好。"罗恩边说边仔细打量着我。他的嘴很小，头很大很圆，他的膝盖抬起来，手肘放在膝上，脚放在另一个纤细的钢椅扶手上，他的猫则围绕着椅脚卷成了八字型。"那就是《大卫·莱特曼晚间秀》的弥天罪恶。那就是被他糟蹋的每一个节目嘉宾的阿迪达斯鞋后跟。"他喝了一口，"你必须意识到这一点。"

"我想就是这个了：重要的是要让人看到你是对此有意识的。"我丈夫边说，边把一小块饮料里的冰块吐到手里。罗恩的猫上前用鼻子嗅了嗅冰块。我茫然地看着我丈夫，他手指的热度把冰块化作了水。猫打了个喷嚏。

我平整了一下在莱特曼的演员休息室里换上的蓝色礼服。"我想要知道的是他会不会要就维纳香肠的事取笑我。"我告诉罗恩。最起码，我对这个问题真正感到担忧。奥斯卡·梅耶公司的人在整个谈判和宣传攻势中表现很优异，我认为我们为一个并不自诩为很有趣的产品创造了良好诚实而有吸引力的广告。我不想要奥斯卡·梅耶公司的维纳香肠因为我而看起来很可笑；我不想让自己被弄得看起来似乎为了一家肉类公司而出卖了姓名和才华。"我的意思是，他会不会在捉弄之外还更进一步？他会不会就此展开攻击？"

"如果你占了先机他就不可能！"鲁迪和罗恩同时说，然后看着对方。他们都笑了起来。那是默契的玩笑。我也笑了。罗恩转过身去，给自己又倒了一杯饮料。我也喝了一口饮料。可乐里的冰块不断敲打着我的牙齿。"这就是我们淡化整件事的诀窍。"罗恩说。

我丈夫在地上掐熄了烟。"在他攻击你之前，你先攻击自己。"他把杯子对着罗恩伸过去。

"确保你被大家看见在自己取笑自己，但是你对此很清楚，也是以一种讽刺的心态来做的。"罗恩给鲁迪新添上了饮料，大酒瓶发出咕咚咕咚的声音。

我问能不能给我服用第三颗阿普唑仑。

"换句话说,你在莱特曼晚间秀上以莱特曼的方式出镜,"罗恩做了个手势,感觉是做了总结,然后他坐了下去,"以一种冷淡的方式笑。行为上要显得好像你从出生那天就知道所有事情都是老生常谈、很假、很空也很奇怪,而且你觉得这正是人生的乐趣之所在。"

"但是我根本不是这样的人啊。"

那猫打了个哈欠。

"即使在表演的时候,我也不是这样行事的。"我说。

"是。"罗恩说,把身子朝向我,往我杯子里的冰块上倒了一点烈酒,酒和冰冻的可乐混合到一起。

"那肯定不是你。"我丈夫边说,边把他的眼镜向上推了推。在压力大的时候,他总是会用手揉揉眼镜框在鼻梁上压出的红凹痕。这是他的一个习惯。"那就是为什么这件事很严重的原因。如果你在晚间秀节目现场展现出你甜美的底线的话,那你就会被攻击得很惨。"他又掐熄了另一支香烟,抬头看着罗恩。

"起码她看上去很棒。"罗恩说着,笑着。他用手摸了摸尖利的小嘴,他的表情出卖了自己,让我看到他性格里的温柔。对我的?我们不是特别亲近。不像罗恩的妻子和我的关系。烈酒喝起来味道像是有烟熏味。我把眼睛闭上。我觉得很累、很困惑、还有些紧张;我还有一点点生气。我看了看为自己生日买的手表。

我是一个让自己的感情显现出来而不是隐藏起来的女人;这样做比较健康。我告诉罗恩,当夏米安给我打电话的时候,她说大卫·莱特曼有一点害羞,但总体来说是个好男人。我说我感觉现在自己的极度紧张可能是丈夫的错,而现在可能是罗恩的错;我还说我非常想要吃一颗阿普唑仑,或者得到些建设性和支持性的建议,而不是要求我做作或者空洞或者要时刻自卫到那种我把所有这个实质上不过是一个有趣访谈的趣味都给抽走了的地步。

罗恩边听我讲，边耐心地微笑着。鲁迪则给一位节目协调员打电话。罗恩指导鲁迪说我不需要在下午五点半前下楼化妆；今晚的独角戏会很长很深入，在我的节目之前还有一个关于另一档国家广播公司主管的业余生活的节目。

我丈夫开始讨论关于信任的话题，因为这话题和意识有关系。

罗恩办公室一面墙的一部分竟然可以往后滑退一点距离，然后可以看到几排监视器，都可以播放来自国家广播公司的电视节目。就在一个天气预报节目的背景和3月22日的《五点现场》节目的下面，晚间秀节目的开场序列的录制已经开始了。主持人穿了一件高领运动外套，对着一个看起来像是带着中空的电子剃刀样的老式麦克风宣布："女士们，先生们！"他这么说，"一个男人，即使在我们说话的时候，正在检查他裤子的拉链是否拉上了：大……卫·莱特曼。"

场上响起狂热的掌声；摄像机拉近聚焦在演播室的"鼓掌"标识上。在所有的监视器上，都显示出"深夜鼓掌—标识—录像"的字样。这些文字随着灯光的开关而一闪一闪的，所有观众都鼓起掌来。大卫·莱特曼突然穿着一件丑陋的航海夹克还有摔跤运动鞋出现在台上。

"多么高雅的一群观众。"他感叹道。

我用手摸了摸百事可乐的泡沫和加了冰块的朗姆酒。我的手指头在泡沫上留下了一条清晰的划痕。"我真的不认为我需要这么做。"

"相信我们，艾迪。"

"罗恩，和他说说。"我说。

"测试中。"罗恩回答道。

罗恩站在沙发旁宽大的玻璃窗前，窗子已经不再让直射的阳光照进来。窗户面向南方；我能够看见外面的屋顶上林立着各种天线，能够听见远方汽车喇叭的微弱声音。罗恩手里拿着一种对讲装置，很袖珍，刚好可以放进他手掌里。我丈夫向上抬起头，在罗恩测试信号的时候，他把大拇指竖了起来。鲁迪耳朵里微小的耳塞原先是被设计让体育比赛的播音员能够在不停止解说的情况下收到指示和最新信息。我丈夫在决定离开商业电视台之前，有几次发现这个装置在接收现场喜剧的指导方面很有帮助。他把耳塞取了出来，用自己的手帕擦了擦。

本来应该是肉色的耳塞实际上是假肢色的。我告诉他们，我决然不会戴一个猪肉色的耳塞，并且从我丈夫那里接受不要真诚面对的指示。

"不对，"我丈夫更正说，"是表现得不真诚。"

"这里有个区别，"罗恩边说，边试着去弄明白这个对讲器的使用说明，这些说明绝大多数是用朝鲜文字写的。

但是我想要显得犀利和放松，我想要直接到楼下的演播室去完成这个节目的录制。我也确实需要一颗阿普唑仑。

于是丈夫和我进入了谈判环节。

———

"谢谢你们，"保罗·谢弗对演播室的观众说，"非常感谢你们。"我在翼楼里笑了起来，我的身子处在不同角度的光线所形成的长长的影子里。观众群里响起了支持谢弗的掌声。在摄像机显示屏上再次出现了"鼓掌"的字样。

从这个距离看过去，莱特曼的头发看起来就像一顶头盔，我心里想。那头发看起来很浓密很扎实。他不断地把数据卡塞进他门牙间的宽大牙缝里掏动着。他和团队很快呈现了一个有十种疗法的清单,包括了非处方药和处方药,这些药看起来很像知名的糖果,莱特曼宣称这样的包装是故意引诱人的设计。他用幻灯片一张张地播放,以便明确地进行比较。雅维[①]确实看起来就像是巧克力糖。而布洛芬在合适的光线下则看起来是一种糖果。一种名为苯乙肼的单胺氧化酶抑制剂看起来就像我们小时候都吃过的小小的圆形糖。

"是叫Eerie还是什么?"莱特曼问保罗·谢弗。

还有那时髦的抗焦虑药阿普唑仑,看起来很像那些令人恶心的柔软的粉红和橙色糖衣花生的迷你版,这种糖果大家到处都可以看到,但是没有人会承认自己曾经尝过。

我最后从丈夫那里得到了一颗阿普唑仑。那是罗恩的主意。我摸了摸耳朵,试图把耳塞塞得更深些,以便别人看不到。我整理了一下头发,让它遮住了耳朵。我当时是认真地在考虑要把耳塞取出来的。

我丈夫确实很了解人性的本质。"说到做到"不断地在我耳中响起。

脸色红润的年轻助理告诉我,我在3月22日的《大卫·莱特曼晚间秀》节目中是第二位出镜的嘉宾。第一位出镜的嘉宾是国家广播公司体育部的协调主管,他将坐在围成一个圆圈的炸药堆中央来体验爆炸的快乐。同样也要在该期节目出镜的还有一位自诩为厨具家庭销售之王的嘉宾。

我们看了一部关于猪消化不良的兽医电影。

"这么说,你的作品基本上被评论家们所忽略了。"这期录像中,莱特曼对电影导演说,这名来自阿堪萨斯的兽医在整个访谈过程中都很慌乱,我耳塞里传来的声音告诉我,这是因为他不清楚自己是应该以极认真的态

---

① 一种解热镇痛药。译者注。

度还是以不认真的态度同莱特曼谈论自己一生的作品。

国家广播公司体育部的协调主管看来是在他家里的地下工作坊里装上了完美的一圈圈的高浓度炸药，然后把它们拿到了他的后院里，坐在这些炸药中间；这是他生活的爱好之一。大卫·莱特曼请国家广播公司体育部的协调主管明确以下事实：那就是坐在一个完美的炸药圆圈中央的人能够全身而退，这人是被爆炸形成的真空包裹住了，就像是一种风暴眼——但是假如这一圈里的一根雷管失效了，那么这个爆炸，从理论上说，会把主管炸死吗？

"炸死？"莱特曼不断重复着，眼睛望向保罗·谢弗，笑着。

原来布尔什维克们曾经使用这样的炸药圈来'处决'他们要除去的俄罗斯贵族，主管告诉大家；那是一个古旧而经过时间洗礼的幻想。我想，他看起来是相当出众的人物，我认为理智在男人的爱好中不起任何作用。

就在我等待出场的时候，我想象着那个主管坐在他位于韦斯特切斯特家中后院的完美炸药圈里，炸药爆炸的冲击波就在他身边形成各种漩涡包围了他，却对他毫发无损。我想象着空气中有某种飓风般的粉红色物质在飞扬——因为在舞台上堆放着的炸药是粉红色的。

但是，现实中的现场爆炸是灰色的。爆炸迅速得令人失望，听起来是平的，而在听到莱特曼说工作人员没有把爆炸物正确安装好，因此国家广播公司体育部的协调主管，这时候的他看起来像是刚刚被宇宙撞击过，需要重新再来一次爆炸经历的时候，我大笑起来。有那么一个时刻，这主管以为莱特曼是认真的。

"看见了吧，"罗恩在我的化妆时间到来时这么说，"他不可能很认真严肃的，艾迪林。他是一个穿着角斗士运动鞋的百万富翁。"

"当一个人观看他的节目时，"我丈夫边弯腰检查着我耳朵里那冰凉的粉红色耳塞边说，"你能够想象整个国家都在观看，并且互相戳着别人的肋骨。"

"你就入场，然后开始戳吧。"罗恩带着鼓励意味地说。我看了看他的嘴和头还有他的猫。"忘记所有那些你曾经学过的电视出镜访谈节目的规则。这个孩子已经把整个规则都颠覆了。那些电视节目的幽默规则正好是他取笑的对象。"他的眼睛里变得冷淡了些，"他通过对那些使得他能够通过取笑某些事情而赚钱的事情进行取笑而赚得了更多钱。"

"好的，在这个行业里存在的对规则的一种弑主情绪已经持续一阵子了，"我丈夫在我们等待电梯升上来的时候这么说。"他肯定不是发明这情绪的人。"罗恩点燃了给自己的香烟，带着同情地微笑。我们都知道鲁迪在讲什么。阿普唑仑已经开始发挥效用，我感觉挺好。我感觉自己已经在心理上高涨到可以出镜了。

"你也可以说那就像是在《周六夜现场》节目上所发生的一样，"罗恩说，"这是完全一样的现象。廉价的布景要弄得看起来比它们本身还要廉价。家庭录影带，后院道具如猴摄像头或者惊悚摄像头或者低档小菜。《深夜》《周六夜现场》——它们都是反秀节目。"

我们坐上了一个巨大而安静的电梯。感觉上，这电梯就没有动。似乎这个电梯本身就是一个很大的房间。鲁迪按下了六层按钮。我的两只耳朵都发出噪音。罗恩说话的速度很慢，他似乎担心我可能会听不懂他说的话。

"可是即使那些是反秀，如果他们做得很棒，那就是一个秀。"罗恩说。他让他的猫抬起了头，然后抓了抓自己的喉咙。

"所以你就想象一下这个狗杂种身处环境的压力之大。"我丈夫嘟哝着。

罗恩很酷地笑了,眼睛并没看向鲁迪。

我丈夫抽的烟是那种外国品牌的让每一个人都知道有什么东西起火了的烟。冒着烟,在他抽吸时鼓起来而后不断喷出烟来,很平稳地看着他的旧主管。罗恩则看着我。

"记得《周六夜现场》在节目开场后播放的那些映射讽刺的广告吗,艾迪林?这样极棒的反讽总会让你花上一阵子才能意识到,它们是讽刺而不是广告。还有那些反广告是如何变得极受欢迎的?然后又发生了什么?"罗恩问我。我什么也没说。罗恩喜欢自问自答。我们来到了莱特曼节目组所在的楼层。鲁迪和我跟在他后面走出电梯。

"后来发生的事,"他转过头说,"是那些广告赞助商开始把真正的广告也放到《周六夜现场》节目上,看起来就像是那些对广告的讽刺版,于是你又要花上一阵子才能够意识到这些广告从一开始就是真的广告。于是这些赞助商突然之间就得到大量观众很投入很仔细地观看他们播放的广告——当然,他们希望这些广告是对广告的讽刺。"在我们和罗恩一起经过的时候,秘书和实习生都站起来,表示注意到了罗恩的到来;他的猫打了个呵欠,在他手臂里伸了个懒腰。

"但是,"罗恩笑了,依然没有看我丈夫,"但是这些赞助商已经把《周六夜现场》节目的反广告玩笑反转过来并且在利用这个玩笑,让它去玩弄那些在一开始喜欢观看取笑这些广告的反讽剧的观众。"

6-A 演播室的大门是在一个铺了地毯的大厅的尽头,紧挨着一幅巨大的广告海报,海报上面的大卫·莱特曼正做出拍摄一个正在拍摄他的人的姿势。

"所以呢,在这样的一个节目上以什么方式行事倒不是个问题。"鲁迪说,手里掂了掂烟灰,并没有看罗恩。

"那些日子是不是伟大的日子,还是什么?"罗恩一边用鼻子爱抚着他的猫,一边在猫耳朵旁轻声说。

上锁的演播室门后面传来了非常快乐的低沉声音。罗恩在莱特曼海报旁边发光的密码锁上输入了一个密码。他和鲁迪还要回到楼上他的办公室里观看这节目,那里有一整面墙的电视监视器,他们可以从几个不同的视角看到我。

"你所需要做的就是表演,那就是你需要做的,"我丈夫边说边把头发理到耳后。他用手摸了摸我的脸,"你是一个有才华的多面女演员。"

罗恩一边抚弄着猫的白色爪子假装做出再见的手势,一边说:"是的,她是一个女演员,鲁道夫。有你帮助她,我们可以协助你让整件事情都运行在正确的轨道上。"

"而且她对此心存感激,先生。这帮助远超过她现在所能了解的。"

"那么我应该表现得如同一个反嘉宾?"我说。

"能见到你真是太棒了。"大卫·莱特曼是这么和我打招呼的。我在听到对我的介绍之后来到台上;在我进入照亮的舞台空间之后,挽手带我入场的那名穿外套的礼仪人员就和我分开了。

"令人惊喜,不,见到你真是令人古怪地觉得棒极了。"莱特曼接着说。

"他正在扫描你身上假装的部分,"我的耳朵里响起了声音。"那些天真的自我价值的迷恋的迹象。这些就是他可以钉一个别针攻击的地方。任何一个迹象。"

"是啊。"我有气无力地回应着大卫·莱特曼。我打了个哈欠,呆滞地摸着自己的耳朵。

近处看的话,他看起来令人沮丧得年轻。最多35岁左右的样子。他恭喜了我参演剧集的续订、我得到的艾美奖提名,然后说电视台对于我参演剧集第三年时发生的意外怀孕处理得很好,他们在连续13集的制作中一直都只拍我腰部以上的镜头。

"那是很有趣的过程。"我带着讽刺的口吻说。我笑得有点干。

"非常,非常有趣。"莱特曼说,观众都笑起来了。

"哦,上帝啊,让他看见你是自嘲且很无趣的。"我丈夫说。

保罗·谢弗对他的乐队做出了一个开始的手势,是莱特曼要求他这么做的。

大卫·莱特曼在他脸颊上贴有一个微小的标签(他确实有皱纹);那标签上写着:化妆。这个是从上一个玩笑里遗留下来的,在他个人漫长的独角戏里,当莱特曼从一个关于所有他的事情都是贴了标签的节目间歇的广告时间里回来时就贴着。在我们之间的温泉喷着水,而泉脚的灯上挂着一个粗糙的指示牌,上面写着:**舞动的水**。

"那么艾迪林,那个与你丈夫的网络有关的疯狂的一件事的传闻是否有真实成分还是某种二手传言……"他的眼光从提示卡上转向了保罗·谢弗。"哦,你知道吗,保罗上面写着'二手传言';是否可以就称他们为二手传言?毕竟,这说法到底是什么意思,保罗:'二手传言'?"

"我们搞音乐的相信这说法可以指向任何……确实是几百种不同的事情,大卫。"谢弗边说边笑。我也笑了。大家都笑了。

我耳畔传来了罗恩的声音:"说不。"我想象了一整面墙的如天使般的我,罗恩头部的伤口还有那伤口发射出来的东西,以及我丈夫双腿交叉坐着,手臂摊开在他所坐地方的靠背上。

"……二手或者非二手,这些传言是关于你和蒂托的精致、精致的节目可能,啊,在下一季结束的时候,完全离开商业电视然后也许转移到那另一个、未命名的、非商业的电视网？"

我清了清嗓子。"每一个关于我丈夫的传言都绝对是真的。"观众们大笑起来。

莱特曼说，"哈……哈。"观众们笑得更厉害了。

"至于我，"我用一种有洁癖的女人的方式理了理裙子，"我完全不了解，大卫，有关节目的执着或者商业运作的那一面。我只是一个负责表演的女人。"

"而且，你知道，如果这个可以装饰到各处女人的T恤上，那会看起来棒极了？"莱特曼手指着他的领带标签问道。

"大卫，从我所听说的，在他的网络那边是否算得上一件疯狂的事，"里斯这么说，他就是那个在我对面的国家广播公司的体育节目协调主管，他坐在另一个看起来像是被掏空了内脏的椅子上。在里斯独特的双眼周围，是两个小浣熊眼圈般的烟尘，那是他业余爱好爆炸的留存。他看向莱特曼。"一个电视台发生的权力斗争？"

"有点像一个……一个在妇女投票者联盟中发生的血淋淋的政变，你不觉得吗，艾迪林？"

我大笑起来。

"防暴警察和防暴水枪向教师茶会开进。"

莱特曼和里斯还有谢弗加上我都笑得不知所措。观众也大笑着。

"多音节字词一定正在飞走。"我说。

"真正……真正语法意义上正确的背后捅一刀的行为正在到处发生……"

我们全都试图一起镇定下来，而我丈夫给了我一些指示。

"事实是恐怕我就是不知道而已，"我说道，这时莱特曼和谢弗依然还在大笑,并且交换着眼神。"事实上,"我接着说,"我甚至都不是那种很有意识或者有才华或者是多面手的女演员。"

大卫·莱特曼正在邀请观众们,那些他再次称为女士们和先生们(这点我挺喜欢)去想象一下在一件T恤上印上"**我只是一个负责表演的女人**"的场景。

"那就是为什么我参演了那些你们现在经常看到的广告的原因。"我轻描淡写地说,一边打着哈欠。

"好了,现在,嘿,我想要问你关于那个,艾迪林,"莱特曼说,"问题,啊,是这样的——"他摩擦着下巴——"我需要问问你,他们给那些没有任何人提及到的那精美……和我或许可以称为美味的东西做什么广告呢?"

"请这么称呼。"

"美味的有牌子的产品。"他笑着说,"因为如果这样的话,那就是一个真切的广告了。"

我笑着点了点头。我的耳塞里悄无声息。我天真地看了看舞台四周,假装伸展着身体,嘴里哼唱着一首非常著名的曲子的第一个十二节的片段。

莱特曼和观众笑起来了。保罗·谢弗也笑起来了。我丈夫的电子声音也带着赞许意味地笑了起来。我也能够听到罗恩在背景里的笑声;他的笑声确实听起来很无趣。

"我想那也许已经给了我们一个很好很清楚的图景,是的。"莱特曼微笑着。他把提示卡扔向我们身后的一扇假窗户。那里传来一声明显是假的玻璃破碎的声响。

这男人看起来非常之友好。

我丈夫在耳塞里说了些什么,我却没能听清,因为莱特曼已经把手放到他那长着头盔般头发的脑袋后面,而且说:"那么我就在想这事情到底是为什么，艾迪林。我的意思是我们知道在……嗯，黄金时段里那意味着美元，大把大把的美元。他们狂躁地书写下模糊的暗示，其实说暗指更准确些，那可是巨额的美元啊，关于国家广播公司洗手间里黄金时段的薪酬。那可是只能低调来讨论的数目。而现在你在这里，"他说，"你已经有了……差不多……三个高质量的电视节目系列？以及无数其他节目的客座出镜机会？"

"108个。"我回答说。

他看着镜头有一会儿，表现得愤愤不平，观众们大笑。"……基本上是无数的客串得分，"他说，"你已经有了一部评论界广为赞扬的一直播放到现在的刑侦剧，已经播了有3年了吧？还是4年？你已经有了这部剧集……"他看着一张提示卡。"……有一个有才华的女儿，已经演了好几部很好的电影，现在在一个系列剧集中出演，你还有一个身为行业翘楚的丈夫，基本上就是在戏剧开发方面的一位传奇人物……"

"还记得《大笑》节目吗？"国家广播公司的体育协调主管说，"《弗利普·威尔逊》？《窒息者》？还记得当年做得很棒的《周六夜现场》，有那么几年都很好？"他以摇头的方式表示他的景仰。

莱特曼释放了自己的脑袋。"所以系列剧集、女儿的系列剧集、艾美奖提名，丈夫无以计数的调动和运作还有过去的剧集，至少在娱乐行业，如果不是整个北半球的，最佳婚姻之一……"他用手指计数着这些资产。他的双手实在是很平常。"你是极富有的，甜心，"他说，"如果我可以这么说的话。"他笑着拨弄着咖啡杯。我回之以微笑。

"那么说艾迪林，整个国家都在想你参演这些……维纳香肠广告后面的协议是什么样的。"他问这个问题时，一开始是接近叹气的口吻，而后很快就被他夸大成一个真正唉声叹气的口吻。

鲁迪微弱的声音传来："看见他如何分分钟就把一个叹气夸大了没？"

"因为我不是一个伟大的女演员,大卫。"我回应说。

莱特曼看起来被击中了。有那么一刻,在有角度的白色灯光中,我看着他,他看起来是被我击中了。我很确定我在和一个基本上很真诚的男人交手。

"那些你列出来的事情,"我说,"都是财富,它们都是财富。"我看着他,"它们是我的财富,大卫,它们不是我。我是一个在商业电视里的演员。我为什么不参演电视广告呢?"

"实话实说。"鲁迪轻声说,他的声音很微弱,有种金属的质感,就像通过一个很差质量的话筒传来一样。莱特曼正在假装从一个空杯子里喝着咖啡。

"让我们实话实说,"我说。观众变得很安静,"我刚度过一个非常有创伤性的生日,我也一直产生或左或右的幻觉。你现在是看着一个没有幻觉的女人,大卫。"

莱特曼似乎重新焕发出精神了。他清了清嗓子。我的耳塞里传来一个指示让我永远不要使用"幻觉"这个词。

"那一类有趣的很巧合的事情,"莱特曼投机般地说,"没有女人的话,我只是一个幻觉;我想知道你是否……也发现这样的一个并行现象呢,保罗?"

我和观众一起大笑起来,而保罗·谢弗则从乐池里对伴奏乐队做了个开始的手势。

"完蛋了。"我丈夫从那个下属要么是无钩垂钓,要么坐在爆炸物中央的人的办公室里传来这么一句。我用手轻轻地拍了拍耳朵上面的头发。

我说,"我已经40岁了,大卫。我上周刚满40岁。我现在在一个我必须知道自己是谁的节点上。"我看着他,"我有4个孩子。你认识很多有4

个孩子依然在工作的商业电视女演员吗？"

"还是依然在工作的有 4 个孩子的女演员，"莱特曼说。"保罗，我们节目之前不是就有一个可爱而才华横溢的有 4 个孩子的年轻女士出镜么？"

"请你说出 10 个有 4 个孩子的女演员。"谢弗挑战道。

莱特曼假装表现出恍然大悟的样子向他确认。"10 个？"

"梅勒迪斯·巴克斯特·伯尼？"里斯说了一个。

"梅勒迪斯·巴克斯特·伯尼，"莱特曼点了点头，"还有洛丽泰·斯威，也有 4 个孩子，对不对，保罗？"

"马里恩·罗斯？"

"我觉得梅勒迪斯·巴克斯特·伯尼实际上有 5 个孩子，大卫。"保罗·谢弗一边说一边把身子靠近了小型风琴前的麦克风。他大而秃的头上贴着一个标签，上面写着：秃头。

"我想你们要表达的意思，先生们，"——我微笑着打断了他们——"是我已经有比自己还要杰出的明星孩子。我的职业生涯里，已总共在两部电影里出演过。现在我已经 40 岁了，我意识到，就凭两部电影，还有三部很长的系列电视剧集，我在这个星球上能够留下的印记可能不会是在电影行业。大卫，我是一个电视女演员。"

"你是一个负责在电视上表演的女士。"莱特曼笑着更正道。

"现在我也是一个出演电视广告的女人。"我耸了耸肩，表现出我不能理解这是多大一回事的样子。

保罗·谢弗，依然身子斜靠向他的风琴，为我演奏了一首非常甜美的生日快乐曲。

莱特曼已经把另一张提示卡放到他的齿缝中。"那么我们从你那里所听到的，是你不认为维纳香肠广告的事会影响到你的职业生涯，这就是你的解释。"

"哦不是，上帝，不是的，根本不是这样，"我继续笑着，"我根本不是这个意思。我的意思是这是我的职业，对吗？这不正是我们刚才一直在谈论的内容吗？"

莱特曼用手摩擦着他的下巴。他看了看体育部的主管。"这么说，那种恐惧，比如……比如可能某些事会伤害到你的诚信，某些，嗯，某些艺术因素：这样的恐惧不在你的决策考量范围之内，这就是你要表达的。"

罗恩这时候要鲁迪让他用一下这个无线传输器。

"但是是有艺术元素的，"我回应说，"你是否曾经试图和肉产生感情，大卫？"我看了一眼四周，"你们中的任何一位？曾经要如你所想要的那样涂抹芥末？"

莱特曼看起来有点不自在了。观众中发出一些奇怪而间或出现的声音：他们不确定是否该笑。罗恩开始向我冷静地传递着信息。

"你们是否曾经在第15个免费邮寄的邮件面前依然看起来是要被饿死的样子？"我这么说，看着莱特曼微笑着喝了一口他杯中的咖啡。我耸了耸肩，"在那些广告里充溢着艺术氛围，大卫。"

我几乎没有听见耳塞里罗恩微笑地警告我，不要表现得有自我防卫倾向的话。因为此时莱特曼突然变得有些异样，似乎在犹豫着什么。他看了看舞台的左侧，然后看了看自己的指示卡，然后看着我。"艾迪林，我猜想，也许一个愤世嫉俗的人就如同那边的保罗，"——谢弗笑了起来——"可能会很想问你……我的意思是，"他说，"你有我们刚才列出来的那么多财富，也被别人称作，哦，富有……然后现在这时候如保罗这样的人会很好奇，当然这也不是我们的正事，"他非常不自在地摸了摸衣领，"这个问题涉及到底是多少钱，即使是天文数字般的金额，才能让一个才华横溢，如果不是伟大那么肯定也是我们都认可和众所周知,而且总体来说是富有的女演员……去和肉发生感情。"

罗恩或者鲁迪中的一个人在我耳畔轻声叫道:"哦,我的上帝。"

"为了那个裁判员决定的第 N 次免费邮寄品而挨饿,她正在把所有那些……芥末都放上去,"莱特曼这么说,他的头倾斜着,用我非常清晰记得是右眼的眼睛看着我,"这是我们肯定理解如果你不愿意深究的事情,我的意思是……我是不是对的,保罗?"

他确实看起来有些不太自在。好像已经到了他节目的最后一分钟。我看着他,感觉他已经完全失去理智了。现在他已经把愚蠢的问题说出来,我感觉好像他和我从我出镜以来一直几乎都是在自说自话。我真正地打了个哈欠。

"实话实说。"罗恩说。

"照实告诉他关于补缴税款的事。"鲁迪轻声说。

"你看,"我笑着说,"我想我们中的某一个人在这里没有把事情说清楚。所以我是否可以实话实说?"

莱特曼望向舞台左边,似乎在需求帮助。我敢肯定他觉得自己已经走得太远,他的尴尬也让观众都如死了般变得寂静。

我就笑着,直到我的寂静得到他的关注。我把身子朝他有意倾过去。稍微犹豫了一下,他也从他的桌子那边把身子向我倾过来。我慢慢地用眼睛扫了一下四周。我用在台上的轻声低语告诉他:"我参演那个维纳香肠广告分文未取。"

我上下耸动着眉毛。

莱特曼的下巴几乎掉了。

"分文未取,"我接着说,"但那是为了艺术,有趣,还有几串热狗,以及一种精心雕琢完成一件艺术品的感觉。"

"哦，现在，现在就来，真的，"莱特曼说着，身子仰回去，抓着自己的头。他假装向演播室里的观众们要求：女士们和先生们……

"那是一种我肯定我们所有人都很明白的感觉。"我闭上眼睛笑了起来，"事实上，我给他们打的电话。我自愿参演。我几乎是求他们的。你要是目击那场面就好了。你应该在现场就好了。并不是很唯美的画面。"

"多好的一个孩子，"保罗·谢弗插了进来，假装用手擦了擦眼镜后的眼睛。莱特曼把他的指示卡扔向了他，那个穿红色外套的音响师用他的锤子砸碎了又一块玻璃。我听到罗恩告诉鲁迪说这是如此令人鼓舞。莱特曼在这个时候突然恢复了状态。他笑了；他嘴里说着哈哈；他的眼睛完全活过来了；他看起来就像是一个非常大的玩偶。每个人似乎都活了过来。我摸了摸耳朵，听到我丈夫在感谢罗恩。

我们又用了一到两分钟笑着讨论了更多关于艺术和自我接受和认同远比财产要重要得多的事实。访谈在一种几乎是良好意愿的爆发中结束了。大卫·莱特曼用贴在他身上的一些标签做成了碎纸屑。我对于这个访谈就这么结束了感到一丝抱歉。莱特曼在我们进入广告插播时间的时候，对我温暖地笑了。

在那个时候，我在心里明确感受到那所有的焦虑、商议和会面、鲁迪自己的恐惧，其实都是空穴来风。因为，当节目插播了广告，大卫·莱特曼依然是那样子。电视导演穿着毛衣，用一个指头作锯子状切割着他的喉咙，一个非常巧妙拍摄的保险杠占据了所有显示屏，乐队在谢弗的指挥下开始变得很酷很疯狂，摄影机的灯光黯淡下去。莱特曼的肩膀下垂着；他的身子疲惫地跨过很明显是廉价的桌子，然后他用自己夹克口袋里的一块破旧纸巾擦了擦前额的汗。他笑了,他的笑来自于心灵深处,他对我说,能邀请到我上他的节目,真是令人讶异地棒,他还说观众们今晚一定是花了最值的娱乐消费,他还说希望我女儿琳内特将来能够有我节目一半的观众数量就好,还有如果他早知道我是一个如此完全投入的嘉宾的话,他会尽一切努力让我在这次之前很早就来上他的节目。

"他确实是那样说的,"后来在国家广播公司的车里我这么告诉丈夫。"他说'令人讶异得棒','娱乐消费',还有我是一个投入的嘉宾,只不过没有人在倾听而已。"

罗恩已经约了司机提前去接夏米安,然后和我们在河流咖啡馆见面,只要鲁迪和我能够进城时,我们四个人会到那里会合。我透过玻璃隔板,抬头看了看我们这辆车的司机;他没有戴帽子,他的头发用发夹紧紧箍着,整个头部如照片一样固定不动。

丈夫和我坐在后排,他用双手握着我的手。他的领结和手帕很方正且充满喜气。我几乎能够闻到他放松的味道。在我结束录音见到他的时候,他看起来像松了口气的样子。莱特曼已经向观众们解释说我需要赶路要先离开,在我被人带出场的时候,他已经开始介绍那个自称为厨房设备家庭销售之王的嘉宾,那人戴了一枚慈善社交团体厄尔克思会的徽章。

"当然,他是那么说的,"我丈夫说,"那是他通常必然说的话。"

"就是。"我确认着,一边看着他手里握着的东西。

我们一路驶向南边。

"但是那不意味着他真是那样的人,"他接着说,非常直接地看着我。然后他看了看我的双手。我们的三枚戒指相互挨着。我感觉到了对他的爱,就在柔软的皮椅上更靠近他,我的脸烫热得有点痛。我空旷的耳朵确实感到是被侵犯过一点点。

"你在我们对付他的时候所表现出的你过去的行事方法真是太棒了,我从来没有见到他被如此对付,"他说,他用一种仰慕的眼光看着我。"你是一个才华横溢且多面的女演员,"他说。"你控制了方向。你不卑不亢保持了尊严并且给我们俩都取得了高分,而且你安全度过了一个反秀节目的出镜。"他笑了,"你表现得很棒。"

我从丈夫身上抽身,以便我能够看清他的面孔。"和大卫·莱特曼的访谈中,我没有表演。"我告诉他。我是很认真的。"真正意义上,我需要……对付的是你和罗恩。"鲁迪脸上的笑容依旧。"我可以把罗恩给我的耳塞完全取出来,无论你们同意与否,如果不是夏米安已经把我的头发披散下来的话。那样做也可能会伤害了那个男人的感受。我在坐到他桌子对面的时候,就知道我不会需要任何指示。他不是一个野蛮人。"我说。"他挺有趣,鲁迪。我在那个过程中挺快乐的。"

他点燃了一支烟,微笑着。"你这么做只是为了有趣?"他带着挖苦意味地问。他几乎假装要去挠我的痒痒。一个我误认为是低房租街区的高房租街区在这个时候从我们的两侧经过。

我会说当丈夫几乎戳了戳我的肋骨时,我在心里感受到一些黑暗的东西。我感到娱乐业真是一个很可怜的行当,因为我自己的配偶都不能够分辨出我是否很认真。于是我这么对他说了。

"我在整个过程里都是真实的我。"我坚持道。

我看见在鲁迪脸上的我的脸一定已经表现出来的,我自己毫无知觉他和罗恩或者甚至大卫一直在谈论的什么东西。于是我感觉到一种和他这一周来都感受到的一样的奇怪的接近恐慌的感觉。我们两人都听到了通过轿车的对讲器渗透传出的甜美的巴洛克音乐。

"那就像是我生日那天,"我继续说,握着我第二任丈夫的手,"我们在我生日那天同意的。我已经40岁了，已经有长大和年幼的小孩，还有一个跟我很恩爱的丈夫，我是一个电视女演员。我们为此还碰了杯，鲁迪。我们把事实摆开来一起审视。我们上周刚刚同意了我生活的方式。现在难道还有什么其他我可以生活和面对的方式？"

我丈夫松开了他的手，摸了摸隔板上的格子。西班牙司机没戴帽子的头高昂着。他的脖子上有一些白癜风的斑点。浅色的部分是圆形的；它呈螺旋状弯曲进入到他的黑色头发里，我看不到了。

"他从桌子上倾过身子靠近我，鲁迪。我可以看见他脸上每一个细微的部分。他脸上起了皱纹。我能够看见细小的毛孔，在灯光下。一颗很小的痣，就在那标签附近。他的眼睛是牛仔蓝色的，就像杰米和琳内特的眼睛在夏天时的颜色。我看着他，我看见了他。"

"但是我们告诉过你，艾迪林，"我丈夫边说边把手伸进了他的夹克口袋里，"让他到达那个位置，到达这里和现在的位置，以便你能够看到的，是他不能被看见的特质。这就是这件事现在的关键所在。没有一个人是别人能看见的那样的人。"

我看着他。"你真的认为事情是这样的。"

他的烟噼啪作响。"我怎么认为不重要。这就是整个娱乐行业的本质。他们让表象变成现实。通过观看他来实现。"

"你相信这一套。"我说。

"我相信我所看见的，"他回答说，一边把香烟放下去，在瓶盖上掐熄。那烟身上打印的标签写着：**经常抽几支**。"如果这不是真实的，他还能够如他现在那样运用着……？"

"这么说让我觉得你很天真。"

"……你是说我们习以为常的东西？"

某些药片确确实实是很苦。当我喝完了后座冰箱里的饮料时，我仍然能够感受到舌头背面阿普唑仑的苦味。肾上腺素的衰退让我感觉非常疲倦。我们驶出了靠近水边的高楼大厦。我看着曼哈顿大桥在窗外经过。落日映入了眼帘。它就悬挂在我们右前方，通红。我们都在行驶的车里看着外边的水面。水面在三月日落晚霞的映照下，现出伤口的颜色。

我吞咽了一下。"所以你相信没有人其实是和我们所见到的一样？"

我没有等来回应。鲁迪的眼睛看着窗外。

"罗恩其实没有长一张嘴，我今天注意到。那更像是他脑袋上的一个开口。"我停了停。"你不需要因为你在商业上的决策而在我们的个人生活中也都顺从于罗恩的意见，鲁迪。"我笑了，"我们足够富有了，甜心。"

我丈夫大笑起来，没有微笑。当我们进入到布鲁克林大桥系统的角落里的阴影中，他看着被晚霞染红的最后一片水面。

"因为如果没有一个人是我们所看见的那样，"我说，"那就意味着也包括我。还有你。"

鲁迪用力欣赏着窗外的日落。他说那日落看起来有爆炸力，渲染得到处都是，基本就在水面之上。夜晚的日光在那一片河面上被反射和复制了。但是他就一直只盯着那水面。我则一直看着他。

"哦，我的天。"这是大卫·莱特曼在体育主管里斯的独特而带有浣熊眼圈的脸从一个完美的炸药圈里浮现出来时说的话。几个月后，在我经历过身处其中央，并且从那个巨大的波动的完美围绕之中全身而退后，我会再次被处于这个场景中的人会做出的真实和唯一正确的反应而触动。

我还记得并且努力去展现，如果其他什么也不是的话，起码我是一个敢于直言自己思想的女人。这是我对待自己的方式，也是我的生活方式。

所以我确实问过我丈夫，就在我们乘坐国家广播公司提供的免费轿车，跨河去同罗恩和夏米安可能还有林赛一起喝几杯并且共进晚餐的路上，到底他是怎么看待我们之间的关系，那时候，到底他想过没有。

问这个问题看来是一个错误。

永远说不

拉波夫

要说一件不好玩的事？胃病。不相信我的话，那么你问问这里的塔古斯夫人，她会让你了解更多。我：没有胃病。我的胃里有些硬化的元素，比如胃结石。我有关节炎，没有胃病。

茶叶对塔古斯夫人的胃病毫无帮助。"这真是太不舒服了，拉波夫先生！"她在我公寓的厨房里对我说，我们刚好在那里。"请原谅我一直都在抱怨，"她说，"可是这些天来，似乎对我而言，相比较我的胃部自动收缩成一个拳头的情况来说，其他任何事都微不足道！"她用手在空气中做了个握拳的手势，然后放到衣服里，接着弯腰去吹了吹那杯非常热的茶，茶杯里的蒸汽暴躁地发散到厨房冰冷的空气中。"现在这真是让人担心。"塔古斯夫人说道。她以一种很坚定的方式在空中做出握拳的姿势，这让我很羡慕，因为我也每天都会受到关节炎的折磨，特别是在冬日；但是我只是对塔古斯夫人的胃疼表示了同情，她是自从七年前我妻子和她丈夫在三个月内相继辞世后（愿他们安息）我最好最亲近的朋友。

我是一个裁缝。拉波夫是北边无所不能的裁缝。现在我已经退休了。

我为塔古斯夫人选择、裁剪、量身缝制了一件她穿了很多年的浣熊皮外套，这外套现在就在我的房东弄得很冷的厨房里，公寓里其他房间也很冷，我和逝去的妻子桑德拉·拉波夫在杜鲁门总统时期就已经租住在这里。后来我们的房东想要把拉波夫一家赶走，以便他能够涨房租，把房子租给一个年轻些的租客。可是他应该知道这世上还有谁，比一个裁缝更知道在冬天如何毫不费力地穿上厚实保暖的外套，熬过冬天等待春天到来的事实。等待一直都是我的诸多能力之一。

我也为塔古斯夫人逝去的丈夫同时也是我的好朋友阿诺德·塔古斯做了一件有各种动物毛皮做衬里的雨衣，在八年前的八月，他入土为安了。

"伦尼。"塔古斯夫人对着她的茶低语道。空气里不见了那个捏紧的拳头；她正在用那杯茶的热气温暖着双手。"伦尼。"她说着，思绪被她干燥的双手里捧着的热气拖走了。

伦尼是塔古斯夫妇的儿子，伦尼·塔古斯。他们还有一个更小的儿子，迈克·塔古斯。我呢，没有孩子。拉波夫夫人被检查出有生育方面的困难，但是这没有使我对她的爱有丝毫衰减。不过我们就没有孩子了。但是拉波夫一家和塔古斯一家就是这样亲近。我看着塔古斯的男孩子们长大，伦尼和迈克，满是骄傲和欢喜。

你知道那种直来直去的人？塔古斯夫人不是这样的一类人。当她心里有事的时候：她顾左右而言它，这里做个手势，那里留一个词，也许一声叹息；她把想法在心里通过一种柔软的介质，比如泥巴，塑造成形，然后你就不得不极有耐心地与她一起攻克这种介质，直到心里的东西得到公开释放。

我呢，我心里有话就说出来。

迈克和路易斯

"你还是想要和她约会?"

"你他妈是在开玩笑么?我要掐死她。"

"哦——哦。"

"我倒是还愿意跟她约会。"

"还是保持距离吧。她似乎喜欢坏消息。她感觉已经深陷其中了。"

"她把我甩了。我从来没甩过她。"

"到底是怎么回事?"

"卡利娜把我甩了。"

"具体怎么回事,塔古斯?"

"她就说再也不想和我出去了。那感觉也很不好。我也许能够知道她们为什么哭泣,但那是当你把她们甩了的时候。"

"她这么说了?就这么说的?"

"就比如说,在我把半两鹰嘴豆塞进她的鼻子里,然后整夜都给她买饮料喝之后。"

"坏消息。"

"我一定把半两鹰嘴豆塞到她鼻子里了。"

"我肯定你不用把什么东西塞进什么里去。我肯定她的鼻子不需要太多的说服。"

"一开始感觉挺好。她和伦尼,我希望她和他先开始,然后还有我。她和他把我一两的鹰嘴豆都塞了,而这时候,我在吧台买饮料。他离开了,去安排孩子睡觉。他的鼻子里不断地流出些屎一样的东西,他撞到墙上然后弹开来,他要回家去安排孩子上床睡觉。我和她为此开始争吵。我甚至不记得吵了些什么。接着她就把我甩了。"

"要杯啤酒吗?"

"她就走了,让我一个人坐在那里。我甚至不知道她是怎么回的家。"

"……"

"我觉得我当时想把她杀了。"

"不值得,来喝杯啤酒。"

"两个月啊,伙计。我们已经交往了两个月。我带着她见了所有人。我妈,拉波夫。我告诉她我的糗事。那些关于我是谁的私事。"

"坏消息。"

"你的甜屁股才是坏消息,卢。"

"伦尼对此怎么说?你和伦尼有交流过吗?"

"他已经居高临下地了解过。在这样的情况下,他就是一个浑球。他对我居高临下地说话。大哥哥小弟弟。而且他整天都在外面。邦尼说她甚至不知道他在哪里,办公室、酒吧或者哪里。她在大部分时间里都是半哭着的。她和伦尼有他们之间的问题。在心里有事的时候,他们都是这样的。情绪不稳。易怒。伦尼像享用最后一餐那样酗酒,还服用可卡因。我专门去酒吧里给他们买酒,他们却在我不在的情况下享用了。谁会愿意想象这个景象?"

"没人愿意,伙计。"

"然后我就整夜给她买酒喝。"

"打开啤酒。"

"我想我可能会把她杀了。"

"没有人要杀人,迈克。"

"至少想找个人让我揍一顿。"

伦尼

肉桂女孩,加调料的奶油,可以吻的蜂蜜,在我的中央热得融化了。

拉波夫

"伦尼是你的骄傲和欢喜,"我对塔古斯夫人说,"对于如你这样一个骄傲和快乐的妈妈来说,伦尼会如何影响你的胃病,塔古斯夫人?"

"如果你收到一封信,随后接到一个电话,就像我今天收到的这样,拉波夫先生,甚至你完美的胃也会给自己打一个结,捏成一个拳头。至于我的话,本来就有胃疼的毛病……"她在制作精良的大衣里摇了摇头。

我鼓励塔古斯夫人吃一块撒盐的饼干。

"伦尼麻烦鬼,"她嘟囔着,顾左右而言他。她一边仔细地咀嚼着一块撒盐的饼干,一边轻声说,"邦尼。"

所以我能够大体推测出伦尼·塔古斯,塔古斯夫人的儿子,一名写了一本关于希特勒出现之前的德国的书(字太小谁会看呢?)并且被评论为'扎实而富有学术水平'的大学老师遇到了麻烦,塔古斯夫人把这篇书评剪贴下来,用一种匆忙中不可能撕下来的隐形胶带贴在了她的冰箱上。在塔古斯夫人的伦尼和伦尼·塔古斯的邦尼之间也有麻烦,他结婚八九年的妻子,一个比他所期望的理想对象还要甜美和更佳的女孩子之间,也是有麻烦,她为他生了几个健康而礼貌的孩子,还做出了一种美味的乳酪,名字就叫罪恶。

塔古斯夫人嘴里窃窃私语,啜了一口现在已经凉下来,不再暴躁地把热气喷到我公寓厨房冰冷空气中的茶水。

"那些信和电话还有我视如己出的你的孩子们到底是怎么让你的胃如此不舒服？"我问道。我在塔古斯夫人的托盘里摆放了四块叠放在一起的饼干。

"如果你接到邦尼打给我的电话，"塔古斯夫人说，"来自这么一个谁都不愿意伤害的女孩子的电话？谁又能够不把她的感受放到考量的天平上？"

我能够在厨房的空气中看到我白色的气息。我从看见这气息的方式里找到了一种确定感。我把手放到塔古斯夫人放在我冰冷的厨房桌子的拳头上。塔古斯夫人指关节上的皮肤已经收紧变得干燥，当她松开拳头让我的手抚慰她的手时，我感觉到她的皮肤像纸一样皱。我呢，很不幸的是，我的皮肤也是像纸一样皱。我看着我们俩的手。如果我逝去的妻子桑德拉今夜和我们在一起的话，我会说，仅仅对她说，关于年老、寒冷、上下楼梯的麻烦、像纸一样皱起的有棕斑的皮肤、发黄的指甲，这些对于拉波夫来说似乎预示着我们像动物一样老去了。我们长出了爪子，我们的脸变成头骨的模样，我们的嘴唇向后退去，露出大牙，就像是我们要露出牙齿咆哮的样子。尖利、咆哮、衰老。谁会关心为什么没人关心我是否受到伤害，除去另一个咆哮者之外？

桑德拉·拉波夫：她是那种任何人都可以对她说这样的事情的那类人。我怀念她的一切。失去桑德拉·拉波夫就像失去了驱使我厨房里挂钟的黑色指针走动的力量，那钟表告诉我什么时候做什么事。

我和塔古斯夫人逐渐走得很近，如果你能够原谅我，这就像我认为这个城市的老人这些日子需要做的那样。她的丈夫和我之间是非常要好的朋友。对于塔古斯一家人来说，这意味着打折的订制服装。对我和拉波夫夫人来说，这意味着以成本价购买的保险。塔古斯一家和拉波夫一家人关系很亲密。亲密到了如此地步，我会突然看看我的钟表然后催促塔古斯夫人直接告诉我她胃疼的原因。

"说重点，塔古斯夫人。"我说。

她叹了口气，在寒冷空气中摸了摸自己。我看着空气中她呼吸的热气。她把身子靠过来要开始说重点，嘴里轻声对我说："不忠，拉波夫先生。"她用厚重眼镜后的做过白内障手术的起雾的眼睛看着我的眼睛，然后用清过的嗓子说，"也是背叛。"

我让寂静来围绕起这件最终来到公开的硬介质上的事件，然后请塔古斯夫人具体陈述到底是个什么样的背叛。

"他准备要通过让她死于耻辱痛苦的折磨的方式来杀死邦尼。或者说米基能够动手反对他，他自己的亲兄弟。"这就是塔古斯夫人所说的使她今晚被可怖的胃痛折磨的原因，这就是某种在三个孩子之间发生的我感觉自己还是不太明白的三角恋的麻烦关系。

塔古斯夫人强忍住一些要落下的泪。她的茶已经变冷了，颜色也比普通茶要淡了些，于是我站起身去取茶罐和铜茶壶里的开水，这茶壶是我的妻子桑德拉和我在我们结婚那天，也就是罗斯福逝世那天（愿他安息）从阿诺德和格蕾塔·塔古斯那里收到的结婚礼物，这时塔古斯夫人又进一步清了清她的嗓子，透过我给她用上好的底线缝起皮毛而制成的外套摸了摸自己的胃。

她告诉我今天接到的来自儿媳妇邦尼·塔古斯的让她很痛苦的电话还和一样东西有关，半封来自伦尼——她的儿子和骄傲——的信复印件，这半封信是在她接到邦尼·塔古斯电话之前在信箱里发现的。整件事都来得很突然。那半封来自伦尼的信是一份复印件（甚至都不是私人信件）。他以快递的方式寄出了好几份这封信的复印件。做得很仓促。"'一份倾诉，'他这么写道，"塔古斯夫人说，"'给所有朋友和家人的'。"信中把所有事情都向大家阐述清楚了。她看了看我,看了看在灶火上依然燃烧的茶壶。我,拉波夫先生,是否也收到了这样的上半封信?但是我一周一般只去收一次信,通常是周二(今天已经是周五了,时钟快进入午夜了),何况我在这栋楼里的邮箱已经被别人光顾过,所以我感觉这邮箱不可靠,而且我的社会保障支票也是由政府寄到我邮箱,所以我就在邮局办理了一个安全邮箱,但是邮局离家有大概半小时的公共汽车车程或者七美元的出租车车程,我们这里就不要讨论公交线路了,而且在这样的天气里谁会愿意去办这个一周才去一次的事呢?所以也许这信也已经到了我的邮箱。塔古斯夫人对她在这栋楼里的邮箱的安全极有信心,他们在尼克松用电刑处死了罗森博格斯的那个周末搬到了这栋楼里。

我在塔古斯夫人面前一个特别购置的茶杯里添加了更热的黑色鲜茶,这个茶杯是我在马歇尔菲尔德商场里买的,上面有一个杯盖可以保温,我买这个杯子也许是过去类似紧急状况下的动作。数年前的一个夜里,当米基·塔古斯在高中橄榄球赛中,把自己的舌头吞了下去,阿诺德和格蕾塔一杯接一杯地从我在急救室里买的茶杯里喝着茶水,有盖的茶杯。我们都坐得很近,喝着茶并且焦急地祈祷着。那个夜晚也是塔古斯夫人的胃第一次像拳头一样攥紧。现在她又一次在空中用自己的手捏成拳头,紧握在拳头里的是被揉皱的纸,那是来自伦尼的浸湿后就像复印件变得模糊的信。她在我厨房的椅子上滚动着,然后望向房间对面防火出口的景致,口中自言自语。

伦尼的半封发送给"我的家人和亲密朋友圈"的公开信——一封非常合适地创作出来,可以作为一颗信息卫星的信,一个对书信者的个人生活轨道中的情感星际构成进行的调查——不包括邦尼·塔古斯和迈克尔·阿诺德·塔古斯——关于本书信作者和上述两个排除在外的人的调查。

21-2

亲爱的爸爸和老师们：

请明白本人莱昂纳多·史奥莫斯·塔古斯，绅士、博士，《诗歌中的运动：魏玛共和国动力的主题》一书作者（一本在 1985 财政年时版税收入预计将超过三位数的单行本）、西北大学孤独的条顿民族优越论者、学生、老师、儿子、父亲、兄长；那个最聪明的结了婚的海员，那个 L. S. 塔古斯，曾经在九年间成功地航行于斯库拉（Scylla，希腊神话中的六头女妖）和卡律布迪斯（Charybdis，希腊神话人物）的趋势与机会之间的我，到今天，也就是 1985 年 2 月 21 日时，在四个场合，与一个叫卡利娜·瑞塔利亚-克鲁兹的女子，也就是我弟弟，迈克·阿诺德·塔古斯的前妻，发生了婚外情；本人预见到未来还会有更多类似的婚外情；而且这样的过去的和非常可能在未来也发生的婚外情事件应该会在今天下午一点到两点（午餐时间）为本人的妻子，邦尼·弗拉特曼夫人所知晓。

你们应该进一步知晓，L. 塔古斯也不希望或者蓄意，同时这封公开信发布的做法也不是要：（1）为那些本人的与欲望/性器官相关的会在他的亲密亲友中引发不满或者不舒服的活动寻找借口；或者：（2）去解释上述活动，因为对于任何越界行为的解释都会不可避免地转化为寻找借口［见（1）的内容］；我的用意仅限于：（3）去告知那些我的生存和上述提及以及之后将要讨论的行为有可能会对其有影响的人，如同往常一样；并且：（4）去描述，可能是通过启发式的五个一组的方式，为什么那些事件已经发生，正在发生和将要发生；也是：(5)去预测这些行动对于本人、那些会直接受到本人选择影响的人（邦尼·塔古斯和迈克·阿诺德·塔古斯），还有那些其他的心理健康，在不同程度上，与我们的心理健康绑定在一起的人有什么样的可预见影响和后果。

第（1）和（2）都得到承认了，然后，（3）是在讲述过程中被否定了：

肉桂女孩。丰满的嘴唇，糖果般的皮肤，白兰地发色的南美型女孩子。一个类型：一个女孩有着浑浊灯光的色彩，眼睛白得像被透彻煮过，头发像烈酒，发着光冒着烟；坚挺的乳房在她的胸部收缩时摇摇晃晃，在她胸部收缩时，她的手也摆动着，担心自己的胸骨会因摆动而出问题，这些都来自她大笑的时候。她经常大笑。这是一个很快乐的女孩子。她会因为除了死亡或者政治以外的任何一个因素而大笑起来，当然也不要提及堕胎这个争议话题；除此之外，她就是一个不变的天气，一个能够把她从一个地方带到另一个地方，而不是反过来的东西，一个极具穿透力的笑让人以为她是着了魔，在她想到异常或者令人尴尬行为的时候她显得无助和崩溃的样子，她对这个仅仅是一个暴力的卡通世界上任何一个人的无害的伤害，含泪的眼睛四处张望寻求支助，受重力吸引，消了肿的一个乳头被棉球擦得摇晃起来，某些打扰会让她不再扭曲。那是一种几乎紧挨着痛苦边缘的快乐。

我就看到过她在一个迈克·塔古斯公寓里一个高大堂皇的格拉菲克思牌水管前崩溃，眼睛变成了被紧紧挤压的奶油的颜色；一个在警报器城市里的聋男人听到了一声警报器致命的呼号；然后那恶意的，很长的障碍滑雪赛道的岩石与一个艰难的局面穿透了我的谨慎性格的船头。卡利娜·瑞塔利亚－克鲁兹，芝加哥公园北区办公室的秘书助理。20岁，可爱，轻巧而黝黑，头发黏糊糊，我们的可以上唱片封面的湿戒指女士，西班牙小调，尖头皮靴，乳白色光泽到红白相间的肤色，发光的嘴唇，闪耀的光——不用舌头辅助就可以闪耀——它们自己就会产生自己需要的湿度。

请对比一下，这里我不是要伤害谁或者要解释什么——对比一下一个屁股肥大，结实，34岁的肤色如同所有待在室内的女人那样苍白的女人。对她，我了如指掌。她左臂上一个大块的冬瓜形状的胎记上长了黑色的毛。乳头就像是铅笔的橡皮擦，又硬又有擦写功能，乳房又宽又平，其宽大的曲线让我觉得就像是湖泊的曲线一样。一个在两个阶段的肿胀过程中的一个阶段要准备好痔疮靠枕的女人，一个淫秽的用加硬塑料制作的粉红色胶圈，与她自己的二氧化物一同起到缓冲的作用，是她为生产索尔·塔古斯所经历的漫长而费力的过程留给一个女人的遗产。她是一个嘴唇总是很干的女人（皮脂分泌差）而且嘴角总是会积有一些白色膏状物。她的形态，我要承认，一直都对于我保持完全的和平的心态是太理想不过了。她安静且固定的笑声也总是很适宜，有意识，被一种自动而精细的为所有在场的人都考虑到的关注而变得很复杂。

邦尼只是和人一起笑；卡利娜则是如此成熟，如此有气质，她是那种人们会对着她笑的类型。

例如：有代表性的笑声情景：邦尼·塔古斯：想象一场晚餐会——邦尼·塔古斯会给自己定一个说一个家庭笑话的定额，认为这样的故事会让我们的客人"都变得很愉快"：话说约书亚从侍者手中拿到了点的派，然后他的眼睛睁得越来越大（此处有神秘的模仿），"他看了看这个派，然后对我说，当侍者走开的时候，他低声说妈妈，为什么妈妈在这个派上面有冰淇淋,然后我说,可是约书亚,侍者点餐时问你是否想要你的派上加冰淇淋和蜂蜜,你说是的;然后约书亚他几乎要开始哭泣了,可怜的孩子说他说了加冰淇淋?妈妈我以为他说的是一整个派。那……就是……他……以为……他……"(手遮住了口,眼睛令人恐惧地大睁着,面无表情,肩膀有节奏地上下耸动,充满爱的笑声,良善的愿望,等等。)

对比:有代表性的笑声情景:卡利娜·瑞塔利亚-克鲁兹:

"伦尼,伦尼,啤酒花生和鹿花生之间有什么区别。我在一个叫做路普的俱乐部里听到这说法'啤酒花生是50美分而鹿花生价格刚好在1美元之下!'〔说到这里就崩溃了,其他人则被这难懂的概念完全俘虏了(完全俘虏了)〕。"

更不用说一个完全可以致命的发音,每一个音节通过自动润滑的门户进行着口交,既是一个深邃的花园,也是一个高大的参差不齐的城市。一个星球。

"哦伦尼……我要把你吃……掉!"

(性交,顺便说一下,在这里已经显示出是一个吵闹和精巧的异族事务——来自卡利娜的喊叫和一个仅仅得到部分分流的绝望的附件;疯狂的扭曲和抓扯是一个找寻隐藏在身体中心系统中某些核心事物的过程。)

而且她对这整个东西是无神般地精准:

"伦尼,伦尼,要用螺丝拧紧一个灯泡需要多少被称为犹太美国公主的女孩子?"

"公主?"

"我听说答案是两个。一个要去叫爹,一个要去买单!"她说完就在坐的地方扭曲成一团。[很邪恶。在这里的角落里有一种邪恶,这邪恶是好的,见一下内容。(不过我必须说,我发现那个特别的笑话让人不舒服。)]

何况,①

迈克尔和路易斯

"那么,为什么还要给他电话呢?"

"征询他的意见,塔古斯。他年纪大些。他一直都在。他也在那里。他能够帮你更好地了解整件事情。"

"他在卡利娜和我的事情上就是个浑球,他就是个浑球。在我向他寻求意见和建议的时候,他总是居高临下地教训我。"

"他清楚地看见你如何对她很好,她又如何表现出整个关系会持续下去的样子。"

"那时候我也不是说想要这关系能够永远保持或者怎么样。"

"伦尼是一个聪明的男人,迈克尔。"

"关键是,如果我要停止和某人上床,我需要是那个做出停止决定的人,这是我想要的。或者至少我是第一个提出来并讨论这件事的人。"

"他会理解的,也许。你说过他见过她。他会告诉你不用为此焦虑。"

"我想我真的应该要揍某人一顿。"

"塔古斯。"

"电话占线。"

---

① 原文如此。

"喝口啤酒。至少这意味着他们都在家。"

"也许我应该直接给卡利娜打电话。"

"是我的话,我就不会这样。"

"我现在估计他会就这事表现得像个浑球。"

伦尼

我已经告诉了肉桂女孩我将如何永远都不会被原谅。永远不会。你如何在自己的人生已经积淀了一定的历史和情景时你和某人有了关系,而某人是一个更大的关系网里的一部分。这整个的关系网如何变得流动,任何的搅动都会激起涟漪。她问我说是谁第一个说永远不要说永远不要。我告诉她一定是一个孤独的人说的。

她就是一床邮购的缎子里的丝绸。完整而无缝,一个性格肌肉的蛋。我在她上方的动作是错位的,狂乱的,我自己的时空错乱是一个我能够以我的脊柱感受到的令人鼓舞的跨文化香料。当,我在里面,我冲锋着,我大声向一个上帝叫喊着,我从来没有对他的缺位如此渴望过。

她戴着天主教奖章,本身就是一首愉快的乐曲。我已经向她道歉说不应该在这样的一个时刻召唤上帝。她摸了摸我的屁股。在性感洞穴中是没有无神论者。她笑着扑到我的怀里;我能感觉到她挤了挤眼睛。

对于我来说,她不是合适的人。

拉波夫

我已经调节了一下塔古斯夫人的座椅以便她能够用我厨房墙上的固定

电话和伦尼——她的儿子——通话,而不用站着。考虑到她现在的身体情况,在这样的一个时刻,受到家庭和胃部毛病的双重重压,站着不是一个好选择。她在电话上和伦尼交谈。这里可以看到许多的勇气,因为塔古斯夫人在听伦尼说的话,而自己并没有哭。我的心已经游离开去。我爱塔古斯夫人就像一个男性朋友爱一个女性朋友那样。除去已经聋得不能够和我聊聊天气的牙医老肖恩维斯以外,她是我在这个世界上最后一个真正的老朋友了。我喝着茶,我看着穿着精致缝制的外套和同样精致的老旧羊毛大衣的塔古斯夫人,看到在她厚重的黑丝长筒袜上方有一些小的脱线的部分,然后还有她柔软的包,有很厚橡胶鞋跟的白鞋,因为鞋子的鞋弓坍塌,落了下来,她厚重的眼镜和依然大多数是浓黑的头发都被罩在一顶獭皮帽下,看到这帽子我的心就碎了,它让我忆起她去世的阿诺德·塔古斯也是带着这顶帽子和我一起去看贝尔斯足球赛,那是在古老的寒冷秋日里,我知道,在我心里,我是爱着塔古斯夫人的,在我帮助她坐到我为她安排的就在墙上电话下面的椅子上时,当面我是叫她格蕾塔的,我极力鼓励她,我说作为她的朋友,一定要为了她的胃而打这个电话,也许这个电话能够澄清一些完全的误解。我是一个枯干的黄色的爱着另一个动物的咆哮的动物。

在我墙上的固定电话上,有一块很大很宽的带有花纹的墙纸,就在我厨房的墙上,自从吉米·卡特时代(你看试试和我的房东谈谈有关他的任何事)以来就一直在不断剥落,现在这墙纸卷曲着刚好翘在塔古斯夫人的帽子上方,就像一波玉米花——蓝色水花悬挂在她头上。我不喜欢这墙纸在格蕾塔·塔古斯头上弯曲着的方式。

无论如何,我是不是应该对她的伦尼生气呢?关于这点我无法控制,即使我能够很好地理解这使得塔古斯夫人在我的电话下胃部崩溃的麻烦到底是什么。伦尼·塔古斯是一个很不错的男孩子。这我是知道的。我知道这个伦尼自己努力考上并完成了大学学业，还获得了博士学位，并且当阿诺德的办公室被国营农场并购后，就一直都在给阿诺德和格蕾塔·塔古斯提供经济上的支持，然后阿诺德被架空推到了委员会里，而这就是如果你问任何人都知道的他致死的原因。还是这个伦尼，如果不是迈克自己得到了伊利诺伊大学一个大学橄榄球奖学金的话，会帮助他完成大学学业，可是迈克后来在发现他从来没有在学习方面阅读得足够多时，中途辍学了，然后他选择去芝加哥公园区的垒球部工作，在那里的工作挺好，也挺充实，尽管任何人都可以看见那里的冬日里垒球生意是停滞的。

这个伦尼·塔古斯每周要给她妈妈塔古斯夫人打两次电话，就像我的钟一样，"就想和她说说话"，每次都是这个说法，事实上真正目的总是让他妈妈知道他有多爱她并且也知道她在自己和阿诺德的安静的老旧寒冷公寓里并没有被遗忘。不用提塔古斯夫人，也包括我自己，会被邀请去伦尼家里做客享受邦尼·塔古斯烹制的饭菜！一个月一次或者还多。约书亚·塔古斯和索尔·塔古斯还有穿着睡衣的小贝奇·塔古斯，在房间里卡通书旁的塑料奶杯上哈欠连天。伦尼则梳理着孩子精美而细的头发，为他们在一盏柔软的灯下阅读纪伯伦或者是诺瓦利斯（德国诗人）的文字。你知道那家的温暖吧？在莱昂纳多先生和太太的家里有一种温暖。

"那么我应该见见这个人？"塔古斯夫人在墙纸波浪下对电话说。"我们和迈克、邦尼还有这个人应该就坐下来像老朋友一样谈谈？"她向伦尼建议说可能他的脑子暂时出了问题，也许是一种中年的压力和紧张所致。她很尊重地提到这可能以便他会知道她能够听到贝奇的声音，当然也可能是邦尼的声音在伦尼电话背景里哭泣。对于伦尼告诉她说，那边现在躺在他和邦尼的主卧被子下的女人不是邦尼，而邦尼，他说最后见到她的时候她是躲在储藏间的吸尘器柜里哭泣的事实时，她表达了令人不可置信的震惊，加上自己全新的严重的胃疼。

这个剪了个寸头，穿着百慕大牌短裤和黑色袜子的伦尼·塔古斯为了给塔古斯家节省一点房租，在晚饭做好的时候去为大楼的草坪剪草。我还记得他拒绝让迈克（迈克比他小4岁，但是在10岁的时候，他已经比伦尼高大，比别人都高大——迈克可能比他小5岁，4岁或者5岁）为他去和那些在校园里的地上打烂了伦尼的法国小号，并且用脚踢了躺在地上的他的邪恶的男孩子们打一架，在年轻的伦尼·塔古斯背上留下的黄色伤痕，我闭着眼睛都还记得，他就是不让迈克知道是谁欺负了他。

这个伦尼也曾经帮助我妻子拉波夫夫人成月地代买东西，上帝才知道他怎么做到的。因为他有自己的工作，在学校要完成学位和博士论文，而当时拉波夫夫人的静脉炎剧烈发作，我又不得不在我的裁缝铺里忙着裁剪缝制，同时大楼里的电梯也坏了，而房东，即使是在肯尼迪和约翰逊的时代，他依然想把我们赶出去，他花了漫长的时间才开始修理这电梯，而桑德拉就会把一张购物清单交给伦尼。

塔古斯夫人告诉伦尼不要挂电话。她有话要对他说，作为一个母亲。在她的声音里有一种每天都要携带着胃疼的人的一种坚毅。厨房里的冷意让我的手很痛，我就把双手都放到我的外衣下面，就像那件我缝制的阿诺德·塔古斯的旧外套一样的衣服。

伦尼

当我和我母亲通话时，我想象着她的手要么是摸着她的胃，要么是她的眼睛，她个人被困扰最多也是最爱炫耀的两个身体部位时，拉波夫先生无疑坐在他的黑色茶壶旁，臃肿的旧裤子堆积到脚踝处，下垂的裤腰显示出他具有北方风土味的屁股（上帝啊，我为那些因为裤子下垂而显现出他们屁股的一部分的人感到可怜），我想象着他发出咯咯的声音，透过一团热茶的烟雾望向我母亲，在电话旁的母亲无疑是斜靠在拉波夫家史前厨房墙纸正在剥落的墙上；当我回顾那封信时，无疑是以我母亲为对象而书写的这封信是一个注定搞砸的错误信息的披露，在我寄出去之前，我自己都无法完成它，我不可理喻地有一种愿望要让这件事情被人所知晓，把这事披露出去，不再等待，让创伤启动的武器击出裂痕——

——我发现自己有一种原始的瘫痪了的冲动——在谈话中——那个如往常一样主要是由各种暂停充斥的对话，电话线里传来特别的声音的距离感，带电的和孤独的——去解释的冲动。去解释。然后我鼓励母亲到我家里来，来帮助这个可以吃的女孩子并且与我把邦尼从一个满是笤帚碎布还有来苏尔消毒液的黑暗房间里解救出来，然后把整件事情都理清楚，我们五个人，一起来——我发现在我有红斑的喉咙里升腾起的是一个去解释、去原谅、去设想、把我身上和外面的真相、那个在大学里我的办公室楼层的男厕所里最南侧的小便槽上，通过以铅笔快速写就的微小而淡弱的字句，而给我带来的平淡无奇却真切的真相、消灭掉的愿望，那句仅仅：

不再扮演好好先生

就在围绕着它眼部水平的生殖器官粗糙地交织在一起……

事实是，在与我的肉体进行的电磁交流中，在贝奇和邦尼的声音以及卡利娜的唠叨和咯咯笑声，她赤裸的咖啡色后背弯曲在塔古斯家床的女性控制的一侧隐藏于某处的一只水烟枪前；而在电话上，我发现自己搅动发送出一堆错误指示，就像是身体释放出的官僚屁，像是源自一个不受年龄限制的儿童定律：说他妈妈愿意听的东西，讨论的内容从基础的条款逐步地扭转开去：邦尼和我已经不再适合了，妈妈，我们已经渐渐疏远了，只有孩子还把我们拴在一起，这样对于孩子和大家是否公平？

这样的内容，好好先生知道是有意在控制，空洞，而且从精神外壳上是很邪恶的。

虽然有一次婚外情中，因为没有插曲而变得像是一个梦，那是一个凌晨，前年，邦尼和我都是半梦半醒。两人节奏一致，躺在这张床上。半醒着，我们坐了起来，看了看对方厚重地在电子闹钟的绿色光芒中的身影；我们看着对方，起先能认出对方，然后同时被吓到：惊讶地看着对方，不约而同地叫喊起来："什么？"之后，又都倒头回到各自的枕头上，继续沉睡。早餐时，两个人同时回忆了一下，都被这事实所震动了。

这位母亲理解，这类不约而同的时刻显示出了貌合神离；这是婚姻的麻烦而不是个人的麻烦，是退潮时的斜角槽和参与了所有长期生活中的情感交合过程的静脉血流。她这么说。

"每一场婚姻都有起有伏，不然就不是婚姻了。你需要我告诉你我和你死去的爸爸一起度过的那些日子？"

是的，妈妈。

但是，看见没，答案也是不需要。

我可以很诚实地回应，以一种内心瘫痪的方式，这方式贯穿着两个人每天日常中很具体的焦虑的交集，而这又如何遏制了一个男人的呼吸。邦尼和我讨论生活中问题的方式，随着每一个夜晚的到来而不断浓缩。这些问题包括重修家庭房间里心爱的椅子的费用。X 市场 Y 种肉刀工的质量。约书亚生殖器上挥之不去的神秘藓状红疹，使得他总是要去抓痒的情况不能再持续下去的问题。

对比一下这个伴侣，无论好坏，她依然是一个孩子：或者是生气，然后自己克服了，安静，然后尖叫着说是（是！天呐！）；或者是坐在她的希尔斯沙发上，向一个领带松开的被这个大学德语系几乎可以和苏联的官僚体系媲美的每日效率打击成紧张症的教师，向我献上一条充满了凉爽的叽叽喳喳的毫无关联却又无价的观点的河流，比如'我憎恨我今天的头发；我恨死它了'（一个人怎么可以憎恨自己的头发？）；或者'我昨晚在电视上注意到卡尔·梅登的鼻子看起来就像男人的阴囊，不是吗？'（是）；或者'去你妈的，这可不好玩，在珠宝商店的收银台排队时，我的月经来了，而我穿着白色的牛仔裤'；或者'如果迈克发现的话，他会不会揍你'（事情会这么简单吗）；或者'我再也不会爱任何人了'；'你是想要我为那个你不再爱的妻子感到可怜'（只是这样吗）。

是的，塔古斯夫人对于探索、生活的需求、日常规律的痛苦，中年生活的愤怒所带来的影响是明白的。一罐肉桂牛奶，被热烈爱火烹煮着的情形与一种经历过时间检验的忠诚、冰冷的现实主义，同情，高潮时刻，与一个肤色和体味随时都看起来、闻起来是诺克斯泽玛面霜感觉的女人相比较。

对比、对比、对比：那些以别人为中心的理由是最容易被滥用的。所有中空的东西都是轻的。

因为我就只是厌烦什么都好。厌烦了做好人。也许我只是厌烦了不知道我自己在这样一个千年关系网络设置的期望值中所设定的位置，我自己的愿望到底该安放在何处。我希望我的愿望能够有一个安放的合适的角落。我希望我能够有愿望。我自己主动的愿望。整个事情基本上也不复杂，那就是我不想再做好好先生了。

整个事情也不过就是 l.s. 先生。不会再有莱昂纳多·史奥莫斯先生了。

然后，不再忍受胡说八道，如果我能够给自己寄送半封信的话。

如果邦尼能够停止抓扯衣柜门的话。

拉波夫

"你是一个好孩子，伦尼，"塔古斯夫人真诚地对着我的电话说，"你是一个好男人，我们都爱你，邦尼和迈克尔还有我。连拉波夫先生也爱你。"她看了看我的方向，然后，她坚持了如此之久的勇气的壳就此崩溃，塔古斯夫人开始哭泣，我把头转了过去，以示尊重。我把患有关节炎的疼痛着的双手放到我外衣下的手臂下，抬头透过防火通道望向大楼的院子，望向我窗子对面的窗子，那窗子的一面百叶窗放下来了，而最近也一直都没有再打开。自从越战时期开始，这百叶窗就一直是放下来的，我不知道是谁住在那间公寓里。我注意到没人在说话，而我身后的塔古斯夫人已经把那个定在卷曲的墙纸附近的墙上的固定电话挂了。她的哭泣像一个国家在哭泣，她的眼睛因为那我甚至不愿意去想象的胃疼而紧紧地挤到一起。我向塔古斯夫人走过去。

迈克尔和路易斯

"迈克尔，我所说的是在哪里，那就是我所说的。"

"……"

"如果我被人抓住，随后要在如此仓促中赶到一个地方去，我会想要知道我到底要去哪儿，这就是我关心的。"

"……"

"你不会说你要去哪里,你起码可以告诉我为什么仪表盘上那个刹车灯一直都亮着。"

"刹车灯?"

"就在这仪表板盘上。我记得从上车起这个灯就一直亮着。你的车刹车有问题,我可以给你推荐几家修理店的名字。"

"那是仪表盘部件的一个毛病。是电线连接的问题。这个灯从来没有熄灭过。自从我拿到这车就这样。现在这灯对我来说就像永恒的火焰一般。"

"永不熄灭?"

"而且实际上也不是刹车的问题。"

"这么说可能会让我有些担惊受怕。"

"我不知道。我想我挺喜欢这样。我想我认为这让我觉得有点安全感,无论如何。"

伦尼

可是即使是一个新手也能很快就看出一种被指挥着的生活,无论是否是临时性的,就是一个价值观的简单再统一,最好的情况下是一种封闭的生活,最糟糕的情况下是空洞无意义的:一个等待着永远不会出现的生活的生活。坐着消极地接纳(而不是判断)事情的发生和结束。

我会等待那些我已经腐蚀了它们轨道的星球的到来。我会通过这些事情的公共性而等待——集体的、表情、协商、反控诉、忠诚、背叛和后果的抗议。这些也都会结束。伤害将会对被伤害者上下其手。我的星际构成将超越过我的知识范畴。

但是他们将等待,因为我也将等待。我们将等待那一天的到来,当卡利娜·瑞塔利亚－克鲁兹的穿孔和束腰带变作了莱昂纳多·史奥莫斯每天的一部分的时候。然后，我们将等待那个不可避免的一天的到来，当寂静的口哨声响起，我的一个警笛会离我而去，投入一个肤色像一只精美的雪茄一样的男人的怀抱。

到时候不要说我将要等待要等待的什么东西。

拉波夫

"你们自己离开这里，让这位女士清静点！"我对着一群穿着皮衣的男孩子大喊，他们占据了整个公共车站台塑料棚下的所有空间，还对着塔古斯夫人厚重眼镜上被风冻住的眼泪吹口哨和指指点点。我能够在自己冰冷的双脚（脚上也有关节炎）里感觉到轻轨列车正开过来。

我告诉塔古斯夫人，如果要晚回家的话，打电话叫一辆出租车。我会在家里等她。

一名流浪汉在一个燃烧的垃圾桶旁哼唱着国歌，但是这歌从风中飘到我们这里，随着冬天猛烈的风吹进了站台上。所有的雪都已经被冻成僵硬的姿势。我把可以在火车上喝茶用的真空保温杯递给塔古斯夫人，正常情况下，列车需要大概运行45分钟左右，愿上帝保佑她不用倒车。

我告诉塔古斯夫人，请她的儿子们到我的公寓来坐坐。我们可以喝点热饮，谈谈这件事情。

列车进站了。塔古斯夫人摸索着上车。她在哭泣的时候从来不说话。我们通常假装没有这回事，为了她的尊严。她已经走进了车厢门。她找到一个独椅坐下，坐向与货车前进的方向相反，我觉得这个选择可能对她的胃疼不好。格蕾塔把手套从手上摘了下来，然后把她发黄的双手抬起来，我还记得这双手白色时候的样子，她取下已经被冻住的眼镜。没有眼镜的塔古斯夫人看起来更老了。在我能僵硬地走进车厢以便透过车厢开口告诉塔古斯夫人调整坐向以便顺着列车行进方向之前，车门就关上了。列车发出巨大的噪音，让我不堪其扰。我把套在我买的手套里的双手抬起来，盖住了我的双耳，然后看见塔古斯夫人在列车上被运往北方。在我们大楼里我的厨房中，我看着我的厨房，看见列车载着她离去。

所有事情都是绿色的

　　她说我不关心你是否相信我,这就是事实,你继续相信你想要相信的东西。所以我基本肯定她是在撒谎。如果真是事实的话,她会发疯一般地试图让你相信她说的是真的。所以我觉得我知道是什么情况了。

　　她点燃了烟,然后把目光从我这里移开了,手里拿着点亮的烟头,她看起来很狡猾,眼睛透过一扇湿窗户看着外面,我竟然找不到什么话说。

　　我说梅芙莱我感觉不知道要做什么或者说什么或者要再相信你了。但是有些事情我是知道的。我知道我比你大一些而你比我小。我已经给了你我能够给你的所有,用我的手和我的心。每一样我心中的东西我都已经交给了你。我过去的每一天一直都在努力生活和稳定工作。我已经把你作为我一直所做的事情的缘由。我已经试图给你创造一个家,让你可以在这里生活,让这个地方很美好。

　　我把自己点燃了,然后把点燃的火柴、其他火柴、碗碟还有一块海绵全都扔到下水槽里。

　　我说梅芙莱我的心已经坠落到了地上,已经回到你身边,但是我已经48岁了。现在是时候我不能再让事情拖着我前进了。我必须要运用起依然是我的一些时间,试图让每一样事情都步入正轨。我要试着去感受我需要做的事情。在我心里有一些需求是你不再能够看见的,因为你心里有太多的需求挡住了你的视线。

她什么也没有说，然后我看着她的窗子，我能够感觉到她知道我所知道的，然后她在我的沙发上转了个身。她把穿在短裤里的腿抬了起来。

我说我看见了什么或者我认为我看见的是什么其实并不重要。整件事情已经不再是过去那样了。我知道我比你大，你不比我大。但是现在我感觉就像是我的所有都进入到你那里，而你没有什么东西再回馈过来了。

她的头发被一顶贝雷帽和发卡往上别住，她的手托住自己的下巴，天色还早，她看起来好像是在躺椅上，透过湿漉漉的窗户对着外面干净的光线做着白日梦。

她说所有东西都是绿色的。看看有多绿，米基。你怎么能在外面所有东西都是绿色的事实面前说你自己感觉想要说的东西。

在我厨房水槽上方的窗子，被昨夜的大雨冲刷得很干净，现在是一个充满阳光的清晨，天色还早，外面有一团乱糟糟的绿色。树木葱绿，道路减速带上疯长的草是绿色的，光滑而下垂着。但不是所有东西都是绿色的。另一辆拖车就不是绿色的，还有外面我打牌用的蓄积了水坑还有啤酒罐，以及烟灰缸里漂动着烟头的桌子就不都是绿色的，还有我的卡车，还有一块地上的碎石，还有在另一辆拖车旁没有挂衣服的晒衣线下方侧躺着的巨大的轮盘玩具，那里有个男人，和几个男孩待在一起。

她依然说所有的东西都是绿色的。她现在是在轻声低语说着，我知道这低语不再是和我在交流。

我掐熄了烟，并使劲从清晨转过身，嘴里感觉到了某种真实的味道。我使劲转身朝向坐在沙发躺椅上一片光里的她。

她依然看着外面，从她坐的地方，然后我看着她，我心里有些什么东西就是不能够关闭起来，就在这注视中。梅芙莱有一个躯体。而她就是我的清晨。说出她的名字。

帝国向西拓展

"因为我们都是唯我论主义者,而且我们都会死,所以世界也和我们一起死亡。只有非常少的文学描述了世界的毁灭。"

——安东尼·伯吉斯

"游乐场到底是为谁而乐?"

——《迷失在游乐场》

侵入和出现的背景:爱人和提议

虽然德鲁-林恩·埃伯哈特产出丰富,而马克·内希特产出稀少,在第一年里,我们所有参加了东切萨皮克贸易学校写作项目的人都很喜欢马克,而不太待见德鲁-林恩。我可以解释一下,这位德鲁-林恩女士非常纤弱,纤弱到让人觉得不是柔弱而是一种吝啬,是那种她周遭可以给别人创造狭小空间的吝啬。这纤弱就像那些很刻薄的女修道士那样纤弱。她走起路来很奇怪,就像一个在小便槽解手的男人那样骨盆向前的姿势;她的手臂要么环抱在胸前,要么是伸出来下垂着,就像一个稻草人站立的状态;她很邋遢,分泌出的信息激素很明显只对细菌有吸引力;她对于以下事物有致命的品味:(1)涤纶;(2)休闲夹克装;(3)石灰绿。

对照下马克·内希特，他是那种后青春期时代人中的一员。他身上散发着一种无所谓的健康气息，这气息如此完整，甚至让人感到有些恶心。他吃相极差，上一次睡得好还是在小马驹西去之前很早的事了，生活没有规律和准则；但是，他身体结实，身形匀称，脖子很粗，肤色黝黑。很健康。很强壮（这是过去当这些特点可以显示出人的状况的时候，是在那些健康俱乐部连锁店对人体生理进行的详细操控，打乱了古代雅利安人的秩序且允许那些天生苍白和纤弱的人变得黝黑和强壮之前的事）。他不是帅得让人"要为之而死"的类型，他就是从身上散发出一种魔怪般的寻常的健康气息——这是在巴尔的摩很少见因而极为宝贵的商品。我们参加这个写作项目的人——妈的，甚至在东切萨皮克神学院的孩子们——只能够爱上我们认为是珍贵的品质。

还因为德鲁-林恩也是个很古怪的人，而且高调地古怪，即使是身处这样一个环境里——一个研究生的写作项目——在这里神经衰弱就是氧气，五花八门的古怪性格被整理后如珠宝般穿戴起来。德鲁-林恩随身带着塔罗牌，到处乱扔（在课堂上），只有在她灵性支撑的情况下才会离开她住的阁楼，每天都穿戴着前面提到的石灰绿的合成首饰——图案是一个孤单的洋葱立于一丛矮牵牛花里的休闲棉质裙，扎染，那些鼓囊囊的后百慕大风格蜡笔画，厚跟鞋、拖鞋、运动鞋、外科医生的衣服。

也因为她还看起来贪婪和自私，并且一点也不自觉要去偏离她所表现出的那样子。她把安布罗斯教授当作偶像热烈崇拜着，以一种贪婪和自私的方式，以至于可能从第一次工作坊开始就把安布罗斯给吓跑了，那次她买了一本故意磨损的《迷失在游乐场》的书要求他给她签名——这样的事是东切萨皮克学校里没人会做的。所以，从我们诠释学的角度出发，从第一天开始，她就是一名阿谀奉承者，一个马屁精。

还因为她竟然到处宣称自己是一个后现代主义者。无论你在哪里，你都不能这么做。按惯例，这样的行为会被认为是傲慢和愚蠢的。她花大力气去嘲笑传统和惯例，但是她这样嘲笑传统的行为里没有什么可以让人喜爱的；对于我们来说，似乎她根本就不能够看到她自我迷恋的能够分辨姿态和姿势、欲望和恳求的事实之外的任何东西。她不是那种你能够喜爱的自由灵魂：她做自己想做的事，而这些事既不是有价值的也不是自由的。

我们所有人都能记得她在第一个工作坊里提交的第一个故事的开场白："名字被动词化，副词的形容性。"说得够多了？安布罗斯教授很好地做了总结——当然这已经是很有艺术的处理手法了——他告诉整个工作坊的学生说埃伯哈特小姐的故事倾向于"让他没有感觉"，因为她故事里贯穿有一种他称之为"看呐，妈妈没有手的质感"。你不想要看到对她当时面部表情和反应的描述。

不过，至少她还是产出了东西。她像恶魔般冷静地多产。确实，在某个邪恶的咖啡屋里，人们曾经有过关于喜欢便秘多过拉肚子的讨论，不过马克·内希特从来都没有参与其中。他很少说话，更不会谈及和他一起师从安布罗斯的同学，或者谈及这些同学作品的前途，或者他们的神经衰弱和古怪行为，或者他们之间体液的交换。他把自己的橹放得离别人的体液很远，只管好自己的健康状况。这行为被这个社区的人解读为一种只有有价值的人才具有的有尊严地谨慎，因此他更加被人喜爱了。事情也变得有些让人恶心——德鲁-林恩的同伴，麦当劳校友汤姆·斯滕伯格，一个有复视状况的广告演员，把马克列为那些令人难堪的有辐射的人之一，这些人对于他们自己的辐射视而不见，因此让他们对别人的伤害更加刻薄。斯滕伯格如此定位马克是在他们所有参加过麦当劳广告的演员被安排集中到马里兰国际机场，然后乘坐红眼航班飞往芝加哥的奥黑尔机场，然后乘坐免费的罗德阿洛夫特直升机到达伊利诺伊州的克里斯安时做出的，那是一个为所有参演过麦当劳广告的人组织的一场重聚活动，由 J.D. 斯蒂尔莱特广告公司组织，主要是有一个要终结一切晚会的晚会，一个高大上的集体重聚的广告片，为新的游乐场专营的迪斯科舞会旗舰店开张剪彩活动，还有承诺要出场的极富戏剧性的夏威夷警察、雕塑家、飞行员，还有——也是由同一家 13 年前把斯滕伯格和德鲁－林恩一起，作为广告参演儿童的斯蒂尔莱特公司所庇护，也是一家新的刚刚被解禁的直升机穿梭服务提供商罗德阿洛夫特公司的总裁——杰克·罗德。该公司就在当天要全国上市，在这个重聚的日子里。

上面这些文字似乎是离题了，到现在应该是一个啰嗦冗长而又让人困惑的段落，我要说我很抱歉，我极为清楚我们在一起的时间是非常宝贵的。诚实地说。所以，在意识到我需要切入主题的现实基础上，这里我有一些简单而真实却不是很容易接纳的建议，我需要请你体认到。马克·内希特是巴尔的摩郊区的本地人，年轻，还是（另一个他自己从不谈及的内容）一个信托基金婴儿，继承了一笔可观的财富。他注册参加了东切萨皮克贸易学校的研究生写作项目，因为很明显的优雅的理由，他拒绝了学校提供的助学金。他是一名很有竞争力的定向射箭手，自从他的技术处女秀败给了一个矮胖的穿汗衫的信仰上帝三位一体的基督教女青年会教练之后，那个教练教会他改变了射箭的信仰，开始认识到 12 弦，无指节的皮手套、无条件地完全集中注意力，稳定的施射，还有用手装上羽毛的箭的优势，他一直都是一位非常有竞争力的射箭者。马克倾向于踮着脚尖走路——射箭者的某种夸张的行为——他有一双酷似东方人的眼睛，散发出前述提到的美丽，尽管他有一双因为戴手套而白皙的手，还喜欢穿无领、相当女性化的外科手术医生的衬衫——这些轻微的不完美之处正好加强了整体的完美感，等等。

　　他怎么会和德鲁－林恩·埃伯哈特通过民事方式结婚的过程，简单来说：在一个美丽的日子里，他目睹了穿戴着各种石灰绿物件的后现代主义者在研讨会房间绿色的黑板上写下了真正美丽且邪恶的句子，就在安布罗斯博士的一节工作坊的第一道铃声响起之前；她看见他看见她——很糟糕，他就坐在那里，是全班其他11个学生里最早到达教室的唯一一个学生；但是德鲁－林恩看见他看见时，也没有把写下来的东西擦掉，她不会这么做；她在那时候已经准备要退出这个写作项目；安布罗斯有技巧的冷淡回应总是首先刺破了最热的灯泡薄薄的皮肤；她不在乎这个产出极低的粗脖子的研讨会的最爱之物看见了什么；他可以走上前去告发她，告诉安布罗斯他看见她写了什么，或者把文字擦掉，因为你们两人在教育上关系是如此亲密。然后她就逃离了，以她的盆骨先行的方式，哭泣着离开了，上课铃响了，她的手狠狠抓扯着自己涤纶的胸部，带着一种可怜的脆弱感搅动了这个男孩的健康的棕色外表下的内心，他内心也是把自己看作一个极度脆弱和糟透了的个人。但是他没有上前去擦掉那美丽的批评性的五行打油诗，也没有向安布罗斯，没有向我们中的任何一个人告发说是谁写的。他并不担心我们中的任何人会认为是他写的，因为我们不会这么认为，而且无论如何，作者的身份是很明显的——德鲁－林恩是那天唯一擅离职守的学生，那文字里处处有她干燥而酸溜溜的精气神（在较强的自我意识和糟糕的特点之外）。地狱里也没有像被冷淡接纳的一个后现代主义者那样的愤怒。而安布罗斯教授，尽管他什么也没说，一开始甚至连黑板擦都没有用，看得出他是受伤了：私下里来看，他一直享有非常敏感的好名声。实际上他被彻底击垮了，他是这么写给J.D.斯蒂尔莱特的，但是他从来没有告诉过马克·内希特这事。

到现在，马克和德鲁－林恩已经被人看见是在恋爱了。为什么？你可以打赌说这个问题已经被人提出来，他们的体液受到很多橹的关注。

她这么做是因为马克既健康又广为人们喜爱，而且没有告发她，只是自顾自的事，即使他看到了而且了解我们都想要从安布罗斯那里得到的东西的情况下。他没有告发是让德鲁－林恩不能理解的事情，她对此是作为神秘现象，作为某种值得尊重的东西，就像是一种美德（她喜欢这个词，美德，甚至还在乘坐直升机的三个人同时在中西部的曙光里打喷嚏时，能够在喷嚏里模糊地发出了这个词的音：Vuh，Vuh，Vuhrshoo——这个习惯通常会让马克发狂。）来跪拜。

是的，可是为什么马克也这么做呢？首先是因为在那个美丽的有海风吹拂的日子，马克认为自己看到了一点真实的东西，在那首德鲁－林恩创作失败的对安布罗斯教授——也是对美国宏大虚构小说的——最著名的故事的批判性五句打油诗里，他看到一个微小的被点亮的种子，一个偶然却急迫地锲入马克皮肤下面的碎片，把他心里的颤抖和裂痕撕扯得更大，就像有些人被教会如何去写虚构小说却不知道为什么要写成那样。他已经安静地决定在自己的内心，不再相信他的老师。马克在那个时候对于他在东切萨皮克贸易学校的学习生活已经觉得很低落、很郁结、也很困惑，他没有能够产出他理应产出的作品。这样的状态并不因为那些来自项目上除去德鲁－林恩以外的所有人给予他的尊重、喜爱而有所好转。

所以当马克看到德鲁－林恩在附近——他是一个极喜欢咖啡的人，而德鲁－林恩则总是坐在咖啡屋里，一个人，用一本笔记本记录着那些稍纵即逝的微小的灵感的火花。长话短说，他们最终搭上了线——或多或少是因为她所写下的某些东西和他所没有说的东西。他们俩在介于朋友之间却又不是友情的黄昏领地里搭上了线。他们会一起玩嘻哈音乐，去海滩玩，拾捡奇形怪状的贝壳，她会告诉他每天的烦恼，她看着他以第三名的位置结束了大西洋海岸30码锦标赛的青年成人组的比赛。一个雨天，当海湾里海风的味道变得不同寻常，当她谈到某些模糊的事情，有关父母的事情的时候，她显得极其低落，她向他表示了发生性关系的提议。他们做爱了。但只有一次。他们是一次性的爱人。一个小的奇迹，就像德鲁－林恩喜欢说的那样，还是发生了。那种能够把身体（血液）的转化成精神的奇迹（也是某种确认马克是一个有荣誉的爱人的方式）。对于马克来说，很重要的事情是他能够把自己视作是一个有美德而且是负责任的男人，所以他自己承受了几乎他所有朋友的反对和一个一次性的不爱的爱人做了对的事。写作项目上大多数人认为他的极不受欢迎的作为在今天来说是只有那些极有价值的人才敢实施的。那个小奇迹——基本上缘起于一次做爱，带着保护措施的，他的保护措施——到现在已经过去了三个学期，但是德鲁－林恩谈起这件事情的方式会让你以为奇迹刚刚发生不久。

  被邀请参加民事婚礼的一共有12位嘉宾，其中包括德鲁－林恩的通灵者还有马克过去的三位一体的射箭教练。马克的父亲给了他们俩一张没有消费上限的信用卡，信用卡持有人是他父亲，以便帮助他们建立信用记录。她的通灵者送给她一颗石英水晶球，因为实在太大而且看起来像是生殖器官而很难让人相信其效用。让他转变信仰的教练则送给马克铝制的德克斯特牌的铝制箭头和博特奥福德雪松制作的箭尾。最高级的型号。比赛用箭中的宝马。虽然德鲁－林恩毫不掩饰她对宝马的厌恶，这是马克拥有过的最好的铝制德克斯特牌的箭，而且（很令人难过，不是吗？）也是为什么这个仪式对于他来说是一个至今并不让人看好的婚姻的高潮部分的主要原因。

  好的，这确实是太迅速，也太缓慢的一个过程，作为背景的话——既有侵略性又很粗略。但是请注意，无论你的想象力是否已经被抓住，请注意到那有关性的提议，这是关键。因为时间是极其有限的，所以无论如何重要的东西即将到来。所以，就像我们在国家的平坦绿色腹地会说的那样，没有进一步的卷边缝纫或者各种忙乱，在一个坚决而简明的提前叙述中，直接而毫无修饰或者延迟地进入到那个——

我们所有人都一直等待的日子

对于爱人，游乐场是很好玩的。

对于骗子来说，游乐场是爱。

但是为了谁呢，普罗大众抱怨着，

游乐场是一个房子吗？

谁住在那里，当推力袭来时？

这就是当可怜的敏感的有胎记的男人走进研讨会教室里准备上他的MF3–5课时，发现写在石板上的用一种你可以很容易就擦掉的粉笔书写的反安布罗斯的打油诗。他感到完全被击垮了，安布罗斯在写给斯蒂尔莱特的长信中这么说，信里他威胁说出自己也许作为一个客户和一个企业家准备从整个游乐场连锁店经营的计划里退出的原因。在 J.D. 斯蒂尔莱特眼里，孩子和学生是一群操蛋和易变的家伙。就像狗一样，当你用手拿着它们想要的肉伸出去的时候，你要担心可能被咬到。安布罗斯说他彻底被击垮了：就在那里，他这么说——当你把所有的养分、暗指还有常见的糟粕都给剔除后——剩下的就是，批判，就在那里，即使在你最不指望能发现的地方。批判：它从来不会抛下他不管。它让他生活方式的质量降低了。所以为什么我们要去每一个主要市场都建设运行这么一个游乐场，然后给人以口舌去批判,他说,这是他所意识到的。谁想要这样的焦虑?安布罗斯不需要焦虑,他如此写道,不需要比昔日的菲罗克忒忒斯[①]需要那个毒蛇的撕咬还要巨大的焦虑。

什么毒蛇?J.D. 回电报问道。什么是昔日?放松点,他在电报里这么说。冷静下来。倒带。读点那些你喜欢的禁欲主义哲学的玩意儿。喝一罐低卡路里的饮料。欣赏一下我私底下给你单独寄过去的玫瑰,我的朋友。思考一下。想象每一个人在这件事情当中至今所投入的种种分量。时间、金钱、金钱、时间、精力。不要急着行动。相信我,我用实际行动获得了你的信任。临时的恐慌是很正常的,随着时间的靠近。

这个超大号的自以为是的杂种的自我膨胀,这才是 J.D. 心里真正想到的。你当然需要这焦虑。不要以为可以糊弄我。

批判是回应。这是很好的。如果 J.D. 拿出一个没有人批判的运营战略,那么 J.D. 立马就能知道他的想法是一个丁克,一个声音和形象很糟糕的结合,一个不会有产出,只是躺在那里,没有可以行动起来的前进挡的配合,在市场运作里没有推动力的想法。你需要批判。把批判吸收了。那是关于注意力。那需要想象力的加入。那需要是一个可以卖得出去的主意。那需要排除欲望,而能够卖得出去。那需要可以卖书,也要能够售卖出有镜子的舞会连锁店。批判将是能够让座位上塞满屁股的东西。J.D. 把他的生命都压在这个商业计划上了。

站在那里,已经劳累过度了,他整个精致的面庞,这个无论如何都倾向于冲向脸庞中心的脸,以一根他等待着要去嚼烂并且吐出端头部分的雪茄为中心立着,在他的舌头上有一种煎炸过的花朵的味道,就像雾的味

---

① 希腊神话中的英雄,著名弓箭手。

道一般，他站在中央伊利诺伊机场重新装修过（用的是斯蒂尔莱特夫人最喜欢的暗灰色和暗紫红色）并挂有大横幅的一扇窗子旁（**欢迎麦当劳的广告之友！欢迎杰克·罗德！欢迎！请联系最近的斯蒂尔莱特学友助理代表以了解活动详情和指南！欢迎！**），等待着黎明和罗德阿洛夫特早上5点10分从奥黑尔机场飞过来的载着最后几名麦当劳广告之友的直升机降落，J.D.已经把他的身家性命都押到这个事情上。广告界的人会这么做。他们把自己的生命都押到批判、关注、欲望、恐惧、爱、妥协的婚姻和市场上。形象留存度。品牌忠诚度。与客户的同理心。销售。都押到生活上。生活！

　　生活依然要继续。你感到空虚、悲伤，可能是这个行业里最不能得到赏识的创意能手；没问题，因为生活依然滚滚向前，空虚地、悲伤地向前，总是有指向但是从来不会聚到中央。没有中心的轮子会转得越来越快，不是吗？是的。广告界的人是这样面对挑战的：承认那些让人不愿意接受的现实，那些你不可能使人不这么做的现实；承认现实；然后运用你的创意之手，用锤子把一个巨大的浸透的楔子，尽量坚硬地，钉入可以自由诠释的开放空间里。把这个锲子通过诠释、争论、歌唱、低吟的方式一直钉进木屑中，这里就是真正的红色汁液所在的地方，也是人们作为个体单独感受的地方，他们对自己的生殖器感到恐慌，拥抱自己的影子，他们极度想要以至于这变作了一个巨大的次音速呻吟，一只快乐轻盈的只有经过训练的广告界人士的耳朵才可以捕捉、保留并且消化的静态。诠释，他喜欢告诉德黑文说，就是说服者行驶的大道。说服是一种欲望。欲望是一种魔怪般的冲动，是一条有亿万颗心构成的河流，这条河流就是J.D.先生和夫人还有他们小丑一般的儿子德黑文在照顾和喂养着。在桌子上的肉已从经在另一块肉的下面呻吟着，被自家产的食物点缀着。这是自1945年第一个好运来袭运动开展以来J.D.一贯的行事方式。后来是麦当劳，后来是雷伊，那是1953年的事了。可口可乐。艾禾美。家乐氏。游乐场。罗德阿洛夫特直升机服务。美国人的白日梦，那让我们变得伟大的梦想：承认现实，表明立场。

那么为什么要浪费时间去想到游乐场计划和冰凉的艺术之脚之间的关系？重聚的活动即将展开，这活动可以覆盖住各种问题，让一切都变得恰当，为了J.D.的永恒。他几乎等不得了。在他身后，在机场航站楼里，德黑文，他的卵，正在迎接着倒数第二批的麦当劳之友，他们刚刚从一架达拉斯德尔塔直升机上下来，他正在点着名字，并且分发着重聚的名牌：两个用金色填充的拱门，可以戴在衣服上，还有一个可以撕了贴上的贴纸，上书"你好！我的名字是"，之后是可以填写名字和广告播放年份的空白部分。德黑文睡得也很不够，而且也显得游离迷幻——他服用大麻烟卷，杜布，不知道现在他们都怎么称呼这药物——他两眼通红，纱线般的假发还有疯狂擦了脂粉的嘴很松弛且干燥，他的小丑西服闻起来就像是船上甲板下油乎乎的缆绳的味道。为什么要浪费时间，那种担忧的感觉就站在J.D.的左侧？因为这到底是为了谁，这个小杂种这两个日夜里一直在重复，以哼唱的方式重复这个问题，他和这个相信个人接触的J.D.一起开车来回接送，把参会的人都运送到狂欢地点，最后只剩下德黑文自己的改装加大过马力的流氓轿车，这个小丑很喜欢驾驶，他在驾驶的时候喜欢只用一只手腕把控着方向盘，而这是J.D.所憎恨的，那种看我什么都不在乎的态度，来来回回，父与子，进行着个体接触、会面、问候、介绍、用车把印象深刻和热切的广告之友送到伊利诺伊州的克里西安，经过一个相对容易的小坡，行驶在乡村危险和难看的道路上；这个蠢货，因为一些J.D.明白却并不关心的原因，他不断重复问着，到底是为了谁，一次又一次，到东边，然后又回到西边，即使是对着这孩子吼叫让他闭嘴也没用，今天J.D.需要一个像肾结石一样的郁闷的罗纳德。到底是为了谁，哼唱着，找不着调，僵尸般地被药物迷幻着；那到底是为了谁的哼唱声——J.D.斯蒂尔莱特的耳朵对哼唱有独一无二的敏感——已经粘在并且沉到那个睡眠不够的耳朵里面，轰鸣着，找不到的——烘干机里——的硬币那样的感觉，就在J.D.斯蒂尔莱特的脑袋里，一个很精美的脑袋，完美地圆鼓鼓的脑袋，皱纹布满前额，半月形弯刀般的鼻子，下唇宽大而湿润，能够迅速包裹住任何口头的东西。德黑文，对于这次的任何计划或者大背景都一无所知，已经通过他自己哼唱的重复，变作了J.D.无檐帽里的一只愤怒的蜜蜂；这哼唱已经脱离了他丑角般的儿子而不停地以一个有节制的高C调播放着，如同一个紧急广播系统，是对也许连续五天无眠的抱怨，一个牢骚般的问题，来自一个穿着粗花呢衣服的自我，一个自满的老先锋已经很清楚问过而他能够立马回答的问题，最让人抓狂的一个问题，充满自我意识，华丽辞藻，浪费资源和时间的一个问题。而且J.D.和大多数人说不要浪费他的时间，直接开始节目就好。

　　好的，可是在针对他敏感的客户所做出的那个邪恶的微小的过度奢华而令人厌恶的毫无感恩的打击后，虽然他最后还是能够平息客户的不适而且最后还是签了字，可是今天还是没有能够出现——这里面是不是有些什么东西？某种真实、悲伤和无中心的东西，是否正在起着作用？一个游乐场是否需要不仅仅是游乐而已？是否应该有比新的和改进的游乐更多的东西？针对游乐场的实际考量是否在这场宣传活动中暗中起了作用，只不过是看不见的？对于谁来说这个游乐场项目是一个圈地，也许？他，J.D.是否生活在一个像游乐场的地方？J.D.生活在位于克里西安111号的J.D.斯蒂尔莱特广告大厦里；J.D.生活在一个他管理的继承自父亲的几英亩玫瑰农场上，他到处流动做工的父亲，当年在一个玉米绿的州的翻领上被困住然后自己动手开垦而成的农场；J.D.生活在J.D.的内心深处，与各种影像和哼唱结合到一起，他把自己鼻子之剑伸出去指向那些被隔绝和单独的时刻，嗅着时尚、恐惧和欲望的风——那在头顶吹过的贸易之风，这风在海岸间吹动着。J.D.从这个国家中心位置的边缘地带开始建立了美国历史上第二大的广告公司，那是从一个赤贫的偶然的小镇开始，被击碎然后深陷泥潭中的小镇，周边都是玉米地，坐落在一个平坦的翠绿覆盖的黑色土壤之上，这个小镇是他唯一害怕的两样东西之一。J.D.是来自伊利诺伊中部的人。伊利诺伊州的中部就是，不用发挥多少想象，一个游乐场。

可是这个地方不是被圈起来的。圈起来？这是你可能害怕看见的最没有封闭，最开放的地方。

他记得在1976年，当这个游乐场连锁的想法刚被挂到J.D.的旗杆上时，安布罗斯的代表们首先制作的那些历史图标。海洋城，离巴尔的摩不远，有名人，有海浪还有臭鱼——最后那些不可消除的伟大的臭味之一——在大萧条时代时，小安布罗斯曾经在这个主题游乐公园里调皮捣蛋而后把这经历烫金写到了那个难以忍受的故事里，而J.D.试图去欣赏这个故事，以便更好地理解他的客户——不过海洋城公园是被圈起来的。这公园被围了起来，不过不是以镜子、不是以票房窗口，也不是被舞场电台主持的亭子围起来的。所以呢，还好。

但是他的脑袋在哪儿？这公园被大火烧毁了，他自己曾经专门到现场做了调查，发现公园已经被烧毁了。所有的东西，他发现，都在六十年代那个大交易还没有易手时就被烧毁了，烧得焦脆和空荡，那时候J.D.正在把雷·克罗克包装成神话一般的存在。现在的安布罗斯会怎么想，当他看到这公园，被烧毁的样子？J.D.还从来没有见过一场真正的大火。就他所知，J.D.也从来没有走进过一个已经不再是一个房子的房子。即使是他父亲的农场房子和温室,他母亲的并入公司资产的汽车,依然都还好好地立在那里,完好无损。所以是不是在那个发牢骚般发出的到底为了谁的问题后面有些值得担心的东西呢?设想你站在一个过去游乐场的被烧成骨架的场地面前,墙上的门上微笑的脸也已经被烧毁了,塑料做的胖女士融化了,然后倾倒向一边凝固了,一个污点,也许是一个仰卧的位置上,她被凝固的快要滴落得大笑的眼睛现在正望着死白的如蟹肉般的天空,游乐场自己被烧了个底朝天,裸露了,一群乱糟糟的黑色柱子相互交织着,扭曲着,支撑着空荡荡的空气,屋顶没了,如果你在现场,然后假设你会说"我曾经在那里",一边用手指着;你是否也到过那里?如果这地方被烧毁了,烧得裸露着,毫无遮拦,胖女士带着塑料喜感的双腿扭到一起又分开来,是的,这整个围起来的结构又被打开了,有点像是裸露着?难怪这个可怜的杂种要用笔把屋顶写回来,让整个地方都重新站立起来。可是 J.D. 对着一根湿掉的他不能再品尝的雪茄几乎笑了起来:那个潮水男孩将会得回他的房子,在西方,放大了一千倍。那就是他所想要的。每一个愿望都会得到实现。荣耀的时刻。

　　J.D. 站在航站楼的玻璃前沉思着。耶稣啊,过去的海洋城:海鸥的叫声、腐烂的海藻在水下随波逐流,就像一颗巨大的头颅,一个被淹死的巨人的邋遢头发;还有家里,码头的颜色,苍白的灰色和米黄色。浓郁的死亡之盐味道。很缓慢。

　　对比下伊利诺伊,当下,这里和现在的伊利诺伊,看起来是这样的:黑色的天空;甘草色的天空;也许有一只呱呱叫的乌鸦:黎明时分。在伊利诺伊,很少人会在黎明浪费时间。因为黎明一直都是很开放的。J.D. 望出航站楼的玻璃窗,看向罗德阿洛夫特直升机降落场的地面,透出水下蓝的围成一圈的降落指示灯,现在处于忽明忽暗星星点缀着且已经变成甘草色的天空之下，亿万颗星星，四围的玉米高挑、黝黑而宁静立着，即使有风吹过，清晨的露水沾湿了身。面向东边，你几乎是不能抬眼去看的：一望无际的平地一直延伸到地球的弯曲线处，东边：一座山也没有，没有克里西安的谷仓、拱门和霓虹灯映照的西部的天际线；从这里开始向东就是一望无际——没有任何东西会抓住你的眼光，你必须要前后移动扫描，就像一个巨大的"不"字，你的眼睛是如此放松，因为目中无物，他们几乎就自己转动起来。感觉有些可怕。

但是这个时刻，现在：他定住了，把手中的雪茄用力戳进了一个烟灰缸的精细沙子里。现在没有为了谁的问题了：每一样事物都有一种黎明前的火光照耀着。远处的客机和加油的油罐车，天上的星星眨着眼睛以便能够被人类看到，随风抖动的玉米，伊利诺伊空气中的氧气似乎在这个时刻，就像那样，在这一刻开始如同活塞燃烧般颤抖起来。就是一个日用常行的时刻，就像那样，平坦无际的东方在被释放出来的气体里湿透了并且似乎是……在等待着。

然后，这脆弱的点火前的微光逝去了。当你和地平线之间没有任何垂直的物件时，太阳就突然升起了。没有玫瑰色的手指，上来就是一个突兀的红色手掌；重聚这天的点火有如抽搐般短暂：太阳似乎在一瞬间被一个喷嚏打上了颜色渐淡的天幕，东方的地平线为太阳所驱赶开的东西而战栗着。一架直升机出现了，那是杰克·罗德的斜头飞行员之一，从这日出中飞了出来。

J.D. 应该转过他宽阔的肩膀。转向生意。这些孩子都是为了这事才来；他们已经做出了承诺。罗德阿洛夫特 5 点 10 分从奥黑尔机场飞来的直升机就像一只巨大的温柔大手落到了地面，一整片被泡沫和直升机旋翼刀片模糊的天空，它卷起的旋风席卷着谷壳和古怪的垃圾摇动着玉米——现在依然是绿色、暗黑的，动物的饲料——还有闪闪发亮的露珠，一片海洋般的玉米，看看J.D.的一片玉米地，一只手覆盖过去，产生了一个波浪。并不笨拙和僵硬，而是温柔和——

——但是这直升机的降落和引擎的熄火也影响了他，这直升机机翼翼片转动的速度的变化。J.D.盯着，思绪浮游开去。当你盯着一个转动的物体时，使劲盯好：你可以看到在旋转的中心有某种东西飞溅着，抓住，然后似乎在这个旋转的中心里倒过来旋转着，与原来的旋转对着干。有时候。有时候也许有四个不同的旋转，每一个都在自己外侧的对面。看着这类旋转：这是一个爱好，但是J.D.知道这和欲望有关，所以花在这上面的时间并不冤枉。甚至有时候他爱上这件事情。任何有一个圆形旋转和清晰标志着是斧头的东西，速度或快或慢：有放射状轴的轮子，直升机螺旋桨片（除去他对杰克·罗德的景仰还有看到市场有一块空白以外，这是他在这个事情上投入如此多时间的真正原因），风车、电扇螺旋状的花纹。任何没有轴心或者康斯坦斯的轮子。最好的是一个有仆人的马车的右前轮，有一次：一团非常精妙地延伸出去的轮轴，然后是一个完美的往后的旋转，就在正旋转里，当疾走的马变作了慢跑，马车在马蹄声中逐渐走远，在伦敦的一条街道上，轮子旋转着。当时他是在战争期间休假。世界大战。那是J.D.的第一个旋转。

顺便说一下，这东西大部分也不是很重要。但是这是真实的，现在J.D.站在机场的宽大的涂抹过的玻璃窗前，并没有帮助德黑文迎接倒数第二批客人，所以他能够用眼睛扫描着最后的广告之友们：埃伯哈特1970年，斯滕伯格1970年。他们应该是和这些人一起从直升机上下来，猫着腰躲避着螺旋桨，手都压着头上戴着的东西，以提防螺旋桨卷起的谷屑和黎明的雾。但是没有孩子。每一个从直升机下到停机坪然后走进花环点缀的欢迎之门的人都看起来太成人了，有目的，既不跟风也不可耻。

可耻？成人？J.D.斯蒂尔莱特自己的德黑文斯蒂尔莱特是一个职业商标。一个小丑。小丑。罗纳尔德已经做了这个广告宣传项目有一年时间了，自从上一次罗纳尔德和那个马来女孩在被施了魔法的法国炸土豆条森林里发生的不该发生的事（哦上帝，虽然她的皮肤像加了奶油的咖啡，还有那双眼睛？）迫使J.D.不得不面对那个特别的小丑将再也不能在这个行业里工作的现实。永远不能。把亮闪闪的口红涂抹到那个孩子带奶的肚子上！红鼻子以成人的色情感拍打着她的鼻子！鹅淤青——虽然感谢上帝没有产生戳出来的淤痕，所以不需要妥协，整个事件对于她的马来妈妈是被解释作舞台恐惧症发作，当小女孩演员的妈妈把小女孩带走时，女孩的双腿像一个新生马驹那样抖动个不停。甜蜜的耶稣请再也不要有一个那样灰毛的马戏团小丑，任何人，如果你能够把12个这样的人都塞进一个本田车里，你不会相信他们的，会吗？不会。

但是德黑文·斯蒂尔莱特也是这样的人吗？成人？颇负盛名的儿子？可能的继承者？篡权者？谁能喜爱这个德黑文·K.斯蒂尔莱特——年纪：需要一个剃须刀；身高：没精打采，故意的；体重：谁能知道这个穿着皮衣或者宽大臀部的到处是口袋的衣裤和游泳蹼状鞋子的人的体重；教育程度：由于学校不是百分之百的容易和让人愉悦，所以被称作"骗局"；个人理想：无调作曲家（据说），做最少的活计，拿最高的薪酬，花尽余生时间逃避责任（很明显）？他是代表着整个产品的。他是罗纳尔德·麦当劳。职业商标。这个儿子，宇宙眼皮上的这个麦粒肿，这个存于宇宙广告版的积木世界操纵程序，代表着世界的社区餐馆。

那他是否有感恩？这个工作对他来说是一个最佳选择，从小丑的角度来看——职业老到的小丑们为了甚至只是一个令人发笑的试镜会而拿出自己省下的花生。但是在那个舞台恐惧症事件之后，解决方案已经有了。J.D. 斯蒂尔莱特掌控着，自从他在伊利诺伊州克里西安的雷·克洛克汉堡包摊位开始，他就一直掌控着整个麦当劳连锁帝国的形象和公众对连锁店的认知。

这班罗德阿洛夫特航班上没有广告之友下来。他们错过了这班直升机。孩子们。他们是每一个他妈的机器里完美润滑油里的苍蝇。德黑文正望向 J.D.，耸了耸肩，检查着他肥大的文件夹，耸肩的时候他脸上带着那种每次遇到困难的时候都会有的"你又能怎样"的无所谓的表情。J.D. 沉思着。他儿子到底是个什么人？那些犹太人对此有一个说法，不是吗？斯基梅尔是那个把烫热的汤泼洒出去的笨拙的侍者？斯基拉玛兹尔则是那个完全无辜的不走运的被热汤烫到的客人？那么 J.D. 斯蒂尔莱特的儿子就是那个点了这汤（用积分换购）的顾客，而现在他想要他点的天杀的汤，想要从那个狂叫着被泼洒了热汤的家伙那里安静地拿到，然后他能够在平和的宁静中享受他自己点的热汤。这是一个离开娘胎就很有些麻烦的孩子。

为了要避免误解或者偏见，J.D. 虽然是悲伤的，但通常没有这么刻薄。这刻薄的原因包括了缺乏睡眠、焦虑、一个几乎如同圣诞前夜般的预期感，加上与自己儿子间加长了的距离，这样的距离，我们都明白，能够让最富有耐心的父母也不堪重负。德黑文不是一个坏孩子，J.D. 知道。他对那些广告孩子们挺好的。那场景从他身上带出了一种差一点的广告人都会惊讶的优雅绅士味。这个孩子肯定未来再也不会给任何人带来舞台恐惧症的。

但是他还是一个见习期的小丑，他将要成为美国麦当劳连锁店历史上的第三个罗纳尔德·麦当劳，可是你可以清楚看出他并不喜欢这事实，他不喜欢这个工作——并且，更糟糕的是，他对这个工作的厌恶就像一个瞌睡来的人对什么都不喜欢，带着迟缓而轻微的抱怨还有一个婴儿般的完整皱眉——他现在正在皱着眉，而这皱起的眉让 J.D. 觉得很不舒服、很心烦，他儿子在一个疯狂的描画过的笑容里的皮肤的褶皱……看起来很古怪，是一种粗糙的嘴唇和口红构成的圆圈，所以你会有这样的印象，也就是你永远不应该从这样一张代表着一个餐馆的嘴里得到的印象，它就是个孔洞而已，一个空白的硬币，一个你只想从中退出的入口。

斯滕伯格 1970 和埃伯哈特 1970 两个人都迟到了。他们错过了罗德阿洛夫特五点十分的航班。另一个航班是七点十分。J.D. 的想法是要让罗德阿洛夫特的直升机航班能够像火车那样定时发动。所以等着并希望他们能够赶上下一班的罗德阿洛夫特直升机？或者与奥黑尔机场卡夫卡式的官僚体系交涉请他们寻找这两个人，或者用广播通知他们？现在所有其他被邀请的人都在这里，在去往克里西安和游乐场一号还有麦当劳一号的路上，准备参加罗德阿洛夫特 1 号在正午的出现，在那高潮之前的庆祝狂欢活动都已经计划停当。J.D. 有一个强迫症的要求，那就是所有像这样由他策划设计的事情都必须是干净利落、完整、被实现、是被圈起来的。在合同里，不能有一个人不出现，可还是有两个孩子迟到了，原本他们是承诺要在 5 点 10 分起飞的。怎么办？

J.D. 在听到德黑文的声音在自己非常敏感的耳畔响起时差点跳了起来。

"结束了，"高大的小丑说，一边拿掉小丑服上红色的用电池点亮的鼻子灯，手里做出了一种他很喜欢的'用意大利语说操你妈'的手势，"不过，有两个人没来，爸爸。"

J.D. 当众呵斥他把鼻子戴上，为了上帝，然后继续半睁着眼睛观察这东方的天空。那个小的让人担忧的睡得不够的到底是为了谁继续在飘荡着，以一个高静态的傻瓜音调继续着。

为什么这几个孩子迟到了

在来自马里兰国际机场的航班降落后，在行李到达之后——试着把一个有 70 个部件的弓加上箭壳打包——汤姆·斯滕伯格缓慢而神秘地挪进了奥黑尔机场男士洗手间，然后在那里面待了很长时间。马克·内希特的注意力则被一个留着长发和胡子的男人所吸引，这男人还有一个文件夹，他就在转机航站楼里发放现金。这个男人穿着很得体，令人尊敬。他手里的钞票很有质地。马克不能确定这是什么样的骗局。他排除了邪教的可能，因为这人的表情是非常普通的：没有黑天的凝视或者巴格瓦奈特的斜视；没有统一教的假人般的快乐。但是大家都不断在避让着他。他不断问他们他们害怕些什么。最后别着手枪和对讲机的大块头把他带离了。到底是个什么骗局？那个男人最多 30 岁上下，马克，一个天生的观察家，从远处一直观察着。

他们为什么迟到地更快速的原因

罗德阿洛夫特的飞行员，一个穿戴着让人不舒服的三件套和镜子般眼镜的人，不让马克拆装下来的弓或者箭套登机。12 个直升机乘客全都坐在一个很大的塑料球里：所有乘客的行李都是可以在机舱里就伸手可及的。毕竟，射箭器材可以是致死性的武器。根据联邦航空署的规定，即使是不受管制的行当，不用制定也必须遵守，小马①？一个认真的射箭运动员是不会留下自己的器材而飞行的，这可怎么办。直升机升空了，没有搭上他

---

① 原文为波兰语。

们，升空时从空中向他们喷洒着机场的渣粒。各种行李箱和带上机的行李还有几乎装满了的箭套就铺散开在降落场上。德鲁－林恩半睡着，很安静，把马克的手臂当作了扶手靠背。斯滕伯格用自己的拇指暂时抵着他的前额，前额上长出了一个毒漆树囊肿。他们预定好的座位升空了；他们离开了。斯滕伯格对于马克有点不快，因为他是那种你要时时带着的人。要做什么很清楚。他们回到奥黑尔机场的转机航站楼里，去等候罗德阿洛夫特七点十分的航班。他们打发着时间。德鲁－林恩睡在一个很奇怪的带有电视而且需要投币才能看的椅子上。斯滕伯格在大声要一个梳子的要求后又一次进入了男士洗手间。马克把他的弓套还有弓弦、箭套以及木制箭，还有无手指的射箭手手套，加上安息香药酒（为了老茧）还有在一个高大的可以租借的储物箱里的制箭器都整齐放好。那个他随身带着的四个储藏空间的钥匙巨大得不可能丢失掉。他本可以试着去写点东西，但是大多数情况下是要射箭，射向那些在偏远州的基督教女青年会的目标，而德鲁－林恩和她的被认为是有点狡诈但是到目前为止还感觉可以的笔友斯滕伯格，则是专门来重聚、狂欢、要在一个全景式的广告里出镜，还可以等着看到杰克·罗德。

到芝加哥的免费航班如何

这个航班对于马克来说不是免费的，他是陪伴而来的。

总体来说这个航班不怎么样。德鲁－林恩的神经症正在发作，如果某一张她铺开在椅背后的托盘上的塔罗牌显示在飞行前的测算中，她就不能够忍受起飞。死亡其实还是可以接受：那张塔罗牌显示的是变化。但是那塔，那宝剑九，还有那些真正极有魅力的与死亡无关的秘密——从那个椅背托盘上得到的这些东西并不能再次让她安心。德鲁－林恩宣布说这次塔罗牌的铺开所展现出的每一个可能的选项都可以是灾难性的，即使是用水晶球去聚焦那些负离子和正向的福报，所以这整个事情从他们离开马里兰国际机场就是风雨飘摇的。

来自当代演员对航班摇晃情况的空中描述以及幽闭恐惧症患者汤姆·斯滕伯格的观点，悲剧性的

"我想我应该道歉，马克。"

"没问题的，甜心。"

"我在个人意愿方面很糟糕，我已经决定了。如你所知，后现代主义并不强调意愿的效能。但是你不能否认我是尝试过的。"

"德鲁－林恩，在我们的飞机刚开始动起来的时候就尖叫着喊'这个东西要掉下去了！我们都要被烧焦了！'对我来说似乎你的努力并不到位，甜心……"

"看见没，你生气了。"

"但是还好。你那边感觉怎么样，汤姆？"

"他在试着睡会儿。"

"我睡不着，我憎恨这些讨厌的东西。"汤姆说。他脑子里出现了一副极其失望的景象。"这些飞机外面看起来好大，里面又好小。小得连呼吸都会困难。"他点燃了一只香烟，用手把烟拿得离德鲁－林恩远了些，因为对她而言烟是反物质。

"想要吃点什么吗？"马克问他。

"什么？"

"我的意思是，可以让你镇静下来的东西。德鲁－林恩什么都没有吃，因为她要怀孩子，但是她手头都备有各种镇静药，从水合氯醛到盐酸氟胺

安定 15 都有。"马克说。

"我们走着瞧吧。我不觉得我想要在奥黑尔机场里转悠，等我们落地后。也许要花费不少力气才能爬上罗德阿洛夫特的直升机门。我或许比憎恨飞机还要憎恨机场。它们都是一个样。"他把眼睛闭上了。

德鲁-林恩对马克说："亲爱的，我还是吃了点什么的。我要说对不起。我向你承诺过，但是后来我还是去拿了点东西吃了。那个宝剑九……"

"我知道你吃了的。"

"你怎么知道的？你也不知道。我是在厕所里吃的。"

"你吃了 30 毫克的水合氯醛和一片氟西泮。这些药在你体内起了作用，你开始摇头晃脑。"

斯滕伯格身上具有的当代悲剧性在于他有一个致命的身体上的缺憾。他的两只眼睛之一在他脑袋里是反转过来的。从前面看，这只眼睛看起来就像是一个煮熟的鸡蛋。这眼珠就不会再反过来了。这更像是一个伤害事故。这问题对于他想要做好一个商业演员来说是极不幸的。他不会和人说那反转过去的眼球看到了什么。他对于德鲁-林恩直接当面询问他这个问题感到被冒犯了。

他还有其他的缺憾。

"我在个人意愿方面很糟糕，马克，我已经承认了。"

"然后你喝了一个螺丝刀。现在那个小奇迹可能正在你体内翻滚着，完全被药力所左右。他可能对自己身处何方或者发生了什么一无所知。"

"你是生气了。"

"我没有生气。"

"但是如果你生气的话就这么说好了。就表达出来。不要一直都深藏着。即使是安布罗斯也会表达出来。"

"你为什么不好好睡会儿,因为你和孩子都吃了点东西。"

"马克,有一个词用来形容你这样的人。'简约。'你从来不真正地对事情发生反应。即使是在艺术面前。你甚至从来都不给我反馈。"

"我给你反馈的,德鲁。我昨天就给你反馈了。我说我喜欢那句'结实的医生致电极地'的标题中蕴涵的模糊意味。你为什么会生气的原因仅仅是因为我说,我认为一个 20 页的全部是标点符号的诗对于任何人来说读起来都很没趣。那就是反馈。只不过那不是你想要听到的反应。"

"你持续地把反应和这个过时的坚持混淆起来……"

斯滕伯格叹了口气,从他背后的休闲口袋里掏出一个暖凳子的重聚手册然后把折到的地方给抚平了。这本手册颜色令人尖叫,高科技、除去因为被折成一个方块而导致的掉色以外,这手册是闪亮的。手册详细描述了关于所有曾经参加过麦当劳广告的广告之友重聚的主要亮点和日程安排。

他们是怎么认识其他人的

斯滕伯格来自波士顿,而德鲁-林恩来自亨特山谷,他们俩都出现在 1970 年拍摄于伊利诺伊州克里西安的麦当劳餐厅改成的广告现场的麦当劳广告里。1970 年的时候,他们都还是小孩子。从大概青春期时他们就开始通信。所以马克和斯滕伯格是通过德鲁-林恩才相识的。

他们现在生活在哪里

汤姆·斯滕伯格和他父母生活在波士顿的贝克湾,他一方面参加各种试镜活动,纠缠各种经纪人而且试图要闯入成人广告片行业。马克和德鲁-林恩生活在一个空气清新的雅皮士风格的巴尔的摩公寓楼里,他们的宽敞的套间已经被德鲁-林恩尽其所能在条件允许下变成了一个杂乱的阁楼(考虑到帮他们打扫家务的是一个平庸的人这个事实）。

为什么德鲁-林恩和汤姆在吃饭时间从来都没有饥饿过

公众不太知道的事实是：任何在麦当劳广告中出镜过的人都收到一张永远不过期的餐券，让他们可以在任何时候，任何地方的任何一家麦当劳连锁店里享用不限量的免费汉堡包。这是 J.D. 斯蒂尔莱特广告公司总是为参演过广告的朋友们提供的福利待遇，同时也是极具营销天分的一出杰作。这福利让麦当劳能够宣称，在它各家连锁店的金色拱门下，实实在在被消费者"消费"的数十亿汉堡包的数量。当然，这些连锁店无论在联邦通讯委员会或者联邦贸易委员会规定里都没有被要求明示出具体消费的汉堡包中有多少比例是不用付钱的。更高的汉堡包消费数字会产生更高的消费数量。消费者会很自然被抬高了的消费的汉堡包数量而吸引，然后消费更多。演员们于是在饮食方面变得很稳定，而因此与麦当劳相关的各种表演就被视作是行业里的翘楚。而这数额巨大（部分是免费的）的服务数字实实在在会带动微观经济学者称作规模经济的东西：肉从阿根廷以巨大数量被引进，烹饪，翻身，通过定时的方式给客人享用。从一个海岸到另一个海岸的食品都是一样的。可靠。让人安心。这就是那种最稀缺的交易方式：所有人都从中获益。我们会把这个服务了多少人的标识看作我们所希望解读的：这就是一个世界社区餐馆的标识。这是 J.D. 斯蒂尔莱特第二个伟大的营销天赋之伟大杰作。在重聚和重聚广告拍摄之后那就是他的第三个伟大杰作了。

对于汤姆·斯滕伯格，飞机场并不好玩。它们在他眼里很模糊，难以得到他的注意。伊利诺伊中央机场也不例外。对于当代悲剧性的人，所有

机场都是一样的：橙色面庞的金发美女，裙子开了岔的空乘们拖着他们能够拖动的行李箱，长着纳粹颊骨的大学男生，机场贵宾室侍应生穿着不可避免地千篇一律的绿色马甲外套。穿着黄色衣服的黑发女人。机场公共广播里播音员含混不清的播音。不断被骚扰的初级经理类的人物，那种被雇主驱使着出差的人，拎着很复杂的箱子，还有看起来像是挎在肩头的装有所有人都一样的闪亮座位制服的衣袋。有颊骨的大学女生穿着健身房短裤而屁股上写着希腊字母。人群，人们相互拥抱着。在不准吸烟标志下面躺着烟灰缸。一个犹太法学博士奔跑着想要赶上接驳的航班。一个苍白的女人带着一个一瘸一拐的婴儿。一个单独的看起来无头苍蝇般的东方人的黑色刘海压着他的前额，就像是一个栅栏。穿着喇叭裤的两个拉丁裔男人以阴谋者的方式行走着，其中一个人手里拉了一只金属箱子。

"不能说他们是阴谋者，因为我挺喜欢那个金属箱子的样子。"他告诉马克，马克这时候正在踮起脚尖走在伊利诺伊中央机场的中转航站楼里，等待着德鲁-林恩去女士洗手间里服用阿司匹林并且洗洗她服药之后的脸。至少，她是睡了会儿觉的。她说这觉只是让她觉得更累了。

他们迟到了，所以机场里没有罗纳尔德或者其他工作人员像前述的手册里那样等着迎接他们。斯滕伯格现在正式感觉到了缺觉的侵扰。而且，这对他来说一点也不好玩。这影响了他的视野。清晨的色彩有一种过度的基调，就像在宽银幕电影出现前拍摄的电影里的那种色调。飘动的幻觉在他外眼的边缘处舞动着。那是一个没有手臂的站在一个滑板上的雕像。一块塞浦路斯的湿地，奶色的水在口袋里旋转着，像口水般从被裸露的根上流下来。一条彩虹像一个鞭子在敲打着。最后发现这些甚至都不是真正意义上的幻觉；这些是海报："参观这个艺术画廊"；"探索路易斯安那"；"在本店买一把户外椅准备好去欣赏真正的中西部雷暴雨。"诸如此类的广告语。

不真实。斯滕伯格翻转过来的眼睛痒了起来——眼睫毛戳到了粗糙的神经。在他脑子里有一个音调很高的声音———种像深度睡眠缺乏的测试的声音，某种持续而尖利的声音从一个非常小的盒子里发出来的感觉。

"那些都是玉米？"马克问道，手指向航站楼的玻璃窗外。

"确实是他妈的太绿了，不是吗。"

"到处都是。你能够看见的全都是玉米。我还从来没有见过一种东西有这么多。"

"这里是农场的国度，伙计。很严肃的农民们。德鲁－林恩和我在拍广告的时候都来过这里。那时候玉米是白色的。可是，妈妈在第二年夏天又带着我回来参加试镜。依然会做噩梦，梦见到处是玉米。有时候，她会从噩梦中醒来。"

马克·内希特盯着，松弛地专注着，就盯着他看到的东西。对于斯滕伯格来说，他看起来甚至不像是缺觉的样子。散发着魅力的完美浑蛋。不过，那盯着的眼神看起来有点诡异。感觉就像一个成天坐在前排观看一个确实很吸引人的演出的观众的眼神。

眼睛里看到了肩膀宽大的无脸的代表着男洗手间标志的形象，斯滕伯格和自己斗争着。他想要大便已经有几个小时了，自从罗德阿洛夫特的直升机在7点10分起飞后，情况就变得比较紧急了。他在奥黑尔机场就试过解手。但是他不能够，因为他担心，担心马克，那个眼神里从来没有没办法的感觉的马克，可能会走进洗手间，从厕所的挡门下面看见斯滕伯格的鞋子，然后知道他，斯滕伯格，正在那个厕所里解大手，推测说斯滕伯格有肠子，也会有器官，而且有一个身体。就像那个后帝国主义时代的最极端时期的他那一代的美国人一样，那个在极度匮乏和富足之间摇摆的时代，在投入太平常而不能处理与投入太密集而不能忍受之间摇摆的时代中，斯滕伯格对于精神的肉体化是持摇摆不定的态度；他有一种让他担心的恐惧，如果他真的只是一个有机体，他顶多不过是他自己器官的主义而已。

　　托马斯·斯滕伯格，就像旧时代的历史理想主义者——对他来说，如果在言外之意方面肌肉丰富而且永远都是让人烦心的孩子的C博士——安布罗斯想要构建这个的话，他能够（也会）做出经常性、显性的、无论如何让人讨厌但是智力上很有成果的指向——斯滕伯格也是以超自然的方式，被误导的无血的抽象的姿态所迷住了。思想。他是一个有思考的男人。这个与他有多么智慧无关。思想，好的和坏的，但总是无血的，这些思想在某种程度上说明了他整个的性格和表现。

　　他和马克都在航站楼里到处溜达着。这里的一切都在收摊了。渐渐变得空荡荡的。感觉有一点阴森森。航站楼在吵闹的音乐声消失后，有种突然而至的片刻宁静的感觉。看起来很草率的穿着监狱白服的几个人正拆卸下"欢迎"的横幅。每一面墙上的海报都对旅游业发动着攻击。一个外面装有玻璃的广告宣传语的是一所家庭保龄球中心，另一个则是在机场大厅里48小时连续播放电视剧《天堂执法者》的屏幕，算是对杰克·罗德和J.D.斯蒂尔莱特还有罗德阿洛夫特直升机服务在全国铺开的致敬。

　　在斯滕伯格对面墙上贴着一张巨大的海报：上面是巨大的J.D.斯蒂尔莱特站在同样巨大的罗纳德麦当劳旁边，他们长得很像，在演员用的妆面覆盖下，有一种很奇怪的感觉，好像，好像是英式橄榄球和美式橄榄球之间的相似——巨大的罗纳德手里拿着一个比他的形象稍微小一号的游乐场舞厅模型的推广海报，斯滕伯格能够看得见的只是看起来很像普通房子的游乐场，就是那种你在任何地方都可能会看到的任何一个有卧室的居民社区里的房子，唯一例外的是那个代表着游乐场大门的巨大而憔悴的笑容符号。J.D.脸上的表情极富智慧，已经让你觉得没有能够在那现场与他同在是一种损失了。

"我们迟到了,"德鲁－林恩说,她回来立马就以一种让人看不懂他是否会介意的方式哆着马克。"他们都已经离开了,我觉得。我问那些清洁工其他人都去哪里了的时候,他们就只是耸了耸肩。"

斯滕伯格轻轻用手摸着自己的前额。"我们本来应该要得到名牌还有真正的金色拱门欢迎的,那手册上这么写着。"

"看那些田地。"德鲁－林恩一边说,一边用手指着窗外,她小小的头从南转到北。

"我们可以租一辆车,我觉得。"马克深思着说。

"你有没有租过车?"斯滕伯格问道,"令人难以置信地麻烦。就像是要申请某国的公民身份。填写表格。验证身份。你还必须要有一个他妈的信用卡。不可思议的要求。让我想到了莫斯科提供新鲜肉的那天。"

"那你有一个更好的主意?"

"我几乎以为我在麦克玛芬的店前面看见一个拿着名牌的小伙子刚刚走进洗手间去了。"斯滕伯格说,他很想要抽上一只100,因为他看见了在窗子边上的烟灰缸里的烟头和一个孤独的弄湿的雪茄烟屁股,但是他没有点上,因为抽烟会真正地让他要去解大手,如果他要解大手的话。

"你要不进去看看?"

不。"我们可以就到处走走并且再找找有没有人,"斯滕伯格冷淡地说,"这个地方不可能真的像看起来这么空荡荡吧。"

不过,这里确实看起来很空荡荡的。"也许我可以找找看。"马克提议说。

德鲁－林恩喜欢把她的双手放到窗玻璃上。"你们可能连克里西安在哪个方向都不知道吧,从这里出发的话?"她打了个哈欠。她视野里能够看见的只有土地,还有罗德阿洛夫特返回芝加哥的直升机,只是窗玻璃左上角一个模糊和逐渐消失的黑点。"如果克里西安就在这附近什么地方,难道我们会看不见?一眼看出去,外面什么都没有。"

"克里西安位于这里的西边。那是东边,你看出去的那个方向。"

"所以你没有看见任何可以询问的人。"马克平静地问道。

"为什么这里就没有朝向西边的窗子呢?"

马克叹了口气,皱起了苍白的皱纹,擦了擦他的脸。"我不知道。我们可以试试赫兹租车或者其他的。我们有一张信用卡。或者我们可以四处走走,看看能否找到谁。或者我们先吃点东西。你到底饿不饿,汤姆?"

斯滕伯格现在不可能吃任何东西。他很少在别人面前吃东西。尤其是有人观察着的时候。

说到关于屎的讨论:安布罗斯博士,那个我们都带着一种只有对魅力四射的人才有的严肃的敬仰的人,能够在这个时候很适当地玩起文字游戏以便切入探讨有关粪便学和终极学这两个词之间在音韵学和词源学角度的相似性。柔顺的与荷马史诗中马匹对那些面临死亡的伊萨卡岛人拉屎的隐喻,路德的粪便视野,斯威夫特的失禁的雅虎。所有这几个人,包括德鲁-林恩、斯滕伯格,J.D. 和德黑文——他们俩正在付费停车场里停好车,然后争论着与德黑文的汽车发动有关的什么问题——都没有能力以如此特别的方式来对这样的机会做出回应。马克现在觉得好像他不信任文字游戏了。

所以基本上他们就站在那里,像任何其他人会做的那样,他们的行李就明显地堆放在他们脚下,已经瘫作一团,很疲惫,带着一种快完成但又没有的紧张情绪,一种他们应该在既定时间到达既定地点的感觉,但是又没有一个如何到达目的地的清晰共识。因为他们迟到了。就像安布罗斯博士可能会主动指出的那样，他们隐喻地不清楚自己到底从这里要去到哪里。

这个伊利诺伊中部的城镇是怎么样形成的

事实：所有的伊利诺伊社区，从建设完善的芝加哥到小埃及，其起源和理由都与养分的生产有关。从堆积物的比例，也就是肥沃性来看，伊利诺伊的土壤在世界上的肥沃程度仅次于尼罗河三角洲地区。伊利诺伊同时也以不可计数的微小、维护极差，没有路肩的沿途全是生长极快、极厚、极高的玉米地的乡村高速路而著称。高大、密集的峡谷般的玉米地影响了司机的视线，尤其是在各条小路交汇之处，难以看到对面是否有任何东西开过来。而针对设立"注意"指示牌的资金就从来也没有下拨过。

所以在大萧条时代早期，当时的伊利诺伊中部土壤一点灰尘也没有，玉米也很绿，在一个没有标记的交叉路口发生了一场车祸，一个富有的芝加哥女人驾驶着她巨大的旅行汽车在去往南方的路上撞上了开着一辆小型拖拉机的正准备穿过小路从路东边开到西边的另一块田地里的男性农民。汽车占了优势。农民被撞飞到另外一块田地里，在那密集的玉米地里，他死去了。声响很大。因为她的车把他撞飞到了绿色玉米地的深处，所以这女人不能找到他躺的地方，腐殖土凝结起来的土壤使得这女人的高跟鞋不可能走进玉米地里。这个女人，头上被划开了一个口的她把一个男人撞得飞出比常人能够飞行的距离而死，她遭受到的创伤超越过任何信念或理性的范畴。但是她有很强的意愿；她发誓，就在那个时刻那个地点，据 J.D. 说，从此不再旅行。永远不。

她的誓言，加上她性格的力量，带来了一定的影响。她轻微凹陷的旅行车一直就停在了事故现场，这个女人就住在这车里。农民克罗克的家庭，就住在田地的另一边，一开始的时候，他们非常愤怒，对于这个车祸和他们的顶梁柱男主人的死亡和身体的（完全）消失；但是这个女人，出于负疚感，向他的家庭成员支付了一笔超过这个男农民一生可以给家庭挣来的所有钱的赔偿金；所以最后这个家庭没有起诉，而且这个女人几乎变成了克罗克家庭的一个编外成员，她依然住在那个不再移动的汽车之家里。不同农场的孩子，一开始的时候是出于纯粹的人性的慈善，给她带来了食物和基本的生活用品，孩子们从路边的玉米墙后突然出现带着她生活所需的各种东西。

作为回报，加上也是出于感谢和内疚，她会给他们钱以补偿这些生活所需。实际上她会给为她带来任何自己所需物品的任何人都付钱。不可避免的，照着这个世界运作的方式，一个市场很快就建立了起来：这里有这个来自城里的女人住在这个交叉路口的大汽车上，这交叉口基本上是在大萧条时期的尚佩恩、兰图尔还有厄巴纳之间的中心位置，而这个女人愿意用钱来购买物品。这个地区确实是被重新塑造了。过去的悲惨、负疚和慈善被繁荣、救赎和市场所代替。那些都被萧条所困扰的到处流动打工的穷人，家里有作物，也有一种贸易者的动力，都涌向那个女人被拖拉机撞坏的汽车所在的交叉路口，她就住在那车里。这些被救赎的穷人一开始搭建的是单坡屋顶建筑，后来发展成了固定的帐篷，然后变作了简陋的小屋，最后就形成了一个新兴资产阶级居住的罗斯福维尔，这个市镇的中心就是那场车祸的事发现场。

一个俊朗的弯钩鼻子的流动谋生的蹬车人，骑着单车从东边一直骑过来，东边的一切都不是很好，车上拉的是他从一个最近刚自杀身亡的银行家奢侈的葬礼上偷来的东海岸的花卉，那个银行家住进了地下一层，如果可以这么说的话。他看见那个女人，坐在车里，在一种美国商业传奇所发生的极有天赋的市场营销顿悟中，他坚持要把自己的高端茶玫瑰花骨朵儿都卖给那女人。价格不菲。花骨朵儿是在世界上第二肥沃的土地里生长的而且几乎不会招致灌木丛。灌木丛会滋生出难以计数的其他灌木,通过施肥,一丛丛暴发生长出的情人红,开始把自己的美丽强加到无农人耕作的土地和绿色美丽之上。

与此交易同时发生的是,这个失地的流动的蹬车人和那个富有的静止的女人坠入了爱河,就在那个大汽车里,最后还一起生了个孩子,然后一家人搬出了这辆汽车(一辆汽车对于孩子来说是不合适的)搬到了一个蹬车人自己设计、这女人出资建造的宽大的农场房里,后来他们再也没有从这个房子里搬走过,他们在这个屋子里的生活是由那些住在周围简陋房子里的居民来维持的,而这些简陋房子和它们的住户的缘起和存在理由,就是去维持那个有负疚感的富有女人的生活。玫瑰丛的暴发性生长变成了整个茶玫瑰农场,是伊利诺伊州黑色和绿色迷彩覆盖的土地上的一个位于中央的红点,在这里,杰克在美丽、欲望和折扣之间发现有很多简易房屋的交叉路口,杰克·斯蒂尔莱特和其夫人衣食无忧地抚养大了他们的孩子。

就在由玉米地转化成的玫瑰农场对面,大雷·克罗克农夫之家,失去了一个男性户主,但是得到了一笔远远超过法律诉讼可以给予的赔偿金,他们家的儿子,一旦从他勤奋劳动的父亲阴影下脱离出来,发现了自己的远见,开始设计并运行一种轮换耕作的生产方式,在农作物种植方面开始把劳动力和资本的重心都开始转向饲养牛、种土豆和生产糖。整个发展态势变得很好。

到底对谁来说这个游乐场是一个房子?也许对于骗子、有创意的一类人,环保运动者,要对撒克逊时代的树进行医治的树医吧。对于汤姆·斯滕伯格,游乐场不太是一个恐惧和困扰的场所,更多是一个(脸部有痛苦表情）想法，一个遥远的他可以到达的终极目的地，这个目的地将代表着一个我们只有遥望远方才能够忍受的示现的对当下的转变。一个被困扰的恐惧而折磨的当下。

好的，真实的情况是，游乐场1号，就像所有可以预见和规划了的全国性的游乐场连锁店中任何一个那样，事实上就是一个迪斯科舞厅。一个卖酒的地方、皮肉市场和人们聚集的地方。这个地方的射灯指挥我们在何处如何随着节奏舞动。这是一个大型的围起来的无政府主义的狂欢——一场晚会：在这里，我们通过晚会的规则，聚集到一起并带着严厉的清教徒的刚毅，假装我们正在享受的快乐比任何人能够真正享有的都要多。

好的，现在这游乐场也代表着，对于斯滕伯格来说——作为一个英雄，作为普罗泰戈拉①——游乐场代表着未来。至于现在，这里的预测是斯滕伯格将会通过他自己不可更改的内部决策逻辑和现实状况，到达位于克里西安的游乐场，作为一个有名牌并且是登记过的之前提到的已经久等了的参加过麦当劳产品广告的所有人的重聚活动的一名成员出现；他将要和那一群群的演员们重聚并且互动；会获得不少内幕消息、发现和顿悟；他还会，最根本的，在整个活动结束的时候，面对他的未来。一个结果就是，斯滕伯格，作为一个他所处时代的象征——或者一个提喻性的附属物——将要，在他的未来，支持，这未来。

所有这些都被明确提出来，一方面是要避免任何可能被视作象征主义／新现实主义腼腆的出现，另一方面也是因为对于重聚日的任何记录的真实性的张力并不会依赖于此，所以希望这个不会被影响或者压制，如果它被变成，如安布罗斯博士在纪念日前那个研讨班上所说，"被释放的，反补充

---

① 希腊哲学家（约前481年—约前411年），译者注。

的，消耗殆尽的，全面来看"。

他会告诉我们，是的，朋友们和邻里协会的紧张和高潮部分就躺在这个确切来说二十世纪后期的，这个内向的有理想的产品代言人将要面对的未来中。安布罗斯解释说——这些都记录在马克·内希特的笔记里，笔记是用他精确地难以辨识的手书写的——安布罗斯认为在人们的思想池塘中有数种可能的未来翻滚着鸣叫着。具体来说，在三个未来之间有差异：一个在时间框架里的未来（历史和预言）；一个超越时间框架的未来（复活和永恒）；一个终结时间的未来（末世和世界毁灭）。哪一个未来我们会觉得最吸引人？他用华丽辞藻问道，终于把在他绿色黑板上的龌龊的批评诗给擦掉了。

另外三件安布罗斯博士告诉研讨班同学的事（这些马克·内希特没有记录在他细小的难以辨认的笔记里，因为他的注意力已经漫游到了后现代的德鲁－林恩·埃伯哈特那无爱的悲情和她在震惊整个班级前写下的那首诗）：

"一个故事的主体是它的内容；一个故事的客体是它的走向。"

"不要把对主体的同情与和主体的共情混为一谈——二者之一是不好的。"

"是的，他，安布罗斯，作者，在那原创而具有深远影响的《迷失在游乐场》一书中是一个角色也是故事的一个客体；但是他不是主要角色，不是英雄或者主体，因为虚幻作家们在讲述真实故事的时候，是不能够用真名的。"

当J.D.和德黑文·斯蒂尔莱特仍然在争论是否让德黑文咆哮的车子熄火会节省能源，就在收费停车场里，因为在航站楼或者洗手间（马克进到洗手间里，蹲下查看每一格的门下面是否有大学生的衬衫袖和鞋子）看不到今天应该到达的人的踪影，而这时，马克、德鲁－林恩、斯滕伯格三个人被看见继续向箭头指向的地面交通方向走去，他们的目标是要租一辆达特桑牌汽车，马克背着他的轻便包还有德鲁－林恩的包，在他的胸膛这里有一种被刺中的感觉，而腾不出的双手让他不能确认是否是他特别的德克斯特箭，这箭他一直贴身放在衬衣里，为了躲过罗德阿洛夫特7点10分航班的飞行员，现在依然藏在衣服里，行走中的德鲁－林恩双臂交叉于由一件石灰绿夹克包裹着的胸前，对于斯滕伯格来说，她胸部的尺寸让人失望地模糊不清，她的盆骨先于她至少有几步之遥。斯滕伯格正拖着他父母给他买的行李箱，眼睛东张西望地要寻找任何拿着一个金色的抛物线名牌的人，带着期待眼神的人，一个麦当劳小丑的面庞——他的眼睛越过一个闪米特人般的谦逊的颊骨还有一个怀有相当恶意的闪米特人鼻子，一个完整但是有些长得不太好的嘴巴，他的脸很不幸，是一个混合了野漆树毒囊肿、各种感染和伤疤，就像是一个在冰雹袭击后的坑坑洼洼的金属屋顶，整个一团糟；当然还有一只令人愉悦的蓝色的向前看的眼睛和一只不自然的死白色的向后看的眼睛。具有讽刺意味的是，他的反身体的立场（他自己提议说称之为身体真实的惩罚）来自于他的非致命的缺陷，他的皮肤问题，而这皮肤的问题又是来自很多年前的一个周末，就在一次他最后没有得到的试镜机会之前，一个他独自露营和进入项圈土壤角色的周末，一个人，带着一顶帐篷，在西波士顿的伯克希尔，露营过程中他沾上了几滴野漆树毒液，然后买了一种他现在和永远都在诅咒的打了折的一个普通牌子的漆树毒的药（就像大多数简明标记的不注册的普通药品一样，这个药也让人不能信任，它实际上是一种为漆树生产的药，而不是为受漆树毒所伤害的人所制作的，但是如果药瓶上的标签写着"针对毒漆树的药"，你他妈又会怎么想,就站在那里?)然后他把自己的脸、脖子、胸膛和脊背都灼烧得很厉害:脉搏加快、囊肿、灼热、过敏、阻塞,几乎是神圣般的伤痕。漆树毒如此厉害,他被伤得不轻——这当然也就成为了一个经常性的提醒,告诉他漆树毒依然在他的身体上——而且它不会就此离去,在服用著名的抗毒性药物之后不久,就又会再次感染。整件事情让人觉得可恶,你可以打赌斯滕伯格也憎恨这东西。他不高兴,但这是那种相对来说整洁和放松的状态,他是那种至少很明白自己为什么不高兴的一类人,他们知道要去诅咒什么,现在和永远。

他们带着行李继续行走着,马克的头上下轻微地动着,德鲁-林恩则是腰部引领着,或许是怀孕了,斯滕伯格尾随着并且四处张望着。他们走上了自动扶梯的剃刀头般的梯级,向下走。那个东方人又来了,凌乱的黑色刘海,从下面的扶梯向上行。这个东方人依然是一个人。斯滕伯格在想:在任何一个地方你多久才会见到一个独行的东方人?他们一般都喜欢一群人出动。太阳是很早和早晨中段的感觉。很多朝东的玻璃窗在他们乘扶梯下降时都向上倾斜打开了。阳光很耀眼并且不纯净。露水变成的水汽以一个缓慢的气团的方式从绿色的玉米地里升腾起来,随着温度的上升,雾气像瑞士奶酪般地被分割成一块块的,并且升到空中与纯净的光混杂起来。马克本可以告诉斯滕伯格,大多数西方人都没有认识到东方人确实经常独自旅行和转机,通常也能够至少和普通的机场广播员一样好得发出辅音。还有他们的眼睛也不是比我们自己的眼睛要更小或者恶意地斜视:他们只不过是有一种未经切割的眼皮,所以他们的眼睛就比我们的眼睛要打开得小一些,不显示出整只眼睛。马克健康的脸上的眼睛看起来就有那么点东方特质;它们有一种"最后回合中的拳击手"的浮肿,尤其是当他没睡觉之后。在他们过来的时候,他是西方的。他是巴尔的摩一名第三代德裔的新教徒，不过他是新近才转信新教的，德鲁-林恩给斯滕伯格写信说过，通过一名射箭教练引人上当的教育催眠术，从一个模棱两可的父母辈的天主教转到三位一体信仰，也被人称作马修主义或者救赎主义。德鲁-林恩，作为一位后现代主义者，也就是无神论者，在她过去正式转变信仰时，给斯滕伯格刻薄地写道：这整件事都是很野蛮、中世纪、食人主义和被欲望所占据的，"这面包是我的身体"转化成了一个使役动词和形容词化的名词，一个语言学意义上的妖言惑众，一个词汇的欺诈：三样东西怎么会既是一样东西又是三样东西？这不可能，就这么简单。但是斯滕伯格认为他领会了这意思。如果你非常想要得到什么东西，"想要"就变成了使役格动词。斯滕伯格想要治愈自己。要行动。他想要行动的念头胜过任何其他东西。

对面上行的扶梯载着那东方人而来。马克低头避开了那个男人没有切割眼皮的眼睛。德鲁-林恩则在扶梯上开始一级级走下楼梯，就是那种把扶梯视作楼梯的女孩子，这行为总是让斯滕伯格感到恐慌和困惑。她的屁股出奇地宽大、平坦、不温柔。

就这样，他们继续行动着，起码，注意，尽管他们走得很慢。不可否认的事实是他们甚至还没有找到去游乐场的交通工具，还有，在这里，整个过程进展得很缓慢。他们三人都不会否认这点，而且他们都很疲倦了，德鲁-林恩刚刚从药力中恢复过来，而马克感到很饿，他的血液里喊叫着要喝咖啡。斯滕伯格则迫切需要解个大手。

于是事情进展得很缓慢，就像你有这么一个让人烦恼的怀疑，你知道任何真正意义上的满足都还离你很远很远，这让人很困惑；但是就像基本上是很善良的孩子他们接受了现实，直面失败，因为他们知道现在发生的事情是真实的；无论我们想要什么，真实的世界就是相当缓慢，尤其是现在，对于我们这个年纪的人来说。当你长大一些的时候，情况可能会变得更快一些,更多的世界会在你身后,前面的世界少了,但是我们这个时代,很少有人会对这样的一个变化感到有趣,我敢打赌。安布罗斯博士自己曾经,在东切萨皮克贸易学校的学生联合会酒吧暨烧烤吧的啤酒和花束前,告诉马克·内希特年轻人的问题,从大概二十世纪六十年代开始,就是他们倾向于过分投入地生活在自己的社会时刻中,然后倾向于把年过30岁之后的所有存在都看作是某种后性交时代的事。到了那个时候,他们就将放松、放慢速度、悲伤的动物们,去观察——还有去学会,就像安布罗斯自己说,他就是从坚硬的艺术和学术经验里学习的——生活,不是仅仅被评级为一个坚硬的R,或者甚至是一个柔软的R,事实上,生活甚至很少进入流通领域。生活倾向于进行得太缓慢。

与此同时,很奇怪地,这里还有另一个穿着很精致的年轻人,在航站楼的下半段,靠近地面交通部分的地方,一个年轻的蓄了胡须和打扮整洁的年轻人,正在散发着美金,就像这些钱是过时了一样,他在手里的文件夹上打着勾,因为文件夹太大,他细小的手要勉强才能拿得住。马克想要证实这是一场骗局;他感觉自己已经弄清楚了那些家伙是谁:他们是摩门教徒,他们在做的是某种让人不舒服的无私的摩门教的行为。他想在自己把他们的信用卡交给德鲁-林恩之前弄明白这事,但是德鲁-林恩已经很焦虑,刚刚从盐酸氟胺安定的药效里出来,那是安定类药的一种。接着,一个令人吃惊的声音很大的争论开始了,是关于行程和可靠问题还有迟到问题以及到底谁是对什么样的问题负有责任的争论。那是在已婚人士之间发生在公共场合的你不应该去听的争论,如果你够礼貌的话。

一个真正的明目张胆且具侵略性的打扰

正如前面所提到的——如果这是一个宏大虚构的一部分,事实是这不是，那么在这个参照和前述的被参照的事物之间的句子的确切数字很有可能会被提及，那将是一个让人头疼的东西，还不要提到自大的问题，因为这就是自以为对于三个孩子——这三个人中没有一个是让人可怜的——生活中一个缓慢、炎热和缺觉的，基本上是很麻烦和令人困扰的一天生活的直白而反渲染性质的描写，是确实可以出版的，在现实中这不可能，但是在宏大虚构中是可能的，不需要被提及，一个被要求的后现代传统，其目的在于把可怜的老读者的情感注意力集中到一个事实上：他们花钱购买并正在耗时阅览的文字描写实际上不是一个可以看到不同的真正是分流的世界的窗口，而是一件"艺术品"，一个主体，一个简单的、古老的、接地气的东西，这东西是由乳化了的木屑和平面染料的合唱团，还有传统所构成，所以在一个"深"层次来说，就是不透明的一个会变形的窗子的伪造而已，不是一个真正的窗子啊，一个笑话，所以在一个深（但是现在是有意而为之）层次上是很人造的，也就是说是伪造的、假的、一个虚构、一个假装者的状态，一个用草做成头发的西班牙国王——这个自我意识到的显性和被解构的公开本意，是要让前述的宏大虚构比任何一个前—后现代主义的"现实主义"都要"更真实"，这"现实主义"依靠一定的已经过时的技术来创造一种有一个窗口可以接入到一个和我们的现实相似的"现实"的一种"幻觉"，这个"现实"是蕴含着一种所有真诚的人类成员都应该被影响的更高层次的真实——这就包括了现实主义的复活，那些整个美国都在进行的无以计数的模糊的研究生写作班的毫无荣耀的简约主义者的劳动产生的带着痛苦的作品，这些被战地司令利什（他应该知道）称之为"新现实主义"的东西，这东西承诺说要显示完全的愚蠢，这个宏大虚构的屎……加上天真的愚蠢点缀的屎，就躺在如同"现实的"虚构的宏大虚构试图去"揭露"那么多的"被公开的设想"上——你可以想象一下那些天体主义者把可怜的皇帝的衣服都撕扯成碎片，然后大家发出尖利的笑声，就好像他们不用回到自己用玻璃罩起阳台的家里一样——还有，新现实主义的家伙们会认为，在讨价还价中令人讨厌的是，这个宏大虚构，因为它是对历史和历史的不容质疑的追随者的引介的一记耳光，也打开了通向一柜子恶臭的带着感恩的聪明、到处游荡，自我沉迷，与己无关主义，即使是加德纳或者康罗伊或者 L. 休瑞克斯或者他爷爷的甚至安布罗斯自己都会告诉你，这就是对任何即将成为激情满怀的艺术家的最根本的憎恨——这是我们能够最靠近的被禁止的东西，禁忌，憎恨，古亚述城的机会……所以文章的行数不会被提及，尽管在一个极其有限的时间框架内，它的屁股痛可能是依附于并且明显是比这个特别的考虑和拒绝更加经济的——也就是说，今天，一个曾经在由 J.D. 斯蒂尔莱特广告公司为麦当劳设计开发并且制作拍摄的 6659 个广告中出现过的所有人的重聚，为了这个重聚，J.D. 斯蒂尔莱特广告公司制作并且向所有参加过上述广告的人散发了无数的高科技含量的诱人邀请函、信息手册、旅行券、宣传册还有精细对准受众的引介和威胁（不过，很奇怪的是，没有地图）。记得这一点：这个重聚活动是如此策划和推广得精密，以至于所有被邀请的还活着的人都承诺要来参加。百分百的积极回应，对于 J.D. 来说，不是偶然的。这个重聚活动已经酝酿策划很久了。除了那些在运转的事情以外，整个活动的构思和安排在很多年里，都是 J.D. 斯蒂尔莱特生活的中心，热情之所在。从一开始，他就在酝酿着要做成这样的活动。聚集到这个沉睡的带着玫瑰香味的克里西安小镇上的，是差不多四万四千名曾经的男演员、女演员、偶剧演员、失业的小丑演员；来自伟大的十二个由市场决定的商业演员班组成的成千人的朝圣队伍；高加索白人、黑人、亚洲人、拉丁裔、北美原住民 / 爱斯基摩人，加上那些最后穿上亮色的轻微变了味的头套和小丑服装的人；还有上述提到的六个来自不同范畴的儿童领域的儿童演员，他们就像从儿童立场出发瞄准了那些周六清晨和工作日下午市场的阴极左轮手枪。免费的机票；免费的从奥黑尔机场到伊利诺伊中央机场的直升机摆渡服务；从机场到重聚场地的小丑轿车接送（对那些准点的人来说）；金色的名牌，专为那些收藏者准备的；免费进入一个在下一个千年中人们都知道的地方，一个像癌细胞一样疯狂生长的连锁迪斯科舞场的旗舰店的待遇；免费的食品（拿就好了）；一个去遇见和认识J.D.斯蒂尔莱特和罗纳德第一和第三的机会，一个去向被坐在灌篮水缸上的被悬挂起来的罗纳德第二投掷篮球的机会，一个去纵情狂欢的可能可以射烂福斯特的岩石的瓦尔普基思莱威尔节日①；还有最后要出场的，在12点整，直接从天而降的杰克·罗德，巨星，带着一个牛角号和一个塑料来复枪，杰克·罗德，一个狗日的偶像人物，高高在上，从一架直升机里向下挥手。根据那个粗糙的宣传手册的说法，这个重聚活动将要终结所有类型的重聚。惊叹号时刻。而且这个活动将会被弄成是史上最大的麦当劳广告。而且所有人都又将再次被支付报酬。

　　还有，新现实主义，很年轻，也很现实，也是非常缓慢的。问问安布罗斯。问问马克；他已经对此观察好了。新现实主义，在其缓慢行动中，会四处生发出枝丫，处于极端节俭的真正的真实，从它普鲁士式对休闲的鄙视，从它对自己所处空间的决定性的局限性的迷恋，还有它与自己地平线的暗淡的距离。它也是在任何一个地方的任何一个好的书商那儿可以拿到的最令人心碎的东西之一。我要了解一下它。

　　在一个令人惊讶的有耐心的平行轨迹上的某一点，在伊利诺伊中央机

---

① 源自中世纪的一个欧洲传统节日。

场的阿维斯租车柜台前,一个个子巨大的农民,各方面都很巨大——以至于他下意识把这个柜台当作了一个脚蹬,他把自己的靴子放到了柜台上,他的手肘放在膝盖上——他在试图和柜员商量着用他一千蒲式耳[①]的上等伊利诺伊的饲料玉米,加上他1981年的艾利斯-查莫斯收割机来交换仅三周的任何外国品牌汽车的租赁服务。任何外国品牌都行,这就是他所说的。很明显,这是为了他最大的孩子。他的孩子们和我们的孩子们都在观看着这场谈判。阿维斯公司的职员,很清楚意识到作为行业排名第二的公司必须做得更好的压力,解释说她并不负责制定政策,她只能如此解读这个公司政策,她必须拒绝这个交易提议,她其实是很同情这个农民的。

"要么达特桑汽车,要么就不要。"德鲁-林恩对两个人强调,马克·内希特咬了咬牙,挤出了一个精美而紧致的笑。德鲁-林恩只能出现在达特桑汽车里。这肯定是一种神经症的表现,但这是一种非常强大的神经症以至于表现出在很多令人发笑的场景的让人要顺从的表现,我们现在没有时间一一列举。斯滕伯格,在这段时间里,把他的目光绕过了个子高大的农民的大腿,投向了另一个广告海报,那是关于伊利诺伊中部的一个保龄球和家庭娱乐中心的广告。虽然斯滕伯格一辈子都和自己的父母生活在一起,而且实际上也只是亲吻过他们,他还是为这个用词所困扰了,"家庭的快乐。"

阿维斯租车公司的服务代表对那个大个子提出的易货交易的提议的拒绝是带着怜悯和理解的,但不是同情或者共情。同情的缺位可能是因为她在耐心解释阿维斯公司不可松动的现金汇转、还有本地支取的支票需要有一张保证卡,还有在任何情况下至少都要有一个全国信用卡的数据,这就

[①] 蒲式耳是计量单位,通常1蒲式耳约为36.37升。

意味着在这个令人尴尬的时代，只是万事达卡、美国运通卡、Visa、花旗银行、或者是新的、方便的，选择拓宽了的发现卡的时候，嘴里还塞满了甜味的够一口咀嚼的早餐饼。那个农民手头只有粗粮作物，而且（很奇怪的）是因为数量太多以至于不值多少钱。阿维斯对在机场租借收割机的利润核算可以理解是非常惨淡的。可以肯定的是，这个农民能够认识到这样的局面也不是任何人的错。

他确实是能够理解的。这个大个子的农民。

斯滕伯格指着那个大海报对德鲁－林恩说"享受保龄球的一个全新维度"是这个广告的核心信息。

他对于广告里提到的家庭的快乐很困惑，而且这个海报让他感到有些恐惧。"保龄球本来就是一种三维的运动了，不是吗？"

马克笑了起来。"四维的保龄球？"德鲁－林恩大笑起来。她的笑声听起来很像是有人咳嗽。很正面的。斯滕伯格用眼睛瞄着二维的影像，扫描着这个广告的家庭模式，想要寻找些问题出来。马克依然踮起脚尖站着，扭动着他的脚踝，他的箭在外科手术医生衬衣下衬出了一小条垂直的皱纹。

突然之间，他们就都站在了柜台很长的队伍前面，斯滕伯格看到了。考虑到这个使得美国——不，使得整个人类从狩猎采集型的游牧生活进化到农业种植和社区成为可能和伟大人类社会的传统，那个大个子竟然不能够用自己整个季节的血汗作物交换三周光鲜的交通工具租用的老农民身上到底发生了什么？他是否已经聚拢了一窝孩子，抬起他戴的种子公司的棒球帽擦了擦自己疲倦的红砖色的脸，离开这里，去租车行业排名第一的公司去试试了？马克感觉他该对此感到难过：要租赁的车是要为这农民的大儿子与一个放贷官员的女儿的婚礼而准备的。但是斯滕伯格现在看不到农民和他的一窝孩子都在哪里，此时他解大手的紧迫感已经在他的下腹形成一种病态的疼痛，于是他取出了一根香烟，一根100，这是他喜欢的一种烟，因为这烟不仅可以永远燃烧而且会在离开他身体一段舒服的距离之外发出光。又一次要提，之前那些一代代自残般有自我意识的作家们，迷恋执着于他们自己的诠释，到这个节点上会提出，就像我们好像一定要到达什么地方一样，说这个故事似乎没有到达目的地的可能，这故事并没有按照弗雷塔吉式那样无缝的向上弯曲的叙述方式进行，按照那标准的话，现在到了第35页的时候，应该有更多的活动发生了。不过，他们会信任，按照他们的解释圣师安布罗斯的说法，这样显性的内部的对于他们不能拉开节目帷幕的失败的承认将会在一定程度上使得他们能够免于要拉开节目帷幕的责任。或者说也可能，在某种递归和总体来说很天才的方式里，这个情况代表着它蓄意要去否认的那个时刻。马克对于这些补救则是说，他们基本上还是一群很真诚的人——评论家，事实上，他们不是他们想要成为的传教士——很具有讽刺意味的是，因为他们非常具有批判性的诚实，这些家伙就被本来他们试图要去规范的这个假装的行当捕获了。马克·内希特在整个长队里显得不合时宜地有耐心。汤姆·斯滕伯格则代表着一个不同的年代的故事。灰色的云层在他视野的一半里缓慢而痛苦地滚动着。随着尼古丁变作了一个亮色的血潮并且冲击着缺觉的症状时，丑恶的想法进入斯滕伯格的脑子里，并且被记录下来，带着评论。真他妈可怜的农民。他妈的可怜的中西部阿维斯公司的梳着铁砧发型的女孩，和她眉毛上的一个半透明的疣和她嘴角留下的糖渣。她手臂上黑色的女孩的毛，看起来就像一丝丝暗淡的光。他妈的马克眼睛里带着那被催眠了的凝视还有敏感的眼睫毛还有散发出的健康味道和他孤单的铝箭，连接在阳物崇拜的小家伙或者什么东西上，极为巧妙地隐藏在他无脖的女性外科医生衬衫下，所以箭头刚刚在他的喉咙那里露出来。这个家伙甚至不能确定自己在别人眼中是什么样的。他妈的德鲁-林恩，带着整理过的三个月身孕的肚子和虚无的盆骨以及过于聪明的噘嘴，她消失的记忆，一个狗耳朵版的某种进步人士会放在自己胸前以代替勉强可以分辨出的乳房的晃动的东西。他妈的汤姆，身上涂抹着一层很轻的油状的汗水，而墙上没有发现一个糟糕的可见的缺陷的广告里打保龄球的人正在一个新的维度里享受着家庭的快乐。我们只是想要搭个车，伙计。免费的。要去参加重聚活动。我们只想做完全是不可避免的最少的事。纳税，死去。斯滕伯格自己都看不见自己身上的憎恨，因为这憎恨埋藏在他的内心深处。所以他现在情绪很糟糕，而且有一种急迫地要腾空肚子的需求。这是令人痛恨的真实，我恐怕要说。但是能做什么呢？

那个有一个半透明疣和吃着裹了糖衣的油炸圈饼的阿维斯女孩在柜台后说："今天，我们能为您提供什么样的服务？"

穿过下半段航站楼就是下半段的休息厅，几乎空无一人，塑料桌子圆形的桌面都有一个独立的中央柱子支撑，呈原子云状，顶部被削平，酒吧的侍应生穿着绿色的马甲正在把洗过的玻璃杯倒挂在升到吧台位置的角落里的一个巨型电视机下面，这面是斯滕伯格看不见的一面——但是他的另一只眼极其热切地想要看到，这只眼睛是一个神枪手的眼睛。

"我感觉我们应该首先告诉你，我们需要租一辆达特桑汽车。"德鲁-林恩说，面前的柜台大概在她的胸部位置。

电视剧《天堂执法者》和侍应生都是处于他们48小时工作时间的末尾。侍应生看起来很不高兴，不得不听见丹诺被告知要给某人再多预定一会儿——但这是斯滕伯格知道的一集，他转过头去看。他就是喜爱看那些他已经看过的剧集。

"没有达特桑汽车了？马克，她似乎在说没有达特桑汽车可以租了。"

马克看着斯滕伯格和遥远的升起来的电视机:"达特桑汽车现在改名叫尼桑了,宝贝问问他们还有没有尼桑。"马克以前就和德鲁-林恩说过这消息。这消息就没有入她的脑。

在这一集里,就在这里,首次出现了一点暴力。杰克·罗德扮演的行动者一面总是通过施加于无辜者和宝石般的小角色身上的暴力来展现。看看这些邪恶的东方男人走进了一家美发店,里面就只有一个西方人和一个男性的美发师,正在把发票和收据收拢来,很快就要关门了。邪恶的他们把窗子的百叶窗拉上,把正门玻璃上的'开放'标志翻转过来,对着斯滕伯格还有那个被惊呆了的美发师,他试图要解释说他们不给男性做美发,这个店不做这生意;一个东方人拿过一个抖动的女性细高跟鞋,在那双比旧日美好熟悉的西方眼睛要小得多的眼睛里,有一种灿烂的悲观浪漫主义的终极欲望,他宣布"我们可以做";这个说法让受害者和观众都被照亮了,而此时《天堂执法者》的镜头切换成一个巨浪,一个能够比现实主义更好表达出完全无序和那发生在一个西方火奴鲁鲁的美发沙龙里的成员间的故事;而马克,也是顺从于熟悉的大众流行文化的诱惑,把寻求交通的谈判交给了他的新娘,自己和斯滕伯格像漂流的货物一般流向了休息厅还有各处统一播放的电视剧《天堂执法者》。在这个剧里,有好多指向流行大众文化的参照,而这三个性方面已经很成熟的孩子消费着这剧集,并且希望有一天也能够制作和重新呈现这样的节目。流行文化就是人们已经相信的事物的象征性代表。

但是他们在桌子的木纹圈边上坐在让尾骨极为不舒服的椅子里,男孩子们,在一个几乎空荡荡的下半段休息厅里,早晨的休息厅通常应该是这样的,斯滕伯格点了一杯可乐,在他的衬衣口袋里搜寻着香烟,马克因为要坐下来,就只好把他的箭取了出来,那个箭头已经抵住他的喉咙了;他的喉咙很需要咖啡，他不能相信侍应生简单地让他到楼上的咖啡厅去的建议，因为他要的是热咖啡。与此同时，在航站楼的对面，马克可以但汤姆不能看到的地方，因为汤姆在看电视的回放，德鲁－林恩站着，有一种只有镇静剂过后才会让你出现的焦躁，试图要搞定一辆尼桑汽车的合法租赁，而她身后的长队变得愈发长，长到都不能望到尾了。马克从自己拥有令人惊叹的容量的外科手术医生的衬衫里掏出了一个厚实的装满了三分之一的油兮兮的暗红色东西的一只带拉链的包。斯滕伯格正看着《天堂执法者》里的切正在查看从味觉上来说不能聚焦的美发师的尸体周边一种粉笔状的外胚层质；他看到的第一支玫瑰是马克送给他的。

"来点炸玫瑰？"他把苍白的手指伸进袋子里，弯下身子，似乎要闻闻咖啡的味道。

"炸玫瑰？"

马克拿着一个油腻到使他的手指都闪亮起来的花瓣。"这就像是一种美食。你把它们的头掐掉，然后用油炸，就可以吃了。"

汤姆盯着马克和自己，像点燃一根雪茄那样，点燃了一根100香烟，火焰燃烧着，把烟头都烧坏了。

"尝一个。我从一个非常值得信任的人那里拿到这些玫瑰。它们的味道比样子要好得多。尝一个。它会让你的精神飞舞起来。"

他看着玫瑰。"我想我宁肯喝烟筒里的水，也不会去吃长成那样子的东西。"

"水烟筒的水完全是另外一个范畴的东西。"

"你确定？"

"就尝一个。试试看。你看起来糟透了。你可以用可乐就着喝下去，这样你都吃不出味道来。"

不过，对于德鲁-林恩来说，没有不合适的食物。德鲁-林恩的身体构造让她就是不能接受炸玫瑰。这就是一种你甚至不会去想到的正餐的开胃菜，她这么称呼这些炸玫瑰。也是她自己告诉德鲁-林恩，她应该只能在达特桑汽车里被人看见。还有死亡卡基本上是一张良好卡。但是要在离开家之前先咨询她的意见。要施以琥珀松香，而不是香水，因为这是好的运气，能打开第三只眼，加上闻起来很棒，就像遥远飘来的橙子蛋糕味。德鲁-林恩抹了琥珀：

"什么？我只听见了油炸焦圈的声音。那么，来一辆尼桑吧。我们将不会驾驶这车到伊利诺伊州以外的地方。我们只会开到克里西安，就从这里往西不远。克里西安是不是就在这儿的西边？斯蒂尔莱特，对的。我们是来这里参加为每一个曾经参与过麦当劳广告的人组织的重聚活动的。""最重要的麦当劳的广告。这就像是其他所有麦当劳广告的对数，一个如此巨大的地点在宣传手册里，这就是那手册，手册里说'新的设施设备将被特别定制用于支持所有三十年来的演员们的消费，以便能够捕捉到这个巨大人群以及那个将要代表并且传达，一个泛全球化的对肉的渴望，一个世界社区真正的终极餐馆的集体构建的改变'。我知道，斯蒂尔莱特广告公司会倾向于这么说话。而且斯蒂尔莱特先生也没有到这里来迎接我们。我们迟到了。我们。我的丈夫和朋友"——四下张望着——"我丈夫就坐在对面的休息厅里，面对着窗子，你可以看到他。马克·内希特，配偶。他的名字里有一个ch的音，没有元音。他应该第一个被人记住。下一个是德鲁-林恩·埃伯哈特，她参加了介绍麦当劳乐园的户外餐饮和家庭快乐区域的广告，1970年。我是从一个微型的弯曲的滑梯里滑了下来，我很可能是光着的小屁股与非常冰冷的金属摩擦发出响声。我很天真地向汉堡神偷献上了一个汉堡包，他甚至都没有嚼一口，就一口吞下去了，我往后退了一步。

这个可怜的男人在斯蒂尔莱特对整个拍摄表示满意的时候，已经整个人胖得把表演服都撑爆了。他是一个完美主义者。他和那些穿着各种演出服的演员们的关系并不好，我们的印象是这样的。我们的。一个托马斯·斯滕伯格应该也被后人记住，作为我们可能的司机。他参演的是介绍麦当劳汽车餐厅的广告，1970年的冬天。片子里他在用一个有笑脸的对讲机要了一个快乐套餐，而这时候饰演司机的演员把头低下去弄乱了头发。他在享受那一天他的休息时间。这些信息也许比你们所需要的要多。主要是我们太累了，我们从东海岸一直飞过来，我们还没有好好地睡个觉，也没有人来迎接，我们现在就是想要到达目的地。麻烦越少越好。我们已经迟到了，现在我们需要交通，也需要有信用以便得到交通工具。我们全国性的信用卡的选择是：维萨卡。你是对的，那个卡上的名字不是我们的。那个卡从技术角度来看是写着我丈夫马克·内希特的父亲的名字。他是做洗洁精产品的。我恐怕斯蒂尔莱特和他的公司没有交易关系。

这时候也是叙述时间。斯滕伯格坐着，带着恐惧的表情，试图把他的鞋子抬起来移出视线。他用指头摸了摸前额，随着他刚刚吃下的东西的味道在他身边升起，他的恐慌和不确定感加剧了。在另外一处，发火的马克无聊地把他的箭翻来翻去，然后放到休息厅的圆桌上，像剃刀般锋利的德克斯特箭头就戳进去挂住了。他对此很在行——这是一个休息厅的戏法——只要把扣弦的尾口和木箭杆挂在桌子的边上，从下面往上对箭用心轻轻一拍，整个箭就会跳起来，然后调转方向，垂直落下来插到桌子上。酒吧的侍应生，应该不会对被箭头钉出凹痕的桌面感到愉快，却在这时候完全被电视里那些邪恶的东方人，现在是穿着皮衣服的人，对一个西方修女的所作所为左右着。

"这是不是因为 J.D. 斯蒂尔莱特，这个可能拥有整个机场和机场里所有东西的人，他自己不涉及洗洁精行业的因素？"德鲁－林恩追问道。"好的，就算不是，我试图告诉你这个是我们的信用卡，只不过卡上是他父亲的名字。新婚礼物。我们刚刚结婚——可是为什么这个卡必须要是我们的名字才行？我满 21 岁了，我已经 25 岁了，老天爷——你可以看看驾照。我怀有身孕。我有一个配偶。不，马克没有一张以他名字办理的维萨卡。他只是一个硕士研究生。我们刚刚开始建立自己的信用机制。我知道汤姆·斯滕伯格也没有信用卡。他只用现金。他甚至都不用支票账户。他假装说这是一个政治决定，但是事实是他担心自己会被弄糊涂，会超额消费。"

阿维斯公司的销售代表一边断然地咀嚼着，一边解释说租车者需要有以他们名字办理的信用卡。她也只是在适用公司的政策。这些都是白纸黑字写着的。法律效用。公司必须要明确你是一个可以信任的成人，你能够为别人制作的高速率的消费机器负起责任来。

"但是小姐，这个维萨卡上面有无限额的信用额度。你看——上面写着'限额：天'。压印上去的。"

马克的桌上是他那竖着的德克斯特铝箭，他的装着安布罗斯做的炸玫瑰的带拉链的包，一杯高而薄的酒杯装着的可乐，还有一根没有掐熄并且拒绝在烟灰缸里熄灭的 100 牌香烟。

"让我来试图理解你吧，"德鲁－林恩在她身后排着的长队的情绪由丑陋和不安转变成更像平和与讶异的时候，并且依然关注着他们之间交流的时候，对梳着铁砧发型的阿维斯销售代表说，"虽然这个信用额度是没有上限的，"她缓慢地说，"这个卡不是我们的，这就是你坚持认为的。这个信用卡没有限额，但那不是我们的责任，所以在某种你们租车公司的意识里这就不是真实的信用了？"

那个阿维斯的女士，名字是诺拉的女士，嘴里嚼着一点巧克力，带着一种真实的同情表情点点头，这样的表情让她在面试时得到了这个工作。

德鲁－林恩转过身去："这太令人生气了。"

确实是，某种程度上来说。

"也许我能帮上忙？"一个留着软胡须，拿着脆脆的账单还有写满了的文件夹，手里握着一个自动售货机的咖啡杯把手的年轻男子一边说，一边和阿维斯公司的诺拉点头问候。

"你是不是也和每一个曾经参与过麦当劳广告的人组织的重聚活动有关联呢？"德鲁－林恩问道。

"不，没有。"男子喝了一口咖啡说道。

德鲁－林恩把她石灰绿色的背转了过去。"那就是说不行，"她说，"小姐，"她接着说，"那么你建议我们怎么做？在伊利诺伊中央机场是不是有什么公共交通呢？不要笑。我们现在很麻烦。我们确实只有很有限的时间要赶到克里西安和游乐场迪斯科舞厅，J.D. 斯蒂尔莱特，他应该也是这个机场的主人，他难道没有……"

"J.D.？"这有着温柔眼神的男子问道。

"J.D.。"德鲁－林恩说，身子都没有转过来，她太生气了，以至于不想去对认同有所认同。"而我们甚至都不确定克里西安在哪里，如果从这个机场过去的话。从这里往西走多远？步行可以到达？有公路吗？我们能够看见的全是玉米。这里的景致让人失去方向，被风裹挟着，很翠绿，很高大，完全是邪恶的肥沃之地。这整个地方都有点邪门。我们有交通的需求。我敢打赌，这里的昆虫一定很凶猛。你们的州鸟是不是蚊子？这里是不是蟒蛇之地？"

"害怕了？"这个有钱可以散发的男人口里说着，平静地在队伍前头拨弄着钞票。"这里似乎有恐慌？"

顺便说，对于谁来说与这样一个对着诺拉抱怨的坏消息客户的人建立长期的互动关系会是有趣的，我敢肯定你正这么问。也许最直接最有效也是最具外交辞令的回答应该是租出去的达特桑汽车不在视野之内。

马克抬头看着公众可以看到的画面。杰克·罗德乘坐的直升机慢慢升空，优雅地飞进了夏威夷的电子蓝天中，罗德带着头盔，穿着一件雅致且毫不含糊的商业西服，丹诺手里拿着他自己标志性的来复枪，穿着一套质地稍微差点但也是商业用的西服。汤姆·斯滕伯格在哪里？他会在下一个纪念性的广告播放之前拿给斯滕伯格，马克在想，一边喝下第二口苏打水，以便把第一口升腾起来的气体压下去。有一种几乎难以感知的悄无声息的感觉围绕着斯滕伯格不愿意在洗手间和马克接触的事实。总的来说，马克对于这一类的事情极其敏感。在他的牙缝间还有很细小的煎炸过的花朵残渣，他用自己健康但是有点狭窄的舌头拨弄着，舌头上被刺激的味蕾就像真花花蕾一般可见。

好的，然后他看见了那个可能是摩门教徒的人，发钱的那个人，还有德鲁－林恩，和那个手臂上有毛的阿维斯女孩，他们站在柜台前，就在航站楼的对面，透过那本无必要安装的休息厅的窗子，窗子就在下一张桌子旁边，现在那桌子旁坐着一个金发碧眼，有着橘红色脸庞的空姐和一个穿着经过年月洗礼变得发亮的灯芯绒西服的衰弱的细脸男人。马克警惕地站了起来。他们不需要末日慈善，无论是否重聚。在你不想要的时候，总会有一个摩门教徒出现在你面前，用未经请求的慈祥来考验你的耐性。

"如果我不对的话请制止我，但是我在这里感觉到的是冲突，"留胡子的男人这么说，后来知道他不是一个永恒赞颂上帝的教徒，而是为

J.D. 斯蒂尔莱特广告公司做一部分研究工作的职员，不过他和这个重聚或狂欢活动没有关联。"被阻碍的欲望，"他轻声说，"很清楚的是你想要某些东西，然后有一个障碍，一个叫做什么一个绊马索的东西，阻止你实现你的需要。"他把这个东西写到他拿着的文件夹上，文件夹里已经夹了太多的打印文件。"无疑在这个冲突的正面对抗和可能的解决方案之间，你会经历在欲望的经验、形式、性格、甚至可能是欲望的构成方面的各种变化……"

"需要。我们现在需要交通。"

"……他们自己。也许变化不仅仅会是你们感兴趣的，也是别人所感兴趣的。但你们到达重聚地点的时候，你们将会有些让重聚感兴趣的东西。"

"也许。"

"当你们到达的时候。"他强调着，他的脸看起来就像一个盲目信仰的广告，带着快乐的因缘。

"也许你可以去申请办一张自己的信用卡。"阿维斯女士带着支持的语气说道，很真切地感到抱歉，因为她不能决定而只是传达公司的政策。油炸焦圈商店的免费盒子已经空了，里面的蜡纸上尽是各种颗粒和涂抹的油迹。不过，看起来很诚实。甚至那些来进行易货交易的农民们也要比没有真正的信用卡的孩子更好。而且这个人不可能才25岁，不可能怀了孕，她这想，这时候排队的人们似乎全都已经失去了耐心，于是她转过身去开始处理一些看起来比她原来从事的商品交易中心的工作还要糟糕的事情，她离开原来的工作以便能够在离自己的家乡更近的地方找到一个新工作。如果曾经有一个人看起来是不孕的，她在想，那为什么——

―――――

J.D. 斯蒂尔莱特和德黑文斯蒂尔莱特还在机场外的停车场里，如果你想知道的话——他们一开始关于发动问题的争论，已经转移演变成了一个关于德黑文并不仔细和讲究的对到达的客人进行记录的杀手型的争吵。最后他们发现有三个人没接到，而不是两个。于是 J.D. 生气了。

"我说了我很抱歉。"

"这就是问题所在！" J.D. 对着德黑文大喊道，"你总是说这说那。但是你从来不能够展现出来。你给我展现点你的自豪，一次就够。展现点你的欲望。你有一份工作，妈的。你倒是为你老头子界定下'工作'是什么意思。对你来说'工作'意味着什么？"

"这些事情总是会发生的，爸爸，"德黑文边说，边用他戴着棉手套的手梳理着自己的假发，这时他恶毒的汽车开始咆哮。这汽车如果要保证正常运转，就不能熄火，这就是这场争吵的开场白。"我很抱歉，我会努力以后不再搞砸了（他自己也很生气，德黑文）。但是我不能保证我永远不会再搞砸，因为这些事情总会发生的，爸爸。也许除了你这样的天才以外，其他人都会犯错的。"

J.D. 想在他脸上看出他是否有讽刺的意味，但是很难，因为缺觉的影响还有所有事情的发生影响太大；他在这个大小丑的单纯的充血的煽动的睫毛间读不出多少东西。

但是，我无意要站队，有时候事情总是会发生。即使在现实中也是这样。在现实中的现实主义里。有一个神话是说真相比虚构还要荒唐。事实上真相和虚构同等奇怪。某种程度上，最奇怪的故事很可能会发生。一个例子就是马克·内希特在东切萨皮克学校里安布罗斯教授的写作班里，为了讨论而创作的唯一一部单独的作品。对这作品的好评可以在巴尔的摩的《太阳》杂志上旗帜般的标题里得见一斑。没有那种异常富于模棱两可意味的结实的医生给波兰人打电话的说法,而简单如此:**市中心电梯里的谋杀——自杀让当局很困扰**。这个故事的细节可以直接追溯到德鲁-林恩和汤姆·斯滕伯格之间大量的通信内容,斯滕伯格可能是他这一个时代历史上最受幽闭恐惧症折磨的人。

故事里的电梯位于巴尔的摩市中心的一栋精神健康专业工作大楼里。故事的结构涉及一位精神病医生,那种不能够开处方药的医生,一位博士生,正在治疗两个不同男人的幽闭恐惧症。两个病人的治疗同时开始,进展也大致一致,但是两个人从来没有见过对方。直到有一天,到了两个病人去直接面对自己的恐惧症的时候。是的,那就是电梯时刻。他们俩会被放到大楼的电梯里,并且随着电梯的上下而重复上下。但是他们也会看得见对方,可以相互支持(这个心理学家追随的是直面恐惧,但是需要有支持的那一种恐惧症治疗流派)。

所以他们同时进入了电梯,然后不断在电梯里上上下下……

最后电梯停了下来,可能是因为里面左冲右突的所有的恐惧产生的能量,电梯被卡在两个楼层之间了,电梯里的按键坏了,整个电梯都坏掉了。这两个幽闭恐惧症患者被困住了,一起,困在一个拥挤的大都市中心的一个被围起来的大楼里一个狭小的电梯间里的狭小电梯里。有一阵子,他们确实是在相互支持着。但是,随着那种被停下来的任何事物所带来的时间的漫长中,他们终于完全失去了理智。

"呀!"他们中的一个人对另一个人大喊道,"你太靠近了!"

"不!不!你太靠近!"

"呀!"

"啊!"

"离我远点!"

"你在膨胀！你要把整个电梯都占满了！"

"不要再靠近了！"

"啊！"

"呀！"

"你把我们的空气都呼吸完了！你还在用着我的空气！不要再呼吸了！"

"不要来烦我！滚开！哦上帝啊！"

"空间没有了！不能呼吸了！"

"呀……咕……咕……咕……"

这样继续下去。他们最恐惧的，他们俩逐渐相互支持并认识到，是他们之间的摩擦，都成为了现实。整个故事是一种让读者去推理的类型。马克从来没有把这个故事给德鲁－林恩看过。德鲁－林恩那时候已经结束了学业，他们的婚礼即将进行。

我想那是因为马克觉得自己有内疚感，这个故事基本上是用事实与其他各种东西混合而成的。加上那个让人感到恐怖和令人不快的安布罗斯博士对这个故事是非常接受的，尽管，后来知道他原来也写过一个非常相似的故事，那是很早以前的事，是关于一对都患有严重的恐火症和让人崩溃的进食恐怖症的老夫妇在自己的小屋里遇到火灾的故事。马克声明说自己从来没有读过安布罗斯的故事。被困在电梯里的整个情节完全是他自己的原创。他也承认这里面得到了现实灵感帮助。安布罗斯用自己的手指擦去了太阳穴上的波特酒留下的痕迹，并告诉马克说自己相信他说的。他对马克是信任的。

马克·内希特身上有某种值得让人相信的品质。比如，如果他承诺要做什么事情的话，你会知道他做不了的唯一可能就是他确实做不了。再比如，即使他已经和某个他并不喜欢或者不愿意有关联的人发生了关系，如果他已经做出了承诺，那么他不和那个人继续关联下去的唯一可能只会是他确实不能这么做了。如果他承诺要带着德鲁－林恩和斯滕伯格去参加这个他们都已经期待已久的重聚，他会尽全力的。尽管现在看起来他并没有非常卖力地在尝试——他的一大缺点是他极其容易被其他事打断并且分散注意力，现在他就被这个留胡须的与众不同的非摩门教徒的斯蒂尔莱特手下吸引住了（他打了个电话给斯蒂尔莱特广告公司在克里西安的办公室，那边一个带着鼻音的人说他们会立马派一辆救护车过来，J.D. 和德黑文斯蒂尔莱特还有埃伯哈特 70 和斯滕伯格 70 还有安布罗斯－盖茨 67 都迟到了，现在，广告之友的嘉宾们开始变得有些焦躁，有些不安，而且肯定饿了），还有，他告诉马克说，他自己在机场分发免费现金的做法，是天才般的 J.D. 斯蒂尔莱特一个市场营销衍射实验计划的一部分。

在霍根——发放现金者——告诉马克这个看似骗局的事是怎么回事的时候，汤姆·斯滕伯格依然还在男洗手间里，刚刚从马桶上下来，给你点那个快速煎炸的玫瑰花所带来的泻药能量之巨大的完整印象……斯滕伯格现在正在一个自动出水的机场洗手池上方贴在墙上的饼干大小的镜子面前照着镜子。洗手池在他靠近时就开始自动出水。往后退一步，出水就停止了。很能省水，但还是让人觉得不太舒服。这个男孩子太累了。比疲累还要严重……镜子里那张脸后面的某种东西与他脑袋中央某种不断胀大的嘶嘶的叹息声，相伴显示出一种后危险状态的疲惫，继续在胀大着。德鲁－林恩会指着他向里翻的眼睛问这眼睛看见了什么，是否看见了任何包状的东西慢慢在他脑子里形成的景象。好的，去你的，德鲁－林恩。

因为在他的眼睛内部能看到的通常只有黑暗。如果他试图很快转动那只坏掉的眼睛，有时候会出现一个蜘蛛状的染色体系。但是通常什么都没有。但是最后这眼睛会治愈的。它会反转过来。这些都在他脑袋里，他知道。年轻反叛的伤。斯滕伯格夫人在第一天就警告过这个做父母禁止他做的事情的男孩，比如把两只眼睛逗到一起来伤害他妈妈的事情：那个男孩子的眼睛最后就会那样逗在一起了。人所共知的事实。你可以在那些抚育儿子失败的正统母亲去的资源库里查询到这个事实。比如早睡：天黑前就睡觉是最重要的。又比如不要哭：你比任何嘲笑你的人都要更好。比如试试这个药水，这个治漆树毒的药水。

不过，就在这里，孩子，这些新鲜的漆树毒囊肿就长在他的两眼之间。自从上次在奥黑尔做过囊肿检查后，这些囊肿色调变得更浓更深了，从那种番茄般的粉红色变作了同机场休息厅百叶窗一样的李子的颜色。镜子不会撒谎。

通常来说，普通身体缺陷的受害者与镜子之间是既爱又恨的关系：你需要看到情况在如何发展，但是你也对于情况还在发展这个事实感到很痛恨。斯滕伯格一点也不确定自己会愿意和一大堆演员们共享一面镜子。他也不确定是否想要租一辆带着官僚制度色彩的汽车，缺乏睡眠或者肥皂就开往西边，去往那个手册上说是进行设计并运用了最多的镜子体系的游乐场。一个拥挤的，到处是镜子的地方……斯滕伯格认真思考着这个想法，与此同时，洗手盆里的水咕噜咕噜地灌满了，而后从边缘的紧急出水口流了出去。他两眼间的漆树毒囊肿感觉他妈的是活的，伙计。这囊肿与他大脑里的血液一起吱吱地痛苦地脉动着。那囊肿开始在顶尖的地方显现出一点白色。不是好迹象。这是有白血球的明显证据，也就暗示着血细胞，也暗示着有血流。从这里推理下去，不用天才也能够推理出你有一个身体。在一个感染了的囊肿的顶盖出现的一点白色是真切的化身的体现。不过，他不可能和这个可恶的囊肿搏斗的。这家伙就喜欢你和它斗争。它会因此而不断获得养分的。在这个李子阶段之后是茄子,很大,微黑而弯曲,就像一个身上长出来的新器官,代表着某种主义。而且毕竟德鲁－林恩就在这里。在她还是个孩子的时候,他曾经爱过她。但是现在是一个让人失望的事实,尤其是从德鲁－林恩的角度来说。她现在是已婚和被打击的事实也没有问题——那只是一个可获得性的问题。让人失望的是在个人层面,随着时间的流逝,现在的她已经变得如此让人讨厌,如此不再可爱。自从他第一次遗精,他就连续三年给她写了很多信(信是寄到斯蒂尔莱特广告公司转交的),信里浸透着亮色的荷尔蒙的味道,向这个他都不知道到底在哪里的女孩子,倾吐着她对十年前处于孩童时代的他的影响,那时候他们一起在位于伊利诺伊州克里西安的最早的麦当劳餐厅里拍摄了广告,那个餐厅当时是被装饰并保留作为一个广告拍摄的基地。这个很小的男洗手间的镜子里的影像勾起了那模糊而游动的回忆。他9岁,她12岁。她那时候已经看起来很……发育得很好了。她的臀部已经让那滑梯的铁板歌唱起来。她的胸部已经成为她外套上衣上一个不断膨胀的水平凸起。斯滕伯格那时穿着短裤和黑色袜子,很激动,腺体都激发起来,但是那时的他还只是在进入青春期之前的半路上(非常低的腺体分泌功能)。在伊利诺伊州的一个冬日午后,覆盖死寂田野大地的完全的雪就像一张被熨平的床单,蓝天蓝得就像是燃烧的天然气,浅显而如所有户外事物般宽阔,就像一个有着不柔和的黑色边际的茶托。布置细致的麦当劳摄影棚里严厉的教室灯光下,德鲁－林恩在铝制的柜台前和汤姆分享着某种深度炸过的食品而那些舞台妈妈们在嘀咕着,孩子们和小丑还有汉堡神偷都在指导下排演着,准备拍摄一个室内的场景。就像某个穿着拖鞋的比阿特丽斯①,她为斯滕伯格

---

① 但丁《神圣喜剧》中的一个女性人物,是但丁在童年时看到的一个被他视作理想型女性的角色。译者注。

最早的一些想法的诞生出了力。她那带着青春期味道的回信（她给他回信了，这真是很棒的举动）都是很轻快、温暖、让读者感到轻松愉快的。后面的回信里她寄上的诗歌和故事就没有这么轻快了；它们显得冰冷，为了谦虚而谦虚着，他不能忘记他坐在父母房子的起居室里，读着那些回信的场面；但是它们显得很深奥和模棱两可，而且还充满了一些某种方式的思想，这些思想是威斯克的试戏通知所没有的。但是她送给他的照片：那上面的人是她吗？如果是的话，在拍照的瞬间和看照片的瞬间之间，一定有什么不可挽救的事情发生了。现在她看起来如此……发育得不完全。就像是完全反转过来了。很令人恐惧。还有，自从他们在马里兰国际机场见面以来，整个过程中，她有没有笑过一次？她有没有在说话的时候有一次是看着他的？内希特倒是注视过他，但是那几乎是更加让人脊背发凉的注视：这种马克看你的时候是用一种带着距离感的关注，那种你在看着你正在吃的东西的那种有距离的关注。

斯滕伯格用肥皂洗了洗烫热的脸。无疑，他在这洗手间里度过了太长的时间。也许外面每一个人都在那里等着，推理着这里面进行的活动，也就推理到了肠子的存在。

他已经确定了内希特的类型。内希特是那种发散性的有距离的人，通常很难看出他是否在逗你玩还是认真的。所以，到底他和这个比她照片上看起来要更差的，现在声称正在创作一首完全由标点符号构成的诗的不可救药的女孩子之间是什么回事？她有一张像……一张很长的脸？她穿着合成绿色的衣服？是不是因为一场她策划好的怀孕呢？因为怀孕而不得不结婚？回到从前那时候还没有发明出可以让斯滕伯格和德鲁－林恩结婚的怀孕事实，这个德鲁－林恩后来变成一个某人会像和斯滕伯格夫人那样很诡异做爱的人，就是那种，如果你去她家做客，她会全程都微笑着，在你离开之后很仔细打扫卫生的人。对这种类型的人，宇宙都不能要。加上她的乳房看起来不比她儿童时代的要大多少，他们两人都没有参加那个广告的拍摄。为什么内希特不能就为她出钱把胎堕了呢？三位一体的基督徒们是不是支持生命的？还有她身上的味道很奇怪——上面是橙子的味道，而下面则是一种死掉并且被保存的东西的味道。让我们面对这个事实。她闻起来就像是她的阴道那样，很难闻。从个人的角度来看，他可能早就死掉了。无论堕胎与否。如果她尝试了的话，他到现在应该是一个在夕阳下航行的红色帆船了——

那洗手盆，发出了一声几乎带着慈悲的咕噜声，水溢了出来，从紧急出水口和盆边漫出去，斯滕伯格在这里面奢侈地花了这么久时间。水汩汩地漫过水盆边缘，流到他裤子的裆部上。太糟糕了。这真是太糟糕了。现在看起来他好像刚遗精了似的。他该怎么解释呢。或者即使他什么也不说。无论哪种情况，解释或者让人解读，他都要以某种有身体的形式走出来。他对这个他刚刚走远的镜子请求给点同情，希望那水能停下来。但是水没有停。也许是因为水龙头已经开了太久。现在水开始流到地板上了。糟糕。他依然请求着原谅。但是，原谅谁呢？

J.D. 运用的是与那些研究动物的学者所运用的一样的标识和跟踪动物的原则。每一份账单都标记有这个微笑的硅晶传感器，看见没？霍根向马克和德鲁 - 林恩展示了看起来隐约像覆盖于眼睛上的一个单片眼镜，这镜片刚好把美国大印章上的 Annuit 和 Coeptis 两个词分开来①。"与此同时，"霍根解释道，"我让拿了钱的人立即说出他们在这个世界上最害怕的事物是

---

① 这两个拉丁文两个词连在一起，意为：祂（上帝）护佑我们的事业。译者注。

什么。他们生活中一个巨大的影响生活的恐惧。"

霍根,说得很带劲,把手里的文件夹展开来,翻到了一个空白的抬头写着"恐惧"的页面。马克看着这一页开始念:

"炸弹。"

"核灾难或者炸弹。"

"癌症——极慢性发作的那种。"

"恶性通货膨胀。"

"温室效应。"

"我的老婆老婆在我梦里用开水烫我。"

"恶性通货膨胀和伴随而来的金融崩溃。"

"假如中国所有人都同时跳起并落下。"

"俄罗斯的炸弹。"

"困惑。"

"我父亲的声音。"

"臭氧层消失。"

"世界末日。"

"午夜打来的电话。"

"因为核灾难和轰炸而导致的慢性发作的癌症。"

"黑暗。"

"我可能会在我丈夫睡着的时候用开水烫他。"

"核冬天。"

"如果苏联的领导都很年轻而不知道第二次世界大战是什么样子的。"

"过度征税。"

"恐惧本身。"

"各种各样的炸弹。"

"那些黑人同志对白种雅利安人的污染和策反。"

"用开水烫。"

"光亮。"

"核恐怖主义。"

"困惑。"

"我自己。"

"上帝不存在。"

"不舒服。"

"我的生殖器。"

"《三人帮》的续集。"

"我死去,到了天堂,当我到达了,天堂就不再是天堂,因为我在那里。"

"被水淹死。"

"可以放进金属箱子的炸弹。"

"上帝是存在的。"

"那些发明了马克斯·海德罗姆的人现在正在忙于发明其他的东西。"

"诸如此类,"霍根说道,用手把文件夹关上了,"我们在问到有关愿望的时候,答案的分布也很相似。J.D.是这么考虑的——那些会在一个机场从一个陌生人手中拿走免费钞票的人,同时也不知道我们是谁或者到底有什么样阴谋诡计,且愿意在文件夹上告诉我们他的头号恐惧和愿望的人,肯定是一个天生的消费者,一个自成体系的微型市场,满是欲望和恐惧,他们就是下一波广告营销要关注的完美目标群体。我们想要获得一些有关这样的消费者的消费习惯的信息。所以这些账单都是加了标识和跟踪装置的。"

"上帝啊。"马克很着迷地说道。

"马克，我的爱人。"德鲁－林恩从她的牙缝里蹦出这句。

"放松。我告诉过你，我已经叫了一辆面包车，"霍根边说，边往回走，去喝纸杯里最后的一点水。他把纸杯递给忙乱的阿维斯女士，而后看着两个孩子。"你们两个过去和J.D.一起工作过，对吗？重聚和相关的活动？"

"是，"马克接过话题，"我——"

所以你们知道我为之工作的这个人是一个天才。这个人真是个天才。能够为J.D.斯蒂尔莱特做市场调研本身就是一种荣誉。即使调查地点是在这个上帝宽恕我的地方。他看了看四周，好像是在观察有没有人偷听。"这就是一个天才，一个传奇性的人物，我肯定你们两个都知道，他最终使得艾禾美牌的小苏打粉消费者开始把小苏打粉倒进下水道里。因为……这么做可以让这……下水道变得更加干净清爽。"他舔了舔手上的人工甜味剂。"这不是天才？这是不是教科书里计划好的过时信息，还是什么？全都是出于恐惧的原因。J.D.终于想明白那些担心冰箱异味而购买了一盒小苏打的消费者，也会毫不犹豫地为预防下水道异味而购买另一盒小苏打粉。"他脸上展现出一个极灿烂的笑容。"下水道异味？那是什么东西，我的老天爷？那就是恐惧。非常仔细的研究，恐惧，还有一个天才的视野。这人是个传奇。我其至在就读的广告学校里的宿舍墙上挂着一张他的海报。"

德鲁－林恩看见斯滕伯格好奇并偷偷地从男洗手间里走了出来，他的宽阔肩膀背对着休息室，像蛇一样曲线移动，肩部先动，看样子试图要保持自己是背对着所有人和事的，他的双手蜷在身前，就像那些突然被人剥光衣服的人。她把手对着他抬起来，想要向他通报有关交通安排的最新进展，但是他根本都不往这边看。他极谨慎小心地挪回到他们的圆桌旁，现在可乐不多了，而烟依然燃着，他刚好听到《天堂执法者》中最后杰克·罗德向丹诺发出最后指令，告诉他要去预定某人的话，你要谋杀一个人。马克的德克斯特铝箭的扣弦弧口挂在圆桌的边缘。圆桌的木质桌面已经被砸了很多小孔，作为马克休息室戏法的后果。

"这些全都看起来像是成人的恐惧，"马克对霍根说，"这些恐惧里有没有来自年轻人的？是否有一张针对孩子的清单？"

霍根的眼神冷了下来。他把文件夹的金属外壳盖了下来，扣上了。"他们没空。"他简单地回答道。

"为什么恐惧不能就是恐惧？是谁的恐惧有意义吗？"

"还有，顺便说一下，"霍根指着德鲁－林恩正在往自己钱包里装的干脆的钞票。"请问我能不能知道你的恐惧？"

"你想要我们的恐惧？"

"天下没有免费的午餐，孩子。"霍根耸了耸肩。

"这正是我谈到的那种恐惧，"马克说，"我不知道为什么你——"

在这个时候，如果像C——安布罗斯博士那样的人可能已经打断了谈话，并指出似乎自从他上一次对整个事件的原文进行打断之后，已经过了很长一段时间。但是似乎只有极少量真正的引入在发生作用，因此很难令人不愉快地打断并且像传统艺术那样展现出来。不过现在有些事情真正开始进行了。两个人物，一个是等了很久的小丑，就在航站楼下段铺了宽阔地毯的弯曲处附近，经过了行李托运的人群，逼近了。J.D.已经把视线从德黑文懒散而令人难过的毫无用处的狗屎背脊上移开，然后看了一眼他的手表，然后他们冲到楼上，看了航班信息显示屏上的罗德阿洛夫特7点10分和布里特航空7点45分的航班信息。所有三个广告之友都乘坐这两个航班。J.D.和德黑文已经搜寻了几乎整个伊利诺伊中央机场。最后的几个广告之友会得到他们的迎接。

为什么 J.D. 斯蒂尔莱特一开始要让他儿子德黑文来承担罗纳德麦当劳的工作，即使在发生了"舞台恐惧症"事件之后

因为德黑文·斯蒂尔莱特，他儿子，在不经意间为 J.D. 贡献了 J.D. 最有创意和鼓舞人心的几个思路。是德黑文首先在斯蒂尔莱特位于克里西安的农场家里把艾禾美小苏打粉倒进了下水道里，因为他试图要消除因为意外而被与吃剩的甜品一起冲到下水道里的两个鸦片烟头带来的难以除去的异味。冰箱里的小苏打粉去哪里了？斯蒂尔莱特夫人问道，她惧怕的是一捆捆摆放在冰箱倒数第二排架子上的炸玫瑰难闻的油分分的味道。我的艾禾美苏打粉去哪里了？她问道，当一家人都坐在餐桌旁准备吃丰盛的中西部晚餐时。德黑文——就像任何在自己父母屋子里抽鸦片烟的人一样，他很迅捷地找到了解释这狂野的厨房杂乱状况的理由——他对斯蒂尔莱特家下水道散发出的异味，可能为下一个进入厨房的访客带来的不良印象表示担心，他口干舌燥地宣称说，厨房的下水道已经有一种像是被死亡附体的难闻异味。

接下来发生的就是广告业的历史了。

另一个范例：J.D. 斯蒂尔莱特最强大最具传奇色彩的公共关系的创造，事实上不过是他自己的玫瑰农场房子里所发生的事情的一个转变而已

一个美好的冬日清晨，很多年前，J.D. 斯蒂尔莱特正准备动身去 J.D. 斯蒂尔莱特广告大厦工作，大厦也就在家对面，穿过白雪覆盖的点缀着温室大棚的田地和十字路口就到了。就在他快走到门边的时候，小德黑文，那时候正在上六年级（这已经是他第二次读六年级了）却因为一些很神秘的没有发烧但是必须在萌芽阶段就被遏制的感冒而在家休息——他以完全的天真姿态告诉J.D.，那种在电视发明前的孩子的天真，祝他有快乐的一天。

接下来，就像他们所说的那样。

尽管J.D. 斯蒂尔莱特和罗纳德·斯蒂尔莱特正在努力克服困难，
一心一意想要迎接、问候并且原谅各种日程上的麻烦，
然后把等待的广告之友用车送到西边，汤姆·斯滕伯格还威胁说，
带着可能影响到所有涉及的人士的令人不舒服的口气，
要进一步延迟大家最后能够从机场到大厅离开并且快速到达
伊利诺伊州克里西安，还有重聚活动和可能带来的回报
为大家带来的急切满足感

斯滕伯格看到那个棕色的原住民在水里用力划着船与最后一集节目的结束致谢字幕搏斗着，上面列出了所有参演人员的名单。他看见马克正在和一个看起来就像是斯滕伯格心目中认为的耶稣基督在世间真人版的一个男子深入交谈着，此时德鲁-林恩则一会儿用右脚，一会儿又用左脚站立着，绿色、腼腆、面无笑容。斯滕伯格的裤裆依然是湿的，现在温热起来，感觉一点也不舒服。他看见了马克拿包炸玫瑰，就放在被箭头坑洼过的桌面上。那些花也真是很有趣的玩意儿。谁会自愿煎炸并且吃下这些花儿？这就像是种植和浇灌一个面包棒那样。整个行为是很变态，甚至有点淫秽的，去吃这在地球上明显不是为了吃而生存的事物。味道也不怎么辣。在他两颗白齿间，还有一小片花瓣不妥协地停留着。

不过，在他把这花瓣用牙刷和鬼脸冲洗掉后，他突然觉得自己可以去驱赶那些他需要驱赶的东西了。他还是有点怕,但是似乎他要抑制自己腾仓的欲望,和对于在一个相互与令人瘫痪的虚空中害怕被人发现自己是有体现的恐惧的水平仪,现在已经不像那些念头刚刚出现时候那么倾斜了。他依然非常害怕;但是,在吃过玫瑰之后,那恐惧似乎变得和他要离开的欲望接触良好了。他需要离开的欲望。他感觉空荡荡的,感觉更好些了。他也变得有些粗鲁,就像空荡的人有时候表现的那样。

基本上现在所发生的事情是他尝试了但是完全搞砸了马克的射箭戏法。他已经看到马克做了几遍,很随意很完美的酒吧把戏,杂种。斯滕伯格,也许刚刚有自我意识,一直都想要能够玩弄一个很随意很酷的酒吧把戏,那种动用了勺子和鸡蛋的,金字塔中的杯子,刀和摊开的双手,注射器和沾水那种。这里有他的烟、可乐、还有烟灰缸和那些花,炸过的,还有箭,伸出了桌子的边缘。就在他甚至能够感知到之前,箭就飞到空中了,就从他的手边飞出。

这支箭在桌上的戏法的关键秘诀,需要用手把挂着的挂弦的弧口向上敲击,要从下往上敲,这样的话,箭就会向前,然后向上,再向下,落到悠闲的玩戏法者面前的桌面上。但是对于斯滕伯格,也许是处于无知,或者是骄傲,他是从上面来敲打这箭:因此这箭是以抛物线的形式往后运动,越过了他的肩膀,首尾颠倒地飞向他的身后,撞到了室内休息室反常般厚实的窗玻璃上,弹了回来,像标枪一样落在那个已经失去新鲜色泽,有瘦削脸庞,穿着灯芯绒西服的卖杀虫剂的商人面前的盛糖煮梨的高脚盘里,他正试图与一名从皮奥利亚飞过来的航班上且服务过他的金发碧眼、橙色面庞的空姐搭讪交谈,这空姐在航班上透露说,当时是她在从腰带上的硬币盒里找零钱给他,她可能会在降落后,在伊利诺伊中央机场里逗留一会儿,要等人来接什么的,这个销售商很想和她发生性关系,年龄和面部颜色的考虑都先放在一边,最近这个销售商的日子都过得不太好,因为今年这一代的玉米害虫似乎已经开发出一种基因方面的抗药性——更糟糕的是,更像是一种奢靡主义的品味——特别是针对他的公司生产的一系列杀虫剂而言,浸透了他们公司杀虫剂的土地现在被口味最特别的害虫们追逐着,这些害虫曾经被公司的研究人员用显微镜观察过,它们用自己的小脚和大颚均匀地摊开杀虫剂,就像在一片叶子或者是果仁上仔细敷上柠檬酱一般,然后开始享受,这是一个令人恐怖的场景,这个杀虫剂公司现在最佳的解救希望是采纳来自他们的市场推广商 J.D. 斯蒂尔莱特广告公司的一个建议:把他们的杀虫剂重新定位为一个害虫驱散剂,新品牌的名称是"害虫靠边站",这种药会被如红色的鲱鱼般喷洒到没有种满或者肥力极低的土地上,以便能够分散害虫并且预防昆虫大量侵入翠绿和无调味品的玉米地里;但是这整件事情因为实施太晚,顶多也就只能是减少一些损失而已,这个杀虫剂销售商人很愤怒,眼睛通红,自尊感失去了色泽而变得极低,他很想和这个看不出年纪但是怪异地性感的橙色脸庞的空姐发生性关系,作为他可以预见的损失的又一个补偿。这个空姐是那种脆弱的金发美女,她的脸是橙色的,但是在她太阳穴附近可以看见斑点。她的行李是只能拖着而不是拿着的那种。她的名字是玛格达(Magda),中间的字母 g 不发音,中间的 a 则发作 child 或者 lie 当中 i 的音。

所以这个瘦削脸庞的杀虫剂商人,正襟危坐在他的糖煮梨面前,对于这个突兀而颤动并且无疑是在他的意料清单之外的一个巨大的德克斯特箭的出现,他明显有一种痉挛反应,这反应把空姐玛格达的白兰地酒直接撒泼在她的大腿上。

"他妈的这是什么东西?"斯滕伯格听到这商人在他身后喊叫起来,眼睛眨了眨,做出"为什么会是他"的表情。

"哦，上帝。"玛格达叫了起来，立即站起身来——她试图，像任何被泼了的人会做的那样，试图与自己的衣服保持距离。斯滕伯格，就像他这一代的大多数人那样，试图避免眼神的接触，且用手掸了掸自己的肩部，似乎要让这麻烦过去，而且也不急于要去与人当场对质，不和一个有着不祥预兆的黑色华达呢裤裆的人对质——然后他看见，就在那个时刻，一个身上有波尔卡圆点和肢体松散的罗纳德·麦当劳正笨拙地把一个烟头放到阿维斯公司柜台的烟灰缸里，而且他手上拿着一个金色拱门般的名牌，上面写着德鲁－林恩和马克·内希特的名字，后者拒绝了被标识的请求，然后把小丑、阿维斯女士、看起来像耶稣的男子，还有该死的 J.D. 斯蒂尔莱特的注意力都转向了休息室，转向了他，汤姆·斯滕伯格——试图要掸自己的肩膀，然后让过这个马克的箭所引起的小麻烦。但是，那个可以理解已经被气坏了的杀虫剂商人，自己的糖煮梨被扎破了，还有自己爱的对象被白兰地沾污了，用自己带着婚礼绑带的手抓住了试图逃跑的斯滕伯格，并且用呈等腰对角的鼻孔对准了汤姆那只好的眼睛。

斯滕伯格试图用唐突的各种"实在对不起"来应对，肩膀先行，手则抱在自己身前。

"在这里只说抱歉恐怕是不够的，年轻的先生。"

"年轻的先生？"

"你看看我的裙子。"玛格达叹了口气。

"你把……我的早餐给毁了。"

尽管白兰地泼在大腿上也不是完全让人沮丧的那种感受，确实不是。这个与冷水淋到一个摇摆不定的有身体的人的裤裆不在一个档次。自动洗手盆里的水继续咕咕地溢出来，顺便说一下，水从一个下面的阀门里流出来，就在一个面色苍白，表情就像是被定格的永恒的高潮的女人的南边；

溢出来的水刚刚开始在男洗手间的门底部闪亮着，慢慢在单薄的航站楼下段铺就的工业地毯前形成一个暗色的圆拱形。

"是个意外，伙计，"斯滕伯格说着，他的前额通红，而这时候罗纳德巨大的脚步声沿着休息室传了过来。"我快要迟到了，一个很重要的接见等着我呢，也许我们可以就……"

"我不是你的伙计，你也别想要离开去任何地方，如果你不能够表现出某种实质性的道歉姿态的话。"

"发生了什么，这么多人？"小丑在附近的一个休息室门口问道，一个很酷的小丑，手里捏着拳头，眼里看着自己被棉手套遮住的指甲。在他身后的远处，J.D. 正在阿维斯公司柜台前和诺拉（脸上有半透明的疣的女子）手舞足蹈地说着什么。

"我说了我很抱歉。"斯滕伯格说道，已经决定自己也要在当下表现出同样的愤怒。

"这里有一位斯滕伯格和（或者）安布罗斯·盖茨吗？"德黑文问道，同时对着那个眼袋泡肿的加班的酒吧侍应生微微点了点头，他正在打卡准备下班，脱下他不可避免的绿马甲，抬升了的电视屏幕在几天以来第一次变得安静。

"是的，你是刚刚说过你很抱歉，也就是刚刚我制止你的时候你才说的。"眼睛通红、血管充血的杀虫剂商人，在他的灯芯绒衣服里显得很沉闷，不好惹的样子，听见了自己夜班飞机带来的睡眠缺乏信号，那是一种变异的小小嘴巴大声咀嚼的无限声音，细小的腿脚敲打着结实的小胸膛。"但是你没有表现出来。"

"如果你想要表现的话，我为你准备了一个手势。"

"他倒是说了，但是没有做。"杀虫剂商人对空姐说。

"我是玛格达·安布罗斯·盖茨。"玛格达一边说,一边用一块湿毛巾擦拭着。

"我是托马斯·斯滕伯格。"

德黑文画出来的笑容在一抹可以消退掉的胡子上方展开来,上面还有些蛋糕的残渣挂着,他开始发放重聚活动的最后几个标识。他向斯滕伯格望过来。"一颗青春痘长在苍老的前额上,大家伙。"

"那是漆树毒囊肿。不是一颗青春痘。还有,我裤子上这些是水。"

德黑文身子转过去对着那商人,看起来就像是那种只有职业小丑才会有的威武。他打量了一下那个毫无生机的男人。"自以为自己是非常性感的杂种,对不?"

"杂种的温度不在考虑之内。这个……男孩子的幽灵故意把酒泼洒到我的约会对象身上。"

"那不是一颗青春痘。"

"我不是他的对象。"玛格达这时候冷静而温柔地从斯滕伯格一侧说着。

斯滕伯格正在努力抑制自己被玫瑰所激发的,要用马克的箭的箭头给这男人依然抓着他的手重击的欲望,玛格达这时候已经从斯滕伯格的盲点一侧把他的箭拿走并且观察着。但是那只抓住他的手被 J.D. 斯蒂尔莱特的精致而肥壮的手拿开了,他在这个时候侵入了汤姆的眼帘,就像一支雪茄、一个胃、还有一只从上而下的手,为他摆脱了控制。J.D. 清了清嗓子。

某些人可以问这里到底是否有些麻烦,并且其问话的方式可以确保回答是否定的。想象一下一个贪婪的情人午夜要求的正面性:

"你醒着吗?"

作家和学者 C——安布罗斯,身上有胎记、脸上有快乐的笑容,整个工作期间都带着疯子般的大笑的他，已经认定我们对哥特式的城堡和那些眼睛能够移动的肖像画最有兴趣，他对马克·内希特的整体感觉有极为深刻的影响。即使当马克不再信任他的时候，他还是会听取其意见。即使当他不听取马克的话的时候，他也有意识地对听取的选择做出反应，然后听取那些本来不应该听取的东西。

安布罗斯在我们的研究生写作研修班上说，人们阅读虚构小说就像一名被绑架者的家属在一个由绑架者掌握的电话里听到了被绑架者的声音：关注，很自然地关注受害者说些什么，但是绝对是悬在一个高度，颤抖着，所说话的感觉，从中要读出一个常年熟悉相处产生的密码体系，寻找相互交错的有关他所处条件、地点、局势、还有安全回归可能性的各种线索……那一小点内容就花费了马克两个月时间。

可是安布罗斯博士对这样的事情其实也没有免疫力。他很明显对于评论有一种迷恋，就像你迷恋上了某种能够影响你生活的恐惧那样。在感恩节前，他告诉我们，想象我们正走在一家评论商店旁，你看见商店的窗子上写着一个标志，上面写着：**火焰特卖！完全照明，极好收益，善解人意和满意的特卖！样样特卖！倾家荡产价！**然后你小步疾走过去，带着你的维萨卡。可是你发现，在那家评论商店里最后特卖的只是那个在橱窗里的标志本身。

德鲁－林恩认为安布罗斯把那个令人迷恋的小形象也撕了下来，这位教授的整个"艺术"不过是一个有非常好品味的盗窃癖者的一个衣橱而已。

不过这东西还是对马克·内希特产生了一种如重力般的影响力，他并不相信文字游戏的力量，他也对安布罗斯似乎对幻觉的感受感受到了一种暗喻，他对宏大虚构的看法就好像是一个血友病患者对待刀片的态度。但是这东西压在他的头上。德鲁－林恩就不是这样。这毕竟真是某种他自己在东部的时候制造的想法而已。

在一个相关的进展中，就像你的肩部向前站着，在你和那个包裹住金色纯度的红色靶心之间有三十米的垂直距离，然后你把那12弦的弓弦拉抻到你的鼻侧，拉满弦的时候，箭头是在你与箭靶之间直线稍偏左大概3到9厘米的位置，尽管这时候箭尾的弧口扣弦处，因为被弦拉扯着，刚好是在那条直线上。弓会挡着，看见没。所以从逻辑的角度来说，看起来如果你的视线和目标都是真切而真实的话，你射出的箭就总是会落到靶心左侧，因为从弯弓搭箭的那一刻起，箭的位置就是不对的。但是那些直线瞄准，箭头则略有角度的发射总是可以击中箭靶，正中靶心。这就是一个旁人不能理解的射箭手的定律。怎么会这样？

在另一个相关的层面，一个作家偶尔也会遇到这种情况，那就是一个故事是他的，但又不是他的。我的意思是，顺便说一下，一个写故事的作家，而不是一个那种分析社会和文化的文化人，是那种无知而贪得无厌的在一个魔术般的故事之后会感伤的种群。这样的生物知道的很少：最多懂得如何系鞋带，何时去商店里买面包，还有属于他的故事的核心内容是什么，一定是只属于他的故事。如何把一匹特洛伊木马收起来，在栅栏门上何处刻上"小心凌波舞者"的字样，如何给予老师她所需要的，还有他意图用来做练习的带着原始铜质味道的场景，不要受苦，权威。还有就是某些时候，故事已经被很权威地挖空了，当众，高调地被另一个人杀死了。或者依然邪恶，或者自给自足，有机，发出遥远的成长的呻吟，与空气主动交换着化学物质，但是依然活在那个想要吞掉它并且创造出一个小奇迹的生物的控制之外。怎么会这样？

对于后者的解释远远超过了现在坐在德黑文·斯蒂尔莱特让人恐惧的汽车里任何人的能力，除非你想要购买汤姆·斯滕伯格后墨菲主义的名言

"生活真无趣",把你自己吐出来掉进一个装饮料的纸杯里,然后你支付了账单、消费,还有马萨诸塞州的消费税。

对于前者的解释就像我们自己的鼻子一样显而易见:答案就在于当那个瞄得很准的箭离开弦的时候发生了什么;在它飞向等待的靶心过程中发生了什么。

道路两旁的景物不断的切换和重塑着车窗。伊利诺伊中央机场在他们身后越来越远,就在东南方向,依然清晰可见,如果有人还关心想要回头看一眼的话。机场的塔台灯忽闪忽闪着,发射出那种太阳租借给灯具发出的特有的苍白而微弱的光。他们经过了路上被碾死的动物,一个让任何想要搭车的人可以驻足的监狱的路牌,没有路标的沥青路面,很奇怪的邮箱,比之更奇怪的荒野,没有农作物,但是有一种到处都是沸腾的害虫飞舞的狂乱的马克不能明白的局面。

他们不能说是经过而应该是直接从玉米围成的坑道里通过,两面墙一般的绿色山一样地高耸在道路两侧,并不是原本斯滕伯格所希望的是一条笔直快速到达克里西安和重聚活动的柏油路。德黑文只用一个手腕在驾驶汽车,他的白手套则不时在仪表盘上方轻快和使劲地敲动着。偶尔,没有任何明确的理由,他会喊叫着:"瓦卢姆! ①"德鲁-林恩缩着身子坐在小丑和带枪的 J.D. 斯蒂尔莱特之间。玛格达则缩着身子坐在后排,夹在斯滕伯格和马克·内希特之间,马克现在已经因为达特桑汽车的事情而担心有人可能会惹他失去冷静而发起脾气,他不能忍受德鲁-林恩了。

他们刚刚驶过了收费站收费员的亭子,J.D. 手里展示着可以让所有门

---

① 模拟汽车加速发出的声音。译者注。

打开的票券，这时候，他们右边尖叫着通过了一辆两个年轻人坐着的底盘很低的外国汽车，很模糊的胡子状的东西，这汽车把收费站的减速带当作了小雪坡。

马克突然意识到身边没有见到他的德克斯特箭。就是那只一直放在他的外科医生外衣里的箭，那支有点戳人的箭。斯滕伯格把箭放在休息室里了，就在那个看起来样子很悲伤的人的糖煮梨的高脚盘里。

"那辆面包车怎么办？"德鲁－林恩对着德黑文过白的耳朵大喊道。

"什么？"

"斯蒂尔莱特先生雇佣的钞票和恐惧男人说他为我们叫了辆面包车！"

"哈？"

"他骗你们的！"J.D.大叫着。

"什么？"

"他骗你们的！把他妈的窗户给关上，小子！"

德黑文顺从地关上了窗。当他们被窗子封起来的时候，斯滕伯格温软地抱怨着。

"他撒了谎，"J.D.说道，"而且他所做的田野工作使用了错误的再保证。战略和影响。"

"你们说的是那个长得像基督的人撒谎了？"斯滕伯格问道。

"他看起来像是一个摩门教徒。"马克这么说。

德鲁－林恩把头转了过来。"摩门教徒不留胡子，亲爱的。"

马克甚至不想提及东尼·奥斯蒙德新蓄的胡须。他已经接近极度难受的程度了。他最好的婚礼礼物，正挺立在浓厚的汤汁里。他珍视的并不昂贵的财产。

"已经没有面包车剩下了，"J.D.解释着，嘴里吱吱嘎嘎地快乐地嚼着一个罗斯希尔德生产的烟的顶端。"没有轿车剩下了。所有的车都用坏了,都在固特异那里,伦齐先生那里。"J.D. 的脑袋很周正很圆,他的头发有点僵硬,浓密,很合拍地贴在前额和一部分很红的耳朵上,留出了剪得很浅的鬓角。他的头发显示出他不可撼动的最佳的罗马人的外表。这个,当然,说明不了德黑文的真实头发,尽管他的纱线假发已经被车窗的风吹得位置不对,位置稍稍偏离了其亮色的中间位置。

J.D. 说:"我自己的车也坏了,在伦齐先生的公司里修理。我们一直在驾车来回运送着。每一辆车都在修理铺里。"

"整整三天的瓦卢姆。"德黑文说道。

"几乎整整三天不间断地接送,上千人,大多数都是我们亲自迎接的。"J.D. 说道。在一个较小的空间里,他的声音比平时要小些,几乎没有任何回声,而且看起来就像是发自一个比他更小的人的咽喉中的某处,一个斯蒂尔莱特的方正根部。

"你们也来得太晚了,你们俩。"他接着说,点燃了一只烟,燃起高高的火焰。

"是罗德阿洛夫特的问题。"德鲁-林恩鼻子里哼出一句。

"嘿,伙计,三英里,"小丑嘴里说着,眼睛斜视越过了方向盘的轴心。"还有三英里,然后里程表就翻篇了。归零了。那就意味着这辆宝贝跑了20万公里。那是一个巨大的瓦卢姆,但里程表——"

"闭嘴,蠢货。"

"糟糕,爸爸。"来自一个叹气的闷闷不乐的脑袋的声音,马克这么想。

"……憎恨这辆车。"J.D. 嘟囔着。他把头转过去对着坐在后排的人,脸就像一个被一支雪茄弄得苍白的红色星球,眼睛里充满了血。他看着斯滕伯格那只不好的眼睛。代表麦当劳我要为这辆车向你们道歉。这是我们的最后一辆车了。整个克里西安就不是对交通很讲究。

"加上我们要试着让一个广告之友离开他自己的车。"德黑文说道。

"这也不是很糟糕的一辆车。"德鲁-林恩边说,边对德黑文笑了笑,他的口红让他不可能表现出他是在报以微笑。他极为悠闲地点燃了一支烟,这悠闲证实了马克一直怀疑的猜测。

在六个人到达后,这汽车就在一个禁止区域里停放着。斯滕伯格为玛格达拖着她的行李。德鲁-林恩依然感觉到昏昏沉沉,几乎像癫痫发作般与其他五个人的步伐对不上号了,她一半身子搭在她丈夫身上,她丈夫则很好奇地看着玛格达和她被弄脏了的裙子。

这辆汽车看起来既不像是为成人也不像是为儿童准备的。这是一辆巨大的、不太老的,筋疲力尽,恶毒的运动型轿车——事实上就是一辆有尖牙的车。车身粗糙的车漆是那种闪亮的金色里点缀有银色的类型,让你想起战后使用的保温塑料材料。车的内饰是红色系的。这车是一辆拼装车,用各种汽车零部件在家里组装而成,很复杂,覆盖着白霜——就像任何一部由马里兰的引擎盖帮组装,保养并且驾驶的车那样,这些家伙通常会把烟盒放到自己的袖子里,并且以普遍原则为基础,对继承了洗洁剂财富的敏感的富二代进行暴打。马克对着德黑文眯上了眼:也许在那罗纳德小丑服装的圆点袖口处也会有一包烟。这是一个很生猛的小丑。

那一大堆厚重的行李放进后备箱之后,也没有能够让这衰败的汽车稍微振作一点。

"这不是一辆达特桑汽车,"德鲁-林恩已经很平淡地表达过,双手抱在胸前,一只脚向前打着节拍。马克这时候坐在后排,她则坐在前排,当时说话的场景是这样的。斯滕伯格的舌头因为想到要和六个人挤一辆车而感觉冰凉,他转动了一下眼球。这个女孩子也太他妈过分了。在积极的层面,他的裤子在亮白的阳光下很快就干掉了。白兰地明显要比自来水更加顽固,玛格达的棕色空姐制服依然是脏的。当然也是很紧身、开叉而性感的。J.D. 斯蒂尔莱特走路的方式让人联想起她拖着的行李无声地滑行。

"我只乘坐达特桑汽车,"德鲁-林恩说。

"这个车是用各种零部件组装的。"罗纳德·麦当劳使劲把后备箱的盖子关上了,以至于在后视镜上悬挂着的一个骰子左摇右摆起来。"我从头到尾一点点地组装起了这个宝贝。技术上来说,它什么也不是。如果非要是个什么东西的话,它是一个我。"

"闭嘴,蠢货。"

"我被告知说不要乘坐达特桑汽车以外的其他品牌汽车。"德鲁-林恩坚定地强调。

"他妈的耶稣基督。"斯滕伯格咆哮道。

马克这时候把他的双手伸到身前,分开来,手掌相对,他的眼睛仰视着。

玛格达看着他。"祷告?"

"蚊子。"他双手一拍,看了看发红的手掌心。"而且是吃饱了的蚊子。"

J.D. 斯蒂尔莱特若有所思地看着德鲁-林恩。他们到现在已经开始在潮湿的空气里流汗,尽管斯滕伯格穿着华达呢休闲裤在田野里走在前头,他的前额充满了支流。他的漆树毒囊肿在太阳下脉动着。

"让我猜猜,"斯蒂尔莱特这么说,然后若有所思地看着德鲁-林恩,他用一个指头支撑着很大的下嘴唇,然后那个指头的肘部放在另外一只手臂的臂弯里。"艺术家,"他猜测,"自由形状的雕塑家。"

"作家。诗人。后现代主义者。地方上发表过作品。"

"让我来接受不良的感受。"玛格达·安布罗斯-盖茨主动请缨。她在这咆哮前进的汽车的后排变得很可爱，然后移动了过来。

"该告诉你什么呢，埃伯哈特。"J.D.斯蒂尔莱特很清楚你必须知道何时在容易让步时让步。她会得到她的让步。"我们就在这个孩子的后窗上的让人羞耻得毫无自豪感的灰尘上，就在这里，写上'达特桑'三个字，"边说他就边在窗子上写上了一个大大的"日产汽车"。他用手比出了一个成功手势，有一根指头已经变黑了。"现在这是一辆达特桑汽车了。"

马克大笑起来。非常有智慧。

这举动让斯滕伯格压力骤减，但也让他感觉到了一丝诡异。"一个即时的达特桑？"

在一些进一步的解释和说服之后，某种没有品位的争抢位置的举动发生了，最后就出现了上述的座位情况。德黑文调了挡——这辆车的挡位是直接在方向盘下面，过去在这个位置马克只看见过自动挡。德黑文对着特别的挡位的控制让人想起了剑术。

他猛踩了汽车的油门，这车没有像那些在家里组装的事物那样颤抖或发出吱吱嘎嘎的响声，感觉似乎整辆车都紧缩在一起。他加大了油门。我们似乎就差一个消声器了。

"瓦卢姆！"这小丑大叫着，摇下来车窗，放到一些高质量的胶皮中间。

"希别高！"J.D.斯蒂尔莱特也大声叫喊起来，他想的是万一这个蠢货又说出这个活动到底是为了谁那么他就要……

出发前往出口。出发前往游乐场。

就在他们驾车驶入中伊利诺伊州农村的深处，四围如墙一样的绿色把他们包围在一个制图用的方尖石碑状的空间里,前后的地平线上也都点缀着绿点,玛格达·安布罗斯-盖茨——坐的最靠后,新近离婚,刚刚21岁的她,很久,很久以前,在这里的四个年轻人能够明白的有记录的历史之前,曾经在还处于胚胎阶段的麦当劳的全国广告攻势中作为第一个家庭主妇的代言人用诠释性踢踏舞表达并且实现了,嘿,她完全应该从那些同样快乐的她老公所要求她做的日常的吸尘器和热灶劳动中放个假,休息一下,就在今天——玛格达在后排座位上发起了一场谈话,那种从难过的感受中很难抽离的谈话,夹在两个男孩中间,她的头就像观看网球赛的观众那样左右晃动着,回应着斯滕伯格很夸张的表述,他说从来没有想过在这个地球上还有这么多玉米。她解释说,一般情况下非常慷慨的美国政府不会给伊利诺伊农民发放补贴以支持他们让自己的田地撂荒——这里的土壤非常肥沃,而且整个国家最富饶的土地的宏观经济学账意味着必须要有最大化的耕种——但是,那个黑暗的微观经济学的螺丝拧进了整个农业生产的图景时,这样的富饶和多产产生出如此之多的玉米——如此茂密和高耸以至于德黑文必须(就像前述所提到的)在每一个经过的乡间交叉路口紧张地减挡,并且轻踩刹车,把车慢下来,观察前方是否有被巨大的玉米地遮挡的来车——玉米实在太多导致玉米基本上一文不值,许多蒲式耳的玉米供应把市场的超(斯滕伯格的词汇)有弹性的需求曲线拉扯到了底部,于是供给数量巨大但是价格只等于那些如果掉了你都不愿意弯腰去捡的货币的数量——这就是大口径胸部的结果,斯滕伯格这么认为——当她用宏阔的历史笔调勾勒着把她从泰德沃特一直带到西部的不成功的婚姻时,那是战后,后来她就和一个伊利诺伊的投机商结合了,现在的土地变得如此肥沃,但收成一文不值,如果这能够说得通的话,为什么那个投机商——猜测应该是盖茨先生?——与这土地结下不解之缘,甚至在经历了一个银行收回房产的举动迫使他不得不住在汽车里，车尾带着鲨鱼鳍，如子宫般粉红色（渲染是马克作为）的时候，依然不愿意离开这土地，所以不久她就不得不在邻近的克里西安开始出演广告，以补贴家用；可是广告机会随着她年龄的增大而锐减（很优雅地），她的脸也变成某种橙色（暗指是马克所为），那个投机商对于土地的依恋和汽车都不得不……好吧，她和投机商离了婚，投机商现在从事杀虫剂买卖，虽然卖的是一个不幸被害虫视作动力的杀虫剂品牌，现在她是空乘人员——一个空中的侍者，她是这么界定的——在一个涡轮螺旋桨飞机执飞而且客舱未增压的航班上工作，虽然她偶尔也会在斯蒂尔莱特下属的布里特航空公司的广告里出镜，虽然每次广告出镜都是背影，她的背景非常有型，而且一点也不橙色（各种暗指和渲染在这辆邪恶的汽车里像未爆炸的榴弹到处飞舞着），而且很感人，就这么轻轻地，斯滕伯格自己的华达呢大腿穿过了玛格达的棕色裙子，尽管在她的另一半屁股和大腿与马克·内希特的腿之间还有一大块空出来的座位。

并且，在某种程度上，在德黑文自己组装的汽车里的马克·内希特与其他每个人之间都有一种有色的隔阂。他和他们要前往的这个地方没有历史联系，他从来没有参演过任何一个麦当劳的广告，他也没有和这个地方有任何联系，除去与德鲁－林恩的联系，这联系是通过一个错误和奇迹还有那种需要陪伴着她做一个人应该做的事情的道德要求而搭建的，虽然她应该已经在怀孕六个月的时候显出肚子了吧？但是在重聚活动没有人会认识他，或者想要从他身上得到什么，而且他还把自己的设备留在奥黑尔的一个储物柜以及一盘虚高定价的水果里。他没有觉得自己和这事有什么关联，独自一人，有点感觉被孤立，处于过渡中，被紧紧地包围着，周边被一个活生生的巨大空洞围绕着。

他问玛格达一个非常明显的问题，那就是有关不成功的马里兰婚姻是一个参考的说法是针对谁来说的，考虑到她加了横杆的后缀名，但是这个问题被J.D.点燃另一只罗斯希尔德香烟并且把车窗摇起来时带来的一阵高强度的大风给卷走了，他还放进来许多很怪异的蚊虫，斯滕伯格在J.D.身后报复性地点燃了一只100牌香烟，也把他身边的车窗打开了，然后德鲁－林恩很剧烈地咳嗽起来，她把德黑文组装在汽车深红色仪表盘上的西斯奇特收音机打开了，音量极大。在德鲁－林恩搜台的时候，这收音机的静态噪声对于马克来说，就像是太平洋的海浪声。J.D.和斯滕伯格点燃的香烟的混合物在点亮了自家组装的即将散架的汽车东侧的太阳光里，如一种紫色气体那样杂乱地弥漫开来。

斯滕伯格问，带着一种几乎掩饰不了的悲情，他们是否要到达目的地了。

德鲁－林恩调到了一个用三段滑动和声自称是"精彩意愿"的有关犯罪与福音的电台正在播放的听众参与节目。这个节目——播放声音接近德黑文110瓦功率最高音量了——的名字是"人民的辖区：生活中的犯罪"，今天节目的名称是"谋杀还是自杀：你，听众，你们决定"。一个暴风雨般的中西部爱情故事终结于其中一个恋人的被刺杀和死亡。另一个恋人也在案发现场，但是武器上只发现了死去恋人的指纹。"你们，"主持人这么说，"观众们，你们来决定。"主持人还给了一个号码。也陈述了部分证据，马克感觉到了属于自己的一个故事的核心，但是这故事对别人也可能是真实的。

斯滕伯格正在问玛格达他们到哪里了。汽车在拐弯的地方咆哮着，行进在平滑的沥青地面上。他们已经几次驶上了更狭窄的乡间公路。两扇打开的车窗在他们经过一个漆黑的极罕见的撂荒的田地时，吸引着更多的小蚊虫。这些蚊虫很奇怪，很小，有透明的翅膀，看起来不会飞，但就是待在那里，在车窗内部到处都是，让人想要拍打；被拍打后发出难闻的味道。

德鲁－林恩从她的笔记本和诗歌中抬起头——她是马克见过的唯一一个可以在任何地方创作的人，尽管她正在被车辆颠簸推动着——她在电台播放的让人发指的犯罪事实面前使出她刻薄的修女姿势，然后对着 J.D. 斯蒂尔莱特的红耳朵大声说，世界末日来临的一个最好的标志之一就是公共领域的暴力犯罪的规模正在发生倾斜：现在看来，每一年，暴力犯罪越来越少以犯罪的能力展现出来，而越来越多是以原始的去伤害的机会形式出现了。德黑文也大声吼叫着回应说，世界末日到来的唯一确定迹象是如果小熊队能够赢得冠军，而今年看来他们极可能危险地做到。J.D. 让他闭上嘴，很生气地向一辆靠得很近的汽车挥舞着手。那汽车超过去了，一辆克莱斯勒，坐满了东方人。估计时速在 100 英里左右。

J.D. 斯蒂尔莱特说这天杀的斜脑袋东方人。他们正在接管整个地球。最后，要么是他们，要么是昆虫得胜。他们之间也只有很宝贵的微小区别而已，他可能会接着说。他用手拍死了几只在跳动的仪表盘上静静趴着的蚊虫。他闻了闻自己的指头。它们到处都是，他说：糟糕的东方人。八岁就开始做算术，然后整天都要工作 20 个小时。要意识到他们唯一的优势就是数量。他问这辆车里的任何人上一次见到一个单独的东方人是什么时候，就是那种身边没有一整个蚂蚁农场的其他东方人在侧的情形。他们都是群体出动的。那个超过他们的克莱斯勒车上贴有一个要求你小心驾驶的贴纸，上写"车内有婴儿"。J.D. 能够做到同时讲话、做手势，并且还抽烟。

马克掐死了一只难闻的蚊虫，然后盯着窗外。德黑文驾驶的车速度极快，以至于乡村公路中央的虚线看起来几乎像是实线。这段路上的玉米长势不太好，马克的视线可以直达地球的曲线：暗黑的绿色让位给了苍白的绿，接着是暗黑的绿，然后只是绿了，在南方地平线的接缝处，是一些结实的白色农房，还有可以劈风的树木。

J.D. 斯蒂尔莱特，就像许多老一点的成人一样，是某种程度上很顽固的人。马克·内希特，像这个令人尴尬的时代大多数年轻人一样，**并不顽固和盲信**。但是他的非种族主义源自——按他自己的说法——那些完全是自我考量的原因。如果所有的黑人都是伟大的舞者和运动员，所有的东方人都是聪明、相像而且勤劳的，如果所有的犹太人都是伟大的创造财富和文学的人，都是由和谐产生权势的人，如果所有的拉丁人都是伟大的爱人和细高跟鞋的权势者还有跨过边界的穿拖鞋者——那可好了，上帝，这样的话，那么那些普通的老美国黄蜂又是什么呢？对于种族主义者来说，是什么样的伟大特性把我们这些白脑袋聚拢在一个坚实的偏见屋顶之下？什么都不是。一个无名无脸的伟大白人男性。种族主义对于马克来说，就像是一种受虐狂主义。一个让我们自己感觉到完全和无意义的孤立的方法。无法识别的。比斯滕伯格憎恨被认为是有身体的更甚，比德鲁－林恩憎恨前现代的现实主义更甚的是，马克憎恨要相信说自己是孤单的。唯我论对他的影响就像安布罗斯式的宏大虚构对他的影响。那就是手腕上的大剃刀凄厉的汽笛之歌。那也是一个你一直在观看的很长、很长、很长的比赛的结尾，但是最后，你竟然没有看见是谁赢了，因为你是如此着迷于那疲倦的奔跑者面庞的美丽，看着他们都越过了终点线后，蹒跚地踱着圈子，手放在屁股上，弯着腰。

在一个相关的进展中，马克·内希特现在被我揭示出是被专业医生确诊的情感问题所困扰着。他事实上已经进入又走出了一些治疗场所，这样的事实会让那些东切萨皮克贸易学校对他珍视并喜爱的孩子们惊讶不已。马克的情感不是出现了异常或者有问题，他是因为自己和情感的关系而困扰着。这也就是为什么他通常表现出很酷很中立的那种快乐。当他的感情泛起时，他就像是被拒绝和它们有接触一般。他不再感觉掌控着自身的感情。当他的感情泛起时，它们就感觉与他远离了；他感觉自己身体不见了，是别人的存在。只有当他射箭的时候，他会非常反常地感觉到些什么。当他射箭时，手慢慢地在他复杂的弓上拉伸开，他如雕塑般的双手戴着黑色箭手手套，12线的弦哼唱着，而狡猾的箭杆呼啸着离开弓，飞向目标，他脱离了身体站在身外，目睹了自己的快乐。

也就是说，要么他什么也感觉不到，要么他什么也感觉不到。

玛格达·安布罗斯 – 盖茨的困境是关于正面的，也就是要更加高贵和悲剧性的。但是没有人会知道这点了。因为对于马克来说，他的化妆是一个主体，玛格达自己的性格——女性，还有前当代——这是一个客体的化妆。马克影响着的东西对于玛格达来说就是一个效果。她一直都是一个客体：是儿童时期的安布罗斯的青春期前的、女性的押韵的渴望；是成人时期的安布罗斯的冷淡的后现代构建；是土地投机商对休息区的需要；是没有感情的农业宏观和微观经济学的手的客体；是J.D.斯蒂尔莱特去售卖欲望的欲望；现在则是马克自己的投机机器。对于这个不老的广告之友，既没有幽闭恐惧症又没有出口，这个可爱的海边女孩的脱离正途的运动鞋鞋带建起了一个平坦的游乐场，她也许在一个煎炸过的玫瑰花咬到她不老的橙色鼻子上时也不会知道那被出卖的滋味。但是她从来不反对。她逆来顺受得很可以。她从来不会不得不表现出一种中立的快乐或者健康状态。在这点上，她不像年轻的马克·内希特。

阳光变得像石英的颜色，太阳是偏南的；倾斜的阳光爬行穿过玛格达带斑点的裙子，射向了他。马克·内希特比起她来要幸运得多。他，安静地，对几乎所有事情都反对。他有欲望，但是他不知道这些欲望是为了什么。他希望说他有那种自大的气质能够就坐下来然后编造一个关于成人玛格达的，关于重聚还有这游乐场连锁，杰克·罗德，关于安布罗斯供给的炸玫瑰，关于他为食用美丽而得到的变态回报，关于他已经遗失但是不能够遗忘的特别的箭的故事。一首关于一代人的艰难的爱之歌，这代人的眼睛像鱼一般转移到了头部的一侧，前行的视野被一个要在当下生存的麻木需求所霸占，位于两侧的眼睛扫视着任何可以成为先锋的事物。在那个他想要编造的故事里，那个不会捅他一刀的人，他应该就只是一个客体——一个被激怒、被控诉、被欲求的客体：回应。他不会做一个主体。不做主体。从来不要，做一个主体意味着要孤单。被困住。与你自己隔离开。内希特和斯滕伯格还有德黑文·斯蒂尔莱特都知道这样的恐怖场面：也就是你可以亲吻除了你之外的任何人的脊柱。你可以对任何人或者任何事物做爱但是……

但是马克永远也不会知道其他男孩子也知道这个的事实。他从来不谈论自己的情况，看见没。这种安静，也就是别人喜欢他的原因，像哭泣一般从他的中心错觉和当代瑕疵中辐射发散出去。如果他的年轻伙伴们也有自己特别的错觉——德鲁-林恩的错觉是认为愤世嫉俗主义和天真是相互排斥的，斯滕伯格的错觉则是身体是一座监狱而不是一个庇护所——马克的错觉是自己是这个世界上唯一一个感觉自己是世界上唯一一个人的人。这是一个唯自我论的错觉。

"我愿意把我现在的思想描述成某种进步的简约主义思想，"德黑文正在告诉德鲁-林恩，她刚刚关上了电台的节目，以便能够听见这小丑对自己想要用一台贵得疯狂的雅马哈 DX-7 电子琴取代自己已经过时的电子合成器，成为一个无调音乐创作人的野心的描述。"我的目标是能够把能量和流行音乐中称之为激情的东西与诸如贝德里赫·斯美塔那或英格伯·汉普汀克的智慧揉合到一起。"

J.D. 轻蔑地发出了哼哼声，但是依然奇怪地保持了沉默，好像是在孵蛋一般。汽车咆哮着，风也咆哮着。空气热得不能言喻。

"我憎恨任何和所有类型的简约主义。"德鲁－林恩坚定地说。

德黑文耸了耸肩，然后把用灯光照亮的红色鼻子和纱线假发取了下来，展现出了一个有曲线的斯蒂尔莱特式鼻子和一头极短却富有光泽的黑发。

"好吧，在音乐中的简约主义只是意味着对这些非常简单的和弦的重复。不过这简约的吸引力是来自重复的简单而不是和弦的简单。"

"把它们穿戴上，"J.D. 一边咆哮着，一边把他嘴里的雪茄调动了位置，以示意那堆躺在后视镜舞动的骰子下方看起来像纱线假发和发光的鼻子，却什么也不像的东西，他眼睛都没有看过去。

"爸爸，看在老天的份上——"

"我是不是被解放了？我们不是之前刚刚有过这么一场谈话吗？我们不是都决定让几步吗？我们不是已经就到底什么是一份工作协商达成一致了吗？"

"但是老天啊，爸爸真的很热，而我——"

J.D. 直直盯着前方。"那就帮我界定一下，我的小祖宗，到底协商一致的'工作'一词是什么意思，再一次。"

德黑文冷冷地看着他已经因为看不见而不得不停下来的黑色高速公路，戴上了红色的假发，歪戴着。那红鼻子，因为用了 AA 电池而显得不轻，滑向了位于挡风玻璃和仪表盘之间的除霜出风口那里，从视线里消失了。

德黑文在牙缝里挤出几句话："一个工作就是在你接受一份工作后，无论这工作做起来感觉是好还是不好，你都要工作，因为你承诺过，你接纳这个工作的行为本身就是你承诺的证据。"

"记忆力真好。让一个父亲心生——"

"我不认为这车里的任何人会在意我是否带着红色假发。"

"你代表着麦当劳,蠢货。开车的不是你。你代表着这个世界的社区餐馆。"

"天真是特别热,斯蒂尔莱特先生,"玛格达开口了,把身子前倾些以便自己能被听到。马克听到她的话了。她身上穿着胸罩的唯一证据就是在她背部中央位置的一个纽扣凸起,就在她棕色的衬衫下面,在她的脊柱上面。

J.D. 故意忽略了她。"给我来点他爷爷的自豪感,德黑文。"

"我们到了吧,差不多了吧?"斯滕伯格开始说话了,他的双手就放在大腿上,眼睛很犹豫地看着玛格达衬衫下的凸起,那里的扣子在一个复杂想象的关系中男人是解不开的,而女人能够躺着用一只手从背后就能解开。

"还没。"J.D. 说。

"哦,还有很远?"

"里程表即将滚动起来。"德黑文边说,边看着车轮不可比拟地翻滚以数字形式表现出来。

J.D. 继续孵蛋,把烟拿开,咀嚼,然后重新点着了火。汽车红色的内饰再次充满了绿色的雪茄烟雾。斯滕伯格继续回到自己被忽略的状态里。一个有风格的毫不含糊的黑色编织包裹的铁制稻草人,更像是一个装饰品而非稻草人,就立在葱绿的路边,与经过的汽车的影子交织在一起。马克对假发重新被戴上,感觉还是挺高兴的,不是出于对这个罗纳德孩子的任何特殊的恶意——

"无论如何,我想要做的音乐和诸如格拉斯或者雷驰这类的音乐家更有共鸣,但是还要有更多……进步。从和音的角度来说,要更加无调,从节奏的角度来说,它带着一种吸引我的法西斯品质的东西,一种长筒马靴——行进——在一个波兰小镇的品质。"

"安静。"J.D. 散漫地说道。

"那是一种会抓住你衣领的音乐，它会告诉你把你所有的土地都给我，不然我就把你所有的牲畜都洗劫一空，"德黑文很快做了总结，"但是以一种更智慧的方式。而且没有鼓点。"

——但是因为假发和鼻子被取掉，这小丑厚重而无色的妆容就终结了，都堆积在他脖子的顶部还有他圆圆脸颊的曲线部分，屈服于经常被风吹日晒而成的红色的斯蒂尔莱特式皮肤，那种突兀感让马克极不喜欢。

"你难道都记不得？"德鲁-林恩已经转过身去和斯滕伯格讲话，"你难道不记得当年拍摄麦当劳的广告场地也是在荒郊野外？"

"克里西安坐落在荒野之中，孩子们。"

"伊利诺伊中央机场是最近的机场和直升机停机坪，但不是开玩笑，克里西安还是非常偏僻。"

"有意而为之，"J.D. 边说，边试图在他厚重的下嘴唇上平衡着他的雪茄。"你不去找客户。你让客户来找你。这样的话，要钱的帽子就是在他手里。客户要花大力气和麻烦走老远才能来见到你，一路艰辛，遭遇糟糕的公路，没有地图也没有近路：在路上，客户就已经被说服了，他知道你们的服务是有价值的，他要费尽艰辛在这半英亩的土地上游荡很久才能找到你。"J.D. 很粗鲁地笑着说。马克注意到德黑文能够静悄悄地用唇语方式同声重复他父亲的整个发言。随后，他加上了自己的总结：

"一个——非常——聪明的——大师——住在——一个——非常——难爬——的高山上——的战略，"J.D. 说，"毫无疑问，住在山上的大师们才是真正有智慧的。你爬到山顶：你已经是他们的菜了。"

每一个人都只有很艰难地吞下了这说法。

斯滕伯格清了清他的烟嗓子，一定程度上把这清嗓的声音有意传递给了他身边的空姐。"很抱歉弄脏了你的裙子,还破坏了你约会对象的水果。"

"没事,"玛格达回应说,用手理顺了她耳朵后面的金发,"还有,他不是我的约会对象。"

"不过我的德克斯特箭怎么样了?"马克平淡地问。

"他只不过是一个乘客。"玛格达解释说。

"我的箭,斯滕伯格,"马克边说边把身子倾斜了一点,越过玛格达的前面看着汤姆的"煮熟鸡蛋颜色"的眼睛,试图要去感受到愤怒。"你把它忘在那里了,对不对。"

"我拿着呢。"玛格达说。

马克把他的凝视转向了她。一个突然的颠簸——过了一个路坑;"他奶奶的,"德黑文大叫起来——这颠簸让他的胃也在很快的下降过程中升腾起来。

"箭就在我的随身行李里,"她微笑着说,"就在汽车后备箱里。等我们到达后我就拿给你。"

马克看着她橙色的脸。"谢谢你。那几乎是我最喜欢的物品。那是唯一一个我能够带过安检的东西。是铝的。"他停了停,"再次谢谢你。"

她笑了起来。"看起来很古怪,就从那个糖煮梨里伸了出来。我以为你们中的某一个人会想要这玩意儿。"

"真好,谢谢你。"斯滕伯格说。

"是的,谢谢。"这东西不能丢失了。甚至有一次把这箭射到海里。在一个老码头。可是,这箭依然浮在水面,而且闪着光;因为有那木头箭柄而漂在水面上;几个小时之后就随着缓慢的潮汐漂回来了。

马克一直在等着。在那被潮水冲刷过闻起来尽是鱼味的码头。那个箭不能消失的事实一方面是一个安慰,同时也是一种焦虑。它让内希特感觉很特别，真的是。但是从特别出发不远处就是孤立。

虽然我们所有人都可以，但是马克如果愿意问问 J.D. 斯蒂尔莱特，他在单身酒吧平静的日子里曾经做过唯我论——错觉——恐惧方面的研究，他就会知道。我们所有人都可以。事实也都在那里，以黑白分明的方式记录和描绘了——然后被遗忘，现在对疾病的恐惧已经替代了对单独退休的恐惧——坐在 J.D. 斯蒂尔莱特广告公司位于克里西安的大楼后的档案室堆满灰的铝文件夹上，这就是他们要前往的地方。我们全部都有各自的唯我论的错觉，可怕的完全是单独的直觉：我们是这个房子里唯一把冰盘加满水的人，我们是唯一把干净的洗碗机上的碗具取出的人，我们也偶尔在洗澡时小便，我们的眼皮在第一次约会时会跳动；还有，只有我们才会很认真严肃地对待随意；只有我们能够把谦虚的祈祷变作礼貌；只有我们能听见狗的哈欠里传出的悲情叹息，还有在那个不透气密封起的罐子开口发出的超越时空的叹息，煎鸡蛋里飞溅出的笑声，真空吸尘器的尖叫声里的 D 小调；只有我们能够在日落的时候感受到幼儿园新生在妈妈离开时所感受到的痛苦。只有我们才爱着那唯一的自己。只有我们才需要这唯一的自我。唯我论把我们联系到了一起，J.D. 知道这个。只有我们在人群中感受到孤独；不要停下对于到底是什么东西把人群聚到一起的思考。我们在人群中，一直都只是一些面孔。那是斯蒂尔莱特的肉。

噢，那来自 J.D. 斯蒂尔莱特的悲伤，一个把大家聚拢到一起的人！一个拥挤的星球将会为了一个为他们构建了他们所想要的场所而展现的爱而躺在脚下。但是为了一个构建了他们所想的人？为了一个游乐场所喝一杯？上帝是否说过要禁止轻抚别人的背脊？一个拥抱？一个单周的电视电影，《J.D. 斯蒂尔莱特故事》，由他的赞助方赞助的剧集，其中 J.D. 被描绘成那种可以克服一切的英雄？一部来自C——安布罗斯的敏感的小说，小说中的J.D.作为一个对影像和标识的操控者，通过异位显性，他屈从于自己搅动的催眠迷宫，并且被迫通过清晰度去超越，成为时代的标志，去看到？看到某种事物了？没有？但是没有。关于身体政治还有即将要死的人的身体或者是抢匪与警察之间的相互伤害，或者是医生重新缝合身体的电视节目。关于小说家书写有关小说家的小说的小说，那从来不屈从的小说家们。很可爱的故事，不修边幅的，闷闷不乐的，聪明的，腼腆的，永远在胸部没有胸毛的故事。

然后，让我们不要对任何事有冲动：他没有真正的骨头去与作为修建者、公司家，消费者的安布罗斯进行拣选。而且为什么要想一些即将到来的事情之外的东西呢？重聚活动将是极盛大的。比现实生活还要盛大。让人难以置信的。4万4千名演员、赞助商、名人、前演员，都要回来。4万4千人将要——被用影像记录——重聚、问候、相遇和用餐。吃喝。一次99和44的百分之一的纯粹消费。相机的镜头将是全方位的。你将需要一对深海鱼类的眼睛，才能够恰好把所有景致都收纳在内。那个J.D.已经在三十年的时间里分秒必争地努力工作，以聚拢的盛大人群将齐聚一堂，人们将要失去那种让人群变得原子化的谦卑的祈祷者的礼貌，随欲求而追求超越所有的接地气的需求包括脂肪的提供，油腻的叹息，碳酸饮料冒出的气泡，还有对经过政府检验的肉类的消费。他们将在肉的海洋里狂欢，嘴唇上沾着斯蒂尔莱特大量玫瑰花煎炸后留下的血红的紫色。

还有些距离的克里西安是一个疯人院。狂乱，拥挤，到处是那些请求留下来的广告之友。西贡陷落的正面。镇上的那些居民，就是那些一个意外形成的市场的后裔们，已经学会去换大额钞票——到处都有纪念品，自家搭建的摊点。包了金箔的两扇拱门已经被搭好，每一个都有圣路易斯拱门的尺寸大小,在拱门抛物线门顶之下,是一个镶着钻石的祭台,祭台要求,被记录下,并且让你能有片刻的休息。这个祭台本身就是一个花园大小的金色肉饼。所有这些新建的东西——拱门,祭台,祭台的台阶——全都钻了孔,填满了东西,以便在杰克·罗德的直升机到达的殊胜时刻向天空中喷射和撒播美国农业部 A 级认证的血液。整个场景将是平静的,宛如耶稣再世。他将要看着人间的欲望高涨到那个红色和金色的制高点,还有三十年来所有消费者的战栗和喷嚏刹那间释放,浓缩成一个整体。这就是一个公众天才人物的秘密:这将成为平静前的风暴。在饱餐了他们自己的钱买来杀死并且冰冻运输了去满足亿万消费者的植物和动物之后,这些广告之友将会完全屈服,在狂欢中。

还有,如他们所说,事情就应该这样。没有一个人会离开玫瑰农场的重聚活动。那些对他们想要什么的示现将要作用于他们;而且,在那欲望的示现里,他们将要占有。他们都将要付出代价——没有说服。这是 J.D. 的天鹅之歌。世界不再需要 J.D. 斯蒂尔莱特广告公司或者这公司掌舵人的天才了。生活,现实,就将是它自己的广告。广告业将最终到达消亡的时刻,而这是一直以来其存在的目的。死去的广告,也就变作了生命。最后的广告。流行文化,美国伟大的迟到的摇篮曲,在信仰冰箱上巨大的提示贴,将要,永远都无人赞助,跌落到严重盐碱化过的土壤里。公众,一个伟大的需求,将会被提醒他们相信的是什么。他们将会质疑他们所害怕的,相信他们所想要的;然后,作为重聚的一部分,联合起来,他们的愿望将使得这成为现实。他们的愿望还会,对的,成真。事实将会是虚构,将会是现实。安布罗斯和他的学术后代们将会掌控这世界,无规则的掌控。肉的虚构。

对于斯蒂尔莱特,他预见到了什么了?他将要退休回到那个一切事情起源的路口。在人群中央的欢呼声中获得宁静。也许他会睡一个早就应该有的午觉,四肢伸开躺在交叉路口,四肢各指向一个方向,雪茄烟则作为日晷仪。他将放松感受身下的地球伟大而厚重的自转带来的口吃,震动和对抗。

他将成为感谢的对象。他不仅仅要变得不被需要,他将要被人们爱着。爱戴着。因为他将要代表着产品。

他继续孵蛋,坐在颠簸的汽车里。他嘴里的雪茄已经快燃烧到了嘴边,他的嘴唇已经能够感觉到烟的热量。那个包裹着织物的铁制稻草人迅疾消失在车后。他把雪茄烟头伸出窗外弹了弹,然后,因为他想要这样做,他就停止了孵蛋,他巨大的前额光滑得就像一个优雅照片中的床单。很快他们将拐过向西的最后一个弯。

一辆运送小鸡的卡车急切地超过了他们。车的两侧就像是板条箱的两侧。这车的经过给德黑文面前的挡风玻璃上带来了鸡饲料和鸡毛。汽车上自家组装的雨刮(疯狂工作着)直接把小丑红色带着脉动光亮的鼻子,送到挡风玻璃和车载仪器之间的空隙里了。那鼻子完全跌落到了任何人的视线之外,躺在了仪表盘里面的某个位置

我们六个人拐过弯时,超过了一个身材高大的老农民,他站在乡村公路几乎看不见的路肩上等待搭车。你能够看见他老旧的收割机已经坏掉,而且很疲惫地在车窗右侧他身后的玉米地的波浪中立着。在行进中的汽车的另一侧,两个巨大的拱门门顶闪闪发光,刚好可以看得见,感觉就像是一个在大地与婴儿蓝的天空之间站在柜台顶部一整天盯着食物看的孩子的两条眉毛。J.D. 是第一个建设了拱门门顶的人——给那个人一支雪茄,他微笑着——因为其他五个人都在看着那个大个子的农民,招手搭车,一动

不动，就像一尊雕像向他们冲过来。他确实是大个子；他的拇指都投射下一个影子。这辆邪恶的小丑的汽车给他带来了满身泥土。

"这车里已经没有容得下一个大个子农民的空间了，伙计。"德黑文说道。

"你通常不太见得到大个子的老农民了，"德鲁－林恩投机地说，"大个子男人似乎死得早。你们有没有见过许多大个子的老人？很少见。他们死得早些。"

这有点不过脑子。老少斯蒂尔莱特个子都很大。马克·内希特也是。

德黑文用了大概两根指头把车向左转了弯，他另一只白皙的手则调节着调频收音机的按钮。汽车在转弯的时候呻吟着。那个巨大的金色拱门又露出了多一点，现在感觉就在前方，依然有点距离，但是显现出更多，那北欧的眉毛舒展开来，不再那么严肃，这时，这要散架的车正开向它们。路口的路牌上写着2000西向。这乡村所有的道路似乎都只是以数字和方向的形式来区分的。J.D. 剧烈地咳嗽起来。车子的六扇车窗上依然爬着一些幸存下来却依旧毫无动静的小昆虫——没被杀死，马克一边想，一边杀死了一只，因为它们使得这谋杀的行为很无趣，而且很恶心。

一个被忽略的事实是，一个在他们拐上了笔直的公路时，一条黑线——确切说是一条黑曜石般的线——出现在前方。那很可能是暴雨云。它们像闪米特人的发际线一般出现在金色眉毛的上方。

与此同时，德黑文戴手套的手指已经把调频电台从日间的静态波段调到了同一个精彩意愿的电台频率，电台里正入神地播放着一个清晨中段的圣灵降临节的老式福音节目。布道者——你可以说他是极富魅力的，一个信仰复兴运动者，因为他能对英语施加魔力，就像瑞士人对法语所做的那样：每一个音节都聚集到一起，形成一个带着呼吸音的后缀——这布道者和自己在谈论有关眼睛、微尘和光柱的问题。提到那深刻影响精神生活的四季。也对紧凑的生活周期、时间消逝、死亡、时间消逝、生命做出了暗指。他在整个节目过程中都保持了一种单调的高 C 调傻瓜般的声音，不断重复着一到两个非常简单的主题。那高昂而平稳的抱怨和呼吸声令人退缩地回荡在车里，触动着每一个被缺觉所困扰的人的音叉，除了玛格达，她晚上睡着了，不用安眠的药，睡得像死了一样。这个节目过程中唯一的起伏是布道者的听众的回应；他对每一个修饰语都要重复三遍。他的语音极简洁，如果这样说能明白的话。马克在码表上看到一瓶卡慕干邑白兰地的影子。

  J.D. 斯蒂尔莱特，他自己的精神现在随着汽车与那依然有距离但是至少现在是在视线可及范围内的展开的拱门的距离成反比地变化着，与那在拱门下的狂欢成反比，他在无意识地试图回忆自己到底在哪里，怎么会雇佣了这些特别让人烦恼并且迟到的孩子，那时候他们都还是孩子。埃伯哈德特他记得是在他巡回的时候发现的，他当时和一个向导在一起，在安布罗斯的海洋城公园的废墟间。她和她父亲在一起，一个非常壮实、看起来强壮的男人，一个男人中的沃尔沃，留着小平头，穿着黑色缎子夹克的身材依然可见肌肉，夹克的背面是一幅被一个红色凯库勒环般的蛇包围着的蓝色的东南亚地区的图案，蛇在吸吮着自己的尾巴，图案下方用白色字体写着"我死在那里了"。真正让 J.D. 激动的是她触摸那已经被毁坏了的游乐场的胖梅姨已经被烧化了的可怕的外壳的方式，她的手掌摸着她巨大而下垂的前额，就像一个小小的妈妈和一个巨大的发烧的孩子——这是一个孩子在可怕的被毁坏的景象前展现出的最温柔时刻。在 J.D. 做了自我介绍后，她父亲也伸出了他被截肢后安装的铁钩手。埃伯哈特那时候已经是一个发育良好，极有吸引力的孩子。至于斯滕伯格这个孩子他已经记不清是在哪里发现他的,或者为什么要选择他,不过他记得很清楚的是他母亲如金属般的声音,还有在他参加了 J.D. 的节目和得到他照顾后变成一个悲伤的、乱糟糟的只愿意用对讲机点东西并且边玩边吃的男孩子时,她妈妈用手不断整理他的头发和衣服,以便让他重新变得干净整洁。

"我看见拱门了!"德鲁-林恩几乎唱起来。

码表已经离归零极其近了。

"瓦卢姆!"德黑文叫了起来,眼睛看着仪表盘上的数字。然后,他看见了别的东西。

圆拱门以令人疯狂的缓慢速度在胀大,在金色的彩虹拱门上方西边冒出来的黑线已经增强为宽大的一抹黑云。可能要下雨。

德黑文又一次被超车,这次是一辆圆形的油罐车急速驶向克里西安的方向。那银色的油罐车转向并且急速向前行驶,油罐在车上晃来晃去,车尾的红色标识提醒着火灾危险并写明了油罐到底有多长。它很快不见了。

油罐车很快不见的一个原因是德黑文让车减速了,因为仪表盘上油量灯的红灯已经亮了起来。

这个发展很恐怖。德鲁-林恩也看见这红灯了。J.D. 没有看见。但是德鲁-林恩在车里没有说任何有关这油量红灯的话。为什么不?为什么不呢?也许她喜欢德黑文·斯蒂尔莱特,因为他告诉了她自己的无调梦想。你可能会想说,那样的梦想听起来很奇怪,尤其是当这话来自于一个小丑红红的嘴里的时候。但是一点也不,在某种程度上。德黑文和德鲁-林恩现在共享了一些同一侧的景致,而玛格达·安布罗斯-盖茨也能够从汽车的后视镜里看到一点。汽车似乎在这个新的、稍微慢下来的速度上咆哮得更大声了。

即使是从后座位置,J.D. 现在也能够看到乡村公路的分割实线已经开始破开，变成虚线了。

"踩油门，小子，我们要迟到了。你在做什么？在机场外的时候，我说过我们要争取在中午前到达。这里我知道。从北面过去，我们可以省掉10分钟。但是踩油门啊。踩、踩，油门，前进。"他把两只手都插到头发里，头发丝毫没受到影响。

德黑文突然把车向右转进了一条极其狭小而且没有路肩的小路，马克似乎看到道路路牌上写着2000北向，那种刚刚修好的公路：崭新的沥青和薄荷白色的碎石就在他们宽大而黏叽叽的轮胎热水过滤器间疯狂地蹦跳着。那巨大的双拱门，在一片挡风林之后，重整旗鼓了，就在马克的车窗外。他看见它们了，毫不惊讶，上面写着英文缩写。

斯滕伯格的声音，尖锐而毫无控制："我们是往北走？"

"爸爸要把你们几个从东北方向带进来，可以节约点时间，"德黑文回答道，眼睛依然盯着那亮了红灯的油量显示，"克里西安的整个南边都被人群占据了。不可思议的交通堵塞。油罐车、运鸡的卡车，可乐卡车，游客，小摊，运肉的卡车，运血的卡车。什么都有。"

汽车开得越慢，响声越大。斯滕伯格觉得这轰鸣声加上碎石噼里啪啦的声音会让他发疯的。

德鲁－林恩的鼻子吸了吸。"这个轿车比任何达特桑牌汽车都要更大声。"

"你和达特桑到底是什么情况？"德黑文一边说，一边瞅了一眼父亲，然后他再次把浸透了汗水的假发取了下来。马克看着J.D.，但是斯蒂尔莱特似乎还沉浸在他自己的思考中。

"达特桑都是假大空，"德黑文继续说道，他又看了一眼，表情不同也很突然。"鸡屎发动机。塑料和合金材料。没有钢材。没有灵魂。如果发动机坏了的话，你只有把整个发动机都拆开才能修好。发动机确实会坏。达特桑车就是他们说的那种雅废士。"

"我想你是不是想说雅皮士。"马克接话说。

"我说的是雅废士，伙计。年轻的城市的华而不实的狗屁，这就是我说的雅废士所代表的。没有对高质量东西品位的雅皮士可能是一个雅皮士的一种可以救赎的品质。我们已经听说过雅皮士和雅废士。伊利诺伊不是另一个星球，伙计。"

第一次，马克从德黑文生气的声音里听到了中西部嘎嘣的语气。

"不要提还有信用卡，说到那些年轻的狗屁，"J.D.说，"你们竟然没有一个人有一张信用卡？阿维斯柜台的诺拉这么说的。"

"信用卡不是玩具。"斯滕伯格大声回应。很坚定地说。这个可以很简要地解释一下。斯滕伯格的情绪状态现在已经正式变为恐慌了。而这个恐慌是建立在幽闭症上头的。恐慌的源头：汽车在颠簸，还有那几乎像假体的来自玛格达右边乳房的坚实的推挤——他们坐得很近——已经让他有种勃起的感觉，这感觉就像是一个酒后的迷糊在嘲笑阿司匹林那样嘲笑着华达呢裤子的包裹功能一般。

"信用卡不是玩具，可以随时拿出来，购买并且糊弄。"他带着些攻击意味地说，但是也带着一种有意的冷静和成人的稳重，就像当你的爷爷奶奶问你对未来的打算的时候那种语调。

"我们用的是我岳父的维萨卡。"德鲁－林恩说。

"等到账单来的时候，我们自己支付。"马克补充说。

"信用卡需要深思。"斯滕伯格坚持道，驼着背，手有些随意地放在他变得像撑起的大腿上。马克看见华达呢裤裆处的异常，而玛格达则似乎很外交地故意不把眼睛向下看。斯滕伯格把他的那只好眼闭上了，向内心深处望去，并且用尽全力与这个过去总是打败了他的意愿的身体的自动功能进行着斗争。基本上，当然，他所试图要做的是升华自己的心灵，在这方面他就像那些不运动或者画油画，或者使用主要的抗抑郁药的男孩一样掌握了最佳的办法。

"信用是政治性的。"他宣布道，"信用是精英们的工具。你不假思索地运用信用，你是在无意识状态下维护着一种现状。"

"哦，耶稣基督，"德黑文咆哮着——并且，很有意思的是，他也在努力升华着他对于另一个不同种类的机械功能的恐惧，也是一个在他控制之外的功能。"又是这些所谓政治正确思想中的一个，爸爸。我们之前已经和广告之友有过类似的正确狗屎的讨论，就在过去几天里。"

"冷静点，孩子。"

德黑文脸上现出一种空白的皱纹，他的一半人类一半歌舞伎的脸庞转向了斯滕伯格的狭小角落。"你就是那些正确的人之一，不是吗。你在念'尼加拉瓜'的时候是否不带辅音？你给我们念一下'尼加拉瓜'。"

"我告诉过你放过这些孩子，蠢货。"

在一个后来极具戏剧性的发展中，马克从他繁复的外科医生的衬衣里拿出了一个有拉链的袋子（他没有忘记在休息厅里，这样就给了事态发展一个暂停的机会）。J.D.立马就闻到了车内空气中的味道。在他们的西边一侧，也就是他们左边的黑云，现在已经遮蔽了一大半的天空，如同一个刚刚煮涨起来的食物上的盖子。也可能是他自己的想象力，因为他对于自己手里拿着的东西还是很有意图的，可是玛格达似乎是用一种带着橙色恐惧的眼光看着马克。就好像是看到了什么极其危险事物时的反应。

"还有你额头的那东西肯定是一个脓包，伙计。那种漆树毒囊肿是什么玩意儿？我刚打赌在他们开始射击的时候你应该不在前排，对不？"

"你住在哪里？"玛格达问道。

马克看着他，半困惑地说："巴尔的摩。北巴尔的摩。亨特山谷。"

她的嘴微微张开了。

"每样东西都具有政治意义，都可以大声喊出来。"被惹恼的 J.D. 在极其想要以普通的农村原则给某人屁股上来一脚的德黑文和蜷缩在角落里、疯狂地升华着自己的斯滕伯格中间大声说道。

"不再是这样了。"德鲁－林恩很坚定地表示了她的不同意。

"阿门，瓦卢姆。"德黑文的笑容变得很自然。

斯滕伯格，已经在爆发边缘的他，也看到了马克那带拉链的包。玛格达的脸色变得有点黄了。各种想法在斯滕伯格的高压与缺觉的脑袋里冲击着，就像谷壳一般，某种有斜角的点阵，玫瑰的、汽油的、身体的、琥珀的、漆树的、汉堡的、屎的、内希特的、玛格达的、性的、勃起的、愿望的。还有，对，政治的点阵。

"你总在胡说八道，德鲁，"斯滕伯格说，"斯蒂尔莱特先生是对的。政治无处不在。除去，谢谢上帝，在诸如流行文化里没有政治以外。"这就是为什么娱乐行业如此重要的原因。这也是为什么电视如此牛的原因。当它变得索然无味的时候。就像它天生应该如此一般。去它的公共广播服务。对不对，斯蒂尔莱特先生？

"它确实是唯一的避难所了。"马克安静地表示了同意。

除去 J.D. 和玛格达以外的所有人都点了头。德黑文进一步让这辆怀着恶意的汽车慢了下来。

J.D. 转过头去，吸着烟，摇着他精致的头，表现出很不爽的样子。"我不知道你们到底是谁，在胡说八道什么，孩子们。电视不政治化？那个诺拉告诉我说，你们两个都着迷观看的《天堂执法者》，看得你们连眼睛都不眨一下？"他把一只胳膊放到了前排座位的后背上，一边让自己集中的脸庞变得水平，那厚重的支撑雪茄的嘴唇对着斯滕伯格和内希特。"你们是在说在那部电视剧里没有政治？"

两个男孩子的反应很迅捷，一致都是否定的。

"完全是纯粹的娱乐。"

"就像一块即将要破碎的毯子。让人觉得很舒服。"

"就像用你的口水吹泡泡。不用脑子。为了快乐而找乐。"

"特别是看重播的时候，公司联合运作，你们以前应该也见过的。"斯滕伯格对此评价道，他感觉着，感觉到身体脱离了自己，有些虚弱。"令人难以置信地舒服。你知道宇宙在下一个小时会是如何运作的。完全的稳定感。与之分离却又相连着。能看得见风景的子宫。"

斯蒂尔莱特简直不能相信这些愤世嫉俗的孩子的天真。如果不是德鲁－林恩细小的脑袋挡着的话，他可能已经在后视镜里与更年长的空姐交换了眼神。德鲁－林恩和德黑文正在注视着码表终于归零，重新开始计数。这很让人激动，感觉很棒。空气里有一种投币式自动售货机的感觉，这感觉他俩共享着，并且知道他们共享着感觉。油量灯已经进入了忽闪忽闪的状态，令人更加恐慌，如果你知道油量情况的话。

"我不能相信今天的孩子们是这样的，"J.D. 说，"《天堂执法者》没有政治？我们是不是在谈论同一部电视剧？是那部从 1965 年一直播放到 1973 年的剧集吧？就是那个每一集里都出现直升机镜头的剧集？直升机上坐满了脸庞木讷、意图明显的穿着某种西服的白人男子，就是资本主义的那一套东西？白人男子在直升机里飞来飞去，在这个似乎自己无法治理到处是暴力的邪恶的本地东方人的东方土地上恢复各种秩序的电视剧？那个所有领导都是白人，所有警官都是穿着西服的东方好人的警匪剧，他们合作得很好，共同繁荣，共同从直升机上射向那些邪恶的东方人？电视剧里随时都要指向那个似乎与夏威夷岛很近的'本土大陆'，那个因为这个岛上的无序而处于危险中的大陆需要一种免疫，但是这免疫就需要杰克·罗德的每一发子弹，就能把所有从直升机里射向本土居民的子弹都合理化？"

"您是否在和越战做一个比较？"马克问道。

J.D.宽大的脸上的肌肉因为恶心和不能相信的感觉而拉扯着，"基督啊，你们这些可怜的蠢货，那部电视剧是史上最直白的含有政治的剧集。"他一边说，一边想象着重聚活动会如何进行，他弹了弹他粗大的罗斯柴尔德烟，用手在一个褶皱的口袋里摸着，试图决定是拿出一个花瓣还是一根纤细的荷兰船长烟。

"他也许有个想法，"斯滕伯格对内希特说，"就像那些克林特·伊斯特伍德的西部片一样，那带着枪的男人从荒野中被召回来，拯救一个被威胁的社区，而当初就是这个社区处于恐惧而把他驱逐到了荒野之中去了？"

"那种拯救者—英雄，带着武器，骑着马？"马克说道。

"那个坚硬但是可爱的教师把他像一块精致的蓝色钢板一样给驯服了？荒野？木目？还是尤达？"

德鲁－林恩在整场对话中一直没说话，只是盯着码表开始慢慢地失去其魔力。她的沉默里有一种原因在一定程度上与美国历史中与越南的冲突是平行的。对她来说，除去那些复杂地被取消掉的信件和带着嘶嘶杂音的电话通话，以及一个眼睛完全是平的、她在九岁时在一块沥青场地上第一次见过的父亲外，越南并不存在。他有一个钩子。他在自动汽车发动机逆火的时候跌到了燃烧的火焰里（达特桑汽车从来不会逆火，马力太小了），他目光呆滞地盯着接受着蚊子在他一块巨大的二头肌上吸血。他已经消失很久了，现在。他留下了一张字条。

兰斯·科博莱尔·林恩－保罗·埃伯哈特的字条，他留下来的

亲爱的空白：

今天看起来，活在当下的机会挺好的。

你亲爱的

从德鲁－林恩那里，马克·内希特只知道埃伯哈特中校已经去了未知地点很久。他从来没有进一步去了解更多，而这让她很痛苦。事实上，德鲁—林恩已经开始告诉她第一个也是唯一一个爱人有关她父亲的所有事情，就在那个晚上，那次他们一起睡觉（有保护措施）的时候。但是马克在完事后就呼呼大睡了。她从来没有为此而宽恕过他。她永远也不会了。她只有一个人单独表演早已排练过的整个故事，一人分饰两角。就像奥菲利亚那样：这是她生命中唯一一次笑得如此开怀，她不得不咬自己的手臂才能停下来：

"我的爸爸很早就离开了。他喝醉了。他发疯了。精神恍惚。对他而言，所有的房间都是白色的，所有的鞋子都是没有声音的。我的爸爸已经离开了这个星球。"

"嗯，只要他偶尔挥挥手。"

"我想他对之挥手的唯一一样东西就是他的食物。"

"嗯，只要食物不对他挥手……"

"我想，那就是最开始的时候他为什么要挥手的原因。"

他带着她专门去了那个被烧毁的游乐场。她很喜欢木板窗子，走路被杂草绊住了。他在十点的时候给她读了《白鲸》。一个人坐着。鲸鱼搁浅还有种种。他告诉她叫他林恩。给她买了一个森林绿色的20世纪70年代版经典的时髦外衣，她已经改过而且洗过无数次，以至于衣服看起来是石灰绿色的。他告诉她说他爱她。他只会背靠着墙坐下。

他从来没有一次问过那些令人痛苦的个人细节,马克。他会听着你告诉他的然后就只是点头。他看见并且不会在没有邀请的情况下跨越这条在你和他的个人生活之间的未被打破的中心线。他从来不发表意见。从来也没有要刨根问底。这就是他如此被大众所广泛喜爱的一个原因。也是为什么在那次之后的一年内,当那个小的奇迹应该出现但是没有出现的时候,她将要在他的睡梦中用烫水烫他的原因。非常糟糕的事情。但是这是袭击还是自卫?你决定。

这个,是的,有点跑题了。但是如果这个主题是不相干的,那么我们的主题就是镇上那个你确认你能够快速驶过,车窗摇下门也锁好,油量仔细检查过,在仪表盘上没有不正常功能的街区。

不过,马克也是很棒的爱人。很健康的性爱对象。他嘴里有充足的能量。能够让他做爱做到进入一种通常只有服用氟西泮之后才知道的睡眠状态。不会疲倦的。随意愿就可以很坚硬或者柔软。在他想要的时候才会射,就像一只猫。德鲁-林恩认为她知道秘诀:就是那个很有技巧的老盗窃癖准备发给他学生而马克决定都收到自己手中的炸玫瑰。这是她心理上一想到就会呕吐的开胃菜。很健康的邪恶。把欲望和恐惧糅合到一种个人化的充满激情的精湛技巧之中。

她觉得马克现在对于玫瑰已经发展出一个问题。她看见他开始对玫瑰变得依赖。他们不会谈论这事,马克对此一言不发,但是她觉得他对于玫瑰花的问题,正是,很具有讽刺意味,阻止他能够像他自己希望那样产出的东西。

德鲁－林恩就拒绝食用美丽。这是一种玷污。一种对无神论者的神明的亵渎。头号的审美杀手。德鲁－林恩有一些欲望，但是对于要吃那些在她自己之外存在的，红色和永恒的食物，她还是说了不，谢谢，并且大叫说这不是食物。她不会吃的。吃了甚至会影响到她成为一个更好的后现代主义者。这行为可以让她变得有某种英雄主义气质，以那种紧张而道德上很拘束的和研究生院般的风格展现出来。也是很老套的，这颇具讽刺意味。她确实喜欢美德这个词。有时候，对于她来说，荣誉甚至是一个名词。

"我以为你们和杰克·罗德很熟，"她边说，边看着德黑文前面的挡风玻璃外看起来像是不完美的色彩。那是雷暴云贴。"但是现在你们在这里，贬低他的电视剧。那为什么要请他来代言罗德阿洛夫特？"

"我从来不贬低别人，小姐。我确实认识杰克。"J.D.用一根指头翻转着骰子，而德黑文则把自己的手臂放在档杆上，就在J.D.和那忽闪的红色油量表之间，他的脸藏在一个快乐的脸部可怕的表情下。汽车继续颠簸着而油量表的红灯继续闪动着。路上碎石发出的声音让人不能忍受。

"可是杰克是一个非常复杂的男人，"J.D.斯蒂尔莱特说，"自从加入这个行当以来，我就认识起码三个不同历史时期的杰克·罗德。那是第一个历史时期的杰克·罗德，在天堂岛上空的直升机里的他，对着报酬偏低的本土居民扫射。然后，是一个退休了的、很庸俗、政治正确型的杰克·罗德，那是20世纪70年代，他做了些自由型的雕塑，还为感恩节海豹做了免费节目。这是罗德不乱搞的新的礼物。他是一个商人。一个职业飞行员和一个连锁分销商。是一种自带启动资金和公司家精神还有比现在在这整个腐烂的汽车里所有人都还要更多胆量的理想雅皮士，对于这辆车，我说没说过要使劲踩油门，蠢货。不要以为我没看见那个油量灯。把你的手肘从我脸上拿开。让油量灯滚蛋吧。我不相信家里自己组装的仪表。继续前进。你还可以开到中午之前。我们的影子变得短了，我想要这些家伙能够去参与狂欢。"

"瓦卢姆。"德黑文说，但是他自己都不相信自己所说的。汽车突然向前纵了一点，安静下来。金色拱门现在似乎是在马克一侧车窗的后面了。这辆家里组装的汽车肯定是位于克里西安的东北方向。马克很想要来支玫瑰，但是他的藏品已经不多，除去到达和几杯咖啡加上洗个澡睡个觉以外，他也没有什么特别想要的东西。现在看来，到达目的地不是一个任何人可以左右的场景。到达的过程非常缓慢。

"你不要再提那个到底为了谁的事了，" J.D. 对他儿子咆哮着，"那让我很不爽。"他又抽出并且撕开了另一支绿色的罗斯柴尔德烟，把头给掐了，然后把它放到塑料包装纸上，全部过程就用了一只手。他的另一只手则正对趴在开裂的红色码表盘上大群呆滞、缓慢、静态的蚊虫实施着昆虫屠杀的行动。那些蚊虫非常让人不舒服。就像旅鼠一般。无政府主义状态。而且很无聊。一只苍老的手，一个事实上的连环雪茄吸食者，J.D. 也能够用从印有罗纳德字样的书籍上的食指夹着一根火柴就点燃一只雪茄（液体打火机），与此同时，大拇指紧贴着单色浅面亮光纸，而且还在压死那些微小的昆虫。这不是一个发动的安全程序。在打击之前要把盖子盖上。为什么不就直接使用德黑文从一个高阻抗的铁床垫弹簧上取出的仪表盘点火器呢？

因为那点火器飞走了。因为温度太高，它突然就弹了出去，落到了J.D. 精美的大腿上。他儿子是一个无调的工程师。具有毁灭状况的有效的家里自制的仪表盘点火器。他代表着一个产品，但是不愿意戴着那鼻子，让鼻子落到了仪表盘里面，然后对红色油量表抱怨着。J.D. 有时候带着这种客观的被吓坏的娱乐表情看着德黑文：这是我造成的？

"你是什么意思，'到底为谁'？"德黑文对 J.D. 说。

"你一直都在说。不断重复着。扎实的两天。来来回回。为了谁啊。这话钻进了我的脑袋里。让我觉得疼痛。不要再说了。"

"瓦卢姆，我一直说的是，爸爸。瓦卢姆。那是我正在创作的无调音乐。这音乐会涉及发动机、速度、闪电战。是一首主题曲。我的主题曲。"

"'为了谁'是安布罗斯最佳故事里的开头几个单词，"马克·内希特说着。德鲁－林恩打起了鼾。J.D. 又在抽取一根雪茄烟。汽车里有一种古巴的味道，绿色的烟雾弥漫着。因为来自 J.D. 那边打开的车窗，马克刚好处在了那雪茄烟味的通道上，但是他也没有表示有什么不妥。"那是他的游乐场故事的第一部分。'为了谁。'"

J.D. 嘴里发出含糊的咕噜声，那种一个在自己儿子面前错怪了他的父亲发出的咕哝声。即使这个儿子是一个暴力的流氓气的儿子。

"我创作自己的作品，伙计。我不会用别人的东西到处招摇的。狗屎艺术家才这么做。我不是一个狗屎艺术家。"

德鲁－林恩从她的笔记本上方点了点头，表示支持。

"一半是对的，无论如何。"J.D. 笑了起来。他的笑声既不像安布罗斯疯狂的咯咯声也不像德鲁－林恩的笑声。斯滕伯格是否笑过，曾经笑过吗？

马克在过去对于一个交谈的跑题似乎要更舒服一些，很多时候是这样的。但是如果那些真正让他很有感觉的故事其实是别人的故事的话会怎样？万一这些故事都是狗屎会怎样？

如果他并没有被提示知道这个事实，而且也没有办法去知道的话会怎样？他很害怕他确实想要一朵花。

还有，他还面临着其他将要到来的麻烦。玛格达正在要求看看他的带拉链的包。她的双手长了毛，而且起了皱纹，但不是橙色的。

"瓦卢姆，我之前一直是这么说的。"德黑文摇了摇他的头，点着了一支没有过滤嘴的香烟，用那种他爸爸特有的休闲的轻松语气。他在拖的时候，把香烟夹在了自己的大拇指和食指之间，这让他看起来很令人怀疑。斯滕伯格也点上了一支100烟，因为他眼睛毛病的缘故，看起来是位于其实际位置的另一侧。玛格达正拿着马克涂抹过的包，并且举起来放到最后面车窗的来自南方的光线下。穿透过后车窗玻璃的光线是干净而有穿透力的。那些拱门现在也都已经在他们后面看不见了。

在这嘈杂的汽车里，有一种在一场小型谈话之前的特别宁静。在成人和孩子之间的对话通常都会出现大量这样的宁静时刻。随后，成人就问孩子们有关现在或者未来的计划。

德黑文，在并不可靠的润滑数据面前显得谨慎地焦急，他已经不在那些危险的玉米遮挡的路口减速了。（顺便说一句，到处还是有很多玉米。）他突然把车拐向西，开上了2500西向公路。再一次，金色的 M 字样出现在车的左侧，现在完全出现在一片撂荒的土壤之上了。

"那么现在你们几个孩子都在做什么事呢？"斯蒂尔莱特一边问，一边闻到了上一班摆渡车的尾气，并且在含雪茄的嘴里动了动，让雪茄烟继续燃烧，冒出一缕烟。他照亮了自己的弯钩鼻。远处传来了雷电的轰鸣。通过车窗吹进来的风明显凉了下来。玛格达正看着马克的侧脸。J.D.则整理着他燃烧的雪茄：

"我们中间还有人继续做演员吗？"他问道。

"我。"斯滕伯格回应着，在 J.D. 的后视镜中短暂地进入了他的视野。德黑文嘴里咕哝着有关恐怖片的东西，而德鲁–林恩则给他带着护垫的小丑服送上一个过于熟悉的捏捏。

"我还在这个行当呢，斯蒂尔莱特先生。"斯滕伯格说道，他试图显得随意，但是也很有礼貌，声音升了一个调。有时候J.D.斯蒂尔莱特也确实使用克劳特①作为他的中间名字，通常是在他签署合同的时候。

"对你来说那可真好，孩子。"

"我以波士顿地区为主要活动场所。"

"真他妈是非常好的地区。"

"是的。我很喜欢那个地区。"

"工作还稳定吗？你的经纪人是谁？我会不会认识帮你做经纪人的任何人？"

"我现在还处在刚刚进入状态的阶段，"斯滕伯格很轻松地说，"我正等着《波士顿银行》节目的回电。我可能会在那剧里扮演一名非常有助人品质的收银员。"

J.D.吐了一口烟，把雪茄拿了起来，仔细检查着非常均匀燃烧的烟。

"对于回电，我有呼叫转移功能。"

J.D.对他自己笑了起来。"也许我可以帮你介绍，让你认识几个更重要的人物，当你们都在狂欢的时候。"

"太棒了。"

"从我对这个行业的了解来看，在这次的麦当劳活动之后，你可以有一个真正的未来。"

"嘿，这真是令人鼓舞的消息，先生。"

"你可以用你的生活来证实，孩子。这是我所做的事情。"

"你说这是你所做的事，是什么意思？"斯滕伯格很困惑地问。

玛格达端庄地清了清被三个不同品牌的香烟熏润着的嗓子，问起了马

---

① Clout，英文中即"影响力"的意思。译者注。

克·内希特的计划。

"是的,内希特,"J.D. 说,"你看起来就像是演员的料。很上镜。自然。穿着大品牌的牛仔裤和医生的打扮显得很自在。你未来有计划要做演员吗?你的爸爸在洗洁精行业,那个诺拉告诉我说?"

很需要呼一口气,马克解释说,他事实上只是一个研究生。当德黑文大笑起来并且问他学习什么专业时,马克突然对车的地板发生了极大兴趣。和英语有关的。他回应道。

"专修创作型写作,"德鲁-林恩补充道,主要是对着德黑文说的,德黑文依然像拿着鸦片烟一般拿着香烟,眼睛眯缝看着,烟升腾在仪表盘和公路之间。德鲁-林恩的身子在前排稍微转了转。"当别人问到他的时候,他实际上还很不好意思告诉别人他实际是在学习什么专业。他会撒谎。你为什么要这么做呢,亲爱的?"

J.D. 快乐地笑了起来。"天哪,内希特,没有必要对此不好意思。很多写作老师能够通过教授创作型写作挣得丰厚的收入。市场有需求。有时候我们的斯蒂尔莱特广告公司也会请一些刚刚从创意写作专业毕业的人来做写手。安布罗斯自己也在东切萨皮克贸易学校里有丰厚的报酬。"

"马克就在那所学校学习。就是师从他学习。"

J.D. 没管这女孩。"创意写作的专业也是整个游乐场连锁店生意最后能够成型的一个原因之一。教写作的老师们不咄咄逼人。他们知道什么时候可以妥协。他们会让那些懂得整个行业运作的人来负责运作。"

"技术上来讲的话,我是在英语系学习……技术上应该是一个英文的学位。"马克含糊地对着他刚刚打开的车窗咕哝着。雪茄烟味被从打开的车窗处吸了出去,就像一个下水口处那些最后剩下的残渣一样滑动着。几个吸烟者混合到一起的烟的颜色和已经聚集压过了拱门的云团的颜色一样,这些运动正明显地朝这边移动过来。明亮的光线出现了，然后又消失在云团的核心部分——就像坏了的灯泡的灯丝。空气进一步凉了下来，车窗打开处传进来那种雨来的味道。玛格达把身子探过拿着花的马克，深深地吸了一口车内混合的空气：

"雨。"她叹了口气。

他们驶过了一个很突兀、单独的农房，就在刚上2500西向公路之后，房子周边是树木和有粮仓点缀的天际线，还有轮胎做的秋千，以及那看起来无限大的院子里密集的青草里东倒西歪的生锈机器。一个手臂巨大的女子从她所在的灰色走廊下的草场椅子上向他们挥手，在她的脚下，是一柄潮湿的长柄大镰刀和泡沫冷却器。农房的邮箱上写着一个名字，邮箱大开着，期待着来邮。这女子对着咆哮开来快要散架的重聚汽车挥舞着手臂。她的挥舞是故意的，甚至看起来就像是一个挡风玻璃的雨刮器。她是一个风暴观察员。这是伊利诺伊州的一个大众运动项目。在其他地方会觉得很奇怪。但是在这里，风暴就像风一样移动着，并不破坏，来得快，去得也快，通常是暴烈型的，偶尔会下冰雹，带来毁坏，或者形成飓风。然后这些风暴会带着平静甚至是一种和平的感觉离开这里，让你知道它们来过，它们走掉，依然体量高大，朝东方而去，把你留在了身后。很值得观赏。马克一般会更有兴趣了解风暴对于草地椅子的影响。他甚至会希望他们能够在这农房前停一下，然后他可以确定自己走的方向。他们肯定不可能会迷路的。斯蒂尔莱特一家都住在这里。如果他们已经连续三天三夜都在运送参加活动的客人，就像J.D.所说的那样，那么精确的路线应该已经像是德黑文脑子里的一个深刻的皱纹般存在了。但是他们在绕路。他们并没有，从任何角度来看，在伊利诺伊中央机场和克里西安之间抄到任何的近路。马克很明白直线和最短的距离。也许J.D.和德黑文就是那种不能既导航还能说话的种类。马克摸了摸在他名牌牛仔裤裤兜里巨大的奥黑尔国际机场的寄存箱的钥匙。

"不过他从来没有写出过什么东西,"德鲁-林恩说道,"他就没有产出。他被塞住了。他在考虑离开这个专业项目。是不是,马克。"

J.D.把他的弯刀鼻和烟灰都转向了马克,带着极大的兴趣。"你交了钱去学校学习写作,然后你什么也没写?"

"瓦卢姆。"德黑文说。

"我不是特别多产。"马克说,他心里希望能够对德鲁-林恩的紧紧打了结的后脑勺做出伤害。

"他一整年就只产出了一部作品,"她对着斯蒂尔莱特一家说,"那作品糟糕得很,以至于他都不敢给我看。现在他被塞住了。这样的事情在专业上时常发生。这也是我为什么要憎恨所有——"

"你的创作思路被堵塞住了?"斯滕伯格问马克。

马克决定也许只要一个花瓣就可以让他能够一直撑到到达时刻。

"也许是一个标准的问题,"J.D.说,就像对着熟悉的事物那样点了点头。"我手下有一个写手也曾经被堵塞住了,最后发现几乎都是一个不现实的标准惹的祸。通常是这样的。"

德鲁-林恩和德黑文对于"现实"这个词的使用都一起哼了一声,此时另一辆像箔一般光亮的油罐车从左侧的车道超了过去,一个西班牙裔美国人坐在后排,就在车上的标志牌旁,嘴里流淌着琥珀色的液体。

"后来我所做的就是把他们都叫进来,站在地毯上给他们训话,说他们需要做的事就是去调整他们的标准,"J.D.说着,他的雪茄烟现在只是冒着烟,一动不动,黑色的唾液,刚好平衡地立在他的下嘴唇上,如此,则这雪茄随着他话语的随意优雅而移动着，就在那嘴唇上面。"让他们调整自己以便更向下向前，"他咆哮着，"让他们调整自己的创意思维，关于可获得的快乐这一词汇的含义。"

德鲁-林恩听到这个，头抬了起来。

"那种艺术学校的狗屎都是伪造的，伙计，"德黑文沉思着说，"只有狗屎艺术家才成群出没。"

"安静和速度，蠢货，"J.D. 说道，又一次抬起一个手肘回头看着马克·内希特，这个和他们关联的孩子，这个 J.D. 对其显示出一种奇怪但是很真实的喜欢的人。他几乎是肌肉麻痹地做出了手势，如果你愿意的话："调整这个让他们的生活瘫痪下来的必须要创造完美和全新的广告的欲望，这就是我告诉他们的，"他说道，"我问他们——孩子们，记得我说的，免费的建议——我问他们，他们是否认为在任何情况下'完美主义'和'瘫痪'都可以押韵是一个巧合事件？"

德黑文转动着他由睫毛膏围绕的眼睛。碎石继续发出响声。车里几个人交换了空白的眼神。德鲁-林恩发话了：

"但是——"

"但是这两个词之间太他妈的接近了，我是这么告诉他们的。"J.D. 大笑起来，那种来自一个被包围起来的小个子的笑声，他的前额再次变得很清爽。德黑文用唇语同步了整场发言。J.D. 的笑让他嘴里的雪茄对着各个方向乱动着。在雪茄烟上积累了一个斜角的烟灰山。他的笑声最后变成了一个耐人寻味的咳嗽声。

马克也笑了起来，就像这个人一样，尽管他有一个很粗暴的儿子。

斯滕伯格把他吸完了的过滤嘴放到前座后背的一个你不想要描述的烟灰盒里，然后清了清他的嗓子：

"内希特，也许我们可以就那些花儿讨论一下，你觉得呢，就一秒钟？"他用自己前额的额外器官指向了因为某种原因被马克和玛格达同时拿着的，在 J.D. 椅子的头靠下面的那个有拉链的包。

斯蒂尔莱特整张脸都亮了起来。那拱门现在已经极其接近了。他饿坏了。

"你是一个花儿男人，孩子？什么类型的花？紫罗兰？玫瑰？"我自己管理着一个很小的玫瑰园农场，就在家里。我们到了家——我们马上就到——你们这些广告之友将要见到一个终结一切温室的温室——"

玛格达很安静地插话了，试图要指出他们还没有听到有关德鲁－林恩现在或未来的计划呢；但是接着德鲁－林恩打断了她，告诉德黑文和 J.D. 还有玛格达说她，德鲁－林恩，已经不再是一名研究生，而是一名真正在挣扎着的艺术家了。一个后现代主义者。

"一个后现代主义者？"德黑文淡淡地笑了。

"是的，好吧，我们也负责打理凯洛格的事务，"斯蒂尔莱特生硬地说道，"我说，拿上你的后现代作品滚出去。"

"我专注于语言诗歌和有关最后事物的末世秘密文学，总体来说是关于穷尽列举的，也是关于宏大虚构的。"

被迷惑住了的德黑文用那种新近刚脱掉了假发的愤怒感抓了抓自己的头皮。"你会遇见谁？"

马克为德鲁－林恩而感到尴尬。他觉得总有人会这么尴尬的。

"事实上，我也很希望安布罗斯博士能够来参加他的迪斯科舞厅今天的开幕式，虽然我必须承认，我不再相信他是一名真正的艺术家。但是我曾经相信过他，而且我还想看看他自己剪彩。"德鲁－林恩说道，东倒西歪地打着哈欠。

玛格达咳嗽起来，用手摸了摸她漂亮的喉咙。

"一个真诚而让人愉快的家伙，"J.D.点头表示同意，"在整个被拖延的游乐场建设过程中，从来没有任何来自客户的麻烦。怀疑是有过，但是从来没有攻击性行为，没有过逼迫；从来没有过一个愤怒的词汇。很少以自我为中心。而且也是一个花儿的粉丝，后面那个很上镜的孩子，顺便也说一句。你是在他的班上学习？还有他的妻子是那种笑得根本停不下来的人，"他说着，"见过那个女士吗？随时都是很愉悦的样子，让人觉得受到了伤害。她的酒窝就像是子弹坑。"

在铁丝网的荆棘丛后面可以看见监狱，在伊利诺伊中央机场附近就有专门的路牌提醒人们不要让人搭车。

监狱有那种开斜口的窗户，窗子很低，在人下蹲的位置，除去在高处的守卫的瞭望塔以外，这个监狱整体来说巨大无比，要花上几秒钟才能通过。另外还有一个路牌，红色的，写着这个区域是属于联邦所有，闲人免进。马克能够看到的地方没有任何的活动。那个逐渐聚拢高耸的塔状的风暴云现在已经冲上云霄挡住了（非常）晚出的清晨的太阳，使得东南面的天空看起来就像是一面夜晚的墙，而且是带着夜光的那种。斯滕伯格依然在坚持示意着马克的煎炸玫瑰；马克不理他，继续全神贯注地听着。

"必须告诉你，私下说，"J.D.边说，边把脖子伸长了去看完全被云层遮蔽的太阳，"我从来都不能够读完一篇那个作家所写的作品。一篇都不行，我们是朋友。他把所有作品都给我邮寄来。我甚至都抬不动那个邮箱。我觉得那也许本身就是一个不好的预示。"

雷声响了起来。

"那是肯定的，"J.D.说，"不可能读完的。作品里到处都是各种出了问题的婚姻。像地狱那样难以阅读下去。"

"婚姻？"

"也是，有时候很无聊的，"德鲁-林恩说道，点着头似乎是表示赞同。"让人沉迷。让人很理智同时也很幼稚。让人有自慰的感觉。有某种爸爸——你看——我没有用手的感觉。"

"嘿，现在，宝贝。"

"或者，用一个相反的概念，也可以，"J.D.斯蒂尔莱特一边说，一边把他的雪茄烟头摁到另一个黏糊糊的恐怖的烟灰盒里，他在凶猛的风暴嘶嘶吹过的玉米地里听到了那傻瓜般高音的他认为是他儿子愚蠢行为一部分的《为了谁》；"太聪明。为了自己的利益表现得太聪明了。这让整个事情都变得很腼腆。"

"几乎是犹太法典般的具有自我意识？"马克说，"充满了它自己的诠释？"

玛格达的身子挤着马克，以那种在看一部极其可怖的恐怖片时你邻座的人会挤你的那种无性的方式挤着，她的左肩很有肌肉感，她的波特酒的胎记闪亮着。

"从个人角度来说，我是百分之一百支持你的基本诠释现象学的，"J.D.说道，"诠释是我桌子上的肉，是你们这些孩子钱包里的汉堡包免费券。但是比如说我们要用这个故事描绘出整个连锁店的宣传攻势……也就是那个《为了谁》的故事，那是1967年。真的很喜欢那个概念。不喜欢那个故事。不喜欢关于故事的故事。"

德鲁-林恩自己嘟哝着。

斯蒂尔莱特俯视着她。"因为我从来没有也永远不会为了广告而做广告。你会吗？一个销售员售卖其他的销售员？没有道理。没有心地。糟糕的婚姻。毫无价值。"

马克已经把身子向前倾了倾，从德黑文和德鲁-林恩身上闻到了大麻、滑石粉、煤焦油还有琥珀的味道。

"故事基本上就像是广告，不是吗？" J.D.说道。德黑文这次没有用唇语配合这句话。"他们两个，从目标的角度来看，都像是要被人睡了，我敢肯定你在贸易学校就知道这样的感觉，内希特——"他很快地回头看了一眼，"'让我进入你体内，'他们说。你想要被那些一直在说'我在这里，我要睡你？'的人来睡？是？还是不是？不是。你肯定不想要。我肯定我不想要。这是一个冷笑话。没心没肺。残酷。一个故事应该牵着你的双手把你带到床上。不要那种腼腆—小姐的狗屁情节。"

按照天气预报的风格：那乌云的暗黑手指已经越过了太阳，在抚弄着这恶毒的汽车里的宽阔而浅的天空。从云间跌落的影子像县级大小的条状落在地上，在暗绿色的土地上形成灰色的条纹，一种东方水彩在低语轻吟的暗色。而汤姆·斯滕伯格，马克一直努力不理的人，他的幽闭恐惧症你可能已经忘记了，因为他已经突然力量加身，到现在，就在这辆飞奔的拥挤而包裹着的汽车里，他有了那次勃起，而且，他不认为政治能够在上述的讨论里有任何的位置，而且现在他极度害怕自己，想要吃一朵那些拉扯静止规模的炸玫瑰，只不过现在他得不到注意力被分散的，全身关注的马克的关注。他现在在双眼之间被一个想法击中了。他问J.D.斯蒂尔莱特是否在他自己的玫瑰农场里种有那种让马里兰的学者马克信任、采摘和煎炸并且让马克性欲旺盛的玫瑰。这是一个灾难性的发展：玛格达的黄色安静是那种让人恐慌的在公共场合你座位旁的朋友对着芭蕾舞放了个屁的类型。

最终的打断

马克·内希特对于J.D.斯蒂尔莱特对C——安布罗斯博士著名的宏大

虚构故事——'迷失在游乐场'的非正式评价产生了浓厚的兴趣。他认为J.D.是错误的，但是这广告商关于爱人/故事的比喻是恰当的，而且这帮助解释清楚了为什么马克总是被这个故事，以及被安布罗斯现在希望把他的艺术做成一个新的第三维度——去建造"真实"的游乐场的意愿，如此地困扰着。他现在相信J.D.斯蒂尔莱特和缺席的安布罗斯博士不仅仅"出卖了"（任何人都可以很随意地对另一个人提出的控诉），而且他们事实上是倒着来做的：他们想要为那些爱人们建造一个源自于不再爱的故事的游乐场。J.D.自己已经说过这故事不再爱了，不是吗？是的。但是，马克假设说斯蒂尔莱特只是对了一半。这故事不再爱，但这确实是因为故事并不残酷。一个故事，也许应该是把读者视作它想要……嗯，做爱的对象。一个故事能够，是的，马克推测说，在游乐场里被制造出来。但是不能把游乐场作为一种你可以拿走或者就留在那里的标志。不能把可怜的角色都放到一个人身上，或者装作说这可怜的作者也是在一个人身上到处游荡。要把一个故事变成一个游乐场的方法，就是把一个故事变成一个整体。为了一个爱人。把读者视作爱人，想要进入故事体内的爱人。然后和他做爱。假装这整件都是爱。与标记手挽手地走进那个微笑的快乐的大门。抽推。就在那快乐的下颌紧密相遇的之前又抽出来。读者就进入了整件事情。一点也不是期望中那样。感觉完全是孤独的。整件事情都是狂野而失序的，同时又是很诡异地如此，坚硬而冰冷就像是汽车挡风玻璃；每一个可能的触觉角度都被用上了，每一个仔细教授给你的颤抖的技巧都被延展开，因为每一个"技巧"都是，确实，只是一个出卖了它假装要去展露内容的反思性表面。

只不过出口将永远也不会消失在视线之外。出口将会被明亮而淫荡地点亮。将没有迷宫来穿起整个故事，没有黑暗去谈判，没有桶或者盘子去失去方向感，没有解围的蜡制人身牛头怪物从弹簧上跳起来，并且摆动迷失者的括约肌。出口会被清晰地写好，就在前方，甚至都不太远。建造这个地方的基本元素就是使得这个地方有乐趣的东西。整件事情就是一个无摩擦力的飞机。很酷，柔滑，从不贪婪，润滑得很好，平顺而没有购买，打磨成一个镜面的光泽。爱人试图要穿越：有旅行的动作，但是没有实际的旅行。还有，全方位的反思性的表面将会反射每个静态的前进步伐，把它解释为一个后退的步伐。将会出现做梦者的不移动的疾冲和迪斯科里月球漫步者的后退滑步。在整个过程中，出口、出路还有终点都一直可见。

但是孩子，这需要一个冷酷的婊子养的去创作这样一个地方的建设。整个与基本上是良性和快乐的马克所信任的宏大虚构主义者完全不同的种。这需要一个能够有足够的恨意去感受到足够去爱、足够的建筑师才能去实施这类只有爱人间可以实施的特殊残酷。这个故事甚至只会是自愿的，作为虚构故事。那种与马克在弯腰去查看煎锅里滋滋声时候感觉到的一种，无底的恐惧和动植物种类的欲望同样的混合……

不过马克在他平展的年轻的肠胃里感受到的，却是，这样的一个故事将不是宏大虚构。因为宏大虚构是不真实的，对于一个爱人来说。它不可能出卖。它只能示现。它本身是自己的唯一客体。它是一个孤单的唯我论者的自爱，早在黑色的第五道作为主体的墙上的一道夜光，人群中的一张脸。它是爱人们，不是爱人。亲吻他们自己的脊柱。和自己做爱。确实是，那里有一些极有天赋的柔术演员。安布罗斯和罗比-格里莱特还有麦克埃尔·罗伊还有巴特尔米能够和自己极佳地做爱。马克已经对他们的整场狂欢做了了解。这可怜的幸运读者不是那个场景的目标，但是他听见了热切的口哨和感受到了带剃刀锋的微风，而且知道在那里为了上帝，为我们所有人的祈祷的荣耀里总是有些人，被鲜红地定在一个圆心上，倾向于和被安排好，每一个肢体都指着一个方向，在一片没有边界的土地上，没有任何可以抓住你眼球的东西，除去事物、天空还有一个人缓慢的钟表的影子……

请不要告诉任何人，但是马克·内希特很热切盼望着，在某一个遥远的努力争取来的日子，能够写出那种直击你心的东西。

那种穿透你，让你以为你要死了的东西。也许应该称之为宏大生活。或者宏大虚构。或者现实主义。或者格胡一突突[①]。他不知道。他想着谁他妈会关心。也许它就不应该被叫做任何名字。也许它只是涉及出卖的示现。也就是说，那"出卖"是完全多余的。这东西可能把宏大虚构当作一个明亮的微笑的掩饰，一个无害的有懒散鞋子的服装，因为宏大虚构可以安全阅读，熟悉得就像是财团；没有哪一个受害者是像那种对着你熟悉的手法放松地微笑的人那么美味。这样的人看见那锋利的铝箭刚好瞄准了他的一侧，使得他暴露出来，弓被拉开了……

但是这里是一个进展。回忆下那个有规则的具有竞争力的箭，满弦，瞄准了中心部分偏左的地方，因为考虑到弓的不同角度——那个发射的客体，同时也是阻碍的因素——但是这个挡在路上的客体，抵抗着，也被箭杆固执的向右的推力所触动、感动，和惹怒了。因为，被惹怒了，它抗拒着，非常简单的前现代法则开始起作用。那个没有瞄准中心的箭，被抗拒着的弓向左侧发射出去，用一种同等的力度和相对偏右的颤抖和痉挛（铝制品尤其适合这痉挛的部分）抗拒着那个偏左的抗拒力。这个抗拒着的颤抖再次引发了一个偏左的反应，然后是一个偏右的反应；其效果就是那呼啸前进的箭的轨迹变得曲折，移动着——几乎是蜿蜒前进，确实是——一会儿左一会儿右，虽然整体上是在一个能量不断递减的状

---

① 此处原文是 gfhrytytu，应是作者自己编造的词，没有实际意义。

态（物理学、定律、重力、张力、疲惫、筋疲力尽），直到到达某一个点的时候，这箭，带着所有真诚瞄准了爱人稍微偏西的箭，直奔他的心脏而去。有一天。

是的：听起来没有谋杀那么色情。忘记那做爱与死亡之间的文艺复兴相似性。在今天的病态当下，所有事情都是字面上的；马克承认这听起来极度疯狂……就像碰碰舞，连环谋杀，《死亡真面目》第一季至第三季，平民老百姓被他们对于外国目标区域的恐惧而沦为人质。既不浪漫也不聪明，马克知道。它是冰冷的。远比今天冷。比杀人还要冰冷，因为你需要他们所需要的。比向某人支付市场能够支撑的报酬还要冰冷。比当你全副武装的爱人在你本该凝听的时候睡着了时哭泣着而你却睡着了要更冰冷。比向那个个子太大而不能够坐得下的人飞溅碎石还要冰冷。

还有，更糟糕的是，它听起来是不光彩的。就像一个出卖行为。就像从那打开来让你进入并且待在那里，被踩躏得血淋淋的，把它像一个填充的玩具动物那样扔出去，以任何姿势落到地上躺着。荣誉何在，这里，在他所看见的事物中？那简单的古老的诚实何在？

我撒谎了：有三个理由说明为什么以上不能算是一个打断，因为这不是那种可以被打断的虚构故事，因为它就不是虚构的，而是真切实在的当下。

如果这是虚构故事，那么阻止坐在德黑文自家组装的汽车里的这六个人最后到达在克里西安的承诺的重聚活动现场的灾难将是一场车祸。德黑文，处于一种对坐在他旁边整洁简约的女孩子的闷闷不乐的，让人注意力不集中的吸引力，或者是出于某种永恒的对他父亲抽着他巨大的湿雪茄坐在副驾位置上的希腊式的敌意，会把自己的眼睛闭上，把油门踩到底，行驶在翠绿和模糊的伊利诺伊农村的交叉路口上——例如2000北向和2000西向——然后和挤满了东方人的克莱斯勒轿车，还有那个装满了个子高大的老农民用玉米喂大的孩子们的外国产的亮闪闪的汽车三面相撞。东方人，因为人数众多的缘故，会被撞成烧焦的吐司。那两辆坐满了被吓坏但是没有受伤的西方人的车，因为某些因素最后会落在对方的顶上，面向相反的方向，挡风玻璃就像两个直角三角形来到一起，成双盛放出一个方形的底盘和疯狂旋转的轮子。我们的四个人和他们的六个人会坐在那里，翻转过来，通过经过专利保护的不可破碎的玻璃相互对望着，他们的脸在那即将到来的暴雨的黑暗中被燃烧的克莱斯勒轿车如烤炉般照亮了。

如果这是虚构故事，玛格达在现实中会不再是玛格达·安布罗斯-盖茨，而实际上是乔装打扮的C——安布罗斯博士。故事会告诉我们马克·内希特在很早以前就已经被安布罗斯博士挑选作为继承聪明的学术虚构的王权宝球和王服的那个男孩，而且安布罗斯在历史上已经以无数的乔装打扮形式监视并遇见过马克，如同那原创而深具影响力的《毒物学学会：杂草成分》一书中的亨利·伯林盖姆一般。玛格达/安布罗斯会通过一个让人醍醐灌顶和愉快的一系列的声音和方言，点亮那些他/她对马克向成年进化而给予了返祖式观察的各种身份：

"信念会永恒地持续着我伙计，但是你就像山上的石楠属植物一样生长着。"

"科斯特罗神父？我母亲的老教士，他听过她的忏悔，每个月都来一起共进晚餐的那个？"

"下一个转角请左转。"

"艾尔警官？那个监考我第一次驾驶执照考试的警官，坐在我的旧达特桑车里的那个？"

"哦，那还不是。不是那个地方。让我看……哦，是那边。哦，是的，看见没？哦，上帝啊。"

"查理恩嬉皮士？来自基督教女青年会的那个？那个拿走我童真的射箭教练？"

还有不少名人。安布罗斯博士，只有在乔装成一个窥阴癖者的时候，才会对忘我给予重视，他会和这五个人一起同路，更多不是去见证游乐场的开放，而是去见证重聚活动的展开——对于他来说，重聚活动就像对于广告人 J.D. 斯蒂尔莱特一样，他们把重聚活动视作是一个早已被预测的世界末日的美国现实版，在这个活动之后，所有的欲望都从本质上得到了实现，人们停止去需要了，享受各种事情仅仅因为它们存在着。在最佳的欧洲大陆——马克思主义者——资本主义者——世界末日论者传统中，介于精要和存在、管理和劳动、真实与谬误、虚构与现实之间的区别在杰克·罗德空中射下来的，无情而炫目的探照灯里都被打破了。

如果这是虚构故事，那个把作为种植者的 J.D.，作为分发者的安布罗斯，作为消费者和弟子的马克，作为摩尼教徒的德鲁－林恩，作为背教者的玛格达，作为恳求者的斯滕伯格都联系到一起的炸玫瑰——就将显得更加可爱，作为玫瑰的话：深红色而脆弱地，精美制作的红绿色的杯子，浸泡在深深的红色的油里，以备不着急的检查，就像一个精美的害虫在飞行中被凝固在琥珀中。但是那些 J.D. 斯蒂尔莱特要求马克·内希特就在现在用叉子递过来的玫瑰是被熏得乌黑、弯曲的、缠绕着的、城市化的、带灰的、丑陋的、而且是有一种类似初中生使用的涂抹过的大包毒品的那种油腻感。

"这些东西有什么说法？"这个生意场最棒的人平淡地问道。

"什么说法？"

"你说安布罗斯给了你这些玫瑰,不是吗。"

玛格达正以一种几乎与马克的眼神一样稳定的眼神看着斯蒂尔莱特。

"我不知道我之前到底说了什么,先生。"

当J.D.突然屈服于一个像他们驾车经过的玉米林那么巨大的愤怒的时候,德黑文用带着儿子特有恐惧的眼神看了过来:

"听着,你这个小蠢货,这些都是我的。我种下了它们,照顾了它们,收获了它们,并且制作了它们。这些,给你准备的,是为了以后。那是整个重聚活动计划的一部分。那个蠢教授和我已经通过协商,达成了一个君子协定。这些是为了他的恐惧而准备的。不是让他在街上到处散发的。我还是要再次问你。他给了你这些玫瑰?"

"内希特之前说他是从一个非常信任的人那里得到的,斯蒂尔莱特先生。"斯滕伯格那个角落传来的声音。

"我将把他消灭掉。他已经在这个行业过气了。在每一个行业都这样。安布罗斯被踢走了。他被毁灭了。"

"当然,他是从他那里拿到这些玫瑰的,"德鲁-林恩说道,她的音调里快乐而带着疲倦。"就告诉他呗,亲爱的。"

"我拿到这些玫瑰的前提是如果有人问起来的话,我不说出来源。"马克平静地说。

"那个卑鄙的人,"J.D.说道,他的语调很高,带着不相信的语气,"那个没毛的自以为是的小猫,那个我从一个特许经销的什么都不是的东西养大的人。"

"爸爸,这个油灯的闪动好像很亮,就在这个位置。"

J.D.正在用他手的根部抚摸着他巨大的前额。"真他妈不干净。"

"内希特说他们给了你一种很奇怪的自我控制,先生。"斯滕伯格说。

马克没有说过这话。马克甚至都没有看他。他正盯着 J.D. 斯蒂尔莱特的精美面庞。

"这些事情涉及美国广告业最暴力的一面，孩子。"

J.D. 对着灰灰的长途跋涉的装在肮脏的袋子里的渣滓面露苦相。"广告业附体了。"

斯滕伯格真的感到了恐惧："什么？"

德黑文自己的让人分心的困惑，使得他好好抓过的头皮飘散出一根羽毛的滑石粉。"但是我们随时都在食用那些傻瓜啊，"他说，"冰箱里到处都是。妈妈还不得不买了些额外的小苏打粉。它们味道不算好，有点玉米味。妈妈说有创意的天才们会有变态的品味，这就是她说的。"他俯视着德鲁–林恩。"有什么问题？"

德黑文的油灯闪现出"油"字，在这颠簸的行进在路况维护得极差的乡间公路上的汽车，每次闪动时都照亮了小丑会亮的鼻子。

"它们是很色情的，"德鲁–林恩面无表情地说，"那就是这些花朵唯一的作用。"

"它们能够让某些愿望变成现实，先生，不是吗。"斯滕伯格说。

玛格达看着斯滕伯格，就好像他才五岁。

"不要像个傻瓜一样，"J.D. 大喊起来，他们几乎是擦着那克莱斯勒轿车驶过去，那车刚刚从一个盲点的模糊的路口的碎石中摇摆着开了出来，现在正驶向东方，走错路了。透过云层的阳光是甘草精的颜色，空气是微凉的。闪电在天空西方的侧翼处抽搐着。

"让愿望变成现实，"J.D. 咕哝着。他嘴里没有雪茄。"他们制造出愿望。这两者之间是有区别的，不是吗？"是的。他这么认为。直到重聚活动开始时。

"它们是色情的。"德鲁-林恩用那种被忽略着的歌唱方式说道。

"找到你最害怕的东西,然后把它变成愿望。安布罗斯不知道他和你进入了什么状况,坐在后排的小子。"

马克说他不知道斯蒂尔莱特先生到底在说些什么。

马克·内希特最害怕的事:自我为中心的唯我论主义;安静。

汤姆·斯滕伯格最害怕的事:他待在其中的任何东西。

德鲁-林恩·埃伯哈特最害怕的事:因为还没有被出卖,所以不知道。

C——安布罗斯最害怕的事:失去他的客体和诠释性的楔子;弄脏的裙子,假体,假的历史,从杆上脱离的金发假发。

德黑文·斯蒂尔莱特最害怕的事:见下面。

"你认为一个广告只是一件艺术作品?"J.D. 说道,"你认为广告不是关于生活的实质?"你认为你的恐惧和欲望是长在树上的?它们来无出处?你认为你只是自然地想要那些我们、你的父辈们日以继夜努力工作以便让你们想要的东西?长大吧,老天爷。加入这个世界吧。我们制造了促使你们想要并需要消费的意愿。广告。泻药。健康维护组织。小苏打。保险。你的恐惧是建构的——还有你的愿望,也是建立在那个基础上的。"他把头抬起来,超过了他的头靠和马克的藏身处,还有他自己的藏身处。"这些是我爸爸的。来自一场东部的葬礼。他们把两样东西植入到对方内部。暴力的婚姻。手枪的婚礼。"

"煎炸花朵能够让你脱离干系?"德黑文说。他对半的小丑侧影,在令人恐惧的困惑和对他自己制造的仪器完全的恐惧之间旋转着。

"它们是药吗?"斯滕伯格说,"只不过是生态的?一种反恐惧支持欲望的药?"

"它们是错的,"德鲁-林恩用她塔罗牌老师的刺耳语调说,"它们代表的事实是他们是错的。他们不仅仅是色情的标志，他们还是笨拙的标志。"

"斯蒂尔莱特……"玛格达嘎嘎地开始说话。

J.D.把后视镜里她橙色的脸和戴歪的假发都扫到一边，现在他全神贯注于把自己的生命都押在上面的事情上，所以他几乎把他对于雨可能冲淡了重聚活动的担忧也升华了。令人讨厌的中西部天气。他说："后——产品小姐是对的，在这个问题上。它们就是些标志。它们就像一块砖头那样精细，看在耶稣基督的份上。"

"吃的标志？"

德黑文正看着那个稳定闪烁的红灯。"爸爸？"J.D.不能相信一个像标志是长在树上一样派发标志的男人从背后捅人一刀的无辜。他通过后视镜对着后排的人说。"所以你们认为你如何示人，如何感觉，都是你的广告商的唯一杠杆？是你们恐惧的唯一源头？今天是永远都在进行的？"

斯滕伯格的肯定让人震耳欲聋。

"然后你会需要变得成熟，总是——有一半——时间看着他——的先生。因为广告行业历史非常悠久。你已经让恐惧变成如此深刻的条件反射，以至于它们已经深刻在心里。已经深入内部。隐藏在寻常视线下。你知道你能感受到，就在你的内心。这个感觉已经被如此设定，它已经变作了你的一部分。就像有某些事情，无论发生了什么，你都不会做这些事情。你不会把你父亲杀了。你不会出卖你的爱人。你不会撒谎。除非那是绝对必须的。你不会用一只上了膛的武器对人瞄准。除非是出于自卫的需要。"

"你不会玩消失，"德鲁-林恩语调平淡地说着，"你不会在别人熟睡时，用开水烫他。"

"我也会直接过去把那些就放到那上面，"J.D.很严肃的点点头，面露不悦。"还有另一个，看见了没。你不会把美丽的东西放到你身体里，作为燃料，因为那东西美丽的整个原因就是它在你的身体之外。某些事物是存在于世界上的。给人去看见的。不是用来咀嚼和吞咽并且随粪便排出的。"

德黑文对于所有这些问题的观点都是分散的。他正在想着那也许有几吨的自己吃了的玫瑰，就在自家的农场屋子里，在他童年时期；他越来越和德鲁－林恩·埃伯哈特有共鸣了，她则看起来，随着她听到他对她内心最智慧的建议的肯定后，越来越像一只猫对着某种无名的完全的威胁的巨大影子嘶嘶叫着——她也有发育得很好的犬牙——而他则越来越害怕一个缺觉的 J.D.，可能正在一点点偏离他父亲针对那个没有，而且我认为是根本没有任何对德黑文的历史影响的玫瑰的疯狂；这个鼻子不见了的小丑还害怕 J.D. 可能会让他把他那恶毒的汽车，就是这辆他亲自亲手建造和保养的汽车，行驶到油尽、犯病而后坏掉的状态；他开始非常希望他们现在可以就只是停一下，发一会儿呆，让 J.D. 冷静下来，毕竟这些就只是一些零食和广告而已，也让德黑文可以看一看他自己的量油尺……他们可以就只是停下来查看一下一切如何，尤其是那个闪亮的引擎盖下面的情况；他们会因为一个也许能够节约时间的简短的打断而受苦；还希望他们——

"爸爸。"

"但是那些深刻入骨的感觉也是被设定的，" J.D. 接着说，"你们知不知道第一个真正天才般的超越时间的广告攻势是哪一个？"他看见后视镜里两个空白的眼神和两双闭上的眼睛。"主啊，"他很厌恶地摇了摇头，"但是这无聊，至少：甚至你的孩子知道你能够感觉到你肠胃里的无聊和与之同在的恐惧。'不要做不对的事。'令人疲倦的形象。陈词滥调的广告歌曲。再没有婚姻了。过时了。条件的设定是把作废日期预先设好的。就像那个犹太人，他的名字是什么他的铃铛和淌口水的狗。狗一次次听见了那个该死的铃铛的声音，还有他的小狗崽，一代代的狗，叮，叮，直到这声音变得就像是狗脑袋里自己的血液发生的声音——它们就不再能够听到这声音了,它们就不去听了——它们在一阵子之后,就不再对那由铃铛发起的对肉的垂涎产生反应。给它们足够的时间和足够的铃铛声,他们在听到叮叮声时就开始打哈欠。在斯蒂尔莱特广告公司我们做过的条件反射研究已经堆到这里。"他把一只手像一块刀片般放到他精美的脑袋顶上,很轻柔地用一些花儿挤压着另一些花儿,在袋子里的花。

"不去做那些你内心深处明知是错误的事情是无聊的?"马克边说,边感觉到那种应该是让他发光的某种品质相关的一种特别的麻木的袭击。

J.D.除去他自己的微小声音和《为了谁》之外什么都没有听见:"所以这就是那确定了你整个人的同样的恐惧,是什么词来着……"

"性格。"玛格达·安布罗斯-盖茨小声说。

"……性格:不能听见它们,不能被它们所感动,它们已经变得如此顽固,到了今天,"J.D.说道。他转过身,把一个手肘放上去,"你的广告商的最基本的挑战:如何把人们的屁股从椅子里挪出来;如何把千年的无聊翻转过来,让一切都回复其轨道,回到轨道奔向终点线?如何把静态变成动态,要么是逃走,要么是追寻?"

"让倾听变得不受欢迎?"马克说。

J.D.疲惫的双眼在他点头时张大了。"但是怎么才能做到?如何去做?用标志去做,这就是方法。你做出一个手势。显示出你想要不去听那叮叮声的欲望。"

"你把一个并不柔和的美丽的形象砍了头,并且用猪油煎炸,吃了它,消化了它并且以粪便方式排泄出去?"

"把你最大的恐惧转变成你的一个真实的欲望?"

"听起来很他妈的具有政治性。"斯滕伯格建议说。

"不过每一个人最大的恐惧是什么？"

"那个摩门教的研究者有一整本人们最恐惧的事情列表。"

"爸爸。"

"不不不。"J.D.不耐烦地摇着头，用一根他并没有拿着的雪茄做了个姿势。"这最大的一个。每个人都有的一种恐惧。那个把我们都捆绑在一起，作为一个群体的恐惧。"

"死亡？"

"恐龙？"

"我会选死亡，亲爱的。"

"我还是会选择有一个身体，哥们。"

"爸爸。"

"你做手势，"J.D.说道，"你把自己脑袋里的血的吱吱声卖出去了。你卖出去，但是为了卖而卖，没有目的，也没有客体——"他向右上方看着那风暴云，云层逐渐变得很壮观——"把那些令人厌倦的生活、荣誉，毫无来由只是源自一个欲望的频道调到爱的频道，去爱你恐惧的事情：整个的巨大的历史性的犹太教——基督教运动开始反向运动，从内向外。"

"一个运动开始了？"

"我们是无聊的动物。"J.D.做出了一个总结的手势，"即使是天真的人也知道这点。我们很无聊，并且对铃声和肉的味道都已经麻木了。不过肉也可以敲响，"他说，"然后你可以用生命打赌你将要吃一个铃铛。而且喜欢它。"

那除去消音器的引擎开始死去，要散架的汽车在一个突然升高的没有家庭组装声音的惯性里滑行，并停在了农村的黑房顶和裸露的撂荒的田地间没有路肩的空间里，就在田地的水沟旁，停在土里，也许离这条路最后一个左弯大概四分之一英里的距离,左拐后就进入克里西安的东北部了。在那里,能够抓住你眼球的是三间很小的农村棚屋、简陋的屋子,就在那条宽大的左拐的大路之上。这些简陋的屋子会挡住你的视线,让你不能看清到底这拐弯后的道路通向哪里。

安静的车里出现了完全的寂静,当这车滚动着,轰隆一声停在泥土里时,就像在很大声的音乐停止之后那一秒感觉到的整个几分钟时间。《喜欢它》就在这恶毒的汽车完全沦陷在路旁泥土里时车的红色的内部弹跳着,与竖立在葱绿鲜嫩且健康的玉米地和一个富饶的黑色的撂荒田地之间的铁丝网成直角停了下来,车前嗡嗡地聚集着那些被一种对高质量生活的口味而吸引的困惑的害虫。

"瓦卢姆。"这小丑对自己虚弱地说,捏碎了一只安静的蚊虫。

J.D. 突然之间变得非常平静。他有一只腕表。杰克·罗德计划到达克里西安的时间很近了。他有点担心。对于安布罗斯的并不值钱的出卖而产生的悲伤和气氛还有厌恶感,就像停下的汽车带起的灰尘一样弥漫着,全部都集中在一个天才的恐惧产生的冰凉的大风中。J.D. 的两个令人心烦的噩梦都不能来参加他自己的重聚活动,都被阻止在某个广泛和全景、没有围栏和一直增长的的地方。

远处传来了雷电的轰鸣。

"请把车修好。"在第一滴巨大的雨滴打到汽车挡风玻璃上的时候,他轻轻地说。

德黑文抱怨着走到车外。挡风玻璃前突然出现了一个闪亮的引擎盖。

"我们能不能就步行过去?"德鲁-林恩问道。

"不要离开汽车,"J.D. 平静地说道,"还有整整两英里或者更远。下雨了。我的西服会奔跑。我受不了湿透。我们会待在这里。这孩子对机械有一套。"

德黑文一缕缕真实的脸庞在这小丑在雨中用力关上引擎盖的时候，透过他的商标脸显现出来。在后视镜下面的骰子随着这关上的力度而跳了起来，油量灯微弱地脉动着。

"过滤器是一颗宝石，"他边说，边重新进到车里来，"我的油量尺就像一个哨子那么干净。"

"我不管这个。"J.D. 很酷地说。

"润滑部分看起来完全是正常的。"这小丑总结的声音让你觉得他心里希望是不正常的。

"那么就发动汽车，"J.D. 说着，同时拍着手，看着他的手表。"希别高。让我们出发。就只有几英里了。很快就到。"

德黑文很痛苦地摇了摇头，他的唇膏被雨淋得很悲伤。更多像垃圾箱哗啦啦响的雷电现在已经和雷电发出的回响难以区分开了。巨大的中西部的雨点开始击打着汽车的车顶，没有节奏，暂时性的，在严肃开始之前的那种方式。

"发动汽车！"斯滕伯格尖叫起来，这使得玛格达跳了起来，马克闭上了他的双眼，静静地迷失在他自己的思想里。

德黑文把一只污秽的手腕放到方向盘上，然后带着令人疯狂的蓄意点燃了一支没有过滤嘴的香烟。他摇了摇头：

"这辆汽车不是随便停随便发动的。发动机是底特律制造的，而发火装置是外国造的。我承认这是一个临时起意的组合。你可能会说这是一个糟糕的结合，爸爸。但是这些部件是我能够以折扣价买到的。所以我必须随时都让它们处于使用状态。不能让它们停下来。这汽车太他妈耗油。你都不愿意让我把车停在温室旁，爸爸，还记得吗？是因为尾气？它其至都不需要车钥匙，看见没？"——他用一只带着手套而且油腻腻的指头指着一个原本应该是钥匙孔的空出来的点火器位置。"因为如果发动机停下来，当你试图去发动它的时候，发动机就会像失去控制一样。"他用力吐出一口烟，"还有这发动机是被油量灯弄得熄火了，爸爸，"他指着那个盖住了他的小丑鼻子的小塑料窗口，"我敢肯定我们的车子是有些内部的毛病。我使劲拉动传送带试试。"

"请试试。我会让定时带跳起来，如果我来弄的话。我们将跳跃过时间。我们将要给气缸接上线。"

"那就试试，请试试，儿子。"J.D. 轻声说，头顶的雨声依旧。

空洞的点火器轰鸣着发动了。然后，和这小丑所说的话一致，这汽车的状态变得狂野，犹如被酷刑折磨；发动机发疯般地转动着，转速太高，以至于那些古旧的指针在仪表盘里抽动着。这恶毒的汽车在小丑用手把带毛的方向盘一侧的挡位推到前进挡时就停了下来。整个车子都在发抖。

"棒极了，"斯滕伯格喊了一声，已经索要了 J.D. 放在前座的后背上的带拉链的包。"棒极了。把车修好，你这个蠢极了的腐烂小丑。"他觉得这车里被幽闭得不能忍受了。

这个广告商正透过挡风玻璃上有角度的雨柱缝隙里，看着在这条公路最后一个西向拐弯处的三间涂成码头灰色的简陋小屋子。这些古老的歪斜棚屋是由一个波纹状的排水管道系统联系到了一起。J.D. 深深地呼吸着，大声地数着山间棚屋，心里则希望重聚活动可以被暂停下来。他们将会等着他到达。杰克，在空中带着他的牛角号，悬在一个红色微笑的上空，摄像机的镜头宽泛而带着全景角度，寻找着目标。这大雨也是可以面对的。它可以强化整个好评。游乐场1号将开张并进入运营，然后被搞砸了。J.D. 斯蒂尔莱特的后背被一个客户准确地一刀捅在后背上。没有游乐场的连锁店。

没有为教授 C——安布罗斯先生竖立的纪念碑，那个卑鄙的人。没有有角度的成系统的被穿着白色衣服的有肛门强迫症的团队，涂上了温戴克斯涂料的玻璃。舞池的地板上没有酒桶也没有碟片。没有快乐的口交门。没有会闪光的零件，磨光了要去反射和为每一个其他的零件而做参考。没有整个新维度的独自的快乐。

天看起来要下很多雨，他们都能看出来。2500 西向公路上开始冒气。这雨似乎落进了一个随着雨柱的意愿而一开一合的明亮帘子里。大雨威胁要把这抛锚的汽车给包围了。斯滕伯格脸颊紧紧贴着他涂抹过的车窗，紧紧地压在玻璃上，显得无血般苍白。他肯定自己就要呕吐了。在拐弯处和汽车前面的云团巨大无比。他们有一种几乎是特朗普式的建筑野心。马克能够看到更多雨正往这边运动着，向西边移动了一会儿，然后往这边来了，雨云挂在天边，前后摆动，就像风中的金属线一样，巨大的风暴雨云的核心部分现在应该已经盘亘在克里西安和现在已经被模糊的巨大拱门还有那屋顶结实的游乐场俱乐部房子上方，所有的成人和过去的孩子们都在那里感觉有些生疏，等候着，举起印有格拉斯字样的标语牌，喝着举杯自身所具有的象征性的健康。他肯定现在他们都已经把一切搞反了。

"看，孩子。那里的三间棚屋，"J.D. 用手指着。他用手挤了挤儿子柔和的肩垫。"我想要你去那里看一眼，然后敲敲门，看看是否有人在家。乡间的某人，也许有自家炮制的空闲和办法。"

"这车看来要陷进泥巴里了，爸爸，"德黑文越过德鲁-林恩吸着鼻涕。"我们肯定要被困在这里，无论如何。这个杂种的后面已经被夷平了。"他擦掉了脸上已经凝结的滑石粉。"上帝啊，我很抱歉，爸爸。"

"安静，孩子。不是你的错。你就去看一眼。请，就在这里。"他把在仪表盘那里的那个没有鼻子的纱线做的一大团东西递给了他。"戴上这假发。可以保持你的头部干燥。不要淋感冒了。没有吸鼻涕的罗纳德。"

德黑文保持着高扬的头。"好的。"他走出汽车，进到那个银色的暴雨帘子后面——你能够听见他的烟落到地上熄灭时发出的嘶嘶声——他已经在路上朝前走了过去，他橙色的纱线假发套在他脑袋上看起来就像一个发网，穿在女骑装里的屁股在他橙色的裤子里面颠簸着，大而红的鞋子把水溅到四处，他走上了那个冒气的乡间黑顶公路，消失在这个完全封闭、可以挡雨的大雨侵袭下的汽车的挡风玻璃上逐渐聚集的呼吸的雾气之外。

这就是整个旅程最高潮的部分，顺便说一下，在到达之前。最后的阻碍——报销和狂欢还有肉，还有煎炸的玫瑰，所有那些任何人都会想要的玫瑰，那些从嘴里出来的玫瑰，就全都在前面：绕过这阻碍之后。

德鲁-林恩·埃伯哈特能看出德黑文·斯蒂尔莱特和J.D.爱着对方，打心眼里，而这影响了她的思绪。她对于谁被谁爱着极度敏感。

在J.D.斯蒂尔莱特坐回车里，没有了雪茄，他让手表面上集聚的冷凝就聚在那里，并没有去擦拭，如果担心并不能起作用，那还担心了作甚；在德鲁-林恩轻轻拍打着挂在后视镜的骰子时；在汤姆·斯滕伯格吃零食，并且看着他的华达呢裤子，在自己的意愿指引下像一个重臂起重机那样升起又落下；玛格达在用一个有名字缩写的棉手帕擦拭着马克一侧的车窗，他们都望向窗外，看着那栅栏左侧撂荒的土地，那片黑色的泥泞的撂荒的空旷延伸至天际线的土地上还有那些被"害虫靠边站"杀虫剂变得疯狂的害虫和一个古老、摇摇欲坠、蓝领并且完全是多余的稻草人。这稻草人看起来既高贵又很可怜，就像一个禁欲主义的卫兵彻夜不眠地守护着一个空荡荡的地窖。马克和玛格达都像那些生活糟糕的人一般看着那片土地、稻草人还有伊利诺伊的大雨。玛格达感觉到了一种势不可挡——也是完全非神谕的——冲动要去和别人交谈。马克,一个天生的倾听者,从第一天起,什么都没有感觉到。

事实上也许不是最后的一个侵入性的打断

马克·内希特对于他的老师安布罗斯博士的摇摆不定的态度——安布罗斯是很温暖,很有技巧和不像爱人的事实暂且不论——同时在这个事情中完全不去考虑这个炸玫瑰的问题——事实上是来自马克的新的三位一体主义者对于那种安布罗斯似乎喜爱并且深入其中的虚构的分类法的不信任,这态度卷曲着,寻找着庇护,以便抵挡那个在时间长河里已经首先塑造出了安布罗斯的分类范畴的那种冰冷的批评之风,明白了吧。

明白了吧——他们俩趁着一个短暂拉开的雨幕离开了车,走进了雨中相对不可见的区域时,马克告诉橙色脸庞的空姐,她没穿鞋,裙子是棕色的,他时髦的外科医生的衬衣很快就被雨水浸透成浅绿色——把这个虚构行当分成现实主义、自然主义、超现实主义和现代主义还有后现代主义和新现实主义和宏大——就像把历史分成宇宙性的、悲剧性的、预言性的和末世论的;就像把人类分成白色、黑色、棕色、黄色还有橙色人种。这分类让人原子化了,不能够凝聚住人群,并且,就像所有没有时间限制的愚蠢的事情一样,会带来盲目的仇恨,盲目的忠诚,盲目的祈祷。差异不是爱人;它在事物的皮肤上跳动着生活,然后死去,在它摸索着进入它自己无缝织造的东西内部时可以勾勒出这东西的外形。安布罗斯的"差异"虚构故事所做的就是一些影子,人类不同的运动在一个光线下形成的不同影子。这光线一定总是欲望。这是一个事实,如此真实,它是在基督出现之前的事实。如果你要制作藏在里面的列表，他告诉空姐——现在指向的是那个他愿意爱得憎恨的德鲁-林恩——如果你要把所有事情都分类，你可能至少需要用那把欲望的刀来分类，用那把在天上哪里去寻找毫无新意的太阳的刀来分类。要从内部开始分。说教的虚构故事欲求和平。施舍的虚构故事欲求慈善。偶像崇拜的虚构故事欲求秩序。迷恋色欲的虚构故事欲求欲望。末世论的虚构故事欲求的是它隐藏在恐惧之后不可避免的变化。

马克，如果他曾经是一位真正的虚构作家，认为他会喜欢试着去做一名三位一体论作家。三位一体论的虚构故事，极富美国特色，欲求那种总是保持一样的变化。它就像任何一家超市那么冰冷——可能更多是经济学而不是艺术的内容——跟踪着一个变化的变化的速率的速率直到一个我们假装并不存在的零，这个零就躺在那儿，就像当年它躺在牛顿的无花果树下。它是一种微小和有毒牙的、隐藏在风暴眼里、在旋转的轴心里、在爱心跳动的心脏里的冰冷、静止的心灵里的艺术。它是一个三件的主体，是好的。

（另一个使得马克愿意保持沉默的原因，是他可能会是一个让人受不了的无聊的话匣子，一旦他放任自我的话。不过，他真正的朋友们都能够接纳他，出于一种对他的盲目忠诚，我对于这忠诚禁不住要景仰。）

是的，作为基督徒的马克把自己视作是一个视自己为射箭手的将要成为艺术家的人；小丘比特；病态的，有点像菲罗克忒忒斯超越时空和无以伦比的爱人。这是——他自己说——他最重要的欲求，这是个超越过条件设定或者色情大餐的欲求。

不过他告诉安布罗斯-盖茨夫人，这欲求不在他的掌控中。当他射箭的时候，他就这么感觉到了。他在自己的内心里感觉到要实现这个欲求的话，可能需要三名弓箭手才能拉动，才能让读者断句清楚并且被消费和变得通红。而且美国的儿童是单独射击的：射箭可以构建性格。

"三个？"她问道，她的空乘制服和被泼污的大腿部分一样乌黑，鞋子拿在手里，能够帮助她在这条满是肥沃得发臭的泥泞路上保持平衡。贪婪的昆虫们已经沉溺于从田地里溢出的奶白色的"害虫靠边站"杀虫剂中，行窃中。

一个，他说，是要在瞄准的时候稍微向左偏离以确保箭能够正中靶心。另一个，他说，是要出卖他的同志的完美，要把第一箭劈成两半，用他自己的箭杆。

那还有第三个呢？

要去被爱。心甘情愿地被出卖。要穿戴上明亮的靶心，起舞，就在一丝光线之下。要去邀请那我们反对的终极目的，屈膝跪拜。要瞄准：那最终将发生的爱的重聚和爱所爱的。

好的，这个古旧的一点也没有格调的稻草人忠于职守：在雨天是没有乌鸦要去吓跑的。透过波动的滂沱大雨，这恶毒的汽车依稀可见，停在一条路边的水沟上，水沟里溢满了雨水。斯滕伯格的双手都伏在玻璃上，他的脸看着窗外。J.D. 和德鲁－林恩在视线里被雾气模糊了。那彩色的小丑则站在第三个也是最远的一个棚屋前扭曲的门廊前，敲着一扇打开的门。

这个强大的被遗弃的站在他们旁边的稻草人就是一个很粗糙的木头十字架，马虎地穿着一些褪色的后勤部队军服。没有一点美感。那件部队夹克胸前的名字已经模糊了。这稻草人戴着一顶湿透的芝加哥小熊队的棒球帽，帽子下面是一个权当作脑袋的不新鲜的南瓜，而且，因为它的身子是一个木十字，它的双手直接向两旁伸出去，不过这木头手臂已经被故意折断了，用来模拟手肘，所以邋遢的袖子是坠向地面的。这折断的手臂为站在一只空荡荡的衣袖下面的玛格达提供了一点小小的庇护。

马克看出玛格达·安布罗斯-盖茨是聪明的人。不是那种极智慧或机灵或者读过很多书的人。不是一个有很多想法的人，也不是一个有创意的天才。她就是聪明，她的聪明就是那种一直在那儿的那种，就像你，通过每天日用常行和经历过的普通困难就能够让你学会的那种聪明。她也是曾经生活在安布罗斯的故事里的，她告诉马克，但是在那个故事里，她是被乔装过并曲解了的，因为即使在那个时候，她的脸就已经是一种橙色了。她曾经，是的，和安布罗斯在一段神圣的婚姻关系里共处过。她依然关心着他。尽管他们已经有相当长时间没有联系过。但是她希望能够和马克·内希特说话，就在这里，她说，在这稻草人缺位的影子里，因为她认为她在马克带有感情的冷酷外表下看到一个热情而雄性的男孩子，这个男孩子可能某一天会继承了安布罗斯的秃头皇冠和原子笔权杖，她希望能够努力并且对下一代的同样的悲伤的孩子给予鼓励。

这风暴还不算是真正糟糕的中西部风暴，她评价道，这时候他们站在地平线的雨中，与稻草人相伴。风太大了，所以不会形成真正的危险。糟糕的风暴总是隐藏在一个死寂和黄绿色的天空后面。那时候你就要跑到地下室里躲避了。

马克应该离炸玫瑰远点，按照玛格达的观点。不是因为这些玫瑰是致命的，或者是邪恶的。玛格达说她也曾经服用过类似的东西，在和她的马里兰爱人生活时，以及之后，以便保养好她的橙色面庞和沉迷于性欲的历史，经得起时间如帝国般的行进——一场大萧条，三次衰退，一次战争，一次警察行动，一次冲突，九次旱灾，三次基因变种的虫害，十二个玉米产量丰富得不值钱的丰收季，一次航空公司的自由化举措，三次（哦哦，应该是四次）总统的丑闻，还有因为迫于零售商压力而被取消的针对农业价格的支持。也不是因为这些死去的零食被广告附体了，或者是笨重的标志，或者是色情的；也不是因为他们让马克的创作思路阻塞了，并且让他把自己锁在了他最恐惧的安静之中。

就只是因为玫瑰花不对。这里的对的意思比应该还要更甚。它也意味着方向。把恐惧消化成欲望是倒行逆施。恐惧和欲望已经结合了。自由结合的。在基督诞生之前就相互钉住了对方。你一直都很怕的事情也总是让你感动的事。还有，你所要前往的地方也总是你真正的目的地，你的欲望。

（这是一个总结，一个所谓的概要，而且必须承认这不是以玛格达自己的声音来描述的，这点我不可能做到完全公正。）

那让你解锁的，即使是今天，就是你想要去想要的事情。也就是你所珍视的。你所珍视的和那些你就不会去做的某些事情结合在一起。有一句因为其老生常谈而获得其老生常谈地位的说法：你是自由还是被禁锢取决于——全部也是唯———你到底想要什么。你拥有的东西的意义和你天空的颜色差不多。或者说你的窗格子。

大雨发出了雨的声响。德黑文自家组装的汽车在暴涨的水沟和赤裸的路肩上叹息着，咆哮着。汽车巨大的后轮转动着，尖叫着，在泥里陷得更深了。汽车原本向上倾斜的形状现在变成了向下倾斜。

为什么用美丽的花朵做燃料不好；为什么花朵是笨重的：因为它是多余的；我们已经因为欲求自己的恐惧而痛着。

对于马克来说，这听起来令人厌烦的熟悉：它是一个无缝的雄性的盎格鲁–撒克逊想法的浪潮，带有 C——安布罗斯博士的风格。

对于这个博士，马克不再如以前那样信任了，很明显。

随后，玛格达会给马克举几个例子。斯滕伯格明显是大时代的幽闭恐惧症——她总是能够在航班上的乘客身上闻到幽闭恐惧症——可即使这样，为什么他依然待在那个桑拿般的密闭的汽车里，吃着东西？J.D. 斯蒂尔莱特的欲求是要变得快乐，变得宁静，这比什么都更重要；可是为什么，尽管他服用了足以为一个潮水泛滥的春天染色的大量玫瑰花，他有没有花费了他整个生活去担心、计划、让步、讨论、说服、诠释，并且最后把一个无脸的人群控制住并且变成它所想要的想法的逆行？为什么他一直试图要促成一个将要把这喧闹变成寂静的重聚活动，当这在他脑子里喧闹的叹息正是他脑袋的生命和面包？

还有马克的新娘。德鲁-林恩想要奇迹般怀孕，这样就能使得马克爱她，为她实现美德的荣誉；这样的话，为什么她不在自己的排卵期时引诱他，而是编造了一个腼腆而明显的生命周期不可能超过三个季节的谎言？

落在马克身上的雨，虽然很暴躁，却让人感觉不错，很熟悉，就像自己想象的卧室里睡觉前刮起的微风。感觉上这个依旧活着而且可能会在安布罗斯有关激情的故事里，永远作为一个客体活着的女人应该能够知道只有德鲁-林恩妈妈、马克的父母，还有马克才知道的秘密的事实还是令人可以接受的，现在只有德鲁-林恩依然相信说他并不知道这事实。为什么她要对这个男孩子撒谎说这个小奇迹的故事，这个被众人喜爱的男孩子？

"因为她不能生育；她不能生孩子，"玛格达说，"她会告诉你，如果你问的话，这和过去有关系。和她的父亲有关。她会提到厄勒克特拉①，越南、截肢、莱恩、弗洛伊德。但是事实是——在她心里，那里波涛汹涌——她想要这样。"

这雨让他们的身体都暴露出来，还有稻草人的骨架。玛格达其实根本不漂亮，光从脸部看的话，不过她在这雨水、头上悬挂着的衣袖发出的蘑菇味，还有她脚趾间乳白色的泥土所带给她的一种无意识表现出来的愉悦

---

① 希腊神话中的一位女性人物，其母伙同情夫谋杀其父，后厄勒克特拉杀死母亲，为父复仇。

还是极美的。

"你怎么知道这个？"

"因为这是事实，马克。每一个真的想要知道事实的人。大多数的人都不会想要知道。这意味着你要凝听来自身体深处的声音。大多数人都不会想要去听。但是特别的人会凝听。你能听出心里哪些是真的。凝听。你总是能够听见。在雨中。在不同站点之间的静态中。在磁带中音乐还未响起时，带子发出的磁性低吟中。也在那完全的寂静之声里，在你的耳朵里——那闪烁的金属声，就像从很高处传出的钟声。我相信我知道你，而且你也可能是很特别的。你很可能是一个天生的凝听者。"

马克凝听着。这是真的：他是特别的。他们俩都是特别的。（可是我不是特别的，很可能你也不是——糟糕，我们不能都是特别的，明摆着；对于这个如此大的人群，空间是不够的。接受吧。）所以说他是特别的，这是真实的。玛格达是对的。他是一个天生的凝听者。

但是他不能在普通事物之中听到任何弦外之音，听不到那些听起来特别真实的东西。

玛格达对着远处得意洋洋地走回汽车旁的德黑文笑了，他的假发依然像一个头盖骨帽般箍紧头皮，他带着一位个头很大的穿着军用大号雨衣的老农民走过去。农民手里用非常厚重的链子牵着一匹高头大马。

"我恐怕不能够听得到什么，夫人。我听见了雨，汽车，汽车喇叭，马蹄声，还有链子的声音。我听不到任何听起来特别真实的东西。"

"你会的。我保证。相信我。我知道。真实的东西永远也不会改变它的调子。他听到过，就一次。"

"安布罗斯和你一起听到的？"

"还有你对于他为什么错误的说法是错误的。你和斯蒂尔莱特都错了。

我不是后现代主义者,也不是艺术家。我不能撒谎。但我还是知道你想要的中心不是在研讨班上,不是分类,甚至也不是你选择要去跪拜的宗教的种类里。中心就在这里。"她没有做手势,"无论任何你所在的地方。这中心就围绕着你。每一分钟。在你没有睡觉时听到的安静之声。或者当你醒着的时候,凝听着。一个伟大的寂静。"她的眼睛向上翻滚,奔向了她后退的发际线,滚向记忆。"他过去曾经非常喜爱那种寂静。他会完全放下,凝听着。"她看着内希特,"那是在你出生之前了。那是在他所写的东西只有他和我会掏钱购买的时候。"

"那是在斯蒂尔莱特先生让他变得对肉和油还有宏大出卖感兴趣之前?"

她的橙色脸庞笑了起来,用手边杂乱的衣袖顺了顺弄乱的头发。

"真实的东西从来不改变,这就是他所说的。从基督诞生之前一直到你们这些孩子似乎一直都在崇拜的世界终结时刻。我相信过他,作为一位艺术家。我曾经非常非常爱他。足够的爱让我即使今天也依然信任他。"

"如果你想要,"她说,"你整个在成人世界的生活就能够像这个农村一样。生活在中心。如虚无般平坦。巨大的一望无际。这样你能够一眼看到世界上所有东西弯曲的边际。这样每一件事都展现在你鼻子面前。这就是为什么我有时候会扔牌的原因。我要向自己展示我的鼻子。"

"你扔牌?"马克问道,用他玫瑰色的脸做了个鬼脸。"耶稣啊,德鲁-林恩也扔卡片。"马克不信任扔出去的牌:所有那些神秘的类别、含糊的意义、作为预言实现的愿望。"我不相信这玩意儿,"他承认说,"它们只会告诉她,她想要听到的。它们就是足够含糊,所以你可以让它们告诉你你想要发生或者害怕发生的事情。"他吸了吸鼻涕,如果有一种可以被称为麻木吸鼻涕的行为的话。"然后你和她的灵魂就会把这叫做预言。这很不道德,就是这样。"

玛格达从她那折断手臂的穿着军用服装的稻草人一侧直白地看着他。围绕着他们的大雨停了下来。这场突然袭来的风暴的真正中心已经往东转移了，看起来很酷地踏着步走了，有点蹑手蹑脚的感觉。

"你的爱人不是把牌扔出去，"玛格达大笑起来，"她可能在出行的时候会把牌都用丝绸裹好，甚至可能还带上一个水晶球纪念品；然后她会洗牌并闭上眼睛，把这些牌摊开，不敢看，就是那种许了愿又怕告诉他们自己愿望的人的那种做法，因为他们担心这魔法很脆弱，对光线敏感。"

（再一次，我感觉到有一种义务要告知这是一个概要，并不是一个真实的我恐怕不能模仿的声音。）

"她试着去利用它们，"玛格达（或多或少）继续着，"她在牌的身上注入了一种力量想要改变那些它们只能揭示的东西。她想要有庇护，有一个结构。一个纸牌的屋子，里面有微小的家具。不是那种当你扔牌的时候通常有的大动作的盲目的席卷。"她所作出的扔牌的手势令人吃惊得敏捷灵巧而且细微。"不是一面镜子，一个只展示你鼻子的镜子。"她看着马克，"你上次见到自己的鼻子是什么时候？"

这个侵入的显著位置其实太微小乃至看不见：关于一个爱人的提议。

也许因为她从来，从来没有一次，被别人强迫去做别人眼中看到的她之外的别的样子，玛格达·安布罗斯－盖茨拥有丰富的未被发掘的美德、聪慧和满满的勇气资源。德鲁－林恩阅读那些有插画的爱尔克赛派牌，知道自己的上升标志，也会向媒介咨询。玛格达，因为自己频繁被人看到以至于她的脸是南瓜色的，她从来没有被人叫去要看别人，或者发自内心地讲话，所以她凝听。她也看到内心深处。因为从来没有被叫去说话，她实际上能够热爱自己的舌头，正如那些生来就处于被统治地位的人会喜爱他们的皮肤、耳朵和眼睛那样。她能够数清你脑袋上的头发，听见我即将到期死去的细胞的哭泣。她能够看见。她能够把整个外面都平展开，里面，扔出那种没色彩的可以揭示不能改变的事情的牌。她这样做是为了马克，所以在这男孩抗议说她没有塔罗牌的时候，也没有屈尊，这时候只有一条航班空乘的裙子和从来自多余的稻草人身上的一件褪色夹克挂在他们头上，并且包裹着她，以抗拒那总是伴随着一个风暴第三波袭击后的寒意。

我要说声对不起。我对这个女人非常敬重，所以我不能让你们看到她的影子的作为。我渴望爱，而自己还没有长大，我知道没有比喻或者以地名命名的传统主题。在这里我不得不扮演祈祷者的角色；请你就简单地吃一些粗糙的裸露的提议，因为我不能准备得更好或者加更多调料，以便让你真正的想象力能够发挥出来。我们都已经觉得很累了，缺觉，看起来我们可能在真正的狂欢开始的时候，就都已经睡着了；这样我就要停止绕来绕去，而直接告诉你玛格达和马克说的话——她所知道的，从她的感觉中，她从来没有被需要过的感觉中所知道的。

玛格达知道德鲁-林恩最后煮沸的水将不是为了任何劳动的目的。玛格达知道德鲁-林恩会在适当的时候，脱离马克，成为斯蒂尔莱特广告公司曾经用过的最好的广告文案撰写人。她将会爬上广告商的等级序列，承担起一个管理职位，最后和J.D.的无调的富有野心的丑角儿子（他将会是一个细心和极度温存的父亲）结婚，然后在美国广告界一展身手，最后被癌症夺去生命，并且被埋葬于一个不需要花朵装饰的地方。德鲁-林恩还会，假以时日的话，变成J.D.斯蒂尔莱特广告公司本身，而且发现所有的天才和有效并且是原创的广告的诀窍，不在于要强行创造全新的声音和形象，而在于对古老的词汇和照片进行简单的重新安排，让他们变成消费者们已经相信是真实的关系。她将在一个负责任的环境里扎根、开放并且成熟，然后通过继续完美地导演两个长期的品牌建立的可以让 J.D. 可以为之自豪死去的项目，她会为后来的个人导师增添光彩和荣誉……她将活着见证雷·克罗克在克里西安的一个小小的特许摊位真正成为世界级的社区餐厅。她还将活着看见 C——安布罗斯博士这一个平坦的马里兰游乐场为人们提供一个全新维度的单独快乐，变成一个美国人可以释放自我的迪斯科舞厅。她也将用不带激情的源自对于人们所想要的东西的一种神谕的本能把自己的意愿强加到惊愕、缺觉的、因为旅行而劳累的客户头上。一个长大的德鲁-林恩，没有牌，将要把这个国家的后—后现代经济未来送上神坛。游乐场将最终允许赞助者们用真实的酒和饮料祝酒的想法而祝酒；接下来的赞助商的增加，消费的增长，需求的增长，还有入场费的提升，将在供给曲线上实现盈利点。麦当劳将最终取消为广告之友免费提供餐食的政策，一点也不为那些零星的有关饥饿的前广告演员在街头流浪，把憔悴的鼻子顶到热得有体温的窗玻璃上的相关报告所动——而且将要，与此相关联，取消公司发布的自从连锁经营开始至今所生产和提供的几万亿个汉堡包的数量。公众将把麦当劳公司对于其所提供的肉饼数量的新的沉默，诠释为一种只有世界真正的社区餐厅才具有的一种谦逊的沉默。公关。很好的公关。

玛格达对于托马斯·斯滕伯格的塔—充满神秘色彩—的解读我在这里就略过不表，出于对有限时间以及对所有那些喜欢我们的人的普遍的反感的尊重。但是，要知道他将要吃那不能作食物的东西，他好色，有想法，相信他想要治愈和表演，既不治愈也不表演，将要在他整个的成人生活期间游荡在他失去的父母留下的房子里，逐渐变成那种贝克湾社区里没有人敢惹的存在。

很难去调查马克的时间之域；因为，他在根上依然是一个婴儿，他的未来还不是一成不变的。他相信有一些关于他简单而极端的差异。他希望它是天才般的，也恐惧它的疯狂。玛格达知道它两者都不是。她知道事实上马克只是一个极端简单的人，令人狂野地不复杂，她曾经阅读过的人当中极少的几个可以用少于三个形容词描述的男人。她预言说他将要在受伤的他感到抑郁的离婚后的一段慈善的时间里，向联合救赎慈善公司捐赠一笔洗洁精的财富。然后他会不停地旅行——不是以他父亲、J.D. 或者安布罗斯那样的方式，他们会在开车的时候通过看后视镜来引领，他的旅行将是以整整一代人前行的简单来指引，对他来说，在身后的任何东西就让它们躺在后面，出错、入土、被用尽，在东边。

但是因为 J.D. 斯蒂尔莱特是那种基督再临型的人，他的出现不给机会留下任何机会，那血腥的，拥挤的重聚场地在未来五天不能有变化。而且玛格达也看到，在那个时间里，马克，他复杂的弓换成了一把笨重的租借的钥匙，将要把游乐场连锁店的门关上，阻挡住狂欢的喋喋不休，坐下来，实际地写一个故事——尽管这个故事将是一个他会相信不是自己的故事的故事。他将要把这作品基本上视作是一个重新编排过的、他们刚刚听到的电台节目"人民的选区"的抄袭，也是整个漫长、缓慢和抛锚了的旅程。这故事将是某种抄袭，一次小的篡夺；马克将要被人看见自己对于安布罗斯博士要把内希特写的故事作为最佳作品来赞赏的事实的难堪，而且也许将要以这个故事作为推荐信的基础，将不会成为任何被认同的分类的虚构故事，而只是简单且奇怪的对在平常视线范围内可见的事物盲目的重新编排，对整个旅程中通过移动的车窗所看见的事情。声称这故事是一个谎言其本身就是一个谎言。

这个马克·内希特写的不是马克·内希特的故事是关于一个年轻的极富竞争力的射箭手，名叫戴夫，和他的同居爱人 L——。戴夫，他没有马克那么健康，他相信那唯一能够让他的生命赋予意义和方向的事情就是他的竞赛型射箭和他的爱人，L——，她是一个比德鲁-林恩更有吸引力和同情心的一个人，她的颊骨伸出到这里，她还有戴夫禁不住与她共享的一种对生活的热望。L——是戴夫这一代人的典型代表人物，被剥夺的，没有目标，轻微地古怪，情绪像那个让她着迷的月亮的形状一般变化多端。戴夫也是所有她的毛病的活生生的见证，尽管其中有一些也是他自己的毛病，但是无论如何他爱着L——无论如何。故事里隐喻说他对她很依赖，他需要她的支持；当他直立于靶心前方，用他复杂的玻璃钢的弓和德克斯特铝箭与人竞赛时，她就站在安静的锦标赛的走廊里观看。戴夫是一个结实的年轻的竞赛射箭手，但他绝不是最好的，即使是在他的年龄组，在这个故事的外围他感觉就像是一个真正的天生射箭手，也只是当L——站在那里，在走廊里，观看着他站立射击的时候才是这样的。

但是他们也有矛盾，爱人的矛盾。L——是自我意识很强的、神经衰弱的、缺乏安全感的、情绪化的、思维涣散的。戴夫是内向的、自我倾听的、并且倾向于像加工过的奶酪那样富于表达。当最火热最黑暗的L——的情绪的天气与他冷酷的白色宁静发生碰撞时，他们会有暴力的争论，看起来似乎会让他们完全转变的争论。戴夫在爱上L——之前还从来没有对一个女孩子高声说过话，他憎恨对抗行为的习惯使得他的双手（他珍视的双手）变得不稳定。但是当她滑入自己最糟糕的状态时，他们会尖叫、撕打然后像被附体的东西那样继续争斗。尖尖的个人榴弹四射着。空气随着暴力变得带有铜的颜色。事实上，戴夫经常害怕背对着L——，特别是在他们的厨房里，当尖利的物品随手可得时；他也对此很感到耻辱，尤其是在两人争吵之后，他时常害怕去睡觉，因为她还醒着，还是恶毒的，并且烫水也只需要一个灶和一个水壶就可以备好。不管怎样，他爱着他的爱人，他不能够理解在他们俩争吵的时候那种充满他全身的黑暗热量,也不能够理解在她列举出真正的和想象的那些控诉时,他为什么会需要舔自己的嘴唇——还有为何在整场叫嚷对骂中他唯一真正深刻的担忧是他们社区的邻里可能会听见她的尖叫,或者是他的尖叫,或者是他们和解时不同的叫嚷,他们总是以暴力的方式联合在一起。尽管还没成熟、嘴上没毛、也没有经验,戴夫爱着 L——,足够的爱去维持整个热烈的造爱过程里的一种激情;L——相信,错误地,他是一个天生的爱人。她用一种源自对自己所消费的生活的一种激情爱着他的身体。但是她对戴夫的的忠诚度里大量掺杂了一种我们只能称之为某种贪婪的东西。当她爱他的时候,对着他大喊大叫的声音穿透单薄的天花板传到整个邻里世界中,噢她是如此地爱着他,他害怕她只是说她爱的是自己的感受。他希望,在他冰冷安静的射箭手的心里,自己能够如同他在他们的争吵中所感受到的那样,感受到他们和好时那种强烈的感觉。

写作班和安布罗斯对这个序曲和这个设计都表示了赞赏,尽管他们没有指出这部分有一点长,比必需的长了点,空间和耐心的限制在今天的快速和注意力分散的日子里是一个常态以及具有决定意义的限制因素。

但是确实在 L——的爱里有某种自我迷恋的成分,我们能够感觉到。比如,她希望戴夫告诉他,不是说他爱她,而是说她是被爱着。她的父亲过去常在睡觉时间把她塞进美国海军陆战队多余的套头被套时这么说,她解释说;这么说让她感觉很高兴。说她过去被爱着。说她现在被爱着。戴夫感觉不是他,而是她自己被爱的欲望,被爱的需求,才是让 L——的生活有了方向和意义的东西;有一些微笑的持盾的士兵的声音在他的心里叫喊着不要告诉她她是被爱着的,因为他爱着她的现实还不足以消除不安全感、自我中心意识、争执和吵闹。等等。

戴夫，在他心里微小的射箭手叫喊的时候是非常固执的，他拒绝，在心里，用被动的声音和语气去表达他的爱意。在一个很好的日子他确实表达过这个拒绝，以及在拒绝之后的合理理由。他这么做的时候冒了极大的个人风险。

被表达的，激怒了的L——在泰德沃特射箭季最重要的初级射箭锦标赛上完全失态了。戴夫一个人在射箭，无人观看，心中惴惴不安——不过他还是克服了，射箭的表现令人惊讶的优秀，获得了他所在年龄组的总成绩第三名。也是他至今最好的成绩。当L——在夜里冲入他们的公寓，被他严词拒绝以被动式表达爱意，也拒绝在没有她观看的情况下就表现不好的反应而黑暗地转变了，戴夫让自己表现得很酷，有距离，在情感上是关闭的，但是同时也在偷偷地舔着自己的嘴唇，此时一种笨重的热量在他身体里形成并且分成支流和瀑布，到处流淌着。也许这是这一代人的口头爱意表达史上最大声的争吵，值钱的东西摔坏了些，还伴随着狠狠捅上一刀的威胁。

但是L——对自己的恨意要远超过对戴夫的爱意或恨意，最后发现，这才是事实。这事实使得她高潮的爱人般刺向他的插入在两个方向都是完美的。在停止了箭的颤抖并且挥舞着戴夫最好的也是不能失去的德克斯特铝箭后，就像要去捅她的爱人一箭，L——把箭杆掉转过来，带着一个她情人节脸上的超越所有信念的神情——一个能够完美表现她的三个真实自我的神情：那个盲目忠诚的自己，那个贪婪的过去热烈的自我，还有那个自我禁锢起的憎恨的自我——带着这神情，这映照在戴夫的电视节目般死寂的绿色眼球里，她很不幸地把德克斯特箭扎入自己奶油般被亲吻过的喉咙里，一直没到箭的弧口，她倒了下去，躺在那里，带着胜利感和被穿透感，她的盆骨蠕动着，她的生命就像一个明亮的围绕着男孩不可失去的箭杆的喷泉。

到目前为止，这是一个在研究生写作班上的好作品，很不常见的那种把自己遵循的写作逻辑强加上去的作品；而且这作品有种不可名状但是令人肠胃痉挛的某种真实感，与那些令人可怕—看—我—很—聪—明—的故事相比，这是一个令人欢迎的尝试——或者，甚至更让人可怖的，是一部很时髦的现代简约主义的作品，它懒散地穿越过它疲惫的动作走向顿悟。对于安布罗斯和马克在东切萨皮克学校写作班的同学们来说，这作品里"写得最不好"的部分是关于后来戴夫因为谋杀了L——而被逮捕，收监，被审判和入狱服刑的描写。那部分比较啰嗦，像砖头一样细微，但是要点是描绘出这个：L——卷曲着躺在她和戴夫共享的房间里，喉咙被刺穿，被消费、蠕动着、在静音的索尼面前被血染红了，随着每一次脉动而失血，自己用这高科技的让戴夫获得了第三名的箭戳穿了自己。她很明显濒于死亡，她带着祈祷和对一个自己真爱的盲目的忠诚的眼神看着戴夫，等待着他去遵从最基本的人类本能，跳过来把邪恶的侵入性的箭杆拔出去。但是戴夫，突然间成熟了，没有听到本能的钟声；他只是感觉到了一种麻木的视觉的客观让一个天生的射箭手成熟了。他花了宝贵的时间只是为了去看到大的图景，这里的图景。他看到了长远的景象。他看见L——已经驾车快速拐进了死亡的碎石路上，已经没办法再去及时拯救她（止血带很明显是不现实的）；他害怕他们社区的集体的耳朵已经听到了那个不是他首先发起的争吵声；于是他判断，如果他握住铝箭杆并且把这武器拔出来的话，那么他指头上渗出的涡旋的油会被用作法医认定他在德克斯特箭上面指纹的证据；而且那时候他的爱人也将要死去，这整件事情也许将要被别人诠释为看起来那样。激情犯罪。一级谋杀。戴夫一边试图去预测可能的诠释，一边无意识地舔了舔嘴唇。这个过程似乎一直进行着，从描写的角度来看的话。L——，她的眼睛一直没有离开过爱人，终于，让几乎所有人都松了口气，她死了。

在这里，写作班尤其对两个东西很反对。第一个是这故事里说所有戴夫的自我意识里有关指纹的描写是不妥的，因为他的涡旋油已经在箭上了——他已经给箭装上羽毛、拿过、调试过、扣弦而且在那天的射箭比赛里射过三次这支特别的箭。因为有明显和看起来真实的关于马克的第八页的描述里，提到所有认真的竞赛性射箭手都会戴的与皮肤一样薄的皮手套，不过，对于戴夫的指纹留在箭杆上的说法，还要看读者是否知道一般射箭手的手套只是覆盖住手腕和手掌（保护他们免受箭杆在弓向左施加的压力带来的爆炸性反应的伤害）：射箭手的手指头是裸露的，安布罗斯博士提出，这个信息并不是马克能够指望普通的读者所能知道的信息。基本上来说，在你写作虚构故事的时候，你是在叙述一个谎言，他告诉那些班上的我们这样的同学说；而且阅读心理学告诉我们，我们更愿意去购买讲得通的故事，在感受的层面，这故事应该和我们所相信的东西是匹配的。

更弱的是，安布罗斯宣称（不过是以很有分寸和快乐感的方式），故事里说泰德沃特验尸官的验尸检验结果证实了L——的死因，她是平躺着，而那邪恶的箭杆竖立着，既不是呼吸器官受创也不是失血过多，而是……衰老。一个集体的"？！？"就是对于马克这一创作的反应。当然大家的反应是以一种友爱的方式表达的。

你可以做一些非常简单的成本效益分析，安布罗斯一边向内希特建议，一边用手揉着鼻梁上被眼镜架摩擦红了的两个圆点：为什么要用一个突然的、无缘无故的、尤其糟糕的是这样一个超现实主义的象征性描述去破坏这个故事细心架构的走心感觉和极富魅力的情感现实主义？

特别是因为这个故事真正的精华部分即将到来，那是发生在马里兰监狱里的事，等待审判和他不能拒绝自己必须承担的惩罚的戴夫被麻木冲击得不是很健康。这里令人尴尬的事实是戴夫无罪，但是与此同时，他是因为无罪而有罪：他对于邻里社区人们对他留在箭杆上指纹的成年人式的担忧使得他放弃了他的箭，出卖了一个爱人，违背了自己人性最根本的本能。荣誉。这个双刃的处理是如此富有伦理，如此聪明地被构建，安布罗斯告诉正在记笔记的我们；还有听到故事里把荣誉用作一个名词是多么迷人般地不时尚，在今天。

　　与此同时，在故事里，作为班级学习的要求之一，我们都已经阅读并且把丰富的评价都写在故事的页边，我们被告知戴夫在家庭生活的经历里没有任何东西能够让他去面对等待审判而被关押的收容所里地狱般的煎熬。他住在一个狭小局促的病态的灰色牢房里。他不是一个人住在里面。他还有一个牢友。他的牢友被恐怖附身了。作为一个久经沙场的等待着有关涉嫌造假审判的职业罪犯，他那在他到来时舔了舔湿嘴唇的牢友是一个"三次的失败者"，按照马里兰的法律，他可能会被判戴夫将会面临的终身监禁。牢友的身体很糟糕，肌肉松弛、呕吐般地苍白，像只胖蜘蛛，浮夸、麻点斑斑、囊肿，而且是碳性的。戴夫发现他很讨厌，还有很明显的事实表明这个名为马克的造假犯，憎恨自己的身体，憎恨牢房里储物设备占去的三分之二的空间，并且对于自己移动、呼吸或者不间断地使用牢房里的粪便桶所发出的声音和气味感到很反感——这个马克的自我憎恨只会增加年轻射箭手的不舒服。还有荣誉。这牢友是如此残酷、不人道、坚硬、令人恐惧、虐待狂、颓废和令人厌恶（他事实上还坐在戴夫的头上，要求戴夫扮演坐浴盆，否则就要承担后果），以至于戴夫冷静地考虑过自杀也许比在这个拥挤的臭牢房里和这个天杀的造假犯一起度过终生监禁要更好；但是在整个故事里，戴夫没有一个时刻觉得老天错待了他，也没有怀疑过他其实准确说不应该待在这里：他一闭上眼，就会看见复视的他的爱人稳定、祈求和衰老（？！）的眼睛望着他，然后他自己的眼睛就在她的上方，左右转动，更多担心的是他自己会被别人怎么看而不是他看见了什么。是的，当他没有被粗暴对待、被侵犯、被坐在头上和把屎拉在头上的时候，戴夫有时间去思考；然后他重新长大了一次，就在这监狱里。他是，这个故事冒了个险说，"有悔意的"——用弗兰克-拉丁语派生的词源学来说，安布罗斯从他处于绿色黑板旁的位置提醒我们，这意味着一个过程，不是一个状态。戴夫接受，麻木但不是被动地，他的不可接受的监禁。

是的，但是这个造假者马克比戴夫还要更憎恨这间狭小的牢房，尽管自杀从来没有进入他没有被天真的浪漫主义，关于荣誉或者出卖这类概念侵犯过的蜘蛛般的思想。但是马克确实（确实）是有想法的。他相信——而且在戴夫鼻青脸肿流着血在下铺睡着的时候，他总是不断地轻声细语——如果他，马克，只要能够摸索出造假钥匙手艺的不完善，他就能够逃跑，离开这个狭小的灰色牢房和到处是铁丝网和守卫的监狱，回到神秘而富饶的他小时候如幽灵般出没的泰德沃特湿地，那么他就会是一个快乐和完整的人。作为一个有想法的人，他认为整个把自己监禁在有铁栏杆和狭小的有铁栏杆的窗户的牢房里的目的——这狭小窗子对于囚犯更加糟糕，因为你能够看见被切割过的条块化的外部世界但是你不可能触摸得到——整个的目的是去"去人类化"，而他，马克，作为一个最基础的人类（戴夫，不是傻瓜，在这点上是很平和的），他有权利去逃跑，就像任何被攻击的人有权利自卫，为了他必须拥有或者保持的东西而杀人。

数据：马克在铁窗后度过了他后半生绝大多数的时间，就在监狱里，他统治着一整个狩猎型的道德沦丧的终生监禁者的学校，这学校就是整个监狱建立的基本使命。马克的地下触手可以延伸到甚至最黑的市场里。他和学校的跟随者对戴夫做下了不可言喻的种种事情，迫使他们自己用一系列复杂的卑鄙手段坐在这个虚弱病态的射箭手之上，这些手段对于内希特，坦白地讲，他绝对没有去描述的胆量或者如此黑暗的想象力。不过，这种能力的缺乏，却被一个敏感的教师和一个有爱的班级诠释为有纪律的约束，并且得到了应有的掌声。

等等，等等。但是最后，一天晚上，在门锁上后，在听到睡前强暴的惨叫声之后，马克实施了他预言的逃跑计划。戴夫从他熟悉的重影的噩梦里醒来，看见就着牢房靠走廊一侧的被切割成条块的光线，他的灯泡状的牢友正在拨弄一把造假的钥匙，那是一把马克用了两个月时间在监狱的执照号牌金属培训班上逐步打磨而成的钥匙，他正在用这钥匙试图打开牢房的门锁系统。这钥匙，形状上和锯齿都令人惊讶地简单，却能够让这坚硬的造假者控制了整个监狱所有高科技自动门系统。这钥匙，作为一把钥匙，看起来不像什么高科技：马克几周里一直就把这钥匙放在便桶旁边——只有戴夫，他说，才被他告知过这个是什么，或者说如果想要使用的话，它的功用。

牢房的铁门在它上好了油的轨道上安静地滑开了。戴夫听到马克竖起他邋遢的呕吐白的耳朵倾听着：只有遥远的不自由的梦想者的呜咽交响曲。

就在那熟悉的犹豫的瞬间，那个在所有弹跳者之前的人跳了起来，戴夫的令他痛苦的牢友转身观察着这个他曾经居住而现在要脱离的空间。戴夫睁开的渴望的戴着箭手之光的眼睛投射在通常会有铁栅栏门影子的造假后的空间里。他，平躺着，而马克，站立着，在那个安静的瞬间对望着。戴夫不知道，在那个时刻，是否所说的话都很小声。

"你已经知道我所造的东西。你也听到了我的低语。你看见我正在做的事。"

戴夫点点头。

"而且你知道我要去哪里。"

戴夫点点头。

"不要出卖我。不要出卖我。"

戴夫点点头。

"你要是出卖我的话,我会杀了你。"

戴夫听到了。

"出卖我的话我就让整个监狱都上了你。他们会把你干得鲜血淋漓,喂饱你的鸡巴。他们会把你喝干。你虚弱的身体的小碎块将会在各处被发现。注意我说的是复数。蠢货。"

"我听到你说的了。"戴夫说,如此平坦,没有任何回音的迹象。

但是马克的声音总是会带来回音。"出卖我的话,你就是一个死去的孩子了。就像被宰掉的。被撞死的。这是一个承诺。我有地下触手,还有权利。我将为自己而同你斗争。"

"我不出卖你。"戴夫说。

"爸爸!"在牢房下方传来一个紧迫的吸引眼球者的叫声。

"不要出卖我。"

"去吧,伙计。"戴夫很高兴马克要离开了,他们在开谁的玩笑。"一路顺利。上帝的速度。戴顶帽子。不要尝试搭车。"

更多有关出卖和暴力死亡的回响随着造假犯的走远也渐渐听不见了,他把钥匙拿在身前,就像一盏蜡烛走在明亮的监狱廊道里。

不过,可以理解的是,马里兰监狱的职业惩戒当局对于这个三次犯案的造假者的脱逃一点也不高兴。他依然在逃。警察直升机一整夜在空中飞来飞去。戴夫把他的背脊转向了依然没关上的门,手里握着窗子上的铁栏杆,看着云端的探照灯照射搜寻着外面的空地;他听见了猎狗被放出去后发出的咆哮声;他就站在哪里,看着,直到马里兰的黎明到来,而他则被穿着制服的手带到了宽大、斯巴达式、不容含糊的监狱长办公室里。

在这里,一个描述性的风险被计算并且实施。监狱长是杰克·罗德,著名的罗德。带着这种让创意写作教授都变成快乐的困惑小精灵的明显的前后不一致,安布罗斯还是同意了这个特别不现实/具有象征意义的设计。有一些丰富的现实主义的模棱两可,他承认,被牺牲掉了。但是因为内希特的整个故事是被写作班诠释为是关于全新一代人对于不定性但是必须承担的罪恶、监禁、恐惧、困惑,还有,对,还有在整个美国各种普遍的后现代主义计划中荣誉所处位置的描写,他对于一位公众流行人物的虚构使用,尤其是附着于这一代人不可打破的自我认识的窗户媒介上(悲伤地?悲伤地?),这个处理还是有其真实的地方,安布罗斯这样告诉我们。这处理也和明晃晃的逃跑后的直升机的形象结合在一起,创造出一种整体感,艺术感和细心。这挺好的。

同样好的是罗德几乎不需要介绍,因为他本身是一个名人。他硬气的方脸——白得就像一个牢牢掌握了曾经顽固的缰绳的人的脸——他那不可能更明显的下巴,几乎看不见的嘴唇,黑色的眼睛和发际线很高的黑发,一缕细长柔软的头发歪了,黏在一整个后喇叭裤时代人的意识中。戴夫不需要抬起眼睛就可以知道监狱长的性格,因为他听过杰克·罗德说话,他听着,然后撒了谎,否认自己知道马克脱逃的计划,也否认自己亲眼见证了逃跑的过程,还否认自己知道任何有关造假犯逃跑方法的事实,否认知道逃跑的目的地、路线、还有旅行的速度。马克,戴夫说,并没有对他透露任何消息。马克排斥、恐吓并且侵犯了他。他是,实事求是地说,很高兴这个三次失败者已经逃离了，是的，但是不知道他去了哪里；不关心。如果他参与了整个事件的话，他会不会也逃离了呢？难道不是所有面临终身监禁的人都会在有机会的时候逃离吗？

如果他们有罪的话，他们不会逃离，罗德回答说。如果他们是这里非常特殊的那些知道自己的归属的人，他们也不会逃离。

杰克·罗德总是要比那些被他质问的怀疑他知道多少的人知道得多。这是他性格的本质。这是定律。

另一个性格的定律是一个脱逃者总是会不经意间对牢友提起他要去哪里。而马克，就像所有马里兰州关押的违法者那样，就像所有让人厌恶的人一般，其每一个行动都不是到来而是离开，是一个喋喋不休的人。一个天生的话篓子。而眼前这个戴夫，罗德目测就能看出他是一个天生的凝听者。杰克·罗德所指向的手指是那种来自有神力而且修剪过指甲的上帝的手指。他的眼睛被晒得黝黑。他不能笑。戴夫知道，而且他必须告诉大家。真相。

戴夫站在那里，一个接一个地撒谎。

"即使我真的知道，"他最后说，声音平静得像是奶酪，"我不会出卖。我将不会出卖。你不能让我出卖。我已经被判终身监禁，刑期就在前面。邻里听到了我爱人的尖叫。我身体分泌的液体流淌在那杀死她的箭杆上。我将要被判终身监禁。我正在尝试接受事实，接受这个监狱。我变得成熟了。这里是比博世公司的最糟糕的噩梦还要糟糕的地方，我已经做好准备要终生于此了。你还能向我挥舞什么呢？你什么也做不了。"

当他跑题的时候，马克·内希特的对话处理确实倾向于变得有一点华丽。但是管他呢。你懂的？

但是杰克·罗德脸上正绽放着一个被允许的微笑：那种对于不可能改

变的事情毫无幽默感的笑。他所生活的有秩序的世界是黑白分明的。戴夫的脸随着罗德告诉他基本的消息而变黄了。这不是关于惩戒机关能做什么的问题。问题是他的牢友，即使已经逃跑掉，能做什么。戴夫是造假逃犯无缝逃跑计划里的一条流浪的线索。这个造假犯是一个惯犯：他知道一个睡梦中的嘟囔就能够破坏几个月的精心策划。也许——不，无疑——马克威胁过戴夫说那些出卖的人的下场。但是，罗德也提醒说，在他的陈述中没有包括的内容，是对于那些没有出卖的人会有什么后果。戴夫代表了一种不整洁。一根松掉的线。一个审美的问题。造假犯对于他们所制造的东西的审美诚实有一种强迫感。罗德做出了一个预测。马克将要请人把戴夫消灭掉。丁克掉。砸碎掉。消灭掉。马克在这个监狱里有一个圈子，一个腐朽的随从群体。他们会来的，罗德预测道。戴夫的唯一选择就是出卖，向罗德供认出马克的逃跑方法、路线、速度和目的地。然后也只是罗德才可以，他不制定规则，他只是严格执行规则，严格执行到刀柄，被允许去庇护和保护一个做出贡献的证人，戴夫，一个资产，具有惩戒价值的资产。只有到那时候，杰克·罗德才能够被授权去保住戴夫的命。让这射箭手吃饭洗澡，运动和单独放风，私下有可信任的卫兵，远离其他的囚犯。也许他甚至还能够努力把戴夫转到另一所监狱。让他有一个全新的开始，就在监狱里。在别处。干净的惩戒的白纸一张。但是罗德承诺的所有这些，不仅仅是简单的老套的自力更生的生存可能，只能在假设射箭手揭露出罗德知道他知道的那些事情的基础上才会实现。如果他不揭露……好的，会有一些在这样的环境里不用明说的事情发生，不是吗。在监狱里没有人是单独的。

杰克·罗德脸上现出了那个我们知道的单色的笑容。主动权握在射箭手的手中，不是监狱长手中。戴夫被邀请对整个事件严肃地考虑一下，回到监狱囚犯中间。回到监狱社区里。

事态发展很确定。几乎不用多少时间，事情就开始发酵。他们到操场、淋浴室、执照牌工作坊还有牢房里找他。戴夫被攻击、野蛮对待、侵犯，被用正因为是自制而更加恐怖的武器而穿透。话已经传了出去。整个葡萄园都在歌唱。微弱的鼓点低声响起。有人已经出了价。超越过可以计数的高额回报。一百只香烟。

杰克·罗德对他新来的北欧裔助理监狱长解释说——在一个叙述性打断中，安布罗斯说他将要让这部分勉强通过——在惩戒系统里生命的价值很低，因为监狱里充满了生命，那些只是穿戴着号码的生命，他们没有荣誉，没有价值，没有目的地活着。对他们没有什么要求。市场看不见的手动一根手指，诅咒那些有罪的生命遭受一个只有自由的存在，自由去被呛死和挨饿，孤独处于一个暴乱之中。

喜欢说教的小杂种。内希特。但是安布罗斯在那天的研讨班上比较宽容。我们能看出来他在心里是爱着这孩子的。

但是这样一个虚弱、病态而且被严重伤害的射箭手，处在一个年久失修的监狱中的医务室里，看起来就像是死里复生一般，一具眼圈黑黑的用纱布包裹的木乃伊，靠输液管维持着营养摄入，被那些时常都是被血染红的管子舒缓着苦痛。杰克·罗德出现在窗边，一身黑色打扮。他黑色的裤子是喇叭形的，象征着我们已经知道的：这是一个不能取笑的人。

罗德问戴夫这些天里日子过得如何，在监牢里。这类冷酷的问题就是自己的答案。罗德的先知逻辑是毫无瑕疵的。马克，依然在逃，在外面，尽管可能刚刚到了外面的大众能够满足他带有触角的需求的极限，已经出价100支香烟要取射箭手被纱布裹满的头颅。一百支100香烟。很好的那种。那种可以他妈的一直燃烧的烟。话已经放出去了，小子。这个监狱的卫生室也不安全，尤其是戴夫的生命，现在既毫无价值又很值钱。罗德邀请戴夫看一眼那头的一个被信任的囚犯，他脸上挂着一个格林威治式的笑容，正在往一个粗大的针管里塞着看起来一点也不会是好东西的东西；与此同时，在卫生室的窗纱外，一群对同性饥渴的人正等着，难以平息地，耐心地，手里用装满了沙的袜子锤着自己的手掌。

只是个时间的问题，躺在这儿的孩子。杰克·罗德不会浪费时间重复自己。他是很简练的；众所周知。戴夫要么被暴打，要么他能出卖那个把他视作一个问题，一个污点的造假犯，这个造假犯有能力和资本，还有可以提供机会的供应者，对射箭手造成痛苦和最终的伤害。监狱长援助的双手依然被惩戒制度绑着。戴夫必须要让他帮忙。他必须先给予，才能获得。天下可以有午餐，但永远不可能是免费的。

安布罗斯告诉我们说这个对话，这个发生在缠着绷带的戴夫与穿着黑色时髦服装的罗德之间的谈话，处理得极为娴熟，因而获得了我们的认同，一个漫长的源自承诺了回报的精确的简洁。因为这处理"很真实。"而且在这故事的结尾，"就像所有真实的弃权[①]悲喜剧气候"（这个概念我依然不得其解，因为我不能在任何字典或者辞典中找到这说法），悲情使得它不是那么有胜利感。

好的，安布罗斯承认——他不是在卖弄学问——故事在这里向后弯曲得有点离谱了——悬在半空中了，几乎如此——他认为戴夫高潮式拒绝要出卖的事实与他的一个真爱被刺穿和死去事件中的有罪或无罪没有关系。在这个表演性处理中，可以看到表现出更多的是无私而不是自我仇恨。无私是，当然，恐惧附体；但是这里的论点是说，它确保了位于其可怖的核

[①] 原文为希腊语。

心位置的绿色核心——也就是其真实的自我的安全。

安布罗斯承认在这里有一些技术上的纰漏，因为这个故事把它自己论点的支撑腿给从下砍断了，比如，当戴夫坦诚了他拒绝出卖杰克·罗德的行为，在某种程度上是极为自私的行为。这行为和欲望有关。他，戴夫，贪图某些东西，某一种东西，甚至于在可能的伤害和次等麻醉的深度中，在这深度里，杰克·罗德著名的具有逻辑的形象游着泳。

这和荣誉有关，看见了吗。这囚犯说道。

戴夫告诉这个流行文化的巨星，他感觉自己在监狱之外和监狱内的经历、麻烦、审判和灾难还有愤怒，都给了他一些洞见——一些视界——都已经在他前进的道路上帮助了他，这条道路更多是通向成人世界的浅显的古老的生活方式而不是通向'成熟'。成人世界，在戴夫的观念里，已经显现出基本上是一个变化的糟糕的地方。它有风险，而且经常都是悲伤的并且总是狂乱地不安定。它殴打他的头，可见他有生之年里的自己所处的地方有多么不安定和多么脆弱。他知道，现在，几乎每一样你在这个世界上称作是你的东西都可能被其他人从你这里拿走，假设他们有足够想要这东西的意愿。他们能拿走你的住处和运动的自由，如果有审判的话。那些你并没有投票选举的人能够用一个红按钮夺走你的生命，杰克。世界可以拿走你所爱的人，你的爱你的唯一爱的人。你的梦也能被拿走。你的生活，荒诞故事的诚实：狂风前的水汽。到底，什么才是他的，什么才是他能够紧紧握住，很安全的东西？

这就是那唯一的事情，他说。他已经有时间去思考，而且他也不是傻瓜。而且他已经能够想明白这一件事。他们不能夺走你的荣誉。荣誉只能被授予。而且荣誉是可以被给予的——无论有很好的理由，或者没有很好的理由。但是只能被授予。荣誉属于他。他的拥有。这一支箭是他绝对不能失去的,除非他让它飞翔。他的一件重要的东西。

戴夫认真思考过这事情,他决定他不会出卖别人。他不背叛。即使对马克也是这样。戴夫会变得贪婪。他将要拒绝交出他最后一样东西。

准备好。因为杰克·罗德变得……困惑了。这个虚弱的孩子自己的生命还不值一些思想?监狱长,如果他更年轻点的话,能够把他面部的表情变成一个安布罗斯博士坦白说他会希望能够看到被展示出来的惊讶表情。因为这里的逻辑没有了。没有本能。没有感觉。对一个把你推到一堆有关令人出冷汗的审美上的一文不名的人类的某种想象的负债?杰克·罗德的白脸确实动了一下。现在这些孩子都是些什么样的野兽行径?这就是我们的未来?明日的人类?这个男孩子愿意吃鸡巴和以死来维护某种对一个没有价值——在这里杰克·罗德认为其价值为零——的人的奇怪的抽象的义务而坚守自己的荣誉?

这个仰卧的谋杀犯会真诚地愿意去让建构和平的官员明白。这个对谁所负担的债务问题不是一个问题。戴夫只是太他妈的自私,而不能做到这点。他感觉好像他那被棍棒打晕了的责任感就是自己的全部,现在的全部。也基本上就是他的过去、现在和未来了。他的过去已经过去,不可能更改了;已经不在他的控制范围。上帝知道他的未来肯定不在他的控制中。现在呢,是的,可能正在等待着被一个追求无止境火焰的市场给碾碎。哦罗德先生,但是这个他不出卖的事实:这是他自己的硬币,其价值在每一个曲线的波形起伏中保持着常值。戴夫贪图,看重、囤积,而且不会消费他的荣誉。他将不会用荣誉和这个宇宙间一切堆砌在任何银色帘幕后面的东西进行交易。

(那么,好,故事稍显长了点。内希特的被释放了的、爱人冰冷般的激情,将不会承认简约主义的必要性,玛格达知道这点。)

但是这样答案就是不。他道了歉。他很愿意去为这午餐付费。他也愿意一直到时间的尽头都能够看见这个坐在他头上的一个尖利物品上跳上跳下的造假犯。他会愿意去帮助杰克·罗德维持秩序。这著名的监狱长可能拥有属于他的事物以外的任何事物。但这个才是他的。

这个最后的数字,无论你相信与否,是一个独白,一个要去拉开的婊子养的有环状尾巴的小猫,被一个健康、简单和某种程度上被搞砸了的男孩子向我们这些同事所揭示的一种令人可怜的自我无意识的浪漫情怀而变得更加有力,对于他的老师,玛格达的旧情人,J.D.狡猾的客户,这是某种如同一个鼻子那样被明显地隐藏起来的东西,就在今天。

不过这样戴夫就出卖了吗?这就是马克·内希特没有完结并且基本上也完结不了的作品,留给整个东切萨皮克学校写作研究生班的问题。射箭手也许出卖了,最后?肯定看起来不是这样的。但是安布罗斯邀请我们在这里仔细倾听被绑架的声音。这个戴夫在整个事件中一直被认真地描绘成是虚弱的。这定义了他性格的弱点。这是不是真实的他,缠满绷带,倒在那些和基督诞生之前一样古老的想法下面?那个和杰克·罗德说到的狗屎:那只是一些词语而已。一个虚弱的人能够这么行动吗?讨论,就在下课铃声想起前,是严谨而热烈的。作品的模棱两可是那种丰富和偶然性的种类——平等允许了妥协和坚持。

好的,那么可以理解的是马克·内希特也想要知道。那个对他爱人有罪的射箭手出卖了吗?他没有吗?马克·内希特也不得不知道,是否他将要编造出这个内容?他怎么能够在良善之心下偷窃、吞下、消化并且驱走了本来是一个条纹橙色脸孔和带着假发的广告之友明白地看到是她自己的故事?这算不算是荣誉的行为,还是虚弱的行为?不要淡化这事情的作用。不要取笑。看着他,恳求,浸透了,被烫伤了。他看起来就像是一个恳求者，我们中的一个人，那个燃烧但是不会到达点火状态的并不特殊的人，当他躺在"害虫靠边站"的奶白色泥土中的时候，身边都是吃饱了的小虫的尸体，真切地被捅了一刀，最后，被这一件总是会返回来的礼物捅了一刀，他面前就是一个驱除了疲倦以便要去揭示出那些一直被揭示着事物的稻草人：两块木条，相对而立；一个腐烂的插在那里的橙色脑袋，顶上戴着一个和帽子争夺地位的假发；还有一种把现代恐惧楔近那些对于两块肥沃的翠绿欲滴的饲料田地毫无利害瓜葛和兴趣的乌鸦身上的力量。

还有，在一个相关的相关里，马克·内希特不会出卖。将永远不会描述一个现实或者浪漫的怜悯，那糟糕地隐藏着的明显的安布罗斯，被疲倦温暖了的他那被太阳晒干的胸部仅仅揭示出一个前缀和数字，手臂如松树般强壮，脑袋肥壮，薄薄的头发紧贴着头皮，被罩在一顶芝加哥小熊队的棒球帽之下——今年小熊队可能能做到——内希特从来没有一次会出卖有关这冰冷的天才用来呵护一个婴儿的粗大健康脖颈，用来承受一个累坏了又恢复了但是依然缺觉的洗涤剂大亨传承人免于陷在一个不封闭的空间，寻找到可能的交通。夜鱼的诱饵在他们的脚下沸腾着，害虫们如同负有使命的人一样行进回到了争斗中，背负着微小的草进入有乳汁和"害虫靠边站"杀虫剂残留的沟里，这个品牌专门吸引了一方的害虫，此时这个学术男人双腿张开站在一个双车道，被践踏过的道路上，路旁是不实用的水泵、水果弄脏了的裙子，公司夹克、煎炸的花瓣，被假体充满的女衬衫。他就是很善良，能够抬着着箭和射箭手，更不用说出卖的事。

当然，不是说他不让人厌烦。一个天生的说话者，他提醒我的同学注意到各种明显的事实。事实是他们已经离开了东海岸，已经离开了世界上最繁忙的机场，已经离开了世界最不繁忙的伊利诺伊中央机场还有它不可避免的付费停车场；还有，他们已经驾车到了这里，到了那里，但是现在没有迷失，只不过是车坏了，被一个让人恐惧的塑料鼻子弄得无效了，就在最后一段公路上，这条公路视野范围内西向的拐弯会直接通向克里西安。那个风暴最猛烈的部分已经再一次转移到了东边，他们刚刚停留的地方。事实是他们已经把一些极其恼火的人留在一个现在被陷死在泥潭里的机器里了，但是现在又转回来，沿着他们之前走过的公路行进着，他们坐在一个的拥挤被洗干净了或者外国品牌的家庭自制机器里，这个机器现在被一根有一定长度的链条拴在一个高大的老农民的一条栗色母马身上，收割机坏了，老农民想要搭一程车到拐弯处的第三间棚屋那儿，因为他的大儿子有租借到的汽车；他有一件多余的雨衣，一家平脸的孩子，一套物理学和链条的运作技巧，还有那裸露的动物般的慈善——把一辆恶毒的汽车从土里拉扯出来，然后推到公路上。事实是，这里就是麦当劳的公众形象代表，画家般的屁股突出来，大腿搭在吐着泡沫的母马身上，母马叹息着、喷着气、飞奔着，在骑者夹紧的情况下，肌肉一块块像整个玉米喂饱的波浪般运动着。事实上，整个情景都看起来既神秘又让人熟悉，背景是新的同样的太阳下滴翠的正午：J.D. 的投射在长毛的轮胎上的完美剪影，就在悬挂的骰子下方，雪茄没有点上，他的车窗干净且摇了下来，而斯滕伯格和德鲁－林恩一侧的车窗依然是摇起的，因为他们喜欢去感觉透过玻璃可以看到的景象，四只手都放在两个车玻璃上；还有那极费力的马拉游戏，毫不停顿地飞奔在玻璃般光滑的泥泞里，个子巨大的农民在母马的屁股处推着，因为他的大靴子上没有任何的摩擦，所以他是，是的，在某种程度上，原地踏步；汽车里，J.D. 斯蒂尔莱特的油门踩到了底，大汽车在无效地尖叫着，叫声越来越高，汽车巨大的固特异后轮的轮轴鼓了出来，轮轴飞快转动着，而被水浸透的泥土，不能附着，也就不会让轮胎移动。

事实是，很疲倦地，但是及时地，他们到达了建设好的场地。这时候已经太晚而不能够回到之前的任何事了。所以就去那些为所有曾经出现在广告里的人的重聚现场，到出口、到游乐场，安布罗斯建造的游乐场，设计了就成为了全球的标准——超越所有能够支撑它的夸赞——就是这样。一个场地。尽管安布罗斯博士很想要成为这个建筑所为之设计的目标对象之一，他将不得不以悲伤的喜悦接受现实，那就是，他不是建设者之一：他的脸不是真正在场的人群中的一张：极度缺觉的，恐惧地不封闭的，被需要的庇护所。儿童们。

就只是有点太长了？晕爱了！极其明显的！我什么都没有隐藏。所以相信我：我们会到达的。穿过我的心。钉上一个针头。说实话，我们可能已经在那里了。闪烁着的沥青反映出我们州的无盖的正午。我们能在走路的路面上看到自己。杰克·罗德的推广，罗德阿洛夫特的直升机，现在甚至可以被看见，反着光，悬在空中，进进出出于落后的云团中，用一只白色的手指探寻着那些沦落了、抛锚了和落后于原定计划的所有人。

他形象的阳光照亮了我们自家组装的机器的后轮胎，原地转动着，而母马也原地飞奔着，大个子的老人原地推着，没有购买的物品。但是这轮子！没有被任何东西限制，固特异轮胎转啊转，已经失去了发声的轮轴，已经显现出一个放射状的轮辐。为那个不可能的耽误而入迷，那个最好的打断。那个在所有放射状时间里的时刻，当轮辐模糊的内部似乎是飞溅、抓住并且与旋转方向反向旋转着的时候。

看见这个事物了。看见在这里面转动却没有购买的东西。闭上你的眼睛。绝对没有销售商会叫你。向后躺下。我从你那里不想要任何东西。向后躺下。放松。高质量的土壤突然直接就被冲洗出来。向后躺下。打开。面对各种方向。看。听。运用起那些我很自豪地称之为是我们自己的耳朵。聆听那发动机噪声背后的宁静。耶稣、糖、凝听。听到了吗？是一首情歌。

为了谁写的？

你是被爱着的。

GIRL WITH CURIOUS HAIR BY DAVID FOSTER WALLACE

Copyright:

©1987 BY DAVID FOSTER WALLACE

©1989 BY DAVID FOSTER WALLACE

This edition arranged with HILL NADELL LITERARY AGENCY

through BIG APPLE AGENCY, INC., LABUAN, MALAYSIA.

Simplified Chinese edition copyright:

2021 Beijing Time-Chinese Publishing House co.,Ltd

All rights reserved.